古典文獻的考證與詮釋

——第11屆社會與文化國際學術研討會論文集

淡江大學中國文學學系
周　　德　　良　主編

臺灣　學で書局　印行

感謝教育部、國科會
贊助舉行本次會議

古典文獻的考證與詮釋・并序

淡江大學中文系　周德良

「社會與文化」國際學術研討會，乃是淡江大學中國文學學系每兩年舉辦一次之重點學術活動，至今已堂堂邁入第十一屆。「社會與文化」研討會之宗旨，乃在研究文學與社會、文學與文化之關係，進而建構文學社會學、文學文化學的詮釋理論；而此一主題研究，一直是本系努力之目標與特色。歷屆研討會，舉凡時代思潮與文學變遷，武俠、人物的書寫，漢語文化學，包括上屆的「經典與文化」等議題，會議成果也都結集出版，可供各界參考。

《孟子・萬章》曰：「故說詩者，不以文害辭，不以辭害志，以意逆志，是為得之。」孟子此言，揭示後代學者對古典文獻以詮釋、還原作者情志為目的之態度。而現代學術對古典文獻的研究重點，亦是對現有之文獻做合理之說明，並且提供詮釋系統，成為一種「以意逆志」之歷史研究學術理論。然而，論述史料文獻範圍之多寡，與援引史料文獻之真偽，勢必影響詮釋論理之有效性，因此，考證古典文獻乃成為判斷學術理論價值之重要因素。《孟子・萬章》曰：「頌其詩，讀其書，不知其人可乎！是以論其世也，是尚友也。」意指在詮釋古典文獻時，「知人論世」之考證工作，必

要求其真實。

眾所週知,考證之工作,首重在取得可靠之證據,證據愈充分,考證之結果愈可信;反之,證據愈薄弱,考證之結果愈不可信;至於無證據之考證,更不足以取信於人。考證史料之工作,在學術研究之過程中,固然不是終極目的,卻是提供理論者所需之基礎材料,且是論證一項學術理論是否有效之客觀依據。可以說,考證是詮釋的基礎,而詮釋是考證的發展。因此,考證之結果必然影響學術理論之發展,舉凡古史、目錄、思想、文藝思潮及學術演變等等,每一項考證工作的完成,代表既有之相關學術理論得服膺考證之結果而有所調整,輕者修改理論部份內容,嚴重者能推翻既有之陳說。清人姚際恆曾言:「學者于此真偽莫辨而尚可謂之讀書乎?是必取而明辨之,此讀書第一義也」,即是說明考證工作在學術研究領域中之重要性,而現代的學術研究,便在這「考證」與「詮釋」兩項領域中,交互影響,相輔相成。

研究中國既往之社會與文化之變化關係,顯然與文獻之考證與詮釋息息相關,故本屆「社會與文化」研討會,乃以「古典文獻的考證與詮釋」為主題,分別探討有關以古典文獻為材料,論述中國社會與文化之考證與詮釋等相關研究,進而由古典文獻說明中國之社會與文化,擴展中國文學研究的領域與視野。

去年(2005)奉盧國屏主任之命,由本人承辦本屆「社會與文化」國際學術研討會。本屆會議能夠如期召開,順利落幕,如今會議論文集結付梓在即,這完全要歸功於充分授權與大力支持的呂正惠主任,以及無給職的指導顧問殷善培教授;而實際參與負責會議工作的幕後功臣,當推竭盡心力統籌規劃的系辦公室助理駱慈愛小

姐,以及無私奉獻的中文系研究所碩士班全體同學;至於本人在本屆會議過程中之工作,也僅是聽命行事、權充人頭而已。

淡江大學第 11 屆
社會與文化國際學術研討會議程表

會議日期：3 月 30 日(週四)

場次	時間	主持人	主講人	論文題目	特約討論人
報到	08:30 — 09:00	淡江校園驚聲國際會議廳			
開幕式	09:00 — 09:30	貴 賓 致 詞			
9:30－10:00　茶　敘					
專題演講	10:00 — 10:30	高柏園 (淡江大學)	袁保新 (醒吾技術學院)	不同的理解與較好的理解——從我個人經典詮釋的經驗出發	
第一場	10:30 — 12:00	陳文華 (淡江大學)	李浩 (西北大學)	《洛陽名園記》與唐宋園史研究	吳哲夫 (淡江大學)
			連清吉 (日本長崎大學)	宮崎市定的中國古代史論	周彥文 (淡江大學)
午　餐					
第二	13:30 —	傅錫王 (淡江大學)	尚永亮 (武漢大學)	從接受學角度對「元和體」相關史料的再詮釋	馬銘浩 (淡江大學)

場	15:30		蔣秋華 (中央研究院)	閻若璩與汪琬交惡考	黃復山 (淡江大學)
			高柏園 (淡江大學)	韓非子〈解老〉、〈喻老〉的詮釋進路	王邦雄 (淡江大學)
15:30－16:00　茶　敘					
第三場	16:00 │ 17:20	曾昭旭 (淡江大學)	賈三強 (西北大學)	清雍正《陝西通志·經籍部》所收隋唐別集考述(上)	陳仕華 (淡江大學)
			許華峰 (輔仁大學)	陳大猷《書集傳》的解經原則及其意義	周德良 (淡江大學)
	17:20 │		晚　　宴		

會議日期：3月31日(週五)

場次	時間	主持人	主講人	論文題目	特約討論人
第四場	08:30 │ 09:50	施淑女 (淡江大學)	朴現圭 (韓國順天鄉大學校)	朝鮮許筠求得李贄著作的過程	金尚浩 (修平技術學院)
			黃慧鳳 (淡江大學)	張玉孃《蘭雪集》的考證與詮釋	陳慶煌 (淡江大學)
09:50－10:10　茶　敘					
第五場	10:10 │ 12:10	高柏園 (淡江大學)	王婉甄 (淡江大學)	《西遊原旨》中的「沙僧」詮釋	陳葆文 (淡江大學)
			邱運華 (首都師範大學)	漢語「文化詩學」：在俄羅斯傳統與美國學派之間——關於「文化詩學」術語及其多樣化形態的思考	呂正惠 (淡江大學)

			周德良 (淡江大學)	七百年來《白虎通》的詮釋 向度	殷善培 (淡江大學)
			午 餐		
第 六 場	13:30 ｜ 15:30	吳哲夫 (淡江大學)	張 弘 (西北大學)	略論彌勒、彌陀淨土信仰之 興起	李幸玲 (臺灣師範 大學)
			楊濟襄 (中山大學)	龔自珍《己亥雜詩》中的學 術史議題	周志文 (臺灣大學)
			殷善培 (淡江大學)	漢代郊祀歌〈日出入〉章考 釋	傅錫壬 (淡江大學)
			15:30－16:00 茶 敘		
綜合 座談	16:00 ｜ 17:00	周志文 (臺灣大學)	議 題：經典教育經驗 討論人：尚永亮 李浩 連清吉 崔成宗 吳哲夫		
閉 幕 式	17:00 ｜	呂主任正惠			

古典文獻的考證與詮釋

——第 11 屆社會與文化國際學術研討會論文集

目　次

《洛陽名園記》與唐宋園史研究

李　浩[*]

【摘　要】　前人對李格非《洛陽名園記》多從園記散文角度鑒賞，本文則從園史及唐宋洛陽園林變遷角度進行考述。指出《名園記》開專題園錄之先河；《名園記》有證史補史之功用；其所述內容篇幅簡短，但首尾始末，皆可獨立，近似縮微園史；其研究方法為勘踏記實，近似科學考察報告；其寫作宗旨是為了求真實供鑒戒。本文側重就《名園記》與《河南志》及《唐兩京城坊考》中相關園林史料進行比較，指出其獨到的史料學與史源學價值。

【關鍵詞】　洛陽名園　專題園錄　證史補史　勘踏記實　求真實供鑒戒

　　李格非的《洛陽名園記》❶（以下簡稱《名園記》），或認為作於

---

*　本文作者，現為中國西北大學文學院院長、教授。

❶　《洛陽名園記》諸本文字多有不同，本文援引據邵博《邵氏聞見後錄》卷二四，劉德權、李劍雄點校，北京：中華書局，1983 年。

紹聖二年（公元 1095 年）❷，記當時親歷的洛陽一地名園 19 處。李格非工於詞章，主張「文不可以苟作，誠不著焉，則不能工」，要「字字如肺肝出」❸。故《名園記》除具有一般遊記、園記散文的特徵而為選家所注目外（坊間流行的古文選本大多僅摘選記文的後論一段，而忽略正文所述 19 處園圃的價值），另對於園林學、造園史尤其是唐宋園林之變遷研究有重要意義，前人於此雖曾有所涉及，惜未能充分展開，未發之覆尚多，筆者不揣譾陋，略作考述，以便有助於深化對《名園記》的研究。

　　一、《名園記》開專題園記園錄之先河。唐宋時期園記文章甚夥，如唐人白居易《草堂記》、《池上篇序》，李德裕《平泉山居草木記》、《平泉山居戒子孫記》，杜佑《杜城郊居王處士鑿山引泉記》，宋人蘇舜欽《滄浪亭記》，司馬光《獨樂園記》，朱長文《樂圃記》，陸游《南園記》，張淏《艮嶽記》等，皆為園記散文名篇，對園林之空間地位、景觀佈置、山水因借等皆有較詳細的記錄，可供後代園家取資處甚豐，但皆為單獨園林之記錄。唐宋的史傳地志中亦往往涉及到園林，如陸廣微《吳地記》、朱長文《吳郡圖經續記》、范成大《吳郡志》、宋敏求《長安志》、程大昌《雍錄》、祝穆《方輿勝覽》、王象之《輿地紀勝》等，但所述或簡略不詳，或輾轉稗販古人，以訛傳訛。而李格非的《名園記》則是他親歷實地考察所得，有些還見過圖錄，多為第一手資料，則其重要

---

❷　陳植、張公弛選注《中國歷代名園記選注》，第 38 頁，合肥：安徽科學技術出版社，1983 年。

❸　《宋史》卷四四四《李格非傳》。

性就不言而喻了。李格非之後，周密有《吳興園林記》（實為《癸辛雜識》前集「吳興園圃」條，有好事者別出單行，名為《吳興園林記》），記述常所經游的湖州園林 36 處，與李格非的《名園記》略可仿彿，明清以來的《游金陵諸園記》、《帝京景物略》、《揚州畫舫錄》、《履園叢話》之類漸多，遂成園記中的一大類，但體例多濫觴于李格非的《名園記》，可見李之開創之功。

二、《名園記》有證史補史之功用。如前所述，《名園記》為作者親歷實勘所得，故多為第一手資料。有關唐宋洛陽園林記錄，較集中保存在《河南志》及《唐兩京城坊考》之中。一般認為今本《河南志》是清人徐松從《永樂大典》中鈔出，《唐兩京城坊考》之東都洛陽部分則又是徐松以《河南志》為基礎寫成（高敏《永樂大典本河南志跋》❹）。當然兩者也是有差別的，就是《城坊考》限於有唐一代，而《河南志》則上溯漢魏西晉後魏，下至宋代，但仍以唐宋為主。故與《名園記》所述時限最為接近。

《河南志》及《唐兩京城坊考》或拘於體例，或因材料有限，所述園林大多內容簡略。如唐代裴度園池，《河南志》集賢坊條下曰：「中書令裴度宅，園池尚存，今號湖園，屬民家。」❺僅寥寥數語。《唐兩京城坊考》卷五東京外郭城集賢坊：「中書令裴度宅。《舊書》本傳：東都立第於集賢里，築山穿池，竹木叢萃，有風亭水樹，梯橋架閣，島嶼回環，極都城之勝概。」資料出自《舊唐書》。而《名園記》的記載則說：

---

❹　徐松輯《河南志》，高敏點校，第 230 頁，北京：中華書局，1994 年。
❺　見前揭書，第 16 頁。

> 洛人云：園圃之勝，不能相兼者六：務宏大者少幽邃，人力
> 勝者乏閑古，多水泉者無眺望。能兼此六者，惟湖園而已。
> 予嘗遊之，信然。在唐為裴晉公園。園中有湖，湖中有洲，
> 曰百花湖。北有堂曰四並，其四達而旁東西之蹊者，桂堂
> 也。截然出於湖之右者，迎暉亭也。過橫池，披林莽，循曲
> 徑而後得者，梅台、知止庵也。自竹徑望之超然、登之翛然
> 者，環翠亭也。渺渺重邃，猶擅花卉之盛，而前據池亭之勝
> 者，翠樾軒也。其大略如此。若夫百花酣而白晝暝，青蘋動
> 而林陰合，水靜而跳魚鳴，木落而群峰出，雖四時不同，而
> 景物皆好，則又不可殫記者也。

此段文字宛然一篇完整的園記，而對裴度宅園的敘述，可以豐富並深化人們對《河南志》及《城坊考》的理解。

又，《河南志》同條中記呂蒙正園：「太子太師致仕呂蒙正園。」❻僅此一句。而《名園記》則曰：「伊洛二水自東南分，徑入城中，而伊水尤清澈，園亭喜得之，若又當其上流，則春夏無枯涸之病。呂文穆園在伊水上流，木茂而竹潤。有亭三：一在池中，二在池外，橋跨池上相屬也。」

另，《河南志》睦仁坊條下曰：「太子太傅致仕李迪園，本袁象先園，園有松島。」❼《唐兩京城坊考》卷五東京外郭城睦仁坊：「坊有梁袁象先園，園有松島。」而《名園記》的敘述則是：

---

❻　見前揭書，第 21 頁。
❼　見前揭書，第 21 頁。

「松、柏、樅、杉、檜、栝皆美木，洛陽獨愛栝而敬松。松島者，數百皆松也。其東南隅雙松尤奇。在唐為袁象先園，本朝屬李文定丞相，今屬吳氏，傳三世矣。頗葺亭榭池沼，植竹木其旁。南築台，北構堂，東北道院。又東有池，池前後為亭臨之。自東大渠引水注園中，清泉細流，涓涓無不通處，在他郡尚無有，洛陽獨以其松名。」不僅比《河南志》詳盡，而且將園之沿革說得很清楚：從唐袁象先到宋李迪再到宋吳氏，可以補《河南志》之不逮。

另如仁風坊趙普園，《河南志》亦僅記一句❽，而《洛陽名園記》記錄亦詳實，司馬光曾遊此園，並題詩數首，或稱趙令園、或稱趙中令園、或稱趙園。

《名園記》有記載而《河南志》闕錄，片言不存者也不少。如《名園記》記大字寺園，謂其即唐白樂天園也。又謂其一半為張氏所得，改稱為「會隱園」。又尹洙亦有《張氏會隱園記》❾。但《河南志》既沒有提及白居易的履道池台，更沒有述其沿革，也沒有說入宋改為宗教園林，更沒有提及會隱園。《河南志》提及長壽寺果園，未知是否即大字寺園，俟考。但歐陽修詩文中亦多次提到普明院大字院、普明後園等，❿實即白氏履道池台故址。《河南志》提及惠和坊有普明院，考東都坊里，惠和坊在外郭城中，而履道坊在外郭城東南角，兩不相蒙，疑為同名異地。

另，對歸仁園的沿革，《河南志》亦沒有《名園記》詳盡清

---

❽　見前揭書，第 22 頁。

❾　《河南先生文集》卷四《張氏會隱園記》。

❿　《歐陽文忠公集》卷六三《遊大字院記》。

楚，《名園記》交待其園址今已歸屬中書侍郎李清臣。

關於今本《河南志》的作者及時代有不同說法，一說為北宋宋敏求所作（即所謂的宋志），一說為元人所作（即所謂的元志），亦有認為雖系元志但保留了大量宋志的材料⑪。本文不涉及對《河南志》著作權爭論。高鳴先生質疑說：

> 宋敏求以宋人撰《河南志》，關於宋代的洛陽城情況，無疑會寫得比較詳細，而且會另立專篇。可是，徐鈔《大典》本，卻把隋唐時期的洛陽城與宋代洛陽城的情況合在一起敘述，且一再注明「自隋通敘至宋」或「自隋至宋通敘」，與宋人撰志的情況不甚符合。⑫

本文要提的問題是，宋敏求與李格非生活時代相近而年稍長，他可能未讀《名園記》，但同時代人對洛陽園圃之遊覽記述，他不能不知。他如親歷洛陽考察，所獲應比李氏更豐，為何在園林記錄中未留下痕跡呢？元人著志，參考前人成果順理成章，為何亦沒有注意援引李格非之《名園記》？徐松《唐兩京城坊考》對有唐一代文獻涉獵極多，為何在輯錄《河南志》以及在著述《城坊考》之東都部分時似亦未注意到《名園記》？這是一個耐人尋味的問題。

三、《名園記》所述內容篇幅簡短，但首尾始末，交待清楚，每段皆可獨立，近似一篇縮微園史。

---

⑪　參見高敏點校《河南志》出版說明及附錄。

⑫　見前揭書，第 232 頁。

　　《名園記》著錄 19 處園林，每段雖篇幅不長，但文字簡潔省約，對每個園圃之地理位置、四至八到、園內景物與建築、周圍景色、園地之沿革變遷、園內雅集聚會等活動，儘量提及。且能在每段首尾點明該園之特色、地位。茲以富鄭公園記錄為例說明：

> 洛陽園池多因隋唐之舊，獨富鄭公園最為近辟，而景物最勝。遊者自其第西出探春亭，登四景堂，則一園之勝景顧可覽而得；南渡通津橋，上方流亭，望紫筠堂而還；右旋花木中百餘步，走陰樾亭、賞幽台、抵重波軒而止；直北走土筠洞，自此入大竹中。凡謂之洞者，皆軒竹丈許，引流穿之，而徑其上。橫為洞一，曰土筠，縱為洞三，曰水筠，曰石筠，曰榭筠。厤四洞之北，有亭五，錯列竹中，曰叢玉，曰披風，曰漪嵐，曰夾竹，曰兼山。稍南有梅台，又南有天光台，台出竹木之杪，遵洞之南而東還，有臥雲堂，堂與四景堂相南北，左右二山，背壓通流，凡坐此，則一園之勝可擁而有也。鄭公自還政事歸第，一切謝絕賓客，燕息此園幾二十年。亭台花木皆出其目營心匠，故逶迤衡直，園爽深密，曲有奧思。

這樣具體的描述可以入畫，亦可為構園造景提供素材。今人周維權即據其所述繪製出富鄭公園、環溪的平面設想圖❸。

---

❸　周維權《中國古典園林史》，第 138－139 頁，北京：清華大學出版社，1990年。

　　四、《名園記》不是稗販舊說，而是勘踏記實，跡似一篇科學考察報告，從方法上更為科學，從材料上更有價值。張琰謂本文的寫作是作者「足跡目力心思之所及」❶。除本篇外，宋代另有張禮《游城南記》，方法上也類似，作者一行數人結伴而行，從長安東南門出去，進行了長達七天的遊歷考察。邵博《邵氏聞見後錄》卷二五亦記其與晁以道同游長安，考察周秦漢唐故跡之事。這種親歷親驗的方法顯然是從事一切研究的基本規則。值得注意的是，《名園記》中「以其圖考之，則某堂有某水、某亭有某木，至今猶存」、「予嘗游之」、「遊之」、「覽之」，故獲得了大量第一手資料，搶救性地保存了許多珍貴的記錄。而《河南志》的敘述中則頻繁出現無法確指的情況，如：

　　（仁和坊）唐禮部尚書裴寬宅、尚書兵部侍郎裴鄰宅，並失處所。

　　（集賢坊）太師致仕盧鈞宅，失處所。

　　（尊賢坊）宅中門外有紫牡丹成樹，發花千餘朵，今失其處。

　　（履道坊）唐吏部尚書崔群宅，失處所。

　　（履道坊）唐太子少保韋夏卿宅，宅有大隱洞，其下皆失處所。

　　（會節坊）宰臣視事於歸仁亭，至甲辰歸內，今失所在。

　　（從善坊）（劉孝子）宅乃在從善坊，疑曾徙居，今失其所在。

---

❶　張琰〈《洛陽名園記》序〉，見褚斌傑等編《李清照資料彙編》，第 3 頁，北京：中華書局，1984 年。

（永通坊）唐虢州刺史崔元亮宅，失其處所。

（歸義坊）唐秘書監致仕穆寧宅，今失處所。

（正俗坊）唐太子太傅分司東都李固言宅，失處所。

（福善坊）自張策至白文珂三宅，皆失其處所。

（陶化坊）唐太子賓客高重宅，失處所。

《河南志》交待其材料出處說：「凡坊內有韋述《記》所著隋唐舊跡，存者大書之；改易者附見其下；堙滅者注於坊名之下。韋述《記》後唐事及五代後事，雖毀廢皆大書之，所以續舊志之闕。」❶⑮可見，其主要依據韋述《兩京新記》，對於毀廢堙滅者也是有所調查的。但因年代久遠，滄桑巨變，蘭亭已矣，梓澤丘墟。李格非所說「貞觀、開元之間，公卿貴戚開館列第於東都者，號千有餘所」，而到他所生活的時代，唐園也僅存子遺了。他對殘存舊跡的憑弔、對現有園圃的認真周密考察，本身就是一件有意義的工作，而他所記錄的豐富材料、省淨文字，不僅是散文中的精品，而且對園史研究亦有不可取代的價值。

五、《名園記》記錄洛陽唐宋園林不厭其詳，但作者旨意並不希望人們耽玩沉溺于煙霞泉石，而是為了求真實供鑒戒。換言之，作者據微知著，主要從政治軍事等關乎國家勝衰成敗的角度來考量。

> 洛陽處天下之中，挾殽澠之阻，當秦隴之襟喉，而趙魏之走
> 集，蓋四方必爭之地也。天下常無事則已，有事則洛陽先受

---

❶⑮　《河南志》，第5頁。

兵。余故曰：「洛陽之盛衰者，天下治亂之候也。」方唐貞
觀、開元之間，公卿貴戚開館列第於東都者，號千有餘所，
及其亂離，繼以五季之酷，其池塘竹樹，兵車蹂踐，廢而為
丘墟；高亭大榭，煙火焚燎，化而為灰燼；與唐共滅而俱亡
者，無餘處矣。余故曰：園圃之興廢者，洛陽盛衰之候也。
且天下之治亂，候於洛陽之盛衰而知；洛陽之盛衰，候於園
圃之興廢而得。則《名園記》之作，余豈徒然哉！嗚呼！公
卿大夫高進于朝，放乎以一己之私自為，而忘天下之治，忽
欲退享此樂，得乎？唐之末路是也。

張琰說：「文叔方洛陽盛時，足跡目力心思之所及，亦遠見高
覽，知今日之禍。」司馬光在〈進《資治通鑑》表〉中說：「臣之
精力，盡於此書，伏望陛下寬其妄作之誅，察其願忠之意，以清閒
之燕，時賜省覽，鑒前世之興衰，考當今之得失，嘉善矜惡，取是
舍非。」⓰胡三省《新注資治通鑑序》將此意發揮更充分：「為人
君而不知《通鑑》，則欲治而不知自治之源，惡亂而不知防亂之
術。為人臣而不知《通鑑》，則上無以事君，下無以治民。為人子
而不知《通鑑》則謀身必至於辱先，作事不足以垂後。乃如用兵引
師，創法立制，而不知跡古人之所以得，鑒古人之所以失，則求勝
而敗，圖利而害，此必然者也。」⓱《名園記》雖是小品，但也能
因微見著，由園圃興廢上升到洛陽盛衰、天下治亂的高度，告誡公

⓰　《司馬溫公文集》卷一〈進《資治通鑑》表〉。
⓱　《資治通鑑》卷首，北京：中華書局，1956年。

卿大夫要以史為鑒，不敢放乎一己之私以自為，忘天下之治，退享
此樂。故張琰序說：「噫！繁華盛麗，過盡一時，至於荊棘銅駝，
腥膻伊洛，雖宮室苑囿，滌地皆盡。然一廢一興，循天地無盡藏，
安得光明盛大，複有如洛陽眾賢佐中興之業乎！季父浮休侍郎，詠
長安廢興地，有詩云：『憶昔開元全盛日，漢苑隋宮已黍離。覆轍
由來皆在說，今人還起古人愁。』感而思治世之難遇，嘉賢者之用
心，故重言以書其首。」邵博述其得此文「讀之至流涕」，又記與
晁說之（以道）同游長安周秦漢唐故地，晁歎息說：「其專以簡易
儉約為德，初不言形勝富強，益知仁義之尊，道德之貴。彼阻固雄
豪，皆生於不足，秦漢唐之跡，更可羞矣。」❶❽與《資治通鑑》從
材料上探求真實與從宗旨上「陳述覆轍以供鑒戒」❶❾完全契合。說
明史學發達時期之宋代士人多存深刻自覺的史用現念。

---

❶❽　《邵氏聞見後錄》卷二五，第 202 頁。
❶❾　陳寅恪《唐代政治史述論稿》，第 129 頁，上海：上海古籍出版社，1982
　　年。

宮崎市定的中國古代史論

連清吉*

【摘　要】　宮崎市定強調歷史研究是事實的論理，主張以徹底懷疑的態度進行事實的論理。所謂疑古，並不是要抹殺歷史記載而是在究明事實的真相。所有的歷史載記，甚至於出土物，雖然都是理解歷史事實的重要史料，但未必是絕對性的信史，懷疑到不可懷疑，去蕪存菁而無可置疑的部分才是真實可信的史料。因此，徹底懷疑的目的在探究事實的真相，這就是事實的論理。至於事實論理的方法則是建立「紙上考古學」的論理和設定時空座標，以究明中國古代歷史的發展軌跡，確立中國古代史在世界史上的地位。亦即抱持徹底懷疑的態度，考證三代古史，建立「紙上考古學」的論理，重新評價孔子、秦皇、漢武、王莽等古代人物在中國歷史上的地位。又架構通變古今，橫貫東西的時空座標，一方面探究中國古代歷史的變遷，強調中國古代不但有由分裂到統一的傾向，也是進步發展，特別是社會經濟成長的歷史。一方面又從東西對照比較的角度，分析中國古代的史實，不但主張中國古代文化和社會結構是

---

*　　本文作者，現為日本長崎大學環境科學部教授。

東亞大部分地區所共有的模式，所以中國古代的歷史不只是中國的
古代，更是「東洋的古代」。進而提出「都市國家→領土國家→古
代帝國」是東西古代史的共通構圖和「春秋時代主要國家的都城和
西洋都市國家的形態構造相似，春秋時代的氏族構成和羅馬相似，
古代聚落形態是東西相通的事實」等三個發現。如果中國經典的考
證也是事實的論理，則宮崎市定的史學方法或許可以參考。因此，
本文擬從疑古主義，時空座標的設定，古代人物論，紙上考古學，
來說明宮崎市定的中國古代史論。

【關鍵詞】　事實論理　疑古主義　時空座標　紙上考古學　經濟
　　　　　　成長　東洋的古代

一、問題意識：史學是事實的論理

　　宮崎市定說：人的頭腦活動大抵有兩個方向，一種是語言論理
的展開，另外一種是具體事實的記憶。❶即人的思惟方式有哲學式
的和史學式的，哲學的思惟是語言的論理，其目的在於語言論理體
系化的完成，史學的探究是事實的論理，其目的則在於史實真相的
具體化。事實真相的究明，必須以徹底懷疑為前提，懷疑到無可懷
疑，最後存立的才是可信的史料。又如何解析史實錯綜複雜的關
係，則在於正確設定空間橫軸和時間縱軸的座標。解釋釐清糾結錯

---

❶　宮崎市定《中國史・總論・I歷史とは何か》，岩波全書，1977 年 6 月，其
　　後收載於《宮崎市定全集 1　中國史》，岩波書店，1993 年 3 月，頁 15－
　　16。

綜的網路，事實的論理就不至於混同衝突，這就是歷史的學問。❷
換句話說，抱持徹底懷疑的態度，考證三代古史，建立「紙上考古
學」的論理，重新評價孔子、秦皇、漢武、王莽等古代人物在中國
歷史上的地位。又架構通變古今，橫貫東西的時空座標，探究中國
古代歷史發展的經緯，說明中國古代史在世界史上的地位。這就是
宮崎市定的史學理念和歷史研究的方法。如果經典的考證也是事實
的論理，則宮崎市定的史觀和史學方法或許可以參考。

二、疑古主義：徹底懷疑的目的在探究史實的眞相

宮崎市定以為有關中國古代的史料不足或可疑的記載甚多，即
使是儒教經典所記載的聖王傳說，也未必能當作史實而信之不疑，
所以必須採取徹底懷疑的研究態度。至於古代史的研究，大抵可分
為信古派和疑古派。中國大部分的學者都遵守《論語·述而》所謂
「信而好古」的精神而屬於信古派。至於疑古，並不是要抹殺歷史
記載而是在究明事實的真相。所有的歷史載記，甚至於出土物，雖
然都是理解歷史事實的重要史料，但未必是絕對性的信史，懷疑到
不可懷疑，去蕪存菁而無可置疑的部分才是真實可信的史料。因
此，徹底懷疑的目的在探究事實的真相，這就是事實的論理。❸換
句話說，為了探究史實的真相而徹底的懷疑是宮崎市定詮釋古代歷
史文獻的態度。其本著徹底懷疑的精神而對夏商周三代的載記進行
考證。

---

❷　同注❶，頁 16。
❸　同注❶，頁 77，頁 84－85。

　　宮崎市定不但主張三皇五帝的傳說是虛構的，即使《尚書·禹貢》記載的夏禹的事蹟也是戰國末期到漢初所編纂的。❹雖然如此，夏朝並不是不存在，夏朝都城所在的安邑的附近有鹽池，食鹽產地是太古以來的經濟中心，在殷商王朝興盛以前，安邑一帶是富裕的都市國家，被稱為夏。此都市國家存在的記憶，經過殷商而相傳到周代。至於夏朝之後的殷商，雖然是確實存在的王朝，但是有關殷代的歷史記載卻存在著各種疑問。

㈠ 殷商歷史的考證

　　首先是關於殷商都城商邑位置的問題，一般認為商邑在殷商帝王墳墓出土的小屯附近，但是宮崎市定以為小屯是商朝歷代帝王的墓地而不是都市的遺跡，都城應該在接近黃河的平原中央，即現今安陽市一帶。殷商王朝鼎盛之時，如《詩經·商頌》所載「商邑翼翼，四方之極」，都城商邑是極為廣大繁榮的都市國家。武王伐紂，大破殷軍，商邑不免受到破壞，唯封武庚於商邑殷墟而繼承殷的祭祀。其後，武庚叛亂，周公平定，誅殺武庚和管叔，放逐蔡叔而以殷餘民封康叔為衛君。到衛懿公之際，狄人入侵，懿公被殺，其伯父昭伯之子戴公帶領國人東逃。就此歷史事實而言，商邑二度

---

❹　宮崎市定從制度史的角度探究〈禹貢〉所記載的九州的問題，其以為〈禹貢〉記錄著九州各地上貢的軍賦和田稅的種類和傳送路徑，若將〈禹貢〉九州映對到中國的地理，並檢證各州人力地力的負擔能力，比較符應戰國末期到漢代初期的實情，不是夏代初期所能實行的。（見宮崎市定〈古代支那賦稅制度〉，《史林》8 卷 2 號，3 號，4 號，1933 年 4 月，7 月，10 月。其後改題〈古代中國賦稅制度〉，先後收載於《アジア史研究》第一，同朋舍，1957 年 12 月，《宮崎市定全集 3　古代》，岩波書店，1991 年 12 月。）

成為廢墟，武王伐紂，商邑成為殷墟，狄人侵衛，商邑成為衛墟，唯不稱衛墟者，以衛國東遷居要衝之地，商業繁榮，國運昌盛。然而殷墟也是衛都的廢墟是歷史的事實。至於殷墟的所在，根據《史記‧衛康叔世家》「以武庚殷餘民封康叔為衛君，居河淇間，故商墟」及《史記‧項羽本紀》「項羽乃與（章邯）期洹水南，殷虛上」的記載，殷墟當在洹水之南、淇水之北、黃河之西。以座標描畫殷墟的地點，殷墟當在三水等距的位置上。但是小屯是位在洹水之南，故小屯就未必是殷墟的所在，殷墟最適切的位置應在現在的安陽縣，湯陰縣一帶才是。

　　至於小屯是何所在，則從其出土的現狀來看即能理解，蓋其附近頗多墳墓散在，或可斷定是某繁華都市近郊的墓地，而此繁華都市即是殷墟。就歷史而言，此繁華都市同時也是衛墟。故小屯附近發現的遺物不但有殷代的遺物，也應該有衛國遺物存在的可能。因此，在考古發掘時，衛都之下應該有殷都，而且小屯附近一帶的墓地，也應該同時發現殷王和衛侯的陵寢。❺

　　其次是有關殷代史料的問題，一般以為甲骨文是記錄殷代歷史而極為可信的史料，但是宮崎市定指出甲骨卜辭之值得考察的問題有二。第一是彫刻在龜甲獸骨的文字是否就是實際作為占卜用的問題。因為用於占卜的文字必須經過長年的學習，因此出土的卜辭是否混雜練習用的甲骨，則有判別取捨的必要。西亞的象形文字是書

<hr/>

❺　詳見宮崎市定〈中國上代の都市國家とその墓地——商邑は何處にあったか〉，《東洋史研究》28卷4號，1970年3月，其後，先後收載於《アジア史論考》中卷，朝日新聞社，1976年3月，《宮崎市定全集3 古代》，岩波書店，1991年12月。

寫在粘土的，乾燥以後而保留。但是文字書寫的練習也使用粘土，在練習階段中，粘土重複使用，屬於練習階段的粘土板必定廢棄。雖然如此，後世出土的粘土板依然有學習用粘土板存在。西亞如此，中國也未必不然。因此，對於千年之後，重見天日的甲骨文字，就有區別占卜用和練習用的必要。第二、甲骨文究竟是否完全是殷商時代的遺物的問題。占卜之用龜甲獸骨的作法，由周代延續到漢初，而且出土的甲骨文字中，有並非原始形式而稍有變形的，也有文句的內容與殷代不相應，夾雜後世思想的卜辭存在，所以對於出土的甲骨，就有辨識何者是殷商的卜辭，何者是姬周先秦漢初遺物的必要。

㈡ 殷周革命的質疑

　　一般以為中國的信史可以上溯到殷周革命，但是宮崎市定以為中國古代王朝更迭的傳說是根據歷史加上❻的原理而形成的。類似紂王寵愛妲己，導致政治紊亂而為武王所滅的故事，前有夏桀溺愛末喜而為商湯所滅，後有周幽王寵愛褒姒而失去人心，異族入侵而導致平王東遷的傳說。三者的歷史傳說來自同一個根源，時代最晚的傳說首先形成，然後往古代上溯，亦即有關幽王的傳說可能是最初形成的，紂王傳說是第一次的加上，夏桀傳說是第二次的加上。這類王朝更迭的傳說非止於小說的性質，也和作為史實而相傳的英雄傳說有所關連。如果比較紂王和幽王傳說，則後者比較具有真實

---

❻　所謂「歷史加上說」是內藤湖南解釋中國歷史形成的方法論。參見連清吉〈歷史考證加上說：歷史演化論〉，《日本近代的文化史學家——內藤湖南》，臺灣學生書局，2004年10月，頁77－104。

性。幽王以後是春秋時代，和後世的歷史有連續性，但是紂王傳說
之後，到幽王傳說之間有極大的斷絕，和幽王之前的宣王傳說一
樣，其實都是前後毫無接續的孤立傳說。如果要從紂王和幽王傳說
探究其關連性的話，或許是在殷商末期，堀起於西方之文明未開的
周民族受到更未開化的異民族的壓迫而逐漸向東方遷徙，在東遷之
際，消滅文化先進的殷商而產生武王伐紂的英雄傳說。其實，周民
族之所以東遷，是其根據地被異民族所占領，幽王的傳說就是這一
段歷史的記錄。雖然如此，光榮戰勝的傳說被盛傳而暗晦的戰敗傳
說被淡化，甚至於光耀的勝利傳說的年代就被倒置在暗晦戰敗傳說
之前。不但如此，所謂武王封建的傳說也有可疑的所在，特別是史
書所載周王室與諸侯的關係系譜就未必可信了。

㈢ 周初封建諸王的真相

世稱武王滅殷之後，封周公於魯，封召公於燕，封康叔於衛。
成王時，封唐叔於唐，唐叔之子時，改稱晉侯。東周之初，又有鄭
侯的分封，稱之為厲王少子。但是宮崎市定以為周初以來封建諸侯
的系譜是後世的偽造，封建諸侯的親戚關係其實是周王室和諸國之
間的國際關係。將國際關係改置為親族關係是中國獨特的思惟方
式。北宋以兄弟關係和遼結盟，南宋則以叔姪關係和金結盟亦然。
以此逆推，東周之初，周王室和鄭國距離最近，關係最密接結盟最
早，而稱鄭為厲王少子。其次結盟的衛而擬之為武王之弟，其次的
魯國，則擬為周公之子伯禽所建，其後，晉國強大，周王室受其保
護，乃稱之為成王之弟所建。如果，同盟國家是異性，如齊桓公稱
霸，就指稱其先祖為文王之師太公望係。此不能假託親戚關係而製
造出師弟關係的系譜，或許開始於孔子生存的春秋末年。其實，春

秋時代的歷史是中國文化的擴張和異民族的民族自覺而建立強國的推移，所謂春秋五霸是異於周民族的異族，如楚、吳、越在春秋時代被稱為蠻夷之國，至於齊國，其實是受到魯文化的刺激而興起的新興國家，以食鹽製作販賣而富強，進而凌駕魯國而稱霸。晉則是興起於今日山西的遊牧民族，以轉賣牧畜於中原諸國而殷富，於文公時，繼齊桓公而成為霸主。

就以上的論述，宮崎市定說：武王滅殷而建立西周王朝，幽王滅於西夷犬戎而平王遷都洛邑，都不過是一種傳說而已，唯其核心所在的一個史實是以今日陝西一帶為中心而活動的周民族受到異民族的壓迫而向東方移動，進而征服文化先進的殷商民族的都市國家。亦即經過長年的民族移動是可信的史實，而其年代大概就是所謂周室東遷，西元前七七〇年前後。至於封建諸侯的親戚關係，其實是周民族建立的都市國家與其他都市國家之間的同盟關係。❼

三、時間和空間座標的設定

宮崎市定強調歷史的研究於時間和空間的思考和評價是非常重要的。歷史事件的發生必然有無數的原因，綜合各種原因而歸結出一個結果是需要長久的時間，如人類認知火的功用，進而應用於日常生活，創造人類的文明，必定是經過漫長的時間。至於文化的起源和傳播，則是人類文化的基本要素起源於某一特定的地區，然後跨越山川海洋的空間而傳播世界各地，進而促使各地的民族產生文

---

❼ 宮崎市定質疑中國上古和三代載記的論述，見於所著《中國史·第一篇古代史》，《宮崎市定全集 1 中國史》，岩波書店，1993 年 3 月，頁 77－84。

化的自覺，形成各地特有的文明。若以文化一元論的立場而言，人類最早的文明是發生於西亞敘利亞周邊，然後向西傳播而形成歐洲文明，向東傳播而產生印度和中國文明。如銅鐵發明於西亞，然後向四方傳播的。換句話說，探究歷史文化的推移和變遷時，正確的設定時空縱橫座標是極為重要的。唯歷史座標的時間縱軸線和空間橫軸線則不是數學的縱橫直線，數學的直線是二點間最短的距離，只有長度而無寬度。歷史座標的線既有長度，也有寬度和重量。因此，在究明中國古代史的發展時，宮崎市定不但綜合文化、社會、經濟、政治的諸相，說明時代的異質性，更照映東西方歷史事實而說明各時代的特質。換句話說，宮崎市定以時間的縱軸線和空間的橫軸線設定歷史的座標，藉以正確的掌握時代文化的因革損益及其在歷史上的地位。前者如春秋和戰國之異質性的究明，後者如戰爭形態改變和戰國形勢劇變關係的說明。

(一) 時間縱軸的設定：以春秋和戰國的異質性說明為例

顧炎武論述春秋戰國的差異在於尊禮重信，赴告策書，宗周室論姓氏的與否，戰國之時，既不嚴祭祀重聘享，也稀聞宴會賦詩，以致「邦無定交，士無定主，此皆變於一百三十三年之間」。❽宮崎市定既從專制君主的出現和各國競逐王權爭霸之政治形態的轉變，說明春秋到戰國的推移，又從國境明確劃分，都市面貌的改變，經濟景氣的蓬勃的觀點，來說明戰國時代的特色。

宮崎市定強調春秋時代是都市國家而戰國時代是領土國家，二者的差異在於國境的明確與否。春秋時代的地理結構是城、郭、

---

❽　〈周末風俗〉，《日知錄》卷十七。

野，城郭環繞王宮和民宅，以保障居住的安全。城外是遼闊的耕地，與鄰國耕地的界線未必明確。至於國境附近是不事耕作的原野，原野則是歸屬不明的真空地帶，乃有遊牧民族乘隙直入中原的事件發生。到了戰國時代，都市國家逐漸失去獨立自主的機能而依存強勢的專制君主，專制君主為了國富兵強，不但相競擴大其領土，也產生了國境的觀念，開始在國境和要塞修築長城以保衛疆土。

戰國時代伴隨著社會的發達，在大都市規劃出「市」的商業場所，以供市民交易商品作物。雖然從事買賣的商人需要獲得政府的許可，但是大資本家利用商機而貨殖其財富，由於貿易活絡而導致貨幣經濟的流行。宮崎市定說：春秋時代是自然經濟的社會，以穀物絹帛作為貨幣而使用，黃金以及青銅之作為貨幣而流行的是戰國時代。燕、齊鑄造的「刀」，趙、魏鑄造的「布」都是小額貿易的青銅，至於巨額貿易則使用黃金。中國商人派遣商隊到四方淘取砂金，以致中國社會的黃金大量流通，經濟景氣的蓬勃發展。

戰國時代大都市的「市」由於物質和黃金集中，景氣高揚蓬勃而達到社會空前的繁榮。「市」不但是買賣交易的場所，也成為市民社交娛樂的場所。《戰國策·齊策一》所載「臨淄甚富而實，其民無不吹竽鼓瑟，擊筑彈琴，鬥雞走犬，六博蹋鞠者。臨淄之途，車轂擊，人肩摩，連衽成帷，舉袂成幕，揮汗成雨。家敦而富，志高而揚」，❾不但記載了戰國時代都城的繁華，也說明了消費經濟

---

❾　〈蘇秦為趙合從說齊王〉章。

的實情，市民文化高揚的盛況。❿

㈡ 空間橫軸的設定：以戰爭形態改變和戰國形勢劇變關係為例

宮崎市定以為戰國形勢之所以急劇變化，是因為鐵器之作為兵器而被使用和騎馬戰術的採用。鐵和其他金屬都是西亞首先發明的，其流傳到中國的時間雖然不能確定，但是，到了戰國時代已經逐漸擴大其用途。中國鑄鐵的技術雖然進步，但是原本大抵多用於農具而甚少作為武器的兵刃被使用。鐵器用於兵刃，則原本使用青銅的部分都被鐵器代用後，青銅就可以用來武裝兵士，大規模的戰鬥也成為可能，這也成為戰爭勝負的重要關鍵。至於騎馬戰術的採用，更加大擴國間強弱的差距。戰國初期的交戰雖然使用馬車，但是不如兵馬騎乘的機動敏捷，即使崎嶇山路或羊腸小道也能來去自如，有效的利用其機動力，每能圍攻敵陣，殲滅敵軍。因此，騎馬戰術可以說和近代戰爭的戰車有同樣的意義。

騎馬技術和馬具也是西亞發明而傳播到四方的，中國最初使用騎馬戰術的是趙武靈王。⓫而宮崎市定強調趙武靈王蓋從接鄰的三胡樓煩等遊牧民族得知騎射技術而變服騎射。唯北方遊牧民族雖然以放牧為生，於騎馬技術的熟練大概比趙武靈王實行胡服騎射（大約是西元前三〇七年）稍早而已。東亞遊牧民族於騎術的重視，大抵

---

❿ 有關宮崎市定於戰國都市的論議，參見〈戰國時代の都市〉，《東方學會創立十五周年記念東方學論集》，1962 年 7 月，其後，先後收載於《アジア史論考》中卷，朝日新聞社，1976 年 3 月，《宮崎市定全集 3 古代》，岩波書店，1991 年 12 月。

⓫ 《戰國策・趙策二》〈武靈王平晝間居〉章記載趙武靈王胡服騎射以教百姓。

受到西元前三二九年，亞力山大騎兵隊東征的影響。當東征軍隊橫掃西亞之際，希臘卓越的騎馬戰術給予接鄰於波斯的遊牧民族習得的機會。二十年後，趙武靈王也排除眾議而變胡服改騎射。

趙武靈王採用騎馬戰術以後，擴大北方的領土而國勢伸張，司馬遷於《史記》中，特書趙奢、廉頗、李牧的事蹟，蓋意味著蘇秦、張儀之合從連橫的告退，而趙國出身的名將代興。換句話說，騎馬戰術流行以後，不但戰爭的形態的改變，也象徵著攻城略地，消滅敵國之時代的到來。繼趙之後，秦國發揮騎馬戰術的最大效益，蠶食六國而統一天下。❷

四、古代人物論

宮崎市定的中國古代人物論是以究明事實的論理和設定時空座標的史學方法為根據而確立的。其對中國古代人物的品評而值得注目的是孔子、秦始皇、漢高祖、漢武帝、王莽的定位。

㈠ 孔子

世稱孔子編纂《尚書》和《春秋》而為中國學術和史學的始祖，但是，宮崎市定引述內藤湖南歷史考證「加上說」而強調孔子所見的《尚書》，是首先成立的周公前後的諸篇，至於周代以前的篇章則是後世附加的，因此中國古史的形成，也是開始於文武周公

---

❷ 宮崎市定於戰國騎馬戰術採用的論述，見於所著《中國史‧第一篇古代史》，《宮崎市定全集 1 中國史》，岩波書店，1993 年 3 月，頁 115－117。

的傳說，然後向古代逆溯到古代帝王的禪讓傳說。❸至於孔子以
「撥亂反正」的史觀而根據魯國的記錄以作《春秋》的主張，也頗
有可疑。所謂「世衰道微、邪說暴行有作，……孔子懼，作春
秋。……孔子成春秋而亂臣賊子懼」（《孟子・滕文公》），其實是
戰國時代孟子等儒者為了宣揚儒家思想而附會孔子作《春秋》以行
寓褒貶的微言大義。而孔子刪詩之說，由於現今流傳《詩經》的詩
篇，大多未見於《論語》，或許是當時流行的民謠和祭祀宴會的歌
詞傳唱到後世，由儒門弟子蒐集而成的。

　　至於孔子思想的中心主旨及其在中國歷史的地位為何，宮崎市
定以為後世尊崇孔子為儒家的始祖，卻未必正確的說明孔子的學術
性格，於《論語》的解讀也有曲解孔子思想真義的所在，如以忠孝
為中心而強調倫理道德的解釋即是。但是《論語》有關「忠」的敘
述並不多，而且孔子所謂的「忠」並不是對君主的盡忠而是待人接
物的誠實。再者，探究孔子的學說，「信」才是孔子最強調的德
行。「信」是維持人際關係之不可或缺的德行，都市國家之所以能
長治久安，也以市民間彼此信賴為前提。所以宮崎市定以當時的社
會背景與順應時代需求的觀點，主張孔子是中國「人間學」
（anthropology 哲學人類學）的始祖，強調孔子對後世影響最為深遠的

---

❸　有關內藤湖南於《尚書》成書的考證，見其所著〈尚書稽疑〉，（原題〈尚
　　書編次考〉，刊載於《支那學》第一卷第七號，1921 年 3 月，其後收載《研
　　幾小錄》，《內藤湖南全集》第七卷，頁 19－23，筑摩書房，1970 年 2
　　月）。至於內藤湖南「歷史考證加上說」的內容，參見連清吉〈（內藤湖
　　南）歷史考證加上說：歷史演化論〉，《日本近代的文化史學家——內藤湖
　　南》，臺灣學生書局，2004 年 10 月，頁 77－104。

是實用之學的傳授和人生理想的探求。宮崎市定說：政治結構的完備是春秋各國的急務，因此，有用之才，特別是輔弼君主的賢能之士，更是爭相招攬的對象。順應禮賢下士的時代風潮，孔子乃教授君主所要求的古典涵養和文字、語言、朝儀、禮法、音樂、射御等實用的學術，培養弟子以為在位者所用。至於在教育的內容上，孔子最重視的禮。禮原本是祭神的儀式，其後，引申至酬酢的禮節和政治職務的實踐。中國人於社會生活中，重視古來相傳型式的習慣，不但是祭祀的儀節，政治外交和日常生活也都有一定的規範，以之為立身行事的基準而奉行不違。而孔子的禮教，不只是禮儀規範的習得，更強調對君主的尊敬，對朋友的誠信，對死者追慕之真情等立禮的涵義。孔子的禮教即成為後世士人立身行事的規範。除了禮教以外，孔子同樣重視詩書的教育。詩是當時社會流行的民謠和祭祀宴會的歌詞，書原本是文字書寫之學，用以記錄政治上的大事或篆刻銅器的銘文，其後，文字書寫成書而作為歷史的記錄。然則孔子的詩教，不只是文學音樂的鑑賞，更用以強調詩有維持社會安和樂利與培養溫柔敦厚之高尚情操的功能。至於書教，則有政治理想的寄託和歷史文化傳承的意義在焉。換句話說，孔子的教育是兼備經濟致世用的社會學和探究人生究極的倫理學。因此，可以說孔子是中國「人間學」（anthropology 哲學人類學）的始祖。❶

(二) 秦始皇

---

❶ 宮崎市定對於孔子的評論，見於所著〈東洋史上に於ける孔子の位置〉，《東洋史研究》四卷二號，1938 年 12 月，其後，先後收載於《アジア史研究》第一，同朋舍，1957 年 12 月，《宮崎市定全集 3 古代》，岩波書店，1991 年 12 月。

對於秦始皇的議論，宮崎市定除了廢封建，行郡縣，制定新的階級制度，以法治主義固鞏其專制君主的地位，以書同文、車同軌實行統一強化政策，修築長城以防衛匈奴的對外政策，說明秦始皇的政令外，更從皇帝制度和古代帝國理想的觀點，究明秦始皇於中國歷史上的地位。宮崎市定說：「皇帝」的出現，不只是君主名稱的變更而已，也體現了孟子所謂「普天之下莫非王土，率土之濱莫非王臣」（《孟子‧萬章上》）的理想。換句話說，「皇帝」不僅是中國人民的君主，而且是宇宙唯一存在的象徵，更有重現古代理想帝王的實質意義，這是儒家和法家共通的所在，可以說是中國思想的特色。再者，秦始皇統一中國，與波斯的 Achaemenes 王朝、羅馬帝國和印度的 Maurya（孔雀）王朝同屬於由分裂而統一，建立廣大版圖的時代，所以秦王朝可以稱之為古代帝國。又比較東西古代帝國的政策，也有共通的所在。第一是統治廣大的領土時，不設立封建諸侯而直接由中央任命地方官吏統轄各地，波斯 Dareios 大王任命地方首長是古代帝國最初的史實，秦始皇之設立郡守也是同一政策。再者，波斯 Dareios 大王和印度 Maurya 王朝採取巡幸領土，藉以誇示統一君主權威的政策，秦始皇之巡狩天下也與此類似。至於巡幸天下而敷設道路和立石刻銘以顯揚功業的措施也是東西相通，波斯 Dareios 大王和羅馬皇帝之修築軍用道路，秦始皇則建設車同軌的馳道。❶⓯換句話說，中央專制集權的政策和顯耀功績以作為統一天下的象徵是古代帝國君主的共同理念。

⓯　宮崎市定於秦始皇的評價，見於所著《中國史‧第一篇古代史》，《宮崎市定全集 1　中國史》，岩波書店，1993 年 3 月，頁 122－129。

(三) 漢高祖

　　秦末群雄並起而劉邦入主關中，建立漢朝。何以出身草莽的劉邦能取得天下，宮崎市定以為亂世英雄之能成為開國君主，大抵與其出身於文化的分界點有極大的關連。宮崎市定說：劉邦出生的沛縣（今江蘇省北部），地處華北和華中的交界，古來專制君主多崛起於文化分界的所在，蓋受到不同文明風氣的薰陶，鍛鍊出複雜靈動的頭腦，最能突破亂世的難局而成就不朽的功業。不僅高祖能伸屈權變，共同舉事的蕭何、陳平、曹參都具有同一性格，即使有萬夫不當之勇的樊噲也能分辨進退之節，漢家天下就是此等智慧的結晶。至於出身於異鄉的張良，由於沒有溶鑄於沛公等人文化的自信，只能功成身退以明哲保身。其後，中興漢室的東漢光武帝出身於南陽，南陽在河南省的南端，是中原文化的邊陲，篡漢的曹操出身於譙，譙在安徽省北端，與河南省交界，鄰近沛縣。高祖死後一千五百多年，以民間匹夫而即天子之位的明太祖是鳳陽人，鳳陽在淮水流域，是當時華北文化的南限。

　　專制君主之出身於文化地域分界點的傾向，不僅發生於中國，也是世界共通的史實。如希特勒出生於德國和奧地利的國境附近，史達林出生的 Gruziya 是基督文明和伊斯蘭教文明的交界。至於日本的織田信長、豐臣秀吉、德川家康三人出生所在的尾張、三河是以黃金為貨幣交易之關東和以銀為貨幣交易之關西的交界，西鄉隆盛出生的薩摩和山縣有朋出生的長門都地處日本的周邊，分別與琉球、對馬往來交通而進行海外或走私貿易的所在。生於亂世而爭霸的英雄人物蓋以不墨守成規之相對性的思惟，發揮均衡取捨的判斷

力而付諸現實的行動而成就其功業。❶換句話說，吸收岐異文化的土壤而成長兼容並蓄的智慧，是孕育亂世英雄揚名立萬的根源所在。

四 漢武帝

宮崎市定以為漢武帝在位五十四年，不但漢朝的國威鼎盛，更完成了古代帝國統一事業。高祖的開國是武力的統一，景帝雖鎮壓諸王排除敵對勢力，只是奠定古代帝國的基礎而已，制定內政外交政策而構築足以與羅馬帝國並稱的大漢帝國，則是武帝。

漢武帝首先實施的統一政策是思想的統一。雖然如此，武帝重視的是文學，即位之初的賢良對策，其目的是在選拔文學之士，即使公孫弘建議設立博士弟子員以實施英才教育，其真正的作用是在於文學之士的養成而不是儒學教育的振興。只是朝廷的儒臣勢力逐漸增強，儒學遂成為官學。換句話說，武帝雖愛好文學而未必有以儒學為官學的旨意，但是長年治世的結果，乃形成儒學為正統學術的局勢。武帝表彰六經遂成為通說，獨尊儒術而實現以儒學統一思想界的史實。

武帝詔命實施的是年號的創始和曆法的制定。歷來的紀年法是君主即位的第二年為元年，文帝在位年代較長，乃於第十七年改元，稱之為「後元年」。景帝先後兩次改元，武帝最初也以六年為周期而改元，但是數次改元而難以區別，遂於第五次改元之際，制定「元封」的年號，進而上溯制定「建元」「元光」「元朔」「元

---

❶ 宮崎市定的高祖人物論，見於所著《中國史·第一篇古代史》，《宮崎市定全集 1 中國史》，岩波書店，1993 年 3 月，頁 138－140。

狩」「元鼎」等年號。武帝制定年號的制度不但通用於中國，也實行於與中國有往來的周邊民族。至於曆法的制定是在「太初」年間，故名「太初曆」，大抵是結合盈虧置閏的太陰曆和分二十四節氣的太陽曆而成的曆法。所謂「正朔」，即年曆的制定是皇帝的特權，奉「正朔」則是君臣關係的象徵。

武帝即位以後，其對外政策有重大的轉變，遠征匈奴及對四方用兵是眾所周知的史實，宮崎市定特別強調的是張騫出使西域而促成東西貿易的歷史意義。張騫出使西域十三年，將大宛、安息等西亞各國的風土民情帶回朝廷，武帝乃派遣隊商展開東西貿易。東西通商隨著北方遊牧民族的移動，或於古代即有貨物交換的行為，但是以國家的政策而展開隊商貿易，則開始於漢武帝。

武帝時代的經濟不僅是漢朝的極盛，也是中國古代經濟發展的頂點。經濟景氣之所以能蓬勃高昂，是由於貨幣儲存量豐富。武帝以青銅鑄造五銖錢，不但統一銅錢的形狀，而且五銖錢和黃金都作為稱量貨幣來使用，黃金一斤相當於一萬個銅錢，因此中國周邊民族的黃金不斷的湧入中國。

武帝時代的社會，如《史記·貨殖列傳》和《漢書·食貨志》所記載的，是商業繁榮的世界，富商大賈的奢華比擬年收二十萬錢的封建諸侯，使喚的僕隸也有多達千人的存在。但是經濟雖然高度成長，卻也產生貧富懸殊的現象，一獲千金的富家固然輩出，但是沈淪為奴僕的也所在多有。畢竟經濟景氣未必能高居不下，終有滑落的時期。再者，大規模東西貿易的展開，也對中國的社會經濟產生了極大的影響。中國從西亞輸入的以寶石、珊瑚、琉璃、香料等加工品、工藝品為多，而中國的輸出品則以絹和黃金為主。因為中

國黃金長年流出西亞，導致中國貨幣量減少的結果。雖然司馬遷所
謂「以末致之，以本守之」，即是以商業投機所得到的財產投資於
農業生產，以防患景氣下降，藉而維繫社會的安定。但是，物極必
反，盛極必衰的哲理，或許說明了武帝時代雖然是中國古代經濟發
展的顛峰，卻也預攝中世經濟停滯時代到來的歷史循環。❼

㈤ 王莽

　　宮崎市定以為有關王莽的史料大抵是後漢的記錄，所以稱王莽
為偽善篡逆之徒，其實是主觀的偏見。若要論斷王莽的功過及其在
中國歷史上的地位，則必須綜觀王莽登場的時代背景，考察居攝至
實施新政的經緯。王莽雖然利用外戚的身分而立居要津掌握大權，
由於與以劉向、劉歆父子為中心的儒者相互輔成，所以得志之後，
不但沒有成為王氏一族的傀儡，即使於馳競傾奪之際，依然堅持實
行新政。換句話說，王莽於居攝之初，標榜周公輔政而欲實行古代
儒學的理想，確實有異質性的存在。西漢末年，朝廷綱紀廢弛，官
僚腐敗，社會經濟不景氣，財富集中於富豪之家而造成貧富懸殊的
現象，水災旱魃一發生則遊民盜賊四起，饑饉之際，不是賣身為
奴，就餓死於溝塗。❽王莽掌政之後，乃以古代聖王的政治理想，

❼　宮崎市定的漢武帝評價，見於所著《中國史‧第一篇古代史》，《宮崎市定
　　全集 1　中國史》，岩波書店，1993 年 3 月，頁 143－152。
❽　宮崎市定盛衰興亡的歷史循環模式形成於西漢，即以武力立國的專制王朝於
　　建國之初，由於武力強盛而社會富庶，幾代以後，朝廷腐敗衰退，社會歪曲
　　混亂而導致滅亡。東漢也反覆著此一模式，殤帝以後，外戚專權，宦官橫
　　暴，儒生黨錮而王朝衰頹，社會貧富懸殊，經濟衰退，暴動蜂起而陷入中世
　　混亂分裂的時代。（見所著《中國史‧第一篇古代史》，《宮崎市定全集 1
　　中國史》，岩波書店，1993 年 3 月，頁 160－174。

匡正社會的歪曲，救濟塗炭的生民。王莽首先禁止黃金私有，代以鑄造新銅幣，與五銖錢併用，唯有名無實而中止。即位改新之後，兩度改訂貨幣制度，先廢止五銖錢而鑄造大小二錢，以為通行的貨幣，其後又改用貨布和貨泉的銅錢。此外的新政也陸續發布，如以土地公有的原則，稱天下之田為公田，禁止私自買賣，奴婢改為私屬，禁止買賣，禁止民間釀造私酒而改為官營。最值得注意的是安定物價的「五鈞法」，即設置司市之官，於仲春、仲夏、仲秋、仲冬之際，設定商品的標準價格，作為買賣的依據，民間若有過剩的物資，均官就以標準價格收購，值物價高漲之際，則以平價供應。至於人民資金短缺之際，政府則以月利三分借貸應急。

　　王莽新政的旨趣雖有極其合理進步的所在，但是王莽以為疏於實務的三公四輔無法勝任，乃以富商大賈擔當執行之職。但是人謀不臧，商賈貪圖姦利而專事虛假。至於土地和奴婢禁止買賣雖然都是善政，而反對抗拒者多，施行不久即中止。就此事實而言，王莽的新政大抵無法付諸實現的空想。至於王莽死後，國庫黃金儲存六十餘斤，則反映了當時的社會現象，蓋經濟不景氣，上自朝廷，下至個人都死守錢財而吝於消費，購買力減弱則貨物流通就不暢順，如此惡性循環的結果，景氣就更加蕭條。到了中世時代，吝惜於消費的風氣就更加普遍了。換而言之，王莽新朝的吝嗇現象是中世時代經濟不景氣的機兆。除此之外，王莽所謂居攝禪讓，其實是利用外戚、大臣的地位而篡奪王位，這也是中世時代王朝更替的模式。至於王莽以儒術施行於政治的做法是後漢政治的基本方針，因此，以儒學作為政教根底的方策可以說是開始於王莽。就此意義而言，

王莽的新政及其結果，大抵都是中世時代的先例。⑲

五、紙上考古學

礪波護說宮崎市定於中國古代史的研究方法是內藤湖南「文獻學」與濱田耕作「考古學」的結合。⑳宮崎市定嘗自稱有關中國古代都市國家城郭起源試論的〈支那城郭の起源異說〉㉑是「紙上考古學」。宮崎市定指出其紙上考古所發掘出的中國古代都市的形式有城牆式、內城外郭和山城式等三種，而內城外郭又有城主郭從和城從郭主兩個形態。探究城郭的本義，城者從土從成，乃以土堆積而成，具有防禦的功能，故有所謂干城、城守、城塞等詞語產生。至於郭是棺槨之槨，乃外圍之意。就城郭的字義而言，城字本無環繞之義，郭無防禦之義，以之考察中國都市城郭的建造，山城的形式為最古，其次是內城外郭，然後是城牆式。再印證文獻記載，山城式或為商周時代的都市形態，內城外郭的結構多見於春秋時代，城牆式則是戰國以後的形式。

「城牆式」的建築是中國現今最常見的，乃以堅固宏偉方形的城牆周繞櫛比的街道民宅。城牆式的城牆既稱為城也稱為郭，遭遇

---

⑲　宮崎市定的王莽論，見其所著《中國史・第一篇古代史》，《宮崎市定全集 1　中國史》，岩波書店，1993 年 3 月，頁 155－160。

⑳　礪波護・間野英二〈東洋史學宮崎市定〉，《京大東洋學の百年》，京都大學學術出版會，2002 年 5 月，頁 220－250。

㉑　《歷史と地理》，32 卷 3 號，1933 年 9 月。其後改題為〈中國城郭の起源異說〉，先後收載於《アジア史研究》第一，同朋舍，1957 年 12 月，《宮崎市定全集 3　古代》，岩波書店，1991 年 12 月。

敵襲時，城郭是最初也是最後的防線，城外則是田野，接近城郭的土地即所謂的「負郭之田」，最便利於農耕。城牆式的都市形態大抵形成於戰國以後，如《戰國策・東周策》所載「宜陽城方八里，材士十萬，粟支數年。」

所謂「內城外郭」是都市有二重防禦的建築，內層為城，外層為郭，如《史記・齊世家》所載「晉兵遂圍臨淄，臨淄城守，不敢出，晉焚郭中而去。」臨淄的都市建築即是內城外郭的形式。又《左傳・襄公十八年》記載「己亥，焚雍門及西郭南郭。……壬寅，焚東郭北郭，范鞅門于揚門，州綽門于東閭」，雍門即郭門，揚門和東閭則是城門。城內是君主的宮殿和宗廟的所在，庶民則居住在城與郭之間。戰爭之際，外郭為最初的防線，外郭不守則退防城內。外郭又稱為「郛」，春秋時代有「入其郛」的記錄，如「鄭人伐宋，入其郛」（《左傳・隱公五年》），「晉復伐衛，入其郛，將入城」（《左傳・哀公十七年》）。至於城郭的形式，就防禦的功能而言，或有主從的概念而形成「城主郭從」和「城從郭主」的形態。前者的外郭只是作為一時防衛之用，主力陣地則置於內城，後者則反之。就形成年代而言，前者較早，而後者則較晚。春秋時代，如「諸侯城衛楚丘之郛」（《左傳・僖公十二年》），「季孫宿、叔孫豹帥師城成郛」（《左傳・襄公十五年經》），「城西郛」（《左傳・襄公十九年經》）等「城郛」的記事，蓋可窺知城郭的建築是由「城主郭從」而逐漸演變成「城從郭主」，戰國時代，齊的即墨，魏的大梁就是「城從郭主式」的都市。《戰國策・齊策》記載「安平君以惴惴之即墨，三里之城，五里之郭，敝卒七千，禽其司馬，而反千里之齊」，所謂「三里之城，五里之郭」即是「城從郭主」的建造。

至於《戰國策・魏策》所載魏安釐王「以三十萬之眾，守十仞之城」，雖言「十仞之城」，然大梁為魏的國都，魏王宮殿當在城內，能容納「以三十萬之眾」的「十仞之城」或為郭，乃是最後防禦的陣地。《戰國策・魏策》記載魏昭王時，「穰公攻大梁，乘北郭，魏王且從」，一旦外郭被占領，只能俯首稱臣。《史記・魏世家》說：「秦之破梁，引河溝而灌大梁，三月城壞，王請降，遂滅魏」，十仞的城郭破壞，國家就滅亡了。換句話說，因為防衛戰備的思惟轉變，城郭的建造也有所改變，春秋時代的「內城外郭」經過「城從郭主」的過渡，到了戰國時代，就逐漸演變成「城牆式」的建構。由於內城的存在價值喪失，郭也被稱為城。雖然如此，城郭不但字義有別，其建造的用意也有差異，如《太平御覽》百十三卷所載「鯀築城以衛君，造郭以居人」，城是為了君主，郭是為人民而建造的。又如《左傳・莊公二十八年》所載「凡邑有宗廟先君之主曰都，無曰邑，邑曰築，都曰城」，所謂都城、帝都、王城者，即君主宮殿和宗廟的所在。再者，城不在平地而建造於自然或人為的小丘之上，如《左傳・莊公二十六年》所載「晉士蒍城絳，以深其宮。註，絳晉所都也」，即中樞神聖的所在，乃修築於高處，以便於防禦。至於《管子・度地》所記載的「內為之城，城外為之郭」，則是後世內城外郭的都市建構。因此，城郭的本質是有所區別，非如後世以二重城牆分別內城外郭而已。《詩經・大雅・公劉》所記「篤公劉于京斯依」，即是建城於小丘之上，城內有宗廟社稷和君主宮殿，庶民則散居於城下。民居的周圍並沒有郭郛環繞，一有戰事，人民立即進入城內避難。此山城式的形態蓋為中國最古的城郭建構，古傳所謂商湯之際，諸侯三千，周初猶有一千八

百諸侯，或為規模極小的山城形態的部落。

綜合以上所述，中國古代生活於黃河沿岸的民族在山丘之上建造都城，並於城中修築王宮和宗廟，一般百姓則散居於山丘的周邊，一旦有事，則避居城內。其後，諸民族逐漸發達，又由於工商業的興起，人口密集，乃於民家周圍，構築郭郛，以防外敵的侵襲，如果敵軍勢力強大，則退居城內。然而，隨著庶民的富力增進，不堪盜賊外敵頻繁的掠奪，乃建造高聳堅固的郭郛，以確保身家財產的安全，內城防禦的作用遂逐漸被郭郛所取代，郭就被稱為城。「城牆式」的都市流行之後，都市的營造就未必着眼於以天然要塞的山丘，而以交通便利的所在作為立地的先決條件，隨著都市的發達，富力的增強，乃修築堅固的城牆，以防患外敵的侵入。戰國時代，如《戰國策·韓策》記載「令楚築萬家之都於雍氏之旁」，大抵都城和要津的建設皆為城牆式的形態。

中國古代城郭的發展大抵古希臘、羅馬的城郭的變遷有共通的所在。古希臘的都市國家都有堅固城牆環繞，其中心在小丘之上，稱之為高市（acropolis），是王宮和神殿的所在，庶民則居住於高市的周邊，但是，敵人來襲之際，百姓也避難於高市。至於民居周圍的城牆則是庶民殷富之後，才修建的。波斯戰爭之時，雅典人中，有主張固守高市以防禦波斯軍隊者，波斯戰爭之後，雅典周圍修築了宏偉堅固的城牆，以防備外敵的侵害。當斯巴達（Sparta）攻打雅典，城破而雅典陷落。此意味著城牆一旦被攻破，雅典就無力防備，高市了無軍事上的價值。

羅馬的城市先以七個山丘為中心而發展的，當 Gallia 人入侵時，羅馬人退守 Capitolino 山丘而免於覆沒，但是山丘周邊的地區

則任由敵人蹂躪。其後羅馬周圍修築堅固的城牆，Hannibal 戰爭
時，羅馬即以城牆而固守。

古代都市的形態於山城式而內城外郭而城牆式演變中，民主共
和的思想也隨之發達，庶民的權利也和城牆的高度成正比而逐漸增
高。西方如此，中國亦復如此。戰國時代，稷下談士的自由風尚，
布衣可為卿相，和孟子所謂「民為貴，社稷次之，君為輕」的民主
思想，乃和城郭防衛君主或庶民的今昔變遷相互印證。

六、宮崎市定的中國古代史論

宮崎市定強調歷史研究的目的不是理論的實證而是歷史事實的
究明，以郭沫若為首的中國學者強調中國古代是奴隸社會，然則
「奴隸制度」並不能說明中國古代的真相。因為中國古代史是進步
發展的歷史，特別是經濟成長的歷史。中國古代社會是無數城郭都
市的集合，而且中國古代的都市雖然是以農業為主體的都市，卻和
歐洲古代都市國家相近，是擁有主權的獨立國家。到了戰國時代，
古代都市離合集散而產生大都市合併小都市的領土國家，其後，領
土國家交戰攻伐的結果，遂由分裂而統一，形成秦漢帝國。至於人
民聚落的形態，雖然到西漢依然保持城郭都市的方式，❷不過大耕
地的形態，土地所有的社會結構和庶民地位提升的思想意識也逐漸
形成。總而言之，中國古代是從都市國家的分立到古代帝國的統

---

❷ 有關宮崎市定中國古代聚落的論述，有〈中國城郭の起源異說〉，〈中國上
代封建制度か都市國家か〉，〈中國における聚落形態の變遷〉等皆收錄於
《宮崎市定全集 3 古代》，岩波書店，1991 年 12 月。

一，從野蠻到文明，從自給自足的經濟到交換經濟等方面都呈現出進步的現象，特別是經濟方面，由於經濟高度成長而形成景氣蓬勃的時代。即使其間社會幾度發生歪曲混亂的現象，都以社會的富庶和經濟的成長克服傾頹的危機，進而順應時勢以完成政治社會的改革。因此，古代的中國人認同社會的根底是持續發展進步，即使苦於戰爭的動亂和社會的矛盾，對人生始終抱持著樂觀的態度。[23]

　　宮崎市定又根據設定時間和空間座標的方法論，不但以「東洋的」觀點來研究中國歷史，強調中國古代史的地域雖然只限於中國，但是中國古代的文化和社會組織是東亞各民族所共有模式，猶如希臘、拉丁文化是歐洲人所共有。因此，中國古代可以說是「東洋的古代」。又以東西史對比的觀點，考察中國古代史在世界史上的位置，而自稱於中國古代史的研究上，有春秋時代主要國家的都城和西洋都市國家的形態構造相似，春秋時代的氏族構成和古代羅馬的相似，古代聚落形態是東西相通的事實等三個發現。[24]這是宮

---

[23]　〈東洋的古代〉，《東洋學報》四十八卷二號，其後，先後收載於其後，先後收載於《アジア史論考》中卷，朝日新聞社，1976 年 3 月，《宮崎市定全集 3　古代》，岩波書店，1991 年 12 月。

[24]　宮崎市定於中國古代史研究的三個發現，見其所著〈私の中國古代史研究歷〉，《古代文化》三十七卷四、五號，1985 年 4，5 月，其後先後收載於《中國古代史論》，平凡社，1988 年 10 月，《宮崎市定全集 17　中國文明》，岩波書店，1993 年 6 月。有關春秋時代的氏族構成和古代羅馬相似的論述，宮崎市定說：中國古代自由市民的人名包含姓、氏、名三個部分，古代羅馬擁有市民權的人雖然順序不同，也有三個部分。如 Caius（名）、Julius（姓）、Caesar（氏）中，最初的 Persona 或 Praenomen 是個人名，即現今所謂的 First name，其次 Gens 是血統名，相當於中國的姓，男子將姓省略而不稱的習慣也和中國相同，相反的，女性則常稱 Gens，而且將之女性化

崎市定研究中國古代歷史的成就。

為 Julia。Gens 作為個人名而普遍被使用後，則男子稱 Julius，女性 Julia。最
後的 Caesar 是 Familia，即家族名，相當於中國的氏。因為 Caesar 代代即皇
帝之位，所以 Caesar 則成為皇帝的代名詞，在德國則改稱 Kaiser 而持續到二
十世紀初期。（《中國史・第一篇古代史》，《宮崎市定全集 1　中國
史》，岩波書店，1993 年 3 月，頁 88－89。）

從接受學角度對「元和體」
相關史料的再詮釋

尚永亮*、李　丹

【摘　要】　「元和體」是詩史上的重要概念，也是中唐元和年間詩歌的一種重要體式。本文在詳細解讀元稹《上令狐相公詩啓》、《白氏長慶集序》的基礎上，對「元和體」稱謂的產生，創作與傳播、接受的時間，形成的過程，傳播的範圍、方式和接受者的層次、態度，元、白的兩面心態及其趨於自覺的接受意識等，予以考訂、辨析，認為：「元和體」與接受學具有緊密關聯，其接受過程猶如一柄雙刃劍，既在接受者與原作者間形成有力的雙向互動，又因拙劣的仿效而導致大量庸濫作品的產生。而從終極意義上講，沒有接受者，元和體詩就難以形成完備的規模和傳播的高潮，也就沒有從唐代開始一直傳到今天的「元和體」的稱謂。

【關鍵詞】　元和體　接受學　元稹　白居易　傳播接受意識　詮釋

---

*　　本文作者，現爲中國武漢大學文學院院長、教授。

　　在被稱為中國詩史三大關節點的「三元」或「三關」中❶，「元和」上承開元，下啟元祐，地位極為重要。而在元和時期形成的「元和體」，亦為後人津津樂道，爭論不休。在對相關史料詳細辨析後，我們認為：所謂「元和體」的原初內涵，蓋指元白二人主要在元和年間創作的次韻倡和的長篇排律與小碎篇章兩類作品。小碎篇章既包括豔情詩，也包括有感於世事人生而「取其釋恨佐歡」的自我吟暢之作；長篇排律既有藝術形式上爭難鬥勝、呈技獻巧的成份，也不無創前古所未有、示來世以軌轍的新變意圖。總的來看，這兩類作品都可用以代書、自我吟暢或戲投，亦即都具有世俗化、私人化、情感化和遊戲化、技巧化、創新性等特徵❷。這些特徵，是元和體詩得以廣泛傳播以及被人效法的一大要因，而這種傳播、效法反過來無疑又使這些特徵得以強化乃至定型。就此而言，元、白所作元和體詩以及「元和體」之稱謂便與傳播、接受有了緊密的關聯，在某種意義上甚至可以說，它們都是創作者與接受者交相影響、雙向互動後的產物。

　　為了證成這種說法，也為了從傳播接受角度對「元和體」的形成過程獲得更清晰的瞭解，我們將元稹對「元和詩體」的兩次集中闡述開列於下：

---

❶　陳衍云：「詩莫盛於三元，上元開元，中元元和，下元元祐。」（《石遺室詩話》卷一）沈曾植云：「詩有元祐、元和、元嘉三關。」（〈與金甸丞太守論詩書〉，引自《學術集林》第 3 卷所刊《沈曾植未刊遺文》，上海遠東出版社 1995 年版。）

❷　參見尚永亮《唐代詩歌的多元觀照》（湖北人民出版社 2005 年版）第四編相關論述。

積自御史府謫官，於今十餘年矣。閑誕無事，遂專力於詩
章。日益月滋，有詩向千餘首。其間感物寓意，可備矇瞍之
諷者有之，詞直氣粗，罪尤是懼，固不敢陳露於人。唯杯酒
光景間，屢為小碎篇章，以自吟暢。然以為律體卑下，格力
不揚，苟無姿態，則陷流俗。常欲得思深語近，韻律調新，
屬對無差，而風情宛然，而病未能也。江湖間多新進小生，
不知天下文有宗主，妄相仿效而又從而失之，遂至於支離褊
淺之詞，皆目為元和詩體。積與同門生白居易友善，居易雅
能為詩，就中愛驅駕文字，窮極聲韻，或為千言，或為五百
言律詩，以相投寄。小生自審不能有以過之，往往戲排舊
韻，別創新詞，名為次韻相酬，蓋欲以難相挑耳。江湖間為
詩者，復相仿效，力或不足，則至於顛倒語言，重複首尾，
韻同意等，不異前篇，亦自謂為元和詩體。而司文者考變雅
之由，往往歸咎於積。

〈上令狐相公詩啟〉（元和十四年）

予始與樂天同校秘書，前後多以詩章相贈答。會予譴掾江
陵，樂天猶在翰林，寄予百韻律詩及雜體，前後數十章。是
後各佐江、通，復相酬寄。巴蜀江楚間洎長安中少年，遞相
仿效，競作新詞，自謂為「元和體詩」，而樂天〈秦中
吟〉、〈賀雨〉、諷諭、閒適等篇，時人罕能知者。然而二
十年間，禁省、觀寺、郵堠、牆壁之上無不書，王公、妾
婦、牛童馬走之口無不道，至於繕寫模勒，衒賣於市井，或
持之以交酒茗者，處處皆是。其甚者，有至於盜竊名姓，苟

求自售。雜亂間廁，無可奈何。予嘗於平水市中，見村校諸
童，競習歌詠，召而問之，皆對曰：「先生教我樂天、微之
詩。」固亦不知予之為微之也。又雞林賈人求市頗切，自云
本國宰相每以一金換一篇，其甚偽者，宰相輒能辨別之。自
篇章已來，未有如是流傳之廣者。

〈白氏長慶集序〉（長慶四年）

　　在這兩段話中，元稹交待了「元和體」的指涉範圍、稱號來
由、嬗變情形、傳播地域、接受者層級和態度等諸多因素，留下了
關於此一問題相當重要的資訊，但長期以來為人忽略。筆者不揣淺
陋，在認定「元和體」原初內涵的基礎上，依據相關史料，擬從以
下四個方面對這兩段話重新解讀，聊申一得之見。

　　首先，從「元和體」的稱謂看，最早即源於江湖間新進小生。
元稹〈詩啟〉中先說：「江湖間多新進小生，不知天下文有宗主，
妄相仿效而又從而失之，遂至於支離褊淺之詞，皆自為元和詩
體」，再說：「江湖間為詩者，復相仿效，力或不足，則至於顛倒
語言，重複首尾，韻同意等，不異前篇，亦自謂為元和詩體。」
〈集序〉也明確指出：「是後各佐江通，復相酬寄，巴蜀江楚間泊
長安中少年，遞相仿效，競作新詞，自謂為元和體詩。」據此表
述，可以確定：「元和詩體」這一概念的發明者應是當時無法查考
的一位（群）「新進小生」，而使之首次見諸文獻的則是元稹。我
們知道，元和體詩的創作始於貞元、元和年間（詳見下文論述），直
至元和十四年，元稹才正式對此類詩作的特點有所解釋，可見他的
關注是漸漸自覺的；其所以如此，與第一批接受者——新進小生的

仿習成風，造成了引人矚目的流傳盛況關係密切。換言之，這一稱
謂的產生，與接受者的接受行為有著至為密切的聯繫。在上述引文
中，元稹反復指出：「元和體詩」是江湖間新進小生自稱對自己與
白居易的模仿、效法之作，而他對此做法並不認同。也就是說，元
稹並不認為時人的模仿之作是「元和詩體」，其潛臺詞當是：真正
的元和體詩乃是他與白居易之作。元稹之所以要將自己和白氏之作
與仿作劃清界限，主要原因有二：一是這些仿作大都「支離褊
淺」、「顛倒語言，重複首尾，韻同意等」，如果將己作與之混
同，便降低了身份和層次；二是〈詩啟〉的呈送對象是時任宰相的
令狐楚，而此時元稹才從貶所返朝，既需獲得在上位者對自己作品
的賞識，又擔心「司文者考變雅之由，往往歸咎於稹」的事情會淆
亂視聽，故反復申明這些所謂的「元和體詩」確實與己無關，不過
是那些「不知天下文有宗主」者的仿作和稱謂而已。但實際情況並
不這樣容易撇清，「元和詩體」既然是傳播接受中的產物，則作為
傳播源的元白詩便與之脫不了干係。

其次，從元和體的創作、傳播與形成過程看，大致經歷了元和
（包括此前之貞元末）、長慶（包括此後之大和初）兩大階段。關於元和
體產生的時間，〈詩啟〉說是「自御史府謫官」之時，即元和五年
（810）；〈集序〉說是「始與樂天同校秘書」時，即貞元十九年
（803）。〈詩啟〉作於元和十四年（819），〈集序〉作於長慶四年
（824），從元和五年到長慶四年已有十五年時間，自貞元十九年至
長慶四年則已長達二十二年，故元稹用「二十年間」概稱之；而自
長慶末至大和二年（828），元白二人又數度唱和，前後相加，已是
二十六年。在這二十多年間，依據元稹的自述及元白二人社會地位

和創作情形的變化，可約略看出兩大階段的先後嬗變和差異：

第一階段為元和十四年前，這是元和體詩創作和被仿效由發展到鼎盛的時段。其中又可分為三個時期：元和五年前，二人同在長安，過往極密，已有一些唱酬之作，而其大量豔詞，亦為此期所作。自元和五年至十年，元稹被貶江陵，白居易獨留長安並因丁母憂回歸故里下邽三年，其間豔詞創作減少，唱酬詩逐漸增多。元和十年後，白居易被貶江州，元稹轉徙通州，著名的通江唱和由是形成，二人的唱酬創作達到全盛。據〈詩啟〉、〈集序〉，元稹對元和五年前的創作未多提及，只是一筆帶過，說明此期詩作傳播的範圍尚不廣遠；而對其元和五年「自御史府謫官」與始於元和十年的通江唱和則極力渲染，說明此二期詩作不僅傳播廣遠，而且被大量仿效，形成了接受的高潮。進一步看，在元和五年至十年、十年至十四年這兩個時期中，仿效者接受的重點也有不同：前一時期，因元白雖有唱酬，然長篇大作尚不多見，其傳播於外的主要還是「杯酒光景間」的「小碎篇章」，亦即以言情抒懷為主的「律體」，〈詩啟〉所謂「江湖間多新進小生……妄相仿效而又從而失之……皆目為元和詩體」云云，當主要指此期對小碎篇章的接受和指稱；後一時期，元白二人「或為千言，或為五百言」的長篇唱酬劇增，「窮極聲韻」、「以難相挑」成為其主要特點，故「江湖間為詩者」遂「復相仿效」，「亦自謂為元和詩體」。這裏的「復相」、「亦自謂」諸詞語，已明確顯示了仿效者的接受重點的變化，即從對「小碎篇章」的模仿轉向了對長篇唱酬之作的效法。

第二階段自元和末經長慶至大和初，元和體的創作和接受偏重於長篇唱和之作。此一階段，元、白均已返朝，其身份由被棄逐的

貶臣一變而為品秩不低的朝官，元稹甚至一度為相；其後二人雖分別出守越、杭等地，但佔據方面，頗具風光，其政治地位已遠非前一階段所能比。由於身份、地位和處所、環境的改變，二人「小碎篇章」中的豔情之作較前減少，長篇酬唱仍在繼續，甚至於越、杭二州間以竹筒貯詩郵遞，號稱「詩筒」，成為唐詩史上的一段佳話。其後白居易返京任職秘書監和刑部侍郎，二人又批量唱和，因繼至三。凡此種種說明：元白此期的創作方向較前既有變化，亦有延續；隨著政治地位的提升和詩歌接受史的慣性作用，其詩作的影響力大大增強，而前引〈集序〉所描述的接受盛況，也主要發生在這段時間裏。

其三，從元和體的傳播範圍、方式和接受者層次、態度看，元和與長慶兩大階段也頗有不同。在元和年間，由於元白二人在朝官職不高，其後又長期謫居偏遠處所，故其詩的影響力和傳播地域都受到限制，仿效者主要是〈詩啟〉所說「江湖間新進小生」，〈集序〉所謂「巴蜀江楚間泊長安中少年」。也就是說，元和年間元和體詩的傳播地域大致在今江西、湖北、四川和陝西一帶。此一階段，元和體詩雖為下層江湖小生廣為接受，但其接受行為更多地帶有年青人特有的感性特徵，他們主要是因了粗淺的審美快感、好奇心態、練習備考和追逐時尚的功利心走向元和體的，故而接受的方式僅有誦讀、傳抄、仿作等。與此相對，上層司文者對元和體詩的流傳則有所不滿，以至於「考變雅之由，往往歸咎於稹」。

到了長慶至大和年間，接受者從文化層次來看已大大擴展，不僅有更多的青年士子，還有「王公、妾婦、牛童、馬走」與「村校諸童」，高低貴賤各色人等幾乎都被吸引。其地域範圍也擴展至市

井、鄉村、驛路、郵亭,以至「自六宮、兩都、八方至南蠻、東夷
國,皆寫傳之」❸。接受者層次的拓展直接豐富了傳播接受的方
式,除此前的閱讀仿作傳抄外,鄉村學校也以之為教授內容;為了
適應市場的需求,坊間亦開始刻售;部分文化素養較高的接受者對
元和體詩風格特色的理解和把握已有相當的深度,以至外國宰相都
可辨別真偽!〈集序〉謂「禁省、觀寺、郵堠牆壁之上無不書」,
允許在「禁省」等辦公場所題錄元和體詩,足見官方態度已大為軟
化;觀寺歷來是莊嚴肅穆的場所,但元和體詩歌也可公然攀牆上
壁,可以推知宗教界對其並不排拒。簡言之,此一階段,接受者在
人群層次,傳播接受方式以及對文本把握的深度等方面顯出了擴
大、豐富、深化的趨勢,元和體詩的影響得到了極大的增強。這種
狀況的形成,原因是多重的:有元白詩藝的日臻成熟,兩人對元和
詩體的漸漸重視與多番解說,兩人文集的編定,新進小生的追捧跟
風;但最重要和最直接的原因恐怕還是元白二人從貶所被重新啟
用。迅速提高的政治地位使得二人社會、文化地位也隨之提升,此
一變化直接造成了接受者對兩人態度的改變:一般仿習者言必稱樂
天、微之,顯以二人為詩壇領袖;時任宰相的令狐楚親自向元稹索
詩,譽之為「今代之鮑謝也」❹,甚至穆宗也「前後索詩數百篇,
命左右諷詠,宮中呼為元才子」❺。我們或許可以說,在第一階
段,主要是作品本身的特徵對接受者的吸引造成了元和體詩歌在一

---

❸　《白居易集》卷七〇〈唐故武昌軍節度處置等使……元公墓誌銘〉。

❹　劉昫等:《舊唐書》卷一六六〈元稹傳〉。

❺　《白居易集》卷七〇〈唐故武昌軍節度處置等使……元公墓誌銘〉。

定範圍的盛行；第二階段，則是作者、作品、接受者三方的合力將元和體詩歌的傳播接受推上了另一波高峰。

其四，從元、白對元和體這一稱謂的接受心理看，呈現出頗可玩味的兩面性態度。一方面，出於尊古輕律的詩體觀念，元稹認為「律體卑下，格力不揚」，似乎並未將同屬律體的元和體詩看得很重；另一方面，當他面對元和體詩傳播接受的盛況時，對於自己和好友的創作能夠受到如此的推崇仍有著無法掩飾的自得。進一步說，即使同為律體，也有「格力不揚」與「風情宛然」之別。元稹說自己「常欲得思深語近，韻律調新，屬對無差，而風情宛然，而病未能也」，在很大程度上不過是面對在上位者的自謙之語，實際上他不僅將之作為自己的追求目標，而且也很可能是對自己作品所達之境的一種宛轉表述。與元稹相似，白居易一方面說「今僕之詩，人所愛者，悉不過雜律詩與〈長恨歌〉以下耳。時之所重，僕之所輕」（〈與元九書〉），好像對「雜律詩與〈長恨歌〉」（其中包含元和體詩）並不重視；但在「詩到元和體變新」句下特別加注：「眾稱元白為千字律詩，或號元和格」（〈餘思未盡加為六韻重寄微之〉），語氣又明顯有自矜之意。事實上，元白這種自得與無奈交織的態度，在很大程度上與接受者蜂擁而拙劣的效仿有關，並對其此後的創作造成了一定影響。唐文宗大和二年（828），白居易在〈因繼集重序〉中追述自己與元稹二人遞相酬唱，往來再三，忽然念及彼此已是髮白齒落，卻難捨章句，不禁生出「癖習如此之甚」的感歎。於是回顧前半生倡和詩的創作，自省道：「未忘少年時心，每因唱酬，或相侮謔。忽忽自哂，況他人乎？《因繼集》卷且止於三可也。忽恐足下懶發，不能成就至三。前言戲之者，姑為巾

幅之挑耳。然此一戰後,師亦老矣。宜其櫜弓匣刃,彼此與心休息乎?」言語間對倡和詩創作中的輕率之舉頗有悔意❻;但自省歸自省,對於兩人「和答之多,從古未有」的成績仍是沾沾自得,所以《因繼集》也必得作完卷之三方可結束。

綜上所述幾端,可將元和體在元和、長慶兩個階段的傳播接受方式、地域、原因以及接受者層次、態度等作一簡要歸納,詳見下表:

元和體在元和、長慶年間傳播接受之基本情形

時間		元和五年－元和十四年 (第一階段)	元和末年－長慶四年 (第二階段)
方式	傳播	題壁	題壁、坊間刻售、村校教習
	接受	閱讀、仿作	閱讀、仿作、偽作
地域		巴蜀江楚間洎長安中	市井、鄉村乃至海外雞林
接受者		新進小生	新進小生、王公、妾婦、牛童、馬走、村校諸童
民間態度		青年士子競相仿效	不同層次接受者均持積極態度,元白名重其時
宗教界態度		－	認可
官方態度		不喜	認可
被傳播接受的原因		情感近俗, 審美趣味標新立異, 利於演習詩藝以備科考, 時風所尚	前一階段各種原因仍起作用, 元白創作日益成熟, 兩人文集編定,刻售, 兩人政治、社會、文化地位迅

---

❻ 《白居易集》卷二三〈酬微之〉也說:「滿裝填箱唱和詩,少年為戲老成悲。」

	要之，是作品本身對接受者的吸引	速提高 要之，作者、作品、接受者的綜合作用
元白對傳播接受狀況的態度	不滿，夾雜些許自謙	自滿，夾雜些許無奈

借助上表，不難看出元和體在元和、長慶兩個時段傳播、接受的概況和異同。由於表中所列各項內容主要以〈詩啟〉、〈集序〉及元白相關論說為據，因而元、白二人圍繞元和體而表現出的傳播接受意識便不能不引起我們的特別關注。

元、白二人對傳播接受均具有突出的自覺意識。這只要看看白居易自元和十年（815）至會昌五年（845）三十年間七次自編詩文集，並於「家藏之外，別錄三本」（〈蘇州南禪院《白氏文集記》〉），冀其「傳於後……若集內無而假名流傳者，皆謬為耳」（〈白氏長慶集後序〉）的做法和說法，便可以明白。至於他早年在〈新樂府序〉中所說「其辭質而徑，欲見之者易諭也；其言直而切，欲聞之者深誡也；其事核而實，使采之者傳信也；其體順而肆，可以播於樂章歌曲也」，更是分別強調了語言須質樸通俗，議論須直白顯露，寫事須絕假純真，形式須流利暢達，而所有這些，都是站在讀者的立場來考慮的，都是為使其作品能夠傳播得更為深入人心、更為廣遠而設計的。日本學者有言：「白居易把傳誦和保存最大限度的詩歌，始終作為自己的一種執著信念。」❼可謂具眼之論。與白氏相比，元稹正堪伯仲。不言其他，即以前引〈詩啟〉和〈集序〉

❼ 〔日〕西村美富子：《白樂天》，角川書店，1988，頁24－25。

二文而言，便不僅是站在接受、傳播角度對自己與白氏所作元和體詩的一種自我評價和巧妙宣揚，而且在對元和體作規定的同時，已隱然發掘出了傳播過程中的三個基本要素：

A： 作　者——元稹，白居易

B： 作　品——元和體詩

C： 接受者——直接接受者：作為次韻相酬之一方的元稹或白居易
　　　　　　間接接受者：新進小生（仿作者）、司文者（評論
　　　　　　　　　　　者）、王公妾婦牛童馬走、村校諸童
　　　　　　（閱讀者）……

這裏的 A→B→C，雖還只是一個簡單的傳播接受鏈條，但已有明確的信源（創作個體）、信道（創作文本）和信宿（文本接受者）。由此向前稍作延伸，便可以勾勒出如下稍為複雜的傳播接受流程圖：

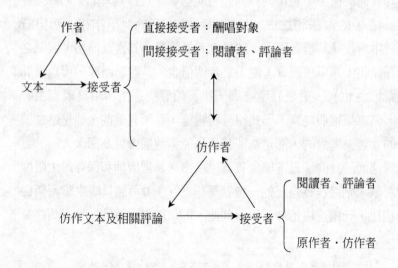

這裏，傳播和接受都不是單向度的，而是雙向互動的：作者創作出文本，文本進入傳播過程，便有了直接接受者（唱酬之對象）和間接接受者（包括閱讀者、評論者和仿作者等），於是形成傳播接受的第一流程；再由接受者拿出仿作的文本和評論，進入傳播渠道，便有了新的閱讀者、評論者、仿作者和包括原作者在內的接受者，於是形成傳播接受的第二流程。這樣一個流程，就仿作者來說，是一個不斷延續、不斷接受影響、不斷擴大隊伍的過程；就原作者來說，則是一個不斷得到回饋、不斷修正創作方向並對接受者及其仿作發表意見的過程。於是，在仿作者和原作者之間，形成交互影響，一方面是仿作者的接受活動受制於文本和原作者，另一方面原作者因仿作者及其仿作文本又影響到自己的再創作，而這種再創作，正是新的一輪傳播接受活動的開始。前述元和詩體的產生、發展和定型，便是這一過程的形象展現。

綜上所論，我們認為：元和體詩是原作者與接受者合力作用並在傳播接受規律制約下的產物，在它的形成過程中，表現出極為典型的接受學特徵。這主要體現在三個方面：

其一，原作者受接受者影響而導致作品某一方面的特點更為集中、鮮明，為了引導或迎合讀者的審美趣味而在創作方式、方向上發生一定程度的改變，因接受者期待視野的召喚而強化自己的創作動力。前述元和體詩的世俗化、私人化、情感化和遊戲化、技巧化諸特點，以及元白二人在創作時「窮極聲韻」、「別創新詞」，使得詩歌篇幅越作越長，難度越來越大的做法，似都與接受者的期待和原作者對此期待的回應具有相當的關聯。

其二，接受者在一定意義上成就了原作者及其作品的聲名，有

時甚至會為作品影響度的擴大帶來革命性的推動。我們知道,接受者是傳播接受活動中除作者、文本外的另一要素,接受學的一大功績便是對讀者亦即接受者及其作用的發現。作品是作者安身立命的資本,作品無人問津,作者便會默默無聞乃至被歷史淘汰。因此,與其說是作者創造了作品並影響了讀者,毋寧說是讀者給了作品長久的生命,給了作者綿延的聲名。從這一意義來講,如果沒有當日江湖間新進小生的狂熱仿效和追捧,元和體詩恐難以形成今日所能看到的特點和規模,而如果沒有來自這些接受者的發明創造,「元和體」的稱謂不僅無從談起,而且其對後世的影響度也會大大減低。

其三,接受者與原作者的互動或各自的作用力並不必然地指向同一方向。從原作者方面說,他們希望接受者做的自然是對自己作品的正確理解和成功仿效,亦即達到元稹所謂「思深語近,韻律調新,屬對無差」、「風情宛然」之境;而從接受者方面說,他們之喜愛元和體詩更多的是因了它世俗化、情感化的特徵和異於傳統的形式技巧,所以其仿作自然多集中在元白輕淺華豔的詞語和爭難鬥勝的遊戲筆墨上,而相對忽視了元白的創新意圖和詩美追求,遂導致捨本逐末,流弊斯行。這種情況,一方面說明有不同的接受者便會有不同的期待視野和接受取向,便會形成接受過程中的錯位和變異;另一方面說明,接受過程猶如一柄雙刃劍,它既可以擴大原作者及其作品的影響,也可以發揮意想不到的殺傷力,以致原作者反受其累。清人賀裳有言:「凡詩受累,大都不由於謗者,而由於諛

者」❽，錢鍾書於此更進一解，謂：「詩文之累學者，不由於其劣處，而由於其佳處……蓋在己則竊憙擅場，遂為之不厭，由自負而至於自襲，乃成印板文字；其在於人，佳則動心，動心則仿造，仿造則立宗派，宗派則有窠臼，窠臼則變濫惡，是則不似，似即不是，以彼神奇，成茲臭腐，尊之適以賤之，祖之翻以挑之，為之轉以敗之。」❾這話說得是深刻的。綜觀整個中國詩史，不少名篇佳作即由於後人一再模擬仿效而失去了其原初的鮮活意趣，而仿效之作亦多歸於庸濫一途。以尊之始，而以敗之終，這種大大悖離接受者原初意願的現象，實已成為中國詩歌發展演進的一種阻礙，也成為接受者難以擺脫的一個怪圈。前述元稹對仿效者及其仿作的種種不滿，以及現存元和體詩或淺俗或冗長等不少弊端，似也都可從這一角度去觀察和思考。

---

❽　賀裳：《載酒園詩話・梅堯臣》。
❾　錢鍾書：《談藝錄》，中華書局，1987年補訂本，頁171。

韓非子〈解老〉、〈喻老〉的
詮釋進路

高柏園*

【摘　要】　《韓非子》中〈解老〉、〈喻老〉二篇,是對《老子》最早的詮釋,然而由於此二篇乃是出現在法家的《韓非子》中,因此,往往被人認為是以法家思想與老子道家思想相通的作品,是以法家觀點論釋《老子》的作品,似乎並未能盡《老子》思想之精義與全貌,因而雖然在老子學中仍有其不可或缺的地位與影響力,然而畢竟不是主流。尤其自王弼以玄學角度詮釋老子以後,受到歷代學人的高度重視,〈解老〉、〈喻老〉的地位似乎也就愈顯邊緣而喪失正宗性與影響力。如果老子的時代乃是一君主專制的時代,如果老子的關懷乃是一現實的實踐關懷,如果政治問題的解決乃是現實關懷的主要內容,則〈解老〉、〈喻老〉的詮釋應該較以形上學的詮釋為主的玄學系統,更切近老子的思想本質。

【關鍵詞】　〈解老〉、周文疲弊、境界形態、文化否定論、文化
　　　　　　治療學、王弼

---

*　本文作者,現為淡江大學中文系教授。

一、詮釋角度的轉換

《韓非子》中〈解老〉、〈喻老〉二篇，是對《老子》最早的詮釋，然而由於此二篇乃是出現在法家的《韓非子》中，因此，往往被人認為是以法家思想與老子道家思想相通的作品，是以法家觀點論釋《老子》的作品，似乎並未能盡《老子》思想之精義與全貌，因而雖然在老子學中仍有其不可或缺的地位與影響力，然而畢竟不是主流。尤其自王弼以玄學角度詮釋老子以後，受到歷代學人的高度重視，〈解老〉、〈喻老〉的地位似乎也就愈顯邊緣而喪失正宗性與影響力。問題是，〈解老〉、〈喻老〉的地位果真只是如此嗎？

首先就時間而言，〈解老〉、〈喻老〉乃是對《老子》最早的詮釋，因而在理解上似乎更貼近於《老子》的原意。當然，時間的接近性並不能必然推論出詮釋者與被詮釋者之間必然是具有同一性。然而，時間的接近性卻也提供了較為相似的歷史環境與時代關懷，因而在理解上亦較可能更貼切而相應的理解或詮釋。因此，即使時間的接近性並不能做為理解的相應性之充分條件，但是卻有事實上的可能性，就此而言，〈解老〉、〈喻老〉的詮釋態度與進路便是詮釋《老子》時不可不重視的參考。

其次，相應於時間性，我們也可以說明其中之時代關懷，依牟宗三先生之觀點，先秦諸子乃是以周文疲弊為其共同的時代問題與關懷，進而個別提出不同的回應方式。❶而此中種種不同之方式固

---

❶ 參見牟宗三，《中國哲學十九講》（臺北：學生書局，民國 72 年 10 月）。

然決定了先秦諸子學派性格的差異，然而其中仍有共同點，此即皆
為一實踐性的學問。儒、道、墨、法固是如此，即使是名家，亦是
希望通過名理觀念之釐清而導致齊物之效，以求世界之和平。就此
而言，〈解老〉、〈喻老〉以政治學角度為核心展開對《老子》的
詮釋，顯然應該較以形上學為首出的詮釋態度，更貼近《老子》思
想的時代關懷，甚至更接近《老子》之「原意」。相應於老子時代
的君主統治而言，政治思想其實也就是一種相應於君王之政治思
想，亦即為一種君王術。因此，〈解老〉、〈喻老〉的詮釋如果以
君王術視之，亦頗切中《老子》思想之性格。由此看來，〈解
老〉、〈喻老〉固然不乏有以法家思想詮釋《老子》之傾向，然而
這樣的傾向最多只有法家與道家思想上之差別，然就其為君王術而
言，則可無別也。如果老子的時代乃是一君主專制的時代，如果老
子的關懷乃是一現實的實踐關懷，如果政治問題的解決乃是現實關
懷的主要內容，則〈解老〉、〈喻老〉的詮釋應該較以形上學的詮
釋為主的玄學系統，更切近老子的思想本質。

　　當我們說以政治關懷為主的〈解老〉、〈喻老〉比以玄學為主
的老子詮釋，更貼近於老子的思想之時，並不表示以玄學為主的詮
釋就是錯誤或無價值，而只是要突顯歷來詮釋老子時總是對〈解
老〉、〈喻老〉以法家思想視之而未予合理重視之偏差。以玄學為
主的老子詮釋並不必然具有理論或價值上的優先性，因為這種以玄
學為主的詮釋依然只是相應其時代背景而後有之詮釋之某種可能例
子罷了。理論上，老子思想允許無限多可能的詮釋進路與方式，玄
學只是其中之一，並不具有客觀上的優先性，而只具有時代性的優
先性，它最能回應諸如魏晉時代的要求，但卻不必成為老子詮釋的

唯一範本。即就邏輯意義而言，一切存在其所以為存在，此中之說明構成了形上學的基本命題，而所有理論皆以存有為其討論之對象，因而在邏輯上便預設了其對一切存有之立場，亦即是一種形上學立場，果如此，則以形上學詮譯《老子》應該在邏輯上具有優先性，以政治思想詮釋《老子》應該次位於形上學的詮釋。吾人在此不否認形上學在邏輯上的優先性，然而我們要問的是，形上學之所以可能是否也是在某種角度或預設下成立的呢？如果是，則形上學仍有其預設而非優先。關於《老子》的形上學性格，牟宗三先生以「境界型態形上學」稱之，而且隸屬在實踐哲學之下。❷ 依牟先生，道並非一形上實體（metaphysical reality），而只是聖人境界的客觀化，其所具有之實體性皆只是虛的姿態，並非實物。老子並非以一理解思辯的方式建構其形上學，而是以一實踐的進路加以建構。老子由聖人之遮有為顯無為，無為而無不為的工夫與境界，進而提煉出有、無、玄等概念，因此，第一義的概念並非有、無、玄等第一章之內容，而是有為、無為、無為而無不為的實踐概念。形上學之所以可能及其基本概念的提出，皆是有賴於實踐概念而成為可能。因此，我們可以說，牟先生以境界型態的形上學來說明老子思想，其實與〈解老〉、〈喻老〉的基本態度是頗為一致的，甚至可以說牟先生的詮釋觀點，正好證成了〈解老〉、〈喻老〉的價值與合理性。雖然牟先生與〈解老〉、〈喻老〉的詮釋態度頗為一致，然而其重點仍有別，〈解老〉、〈喻老〉仍是以政治及個人修養為

---

❷　參見同註❶，另見牟宗三，《才性與玄理》（臺北：學生書局，民國 78 年 10 月）。

主，而有別於牟先生以形上學為主，觀「境界型態形上學」一辭中之形上學，便知牟先生之關懷重心之所在了。

筆者以為，以形上學角度詮釋老子思想不但是有價值的，而且是重要且必要的。尤其以王弼為代表的詮釋已然成為老學的主流詮釋系統時，更顯示其價值與地位。易言之，無論老子思想最初之原意果為何，在歷史文化中老子思想真正發生作用，正是表現在歷來的詮釋注疏系統中，就此而言，對老子採形上學詮釋乃是歷史文化之內容，值得尊重與肯定。然而，這樣的形上學詮釋即使是形上學角度，仍然預設了實踐內容之優先性，是必須要由實踐的內容中方能有效地證成、支持種種形上學的玄說奇論。而就以形上學詮釋老子的詮釋者而言，這樣的預設便有歧出的可能。如果詮釋者果真有其實踐的關懷與體證，則其對此形上學之詮釋一方面知其有賴於實踐智慧加以支持，另一方面也能自覺地了解形上學系統乃是第二序之建構，而非第一義的智慧型態。如在此意義下，詮釋者對老子形上思想之掌握應當是周延而相應的。然而，如果詮釋者並無實踐的體會，則其很可能是以一種觀解的方式來理解「境界型態的形上學」，其結果雖然亦可能有某種程度的理解，然而畢竟只是一種知識性或理論性的理解，無法真實相應於老子思想的智慧所在。因此，重新恢復對老子學的實踐意義之掌握以及生活內容之關懷，可能才是真正活化老子學的重要方向。同時，也唯有當我們真正認真地反省時代的環境與問題，我們才能真正找出時代問題並予以合理的回應。這也可以說是《大學》格物致知的發展。無論是儒家的良知或是道家的道，都不應該是一種抽象的知識概念，而應該是一種生活性、實踐性的概念，它們是在生活世界中被吾人所體會、掌

握、實踐。王弼注老之偉大是如此，牟先生的成就是如此，〈解老〉、〈喻老〉的價值亦如此。進入廿一世紀，人類知識的累積以爆炸性的成長呈現在吾人面前。然而，人類社會的問題與困惑，人類的快樂與幸福似乎並未與知識正比例地成長。反之，全球化浪潮下的世界，反而造成更多的失衡與衝突。凡此，皆暗示著人類對實踐智慧需求的迫切。由此角度看來，吾人實在應該給與〈解老〉、〈喻老〉更高之肯定與評價。以下請以〈解老〉為主，展示其理論內容及特色。

二、〈解老〉的理論特色

〈解老〉的理論特色，我們由其對《老子》篇章之選擇及次序之安排便可窺其大要。〈解老〉對《老子》篇章之選取，相應於通行本依序為：38 章、58 章、59 章、60 章、46 章、14 章、1 章、50 章、69 章、53 章、54 章等 11 章。此中僅 14 章論道紀及第一章論道等二節為有關形上學之討論，其餘皆屬實踐性之學，與老子思想相應而與法家思想相距甚遠。至少並未直接以法家思想做為詮釋之基礎也。可見〈解老〉做為老子思想之詮釋應有十分客觀而重要之地位。章炳麟〈原道〉云：

> 凡周秦解故之書，今多亡佚，諸子尤寡。《老子》獨有〈解老〉、〈喻老〉二篇。後有說《老子》者，宜據韓非為大傳，而疏通證明之，其賢於王輔嗣遠矣。韓非他篇亦多言術，由其所習不純，然〈解老〉、〈喻老〉未嘗雜以異說，

蓋其所得深矣。❸

陳啟天先生於《韓非子校釋》〈解老〉提要云：

> 本篇主旨，在依老子之文，以篇釋其義。所釋之文，雖不盡
> 依老子原文之次第，亦未盡取老子全文而釋之，然其所釋
> 者，多合於老子之旨，為治老子者所必讀。❹

　　以上二段引文皆指出〈解老〉做為老子詮釋之合法性與重要性
甚至代表性。至於〈解老〉是否依老子原文之次第，此亦可商榷。
依出土之郭店楚簡之資料，老子之章次並非如今通行本所見。陳錫
勇便指出郭店楚簡：

> 甲編三十九枚，章次與今本不同，同一竹簡，今本第十九章
> 下接今本第六十六章；今本第四十八章下接今本第二十章；
> 今本第四十五章下接今本第五十四章。就甲編、乙編章次，
> 可以論定帛書本為排列整齊後之《老子》，絕非《老子》原
> 貌。❺

---

❸　間引見陳啟天，《增訂韓非子校釋》（臺北：臺灣商務印書館，民國 63 年
　　月），頁 1030。本文引用《韓非子》文基本上以此書為本，並參酌陳奇猷，
　　《韓非子集釋》（臺北：河洛圖書出版社，民國 63 年 9 月）。
❹　參見同註❸，頁 721。
❺　參見陳錫勇，《老子校正》（臺北：里仁書局，民國 88 年 3 月），頁 1。

又，

> 今通行之王弼注本，則有注文與正文不相應者，有注文與河
> 上公注全同者，而正文又有與范應元所見本相異者，是知今
> 本已非原貌，即如宋本，以《道德經》稱之，亦非原本，
> 《世說新語》所載王弼言者皆為「老子」，且漢初亦皆稱
> 《老子》，道徒始稱《道德經》。❻

由於楚簡之老子僅為殘本，無法據以確定老子全書章句次第，然至
少可證今之通行本並非原貌。果如此，則〈解老〉之次第實有其特
殊之意義，亦說明〈解老〉乃有其詮釋特有之重心，此即為重人事
實踐之說明也。〈解老〉以《老子·三十八章》開始詮釋，重點仍
在個人修養及社會現象之反省，並不以形上學為重。試觀下文：

> 德者，內也；得者，外也。「上德不德」，言其神不淫於外
> 也。神不淫於外則身全。身全之謂德，德者，得成也。
> （〈解老〉）

〈解老〉以人之內外分德與得之分別。上德不德乃就人之內守
其德而不因外逐而喪內有之德之謂也。能不外逐而守其內在之德則
身可全，身可全為德，是以上德不德，是以有德也。如是的詮釋乃
是直接就人的存在及其修養上說，而未有形上學的種種預設。易言

---

❻　同註❺，頁 2。

之，上德乃是就人的修養上說，即此心不外逐自耗，自然能無求於外而得其身存，不必上溯形上學以為支持或根據。再觀王弼注文：

> 德者，得也。常得而無喪，利而無害，故以德為名焉。何以得德？由乎道也。何以盡德？以無為用。以無為用則莫不載也，故物無焉，則無物不經，有焉，則不足以免其生。是以天地雖廣，以無為心。聖王雖大，以虛為主。故曰，以復而視，則天地之心見。至日而思之，則先王之至覩也。故滅其私而無其身，則四海莫不瞻，遠近莫不至。殊其己而有其心，則一體不能自全，肌骨不能相容，是以上德之人，唯道是用。不德其德，無執無用，故能有德而無不為，不求而得，不為而成，故雖有德而無德名也。❼

王弼在此文強調了二點：首先，德乃是以道為基礎，得德乃因道而可能。而道即是無，是以道之能無不載，能無不經，正因為道乃無也，而無乃天地之心，所謂「天地雖廣，以無為心」，此與其解「得其見天地之心」可謂同一理路。其後雖以聖王、先王為說，然仍是借此以明道，非直接就人之修養上說也。其次，王弼將德與德名劃分開，上德之德乃德之實，而上德所不德者乃德之名，此乃名與實相對，有別於〈解老〉以內外相別也❽再觀下文：

---

❼　參見《老子王弼注》（臺北：河洛圖書出版社，民國 63 年 10 月）
❽　參見同註❹，頁 723。

所以貴無為無思為虛者,謂其意無所制也。夫無術者,故以
無為無思為虛也。夫故以無為無思為虛者,其意常不忘虛,
是制于為虛也。虛者,謂其意無所制也。今制于為虛,是不
虛也。虛者之無為也,不以無為為有常。不以無為為有常則
虛,虛則德盛,德盛之謂上德。故曰:「上德無為,而無不
為也。」❾

依此文,虛者,乃為人之意無所制而呈現出的一種自由活潑的
特質,類似《金剛經》所謂「應無所住而生其心」之意。能虛則不
執,即使虛自身亦不可被執為對象,否則便是「制於為虛」也。能
虛如此則德盛,德盛之謂上德。由個人修養之無所制而言虛、言
德,此仍然是貫徹其實踐的生活智慧而有之內容,完全不帶有形上
學之觀念或色彩,此則與王弼注差別頗大,試觀王弼注:

本在無為,母在無名,棄本捨母而適其子,功雖大焉,必有
不濟。名雖美焉,偽亦必生。不能不為而成,不興而治,則
乃為之,故有宏普博施仁愛之者,而愛之無所偏私,故上仁
為之而無以為也。愛不能兼,則有抑抗正真而義理之者,忿
枉祐直,助彼攻此物事而有以心為矣,故上義為之而有以為
也。直不能篤則有游飾修文,禮敬之者,尚好修敬,校責往
來,則不對之聞,忿怒生焉。故上禮為之而莫之應,則攘臂
而扔之。夫大之極也,其唯道乎,自此已往,豈足尊哉。故

---

❾　參見同註❹,頁 723。

> 雖德盛業大，富而有萬物，猶各得其德，雖貴以無為用，不
> 能捨無以為體也，不能捨無以為體則失其為大矣。❿

王弼注基本上是以形上學角度切入，所謂「守母以存其子，崇本以
舉其末，則形名俱有，而邪不生。」⓫以道之無為本、為母，是而
有德、仁、義、禮種種有之存在，此所謂末、子也。依王弼，老子
並非如勞思光先生所說是一位文化否定論者，反之，老子乃是以其
道之無，試圖為疲弊的周文尋找一條生路與活路，是一種文化治療
學的思維模式也。⓬至於〈解老〉則採取較為生活而實踐的方式加
以論述，並不強調形上學問題。例如在解釋「失道而後德」時，
〈解老〉只謂「道有積，而積有功，德者，道之功。」相對於其下
之仁、義、禮，可以看出此道並不著重其形上義。由此看來，王弼
以本末母子等形上學觀念詮釋老子固為妙論，然〈解老〉的詮釋亦
同樣有其價值，且與實踐之學精神更契合。

　值得注意的是，〈解老〉亦有形上學方面之內容，此如下文：

> 道者，萬物之所然也，萬理之所稽也。理者，成物之文也；
> 道者，萬物之所以成也。故曰：「道，理之者也。」物有理
> 不可以相薄，物有理不可以相薄故理之為物之制。萬物各異
> 理，萬物各異理而道盡。稽萬物之理，故不得不化；不得不

---

❿　同註❼，頁 52－53。

⓫　同註❼，頁 55。

⓬　參見袁保新，《老子哲學之詮釋與重建》（臺北：文津出版社，民國 80 年 9
　　月）。

化，故無常操；無常操，是以死生氣稟焉，萬智斟酌焉，萬
事廢興焉。天得之以高，地得之以藏，維斗得之以成其威，
日月得之以恆其光，五常得之以常其位，列星得之以端其
行，四時得之以御其變氣，軒轅得之以擅四方，赤松得之與
天地統，聖人得之以成文章。道與堯、舜俱智，與接輿俱
狂，與桀、紂俱滅，與湯、武俱昌。以為近乎，遊於四極；
以為遠乎，常在吾側；以為暗乎，其光昭昭；以為明乎，其
物冥冥；而功成天地，和化雷霆，宇內之物，恃之以成。凡
道之情，不制不形，柔弱隨時，與理相應。萬物得之以死，
得之以生；萬事得之以敗，得之以成。**⓭**

萬物為存在之然，而使其所以然者即道。萬物做為個體，皆有其成
其為個體之法則，此即萬物之理，所謂「理者，成物之文也。」萬
物既為萬物，即有其個別性與差異性，是以萬物之理亦各異，而理
即為萬物個別性之所在。「故理之為物之別，萬物各異理。」由此
看來，萬物為多，萬物之理亦為多。萬物之所以然，此為萬物所同
者，此為道；而萬物之然，此為萬物之所異者，此為理。是以道為
形而上之道，而理則為形下之器的個別化原理。道為形上學概念，
道為一而理為多，道為理的共同原理。道做為理的共同原理乃是做
為實現原理，所謂「道者，萬物之所以成也。」而道的實現方式便
是以「無常操」的無執開放為內容。蓋萬物既多，其理亦異，此諸
多相異之理如何使之各安其位而非相衝突矛盾，則有賴道之調整，

⓭ 同註**❹**，頁 748－749。

亦即道之化，此化即表現為時間概念，亦即表現為一歷程之發展，
此所以為無常操，而萬物所以成者也。此所謂「道之情，不制不
形，柔弱隨時，與理相應。」行文至此，道、理、物之關係大體已
獲說明，然而，理之為理，其為「成物之文」究竟如何理解？試觀
下文：

> 凡理者，方圓、短長、麤靡、堅脆之分也。故理定而後可得
> 道也。故定理有存亡，有死生，有盛衰。夫物之一存一亡，
> 乍死乍生，初盛而後衰者，不可謂常。唯夫與天地之剖判也
> 具生，至天地之消散也不死不衰者謂常。而常者，無攸易，
> 無定理，無定理非在於常所，是以不可道也。聖人觀其玄
> 虛，用其周行，強字之曰道，然而可論，故曰「道可道，非
> 常道也。」⑭

　　方圓、短長、麤靡、堅脆乃萬物之屬性，此屬性之類別即萬物
之形其所有之種種範疇，吾人對事物之理解與描述，正是通過此種
種範疇而成為可能。萬物有形有屬性，是而能以範疇掌握之，然而
理並非方圓、短長等性質，而是此種種性質的分際，所謂「分」
也。凡物就其為存在而言，必然是在一具體的時空下存在，有其特
有的屬性與內容，而物或方或圓，或短或長總有其特殊之限制，亦
由此限制而始能類體化而成一物，此種種之限制或分際，即物之理
也。當一物之理得定，一物始存在，一物亦始能有其存有之道，此

---

⑭　同註❹，頁751。

所謂「理定而後可得道」也。理定之物雖可得道，然而理既有定，
是以其必有所定之限制，既有限制，則其所得之道亦因而有限，既
為有限，自不能先天生地、神鬼神地而無窮，是以定理之物亦必因
其有限而呈現為一生死、盛衰之歷程，此即說明一切萬物之存在皆
為一歷程中之偶然，而無永恆存在之必然性也。「故定理有存亡，
有死生，有盛衰。」此中並非理有存亡、死亡、盛衰，蓋理乃一形
而上之存在，乃是此物之類體化原理，是以物有此歷程，此物為一
時空中之存在也，而理並非時空中之存在，是以其亦無相應之存亡
死生盛衰，此中之理相近於性，是一物之為一物之類別化原理，並
不具創生性或實現性。「故理定而後可得道也」及「故定理有存
亡」二句中之「理定」與「定理」皆指「理所定之物」而言也。今
物既為一歷程中之存在，是以即可有種種描述，諸如存亡、死生、
盛衰，此皆相應於物之存在歷程而有之論，並非一永恆存在的形上
之道。此所謂「夫物之一存一亡，乍死乍生，初盛而後衰者，不可
謂常也。」此常道雖不即是此形而下之萬物，然而卻是一切存在所
以然之根據，亦萬物存在之實現原理，所謂「萬物之所然」、「萬
物之所以成也」。是以道乃是與萬物俱生同存者，一切萬物皆與道
同在，唯此萬物既有死生存亡，即非常道，而常道乃超越此現實
性，而為一形上之道。此即「惟夫與天地之剖判也俱生，至天地之
消散也不死不衰者，謂常。」此中之天地可能為萬物之總體。即使
天地萬物不存在，其所以能存在之理仍常在不移也。易言之，常道
無時空性，是以無處所、無變易，自然亦無固定形而有定理。既無
一定之理，是以吾人即無法以存在物之種種範疇加以描述，此所以
不可道也。此〈解老〉云：「而常者無攸易，無定理。無定理，非

在於常所,是以不可道也。」既不可道,何以又有「道」之名?此乃一暫時性、方便性之描述,所謂「強名」是也。蓋聖人能體悟此道之常與不可說,然而又不得不對此常道有所指謂、描述,是以「強字之曰道,然而可論」。至此,〈解老〉對「道可道,非常道也」之詮釋乃告一段落,然而〈解老〉尚有幾段說明亦值得留意。

> 凡物之有形者易裁也,易割也。何以論之?有形則有短長,有短長則有小大,有小大則有方圓,有方圓則有堅脆,有堅脆則有輕重,有輕重則有白黑。短長、大小、方圓、堅脆、輕重、白黑之謂理。理定而物易割也。故議於大庭而後言則立,權議之士知之矣。故欲成方圓而隨其規矩,則萬事之功形矣。而萬物莫不有規矩。議言之士,計會規矩也。聖人盡隨於萬物之規矩,故曰:「不敢為天下先。」⓯

　　一如前論,物之為物乃在其有形,有形而後有種種性質,能為吾人所掌握、理解與分類,此所謂「易裁、易割」也。由形之存在而推論出種種事物之性質,其由形而短長至黑白,此中之次序並無必然性,例如,短長、大小、方圓三者之間何者在存在上為優先,仍可討論,並非如〈解老〉所說由形而短長而大小而方圓。同理,方圓、堅脆、輕重、黑白之間亦不必有優先關係,而可為平列關係。尤有進者,是短長至大小一組屬量概念,而方圓至白黑屬質概念,二者之間乃異質之存在,因此,「有方圓則有堅脆,有堅脆則

⓯　同註❹,頁 377。

有輕重，有輕重則有白黑」，此種種次序關係並非有邏輯上之次序也。〈解老〉在此以短長等謂之理，此應理解為使此短長等性質內容有一定之比例或內容者為理。短長、大小等為物之性質，此則萬物有形者皆同，鳥獸蟲魚皆有形，亦皆有短長、大小。然鳥獸之短長大小等內容有別，此所以有鳥獸蟲魚之別也。物之性質由理而定，則一物之特質已定，是以吾人即能依此特質而加以掌握，此所謂「理定而物易割也」。凡物之性質如短長、大小皆為範疇，此物之所同。而物與物之別，即在物對此範疇有一定之規範，所謂「理定」，而此所定之內容即為萬物之規矩，亦即萬物之理也。

　　《老子》書中以道、德之論為核心，以虛靜無為為綱領，並不特別強調「理」。然而在〈解老〉，理之地位十分重要。蓋道與器既為形而上與形而下之分，則此形而上之道如何與形而下之器能有關係與影響則仍有待說明。依《老子·三十八章》，道德仁義禮等概念其間乃是有一層級與發展之關係，形上之道仍須落實在仁、義、禮的現實規範中才能發揮存在之影響，而仁、義、禮皆有其相應之法則與規範，此即萬物之理。因此，道德仁義禮之層級固然有五，其實大分為二則為形而上與形而下或道與理之別而已。由此看來，〈解老〉顯然較《老子》更重視道如何落實於現實社會，其所需之結構為何，如是而表現為其對理之重視與強調。更進一步，則理之意義既為結構性、規範性之存在，是以一轉入政治哲學範疇，便成為法家所重視之法，由是而由道家轉向法家矣。試觀〈解老〉之文：

凡物不並盛，陰陽是也。理相奪予，威德是也。**⓰**

先物行先理動之謂前識，前識者，無緣而忘意度也。**⓱**

所謂處其實不處其華者，必緣理不徑絕也。**⓲**

人有禍則心畏恐，心畏恐則行端直，行端直則思慮熟，思慮熟則得事理。**⓳**

　　其他有關理之引文尚多，茲不贅引。即就以上之引文可知，理之觀念事實上乃是實踐上更易掌握與實踐之規範，亦可說是法家行法之重要根據來源。

四、結　論

　　時間是重要的，一切存在皆在時間中展開，對事物而言，事物乃是在時間中不斷變化，而對文化而言，文化卻是以一辯證方式不斷發展。〈解老〉做為《老子》詮釋者而言，在時間上的確具有優先性，然而在價值及影響上，似乎並未與時間的優先性一致，反而是以形上學角度之詮釋更具影響力。本文即試圖說明在以實踐為主的中國哲學主流發展中，〈解老〉以更為現實、政治、生活的詮釋

⓰　同註**❹**，頁335。
⓱　同註**❹**，頁339。
⓲　同註**❹**，頁340。
⓳　同註**❹**，頁340。

方式，極可能更切近於《老子》之時代與關懷，同時在邏輯意義上
也更優位於形上學角度的詮釋，因為所謂「境界型態的形上學」乃
是建基於實踐的基礎上。果如此，則〈解老〉應該予以重新之評價
與定位。其次，我們由〈解老〉中對理之重視，也可以明顯看出
〈解老〉調適上遂的努力，而這樣的努力也正是道而入法的重要關
鍵，也就是由道而理而法，一路向客觀結構努力的過程。如果我們
回頭反省朱子之所以重格物致知之道問學，之所以尤重理之重要
性，似乎我們也就更能體會〈解老〉的價值與用心了。匆促行文，
不諦之處甚多，尚祈學者專家有以教我。

清雍正《陝西通志・經籍部》
所收隋唐五代集考述（上）*

賈三強**

【摘　要】　〔清〕劉於義、史貽直、碩色等於雍正十三年修成《陝西通志》一百卷，其卷七十五《經籍・集類》收鄉賢集目多種。筆者有志于此諸文集修撰整理事久矣，故欲廓清各集之來龍去脈，是存是佚，以為鋪路。前曾撰〈清雍正《陝西通志・經籍部》所收漢魏六朝集考述〉一文，根據前賢及今人目錄學著作，對該部所錄之集的流傳、存佚及後人輯佚整理情況逐一做了考述，今續考所收隋唐五代之別集總集。

【關鍵詞】　陝西通志　經籍部　別集　總集　目錄

---

*　　本文每則的楷體字部分，為《陝西通志》原文，小字則為原注。「賈按」之下文字為筆者考述。按作者生平、各代目錄學著作所述，以及今人之目錄和整理本情況依次述及。有誤者則加考辨。

**　　本文作者，現為中國西北大學文學院教授。

　　本文所涉之古人目錄著作，俱見文中所引。而利用今人之目錄有中國國家圖書館聯機公共目錄查詢系統（簡稱「國圖」）、《中國叢書綜錄》❶（簡稱《綜錄》）、《中國叢書廣錄》❷（簡稱《廣錄》）、《中國古籍善本書目》❸（簡稱《書目》）、《稿本中國古籍善本書名索引》❹（簡稱《索引》）。以上諸目錄，下文合稱作「諸目」。

一、《隋煬帝集》五十五卷

　　賈按：《隋書》卷三十五《志》第三十《經籍》四：「《煬帝集》五十五卷❺。」《舊唐書》卷四十七《經籍志》第二十七《經籍》下：「《隋煬帝集》三十卷。」《新唐書》卷六十《藝文志》第五十：「《隋煬帝集》五十卷。」鄭樵《通志》卷七十《藝文略》第八《別集》四：「《隋煬帝集》五十五卷。」「國圖」有《隋煬帝集》八卷、《附錄》一卷，〔明〕張燮編《七十二家集》天啟崇禎間刻本。《綜錄》錄有《隋煬帝集》一卷，《六朝詩集》本、《漢魏百三名家集》本；《隋煬帝集》五卷，《漢魏六朝名家集初刻》本；《隋煬帝集選》一卷，〔清〕吳汝綸評選本。〔清〕嚴可均輯《全漢三國晉南北朝詩·全隋詩》（以下簡稱《全隋詩》）錄詩四十首。嚴可均輯《全隋文》收文四卷。

---

❶　上海圖書館編，上海：上海古籍出版社 1986 年。

❷　陽海清編撰，武漢：湖北人民出版社 1999 年。

❸　中國古籍善本書目編輯委員會編，上海：上海古籍出版社 1998 年。

❹　天津圖書館編，濟南：齊魯書社 2003 年。

❺　文淵閣《四庫全書》本，以下未列版本者同此。

二、《文章總集》五千卷_{煬帝勅選}

> 隋煬帝命虞世南等四十人選文章，自《楚詞》迄大業，共為
> 一部五千卷，名《文章總集》，又擇能書二千人為御書生，
> 分番鈔書。(《珍珠船》)

賈按：〔宋〕曾慥《類說》卷六引《南部煙花記》：「帝命虞
世南等四十人選文章，自《楚詞》迄大業，共為一部五千卷，號
《文章總集》，又擇能書二千人為御書生，分番抄書。」〔宋〕王
應麟《玉海》卷五十四《藝文·總集文章》：「隋虞世南等四十人
選文章，自《楚詞》迄大業，為五千卷，號《文章總集》。」「諸
目」均未收錄。

三、《楊素集》十卷_{華陰人，官太尉}

> 素好學研精不倦，多所通涉，善屬文，工草隸。嘗以五言詩
> 七百字贈番州刺史薛道衡，詞氣宏拔，風韻秀上，為一時盛
> 作。有集十卷。(《隋書》本傳)

賈按：《隋書》卷三十五《志》第三十《經籍》四、《通志》
卷七十《藝文略》第八《別集》四：「《太尉楊素集》十卷。」
「諸目」均未收錄。《全隋詩》錄詩五題二十首，《全隋文》收文
七篇。

四、《何妥文集》十卷_{西城人，官國子祭酒}

賈按：《北史》卷八十二《列傳》第七十《儒林》下本傳：

「何妥，字棲鳳，西城人也❻。父細腳胡，通商入蜀，遂家郫縣。事梁武陵王紀，主知金帛，因致巨富，號為『西州大賈』……撰《周易講疏》三卷、《孝經義疏》二卷、《莊子義疏》四卷，與沈重等撰《三十六科鬼神感應等大義》九卷、《封禪書》一卷、《樂要》一卷、《文集》十卷，並行於世。」《隋書》卷三十五《志》第三十《經籍》四：「《國子祭酒何妥集》十卷。」《綜錄》收有〔清〕馬國翰輯《周易何氏講疏》、〔清〕黃奭輯《周易講疏》一卷。「諸目」均未收錄有其《文集》。《全隋詩》收詩六首，《全隋文》收文五篇。

五、《韋鼎詩》一卷 京兆人

賈按：此則有誤。韋鼎，《隋書》有傳，謂其字超盛，京兆杜陵人，仕陳，曾聘周。入隋拜上儀同三司，除光州刺史。善相術。唯未言有著述耳，《隋書‧經籍志》亦未錄其作。〔唐〕歐陽詢《藝文類聚》卷九十二《鳥部》下：「陳聘使韋鼎〈在長安聽百舌詩〉曰：「萬里風煙異，一鳥忽相驚。那能對遠客，還作故鄉聲。」為其僅存之詩。

　　〔宋〕王堯臣《崇文總目》卷十二：「《韋鼎詩集》一卷，

---

❻　《隋書》卷七十五《列傳》第四十《儒林》本傳亦謂其為「西城人「。然《通志》卷一百七十四本傳作：「西域人」。按：據復旦大學歷史地理研究所編《中國歷史地名辭典》（南昌：江西教育出版社 1988 年）第 280 頁：「西城，一作西山城。在今新疆和田縣境（一說在今和田縣南，一說在今和田縣北，一說在今和田縣南）。原于闐國建都於此。」故無論西城抑或西域，均非秦人，且《北史》等明言其父為「細腳胡」、「西州大賈」，故此則不當闌入。

闕。」《宋史》卷二百八《藝文志》第一百六十一《藝文》七：
「《韋鼎詩》一卷。」其前後所錄者，多為晚唐五代時人。《全唐
詩》卷七百四十有小傳：「韋鼎，湖南人，與廖匡圖俱知名，詩一
卷，今存一首。」即所收之〈贈廖凝〉❼。《唐才子傳》卷七：
「廖圖（當為「廖匡圖」），字贊禹，虔州虔化人。文學博贍，為時
輩所服。湖南馬氏辟致幕下，奏授天策府學士，與同時劉昭禹、李
宏皋、徐仲雅、蔡昆、韋鼎、釋虛中，俱以文藻知名，賡倡迭
和。」「湖南馬氏」指晚唐五代之湖南節度使馬殷，舊《五代史》
謂：「既封楚王，仍請依唐諸王行台故事，置諸天官幕府，有文苑
學士之號。」〔宋〕柳開《河東集》卷十四〈宋故前攝大名府戶曹
參軍柳公墓誌銘〉謂：「廣順（951-954）中，詩者韋鼎來自衡山，
從之遊。」故可知此「有詩一卷」之韋鼎為五代時湖南人，與隋時
之杜陵韋鼎斷非一人。《陝西通志》沿《崇文總目》和《宋史·藝
文志》而未加辨審致誤。

六、《太宗集》三卷

> 陳氏曰：「唐太宗皇帝《本集》四十卷，《館閣書目》但有
> 詩一卷，六十九首而已。今此本第一卷賦四篇、詩六十五
> 首，後二卷為碑銘書詔之屬，而訛謬頗多。世所傳太宗之文
> 見於石刻者，如〈帝京篇〉、〈秋日效庾信體詩〉、〈三藏
> 聖教序〉皆不在。又《晉書·紀傳論》稱『制曰』者四，皆
> 太宗御製也。今獨載宣武二〈紀論〉，而陸機、王羲之〈傳

---

❼　上海：上海古籍出版社影康熙揚州詩局本第 1848 頁下，1986 年。

論〉不預焉。宣紀〈論〉復重出，其他亦多有非太宗文雜廁其中者，非善本也。」（《文獻通考》）

賈按：所引「陳氏曰」語見〔宋〕陳振孫《直齋書錄解題》（四庫輯本）卷十六。《舊唐書》卷四十七《經籍志》第二十七《經籍》下：「《太宗文皇帝集》三十卷。」《崇文總目》卷十一：「《唐太宗集》一卷。」《新唐書》卷六十《藝文志》第五十：「《太宗集》四十卷。」《通志》卷七十《藝文略》第八《別集》四：「《唐太宗集》四十卷。」〔宋〕尤袤《遂初堂書目》：「《唐太宗集》。」《直齋書錄解題》卷十六：「《唐太宗集》三卷。」〔宋元〕馬端臨《文獻通考》卷二百三十一《經籍考》五十八：「《唐太宗集》三卷。」《宋史》卷二百八《藝文志》第一百六十一《藝文》七：「《唐太宗詩》一卷。」《全唐詩》收詩一卷，家兄賈二強以為，其所用底稿為明隆慶前後劉溥卿刻《初唐詩紀》本❽。「國圖」：明刊銅活字印本《唐太宗皇帝集》二卷；《唐太宗全集》，東京：1941 年興文社影印本第四版。《綜錄》：《太宗集》二卷，《唐人集》本；《唐太宗文皇帝集》一卷，《唐百家詩·初唐二十一家》本。《書目》、《索引》有《唐太宗集》二卷，清胡介祉穀園刻本。今人整理本有：吳雲、冀宇編輯校注《唐太宗集》，西安：陝西人民出版社 1986 年；吳雲、冀

---

❽ 〈《全唐詩稿本》採用唐集考略〉，陝西師範大學古籍整理研究所編《古典文獻研究集林》第三集第 275－276 頁，西安：陝西師範大學出版社 1995年。

宇《唐太宗全集校注》，天津：天津古籍出版社 2004 年；韓理洲
《唐太宗詩文編年箋注》，西安：陝西人民出版社 2004 年。

七、《高宗集》八十六卷

賈按：《舊唐書》卷四十七《經籍志》第二十七《經籍》下：
「《高宗大帝集》八十六卷。」《新唐書》卷六十《藝文志》第五
十、《通志》卷七十《藝文略》第八《別集》四：「《高宗集》八
十六卷。」《全唐詩》卷二〈高宗皇帝小傳〉：「集八十六卷，今
失傳。」錄其詩八首，亦出自《初唐詩紀》本；《全唐文》收文五
卷。今人韓理洲有《唐高宗武則天集輯校編年》（已完稿，待出
版）。

八、《垂拱集》一百卷　《金輪集》十卷俱則天皇后武氏撰

賈按：《舊唐書》卷四十七《經籍志》第二十七《經籍》下：
「《垂拱集》一百卷、《金輪集》十卷，天后撰。」《新唐書》卷
六十《藝文志》第五十：「武后《垂拱集》一百卷、又《金輪集十
卷》。」《通志》卷七十《藝文略》第八《別集》四：「《武后垂
拱集》一百卷、《武后金輪集》十卷。」宣和甲辰（六年，1124）建
安劉麟撰《元氏長慶集·原序》云：「《新唐書·藝文志》載其當
時君臣所撰著文集篇目甚多，《太宗集》四十卷至《武后垂拱集》
一百卷，今皆弗傳。」可見北宋末年其集世已罕有。《宋史》卷二
百八《藝文志》第一百六十一《藝文》七：「《則天中興集》十
卷，又《別集》一卷❾。」《全唐詩》卷五〈則天皇后小傳〉：

---

❾　《宋史·藝文志》此則置於唐五代集之末，宋集之首。然武後撰《中興
　　集》，於史無載，姑置於此，待考。

「有《垂拱集》百卷、《金輪集》六卷,今存詩四十六篇。」《全唐文》收文跨四卷（卷九十六後半－卷九十八前半）。

九、《中宗集》四十卷

賈按:《舊唐書》卷四十七《經籍志》第二十七《經籍》下:「《中宗皇帝集》四十卷。」《新唐書》卷六十《藝文志》第五十、《通志》卷七十《藝文略》第八《別集》四:「《中宗集》四十卷。」「諸目」均失載。《全唐詩》卷二〈中宗皇帝小傳〉:「帝有所感,即賦詩,學士皆屬和焉。集四十卷,失傳。今存詩及聯句詩七首。」《全唐文》收文兩卷。

十、《睿宗集》十卷

賈按:《舊唐書》卷四十七《經籍志》第二十七《經籍》下:「《睿宗皇帝集》十卷。」《新唐書》卷六十《藝文志》第五十、《通志》卷七十《藝文略》第八《別集》四:「《睿宗集》十卷。」「諸目」均失載。《全唐詩》存詩一首,《全唐文》收文兩卷。

十一、《玄宗集》卷亡

> 張說曰:「藝總六經,漢光之學也;文通三變,魏祖之才也;緣情定制,五禮之本也;洞音度曲,六樂之宗也;聖於翰墨,蒼頡之妙也。」（《玉海》）

賈按:所引張說之語,出自《張燕公集》卷十一〈開元正曆握乾符頌〉。《新唐書》卷六十《藝文志》第五十:「《玄宗集》……卷亡。」《通志》卷七十《藝文略》第八《別集》四:

「《明皇集》，卷亡。」《遂初堂書目》有《明皇集》（未分卷）。〔宋〕王應麟《玉海》卷五十四《藝文·總集文章·唐三類集錄》：「別集自荀況至盧藏用七百三十六家七百五十部七千六百六十八卷，《玄宗集》至《鄭寬百道判》不著錄四百六家五千十二卷。」《宋史》卷二百八《藝文志》第一百六十一《藝文》七：「《玄宗詩》一卷。」《綜錄》：《玄宗集》二卷，《唐人集》本；《唐玄宗皇帝集》二卷，《唐百家詩·盛唐十一家》本。《全唐詩》存詩一卷，《全唐文》收文二十二卷。

十二、《德宗御集》卷亡

> 劉禹錫曰：「貞元中，天子之文章煥乎垂光，慶霄在上，萬物五色。」〈舊紀〉：「天才秀茂，文思雕華。灑翰金鑾，無媿淮南之作；屬辭鉛槧，何慚隴底之書。文雅中興，夐高前代。」（《玉海》）

　　賈按：所引之語，見於《劉賓客文集》卷十九〈唐故衡州刺史呂君集序〉：「初，貞元中，天子之文章煥乎垂光，慶霄在上，萬物五色。天下文人，為氣所召，其生乃蕃。靈芝蕙莆，與百果齊坼，然煌煌翹翹，出乎其類，終為偉人者幾希矣。」《舊唐書》卷十三〈德宗紀〉下：「史臣曰：德宗皇帝，初總萬機，勵精治道……加以天才秀茂，文思雕華。灑翰金鑾，無愧淮南之作；屬辭鉛槧，何慚隴坻之書。文雅中興，夐高前代。二南三祖，豈盛於茲。」《新唐書》卷六十《藝文志》第五十、《通志》卷七十《藝文略》第八《別集》四：「《德宗集》，卷亡。」「諸目」均失

載。《全唐詩》卷四〈德宗皇帝小傳〉:「文集不傳。今存詩十五首。」《全唐文》收文六卷。

十三、《竇威集》十卷岐州人,官內史令

> 威字文蔚,貫覽群家言。世冑子弟多喜武力,威獨尚文,諸兄詆為「書癡」。高祖入關,典禮湮缺,威多識朝廷故事,乃裁定制度。帝曰:「今之叔孫通也。」(《唐書》本傳)

賈按:引語出自《新唐書》卷九十五〈竇威傳〉。《舊唐書》卷六十一本傳:「有文集十卷。」《新唐書》卷六十《藝文志》第五十、《通志》卷七十《藝文略》第八《別集》四:「《竇威集》十卷。」「諸目」均失載。《全唐詩》卷三十存詩〈出塞曲〉一首。

十四、《楊師道集》十卷華陰人,官工部尚書

> 師道,清警,有才思,善草隸,工詩。每與名士燕集,歌詠自適。帝見其詩,為摘諷嗟賞。後賜宴,帝曰:「聞公每酺賞,捉筆賦詩,如宿構者,試之。」師道再拜,少選輒成,無所竄定,一坐嗟伏。(《唐書》本傳)

賈按:引語出自《新唐書》卷一百本傳,多有刪改。《舊唐書》卷四十七《經籍志》第二十七《經籍》下、《新唐書》卷六十《藝文志》第五十:「《楊師道集》十卷。」《綜錄》:《楊師道集》一卷,《唐百家詩·初唐二十一家》本。《廣錄》:《楊師道

集》一卷,明刻《唐五十家集》本。《全唐詩》卷三十四〈楊師道小傳〉:「集十卷,今編詩一卷。」《全唐文》卷一百五十六收〈聽歌管賦〉一篇。

十五、顏之推《稽聖賦》一卷岐陽李淳風注

賈按:《舊唐書》卷七十九本傳:「李淳風,岐州雍人也⋯⋯所撰《典章文物志》、《乙巳占》、《祕閣錄》,並演《齊人要術》等凡十餘部。」《崇文總目》卷十二:「《稽聖賦》一卷。」《新唐書》卷六十《藝文志》第五十:「李淳風注顏之推《稽聖賦》一卷。」《通志》卷七十《藝文略》第八《別集》四:「顏之推《稽聖賦》一卷,李淳風注。」《直齋書錄解題》卷十六:「《稽聖賦》三卷。北齊黃門侍郎琅邪顏之推撰,其孫師古注。蓋擬〈天問〉而作。《中興書目》稱李淳風注。」〔宋〕王應麟《玉海》卷五十四《藝文‧總集文章‧唐七十五家總集》:「自李淳風注顏之推《稽聖賦》至林逢《續掌記略》,文史自劉子玄《史通》至孫郃《文格》不著錄二十三部一百七十九卷。」《宋史》卷二百八《藝文志》第一百六十一《藝文》七:「顏之推《稽聖賦》一卷。」《稽聖賦》並淳風注,今佚,其中部分為人引用之文字散見諸書。

十六、《袁朗集》十四卷長安人,官給事中

賈按:《舊唐書》卷一百九十上本傳:「袁朗,雍州長安人⋯⋯朗勤學好屬文,在陳釋褐祕書郎,甚為尚書令江總所重。嘗製〈千字詩〉,當時以為盛作。陳後主聞而召入禁中,使為〈月賦〉,朗染翰立成⋯⋯有文集十四卷。」《舊唐書》卷四十七《經籍志》第二十七《經籍》下:「《袁朗集》（此處脫「十」字）四

卷。」《新唐書》卷六十《藝文志》第五十、《通志》卷七十《藝文略》第八《別集》四：「《袁朗集》十四卷。」「諸目」均失載。《全唐詩》卷三十〈袁朗小傳〉：「集十四卷。今存詩四首。」

《舊唐書》卷一百八十八〈趙弘智傳〉：「武德初，大理卿郎楚之應詔舉之，授詹事府主簿，又預修六代史。初，與秘書丞令狐德芬、齊王文學袁朗等十數人同修《藝文類聚》。」《新唐書》卷五十九《藝文志》第四十九：「歐陽詢《藝文類聚》一百卷。」附注：「令狐德棻、袁朗、趙弘智等同修。」

十七、《於志寧集》四十卷高陵人，封燕國公

賈按：《舊唐書》卷七十八本傳：「於志寧，雍州高陵人……志寧以承乾數虧禮度，志在匡救，撰《諫苑》二十卷諷之。太宗大悅……前後預撰格式律令、五經義疏及修禮修史等功，賞賜不可勝計。有集二十卷。」《舊唐書》卷四十七《經籍志》第二十七《經籍》下、《新唐書》卷六十《藝文志》第五十、《通志》卷七十《藝文略》第八《別集》四：「《於志寧集》四十卷。」「諸目」均失載。《全唐詩》卷三十三〈於志寧小傳〉：「集四十卷，今存詩一首。」《全唐文》卷一百四十四、卷一百四十五收文兩卷。

十八、《續文選》十三卷弘文館學士、華陰孟利貞撰

賈按：《舊唐書卷》一百九十上《列傳》第一百四十《文苑》上本傳：「孟利貞者，華州華陰人也……利貞初為太子司議郎，中宗在東宮，深懼之。受詔與少師許敬宗、崇賢館學士郭瑜、顧胤、董思恭等撰《瑤山玉彩》五百卷……又撰《續文選》十三卷。」《新唐書》卷五十九《藝文志》第四十九：孟利貞《碧玉芳林》四

百五十卷、《玉藻瓊林》一百卷。」《新唐書》卷六十《藝文志》
第五十:「孟利貞《續文選》十三卷。」《通志》卷七十《藝文
略》第八《別集》四:「《續文選》十三卷,唐孟利正集。」《玉
海》卷五十四《藝文·總集文章》:「《唐志》:孟利貞《續文
選》十一卷。」其書不傳。

十九、《顏師古集》六十卷萬年人,官秘書監

> 師古字籀,其少博覽,精訓故學,善屬文。 (《唐書》本傳)

賈按:引語出自《新唐書》卷一百九十八《列傳》第一百二十
三《儒學》上。「訓故學」,《新唐書》作「故訓學」。《舊唐
書》卷七十三《列傳》第二十三:「顏籀,字師古,雍州萬年人,
齊黃門侍郎之推孫也⋯⋯師古少傳家業,博覽群書,尤精詁訓,善
屬文⋯⋯有集六十卷。其所注《漢書》及〈急就章〉,大行於
世。」《舊唐書》卷四十七《經籍志》第二十七《經籍》下:
「《顏師古集》四十卷。」《新唐書》卷六十《藝文志》第五十、
《通志》卷七十《藝文略》第八《別集》四:「《顏師古集》六十
卷。」「諸目」均失載。《全唐詩》卷三十〈顏師古小傳〉:「集
六十卷。存詩一首。」《全唐文》卷一百四十七至一百四十八收文
二十三篇。

二十、《令狐德棻集》三十卷華原人

賈按:《舊唐書》卷七十三《列傳》第二十三本傳:「令狐德
棻,宜州華原人⋯⋯貞觀三年,太宗復勅修撰,乃令德棻與秘書郎
岑文本修《周史》⋯⋯以修貞觀十三年以後《實錄》功,賜物四百

段……尋又撰《高宗實錄》三十卷……德棻暮年，尤勤於著述，國
家凡有修撰，無不參預。」《新唐書》卷六十《藝文志》第五十、
《通志》卷七十《藝文略》第八《別集》四：：「《令狐德棻集》
三十卷。」「諸目」均失載。《全唐詩》卷三十三〈令狐德棻小
傳〉：「集三十卷。今存詩一首。」《全唐文》卷一百三十七收文
五篇。

二十一、《蕭德言集》三十卷_{長安人}

賈按：《舊唐書》卷一百八十九上《列傳》第一百三十九《儒
學》上：「蕭德言，雍州長安人……德言博涉經史，尤精《春秋左
氏傳》，好屬文……德言晚年尤篤志於學，自晝達夜，略無休
倦……文集三十卷。」《舊唐書》卷四十七《經籍志》第二十七
《經籍》下：「《蕭德言集》三十卷。」《新唐書》卷六十《藝文
志》第五十、《通志》卷七十《藝文略》第八《別集》四：「《蕭
德言集》二十卷。」「諸目」均失載。《全唐詩》卷三十八〈蕭德
言小傳〉：「集三十卷。今存詩一首。」

二十二、《盈川集》二十卷_{盈川令、華陰楊炯撰}

> 晁氏曰：「唐楊炯，華陰人。顯慶六年舉神童，授校書郎，
> 終婺州盈川令。炯博學善屬文，與王勃、盧照鄰、駱賓王以
> 文辭齊名海內，稱王、楊、盧、駱四才子，亦曰『四傑』。
> 炯自謂：『吾愧在盧前，恥居王後。』張說曰：『盈川文如
> 縣河，酌之不竭。恥王後，信；愧盧前，謙也。』集本三十
> 卷，今多逸亡。」（《讀書志》）

賈按:《舊唐書》卷一百九十上《列傳》第一百四十《文苑》上本傳:「楊炯,華陰人……炯幼聰敏博學,善屬文……文集三十卷。」《舊唐書》卷四十七《經籍志》第二十七《經籍》下:「《楊炯集》三十卷。」《崇文總目》卷十一:「《盈川集》二十卷。」《新唐書》卷六十《藝文志》第五十、《通志》卷七十《藝文略》第八《別集》四:「楊炯《盈川集》三十卷。」《遂初堂書目》:「《楊炯集》」。《宋史》卷二百八《藝文志》第一百六十一《藝文》七:「《楊炯集》二十卷,又《拾遺》四卷。」〔清〕王士禛《居易錄》卷二十三錄有天一閣藏本《楊炯集》。《四庫全書總目》卷一百四十九《集部》二《別集類》二:「《盈川集》十卷,《附錄》一卷,唐楊炯撰。《唐書‧文苑傳》稱其文集本三十卷,晁公武《讀書志》僅著錄二十卷,云今多亡逸,是宋代已非完本。然其本今亦不傳,此乃明萬曆中龍游童佩從諸書裒集詮次成編,并以本傳及贈答之文、評論之語別為《附錄》一卷,皇甫汸為之序。凡賦八首、詩三十四首、雜文三十九首。」《綜錄》:《楊炯集》二卷,《唐人集》本、《唐百家詩‧初唐二十一家》本、《唐十二家詩》本、《前唐十二家詩》本、《唐人五十家小集》本;《楊炯集》一卷,《唐十二名家詩》本;《盈川集》十卷、《附錄》一卷,《四庫全書‧集部別集類》本,摛藻堂《四庫全書薈要‧集部》本;《楊盈川集》十卷、《附錄》一卷,《四部叢刊‧集部》本;《楊盈川集》十卷,《初唐四傑集》本,《顏氏叢書‧初唐四傑集》本;《楊炯文集》七卷,《初唐四傑文集》本、《四部備要》本;《楊盈川集》十三卷、《附錄》一卷,《初唐四子集》本。《廣錄》:《楊盈川文抄》一卷,《八代文抄》本;

《楊盈川集》七卷，《藝苑叢鈔》本；《楊炯詩集》一卷，《唐四傑集》本；《楊炯集》二卷，《唐十二家詩本》。徐明霞點校《盧照鄰集·楊炯集》，中華書局 1980 年。

二十三、《李適集》十卷萬年人，官工部侍郎

賈按：《舊唐書》卷一百九十中《列傳》第一百四十《文苑》中本傳：「李適者，雍州萬年人……睿宗時，天台道士司馬承禎被徵至京師。及還，適贈詩，序其高尚之致，其詞甚美。當時朝廷之士，無不屬和，凡三百餘人。徐彥伯編而敘之，謂之《白雲記》，頗傳於代。」《新唐書》卷二百二《列傳》第一百二十七《文藝》中：「李適字子至，京兆萬年人。」《舊唐書》卷四十七《經籍志》第二十七《經籍》下：「《李適集》二十卷。」《新唐書》卷六十《藝文志》第五十、《通志》卷七十《藝文略》第八《別集》四：「《李適集》十卷。」《全唐詩》卷七十存詩一卷。

二十四、《蘇瓌集》十卷武功人，官左僕射

賈按：《舊唐書》卷八十八《列傳》第三十七本傳：「蘇瓌，字昌容，京兆武功人。」《舊唐書》卷四十七《經籍志》第二十七《經籍》下、《新唐書》卷六十《藝文志》第五十、《通志》卷七十《藝文略》第八《別集》四：「《蘇瓌集》十卷。」「諸目」均失載。《全唐詩》卷四十六〈蘇瓌小傳〉：「集十卷。今存詩二首。」《全唐文》卷一百六十八收文兩篇。

二十五、《顏元孫集》三十卷萬年人

賈按：《新唐書》卷一百九十二《列傳》第一百一十七《忠義》中〈顏杲卿傳〉：「顏杲卿，字昕，與真卿同五世祖，以文儒世家。父元孫有名垂拱間，為濠州刺史。」〔宋〕陳思《書小

史》:「顏元孫,字聿修,昭甫之子。少孤,養於舅殷仲容家,尤善草隸。仲容以能書為天下所宗,人造請者牋盈幾,輒令代遣,得者欣然,莫之能辨。玄宗出諸家書跡數十卷,曰:『聞公能書,可為定其真偽。』公分別以進,玄宗大悅,賜牋籐、筆墨、衣服等物。著《干祿字書》行於世。」《干祿字書》有多種版本傳世。此書初由元孫之姪顏真卿於唐代宗大曆九年(774)書勒於湖州。《居易錄》卷二十三:「顏文忠公書《祿字書》碑,在蜀潼川州,唐梓州也。建昌道僉事宗人省齋曰曾摹搨相寄,字尚完好。首云:『朝議大夫、滁沂濠三州刺史、上柱國、贈祕書監顏元孫撰,第十三姪男、金紫光祿大夫、行湖州刺史、上柱國、魯郡開國公真卿書。」《新唐書》卷六十《藝文志》第五十、《通志》卷七十《藝文略》第八《別集》四:「《顏元孫集》三十卷。」「諸目」均失載。全唐文卷二百二收其〈干祿字書序〉。

二十六、《姚璹集》七卷萬年人,官尚書

　　璹字令璋,少力學,才辯捷邁。(《唐書》本傳)

　　賈按:《舊唐書》卷八十九《列傳》第三十九本傳:「姚璹,字令璋,散騎常侍思廉之孫也……長壽二年,遷文昌左丞、同鳳閣鸞臺平章事……乃表請,仗下所言軍國政要,宰相一人專知撰錄,號為《時政記》,每月封送史館。宰相之撰《時政記》自璹始也。」《新唐書》卷六十《藝文志》第五十、《通志》卷七十《藝文略》第八《別集》四:「《姚璹集》七卷。」「諸目」均失載。

二十七、《蘇許公集》二十卷 名頲，武功人，封許國公

> 晁氏曰：「唐蘇頲，廷碩也，武功人。頲幼敏悟，一覽五千
> 言，輒覆（誦）。景龍後，與張說以文章顯，時號『燕
> 許』。李德裕謂：『近世詔誥，惟頲序事外為文章。』韓休
> 為〈序〉。集本四十六卷，今亡其半矣。」（《讀書志》）

賈按：《舊唐書》卷八十八《列傳》第三十七〈蘇瓌傳〉附
〈蘇頲傳〉：「瓌子頲，少有俊才，一覽千言……」《新唐書》卷
一百二十五《列傳》五十〈蘇瓌傳〉附〈蘇頲傳〉：「自景龍後，
與張說以文章顯，稱望略等，故時號『燕、許大手筆』。帝愛其
文，曰：『卿所為詔令，別錄副本，署「臣某撰」，朕當留中。』
後遂為故事。其後李德裕著論曰：『近世詔誥，惟頲敘事外自為文
章』云。」《郡齋讀書志》卷四上：「蘇頲《許公集》二十卷。右
唐蘇頲，廷碩也，武功人。調露二年進士，賢良方正異等。除左司
率府冑曹。玄宗時，中書舍人、知制誥。開元四年，同紫微黃門平
章事。頲幼敏悟，一覽五千言，輒覆（誦）。景龍後，與張說以文
章顯，時號『燕許』。李德裕謂：『近世詔誥，唯頲敘事外為文
章。』韓休為〈序〉，集本四十六卷，今亡其半矣。」《遂初堂書
目》：「《蘇頲集》。」《通志》卷七十《藝文略》第八《別集》
四、《宋史》卷二百八《藝文志》第一百六十一《藝文》七：
「《蘇頲集》三十卷。」「國圖」：《蘇廷碩集》二卷，明銅活字
印本；《蘇許公詩集》三卷，明刻《唐百家詩》本；《蘇許公詩
集》一卷，清初抄本；《蘇許公文集》十二卷、《卷首》一卷、

《附錄》一卷，清道光二十三年刻本。《綜錄》：《蘇廷碩集》二卷，《唐人集》本、《唐百家詩·初唐二十一家》本、《唐詩二十六家詩》本。《廣錄》：《蘇頲詩集》一卷，〔明〕萬曆刻《十家唐詩》本、《十家唐詩》增刻本；《蘇許公詩集》一卷，清初抄《百家唐詩》本。《全唐詩》卷七十三〈蘇頲小傳〉：「集三十卷。今編詩二卷。」《全唐文》卷二百五十至二百五十八收文九卷。有今人陳鈞《蘇頲詩文集編年考校》，太原：山西古籍出版社2001年。

二十八、《喬知之集》一卷 馮翊人，官右侍郎

陳氏曰：「唐右侍郎喬知之，天授中為酷吏所陷死。《集》中有《綠珠怨》，蓋其所由以致禍也。」（《文獻通考》）

賈按：《舊唐書》卷一百九十中《列傳》第一百四十中《文苑》中本傳：「喬知之，同州馮翊人也……知之與弟侃、備並以文詞知名，知之尤稱俊才，所作篇詠時人多諷誦之……知之有侍婢曰『窈娘』，美麗善歌舞，為武承嗣所奪。知之怨惜，因作〈綠珠篇〉以寄情，密送與婢，婢感憤自殺。承嗣大怒，因諷酷吏，羅織誅之。」《新唐書》卷四《本紀》第四〈則天順聖皇后紀〉：「天授元年（690）八月壬戌（十九日），殺將軍阿史那惠、右司郎中喬知之。」《資治通鑑》卷二百六《唐紀》二十二〈則天順聖皇后〉中之下：「神功元年（697）五月癸卯（初八）。右司郎中、馮翊喬知之有美妾曰『碧玉』，知之為之不昏。武承嗣藉以教諸姬，遂留不還。知之作〈綠珠怨〉以寄之，碧玉赴井死。承嗣得詩於裙帶，大

怒，諷酷吏羅告，族之。」《舊唐書》卷四十七《經籍志》第二十
七《經籍》下、《通志》卷七十《藝文略》第八《別集》四：
「《喬知之集》二十卷。」《直齋書錄解題》卷十九：「《喬知之
集》一卷。唐右司郎喬知之撰。天授中為酷吏所陷，死。《集》中
有〈綠珠怨〉，蓋其所由以致禍也。」「國圖」：《唐喬知之詩
集》一卷，明嘉靖刻《唐百家詩·初唐二十一家》本。《全唐詩》
卷八十一存詩一卷。

二十九、《喬備集》六卷馮翊人，知之弟

賈按：《舊唐書》卷一百九十中《列傳》第一百四十中《文
苑》中〈喬知之傳〉附〈喬備傳〉：「備，預修《三教珠英》，長
安中卒於襄陽令。」《舊唐書》卷四十七《經籍志》第二十七《經
籍》下、《新唐書》卷六十《藝文志》第五十、《通志》卷七十
《藝文略》第八《別集》四：「《喬備集》六卷。」「諸目」均失
載。《全唐詩》卷八十一〈喬備小傳〉：「集六卷。今存詩二
首。」

三十、《苑咸集》卷亡

> 京兆人，開元末上書，拜司經校書、中書舍人，貶漢東郡司
> 戶參軍，復起為舍人、永陽太守。（《唐書·藝文志》）

賈按：引文出自《新唐書》卷六十《藝文志》第五十。《舊唐
書》卷一百六《列傳》第五十六〈李林甫傳〉：「林甫恃其早達，
輿馬被服頗極鮮華。自無學術，僅能秉筆。有才名於時者，尤忌
之。而郭慎微、苑咸文士之闖茸者，代為題尺。」《新唐書》卷二

百二十三上《列傳》第一百四十八上《姦臣·李林甫傳》:「林甫無學術,發言陋鄙,聞者竊笑。善苑咸、郭慎微,使主書記。」〔清〕趙殿成《王右丞集箋注》卷十有王維〈苑舍人能書梵字,兼達梵音,皆曲盡其妙,戲為之贈〉詩,及苑咸答詩。顏真卿〈刑部侍郎贈右仆射孫文公集序〉:「公(孫逖)之除庶子也,苑咸草詔曰:『西掖掌綸,朝推無對。』議者以為知言。」❿《通志》卷七十《藝文略》第八《別集》四:「《苑咸集》一卷。李林甫撰。」《崇文總目》卷十二:「《苑咸集》一卷。闕。」「諸目」均失載。《全唐詩》卷一百二十九〈苑咸小傳〉:「苑咸,成都人……詩二首。」《全唐文》卷三百三十三收文十四篇,多為代李林甫筆。

三十一、《蘇源明前集》三十卷武功人,官秘書少監

　　源明工文辭,有名。天寶間雅善杜甫、鄭虔。(《唐書》本
　　傳)

　　賈按:《新唐書》卷二百二《列傳》第一百二十七《文藝》中本傳:「蘇源明,京兆武功人,初名預,字弱夫……源明雅善杜甫、鄭虔,其最稱者元結、梁肅。」韓愈〈送孟東野序〉:「唐之有天下,陳子昂、蘇源明、元結、李白、杜甫、李觀,皆以其所能鳴。」《新唐書》卷六十《藝文志》第五十:「《蘇源明前集》三十卷。」《通志》卷七十《藝文略》第八《別集》四:「《蘇源明

---

❿　〔宋〕李昉等編《文苑英華》卷七百二《文集》四。

前集》二十卷。」「諸目」均失載。《全唐詩》卷二百五十五存詩二首。《全唐文》卷三百七十三收文五篇。

三十二、《元載集》十卷岐山人

賈按：《舊唐書》卷一百十八《列傳》第六十八本傳：「元載，鳳翔岐山人也……載自幼嗜學，好屬文，性敏惠，博覽子史，尤學道書……大曆十二年三月庚辰，仗下後，上御延英殿，命左金吾大將軍吳湊收載、（王）縉於政事堂……勅曰：『中書侍郎、同中書門下平章事元載，性頗姦回，跡非正直……納受贓私，貿鬻官秩。凶妻忍害，暴子侵牟，曾不隄防，恣其淩虐……宜賜自盡。』」《新唐書》卷六十《藝文志》第五十、《通志》卷七十《藝文略》第八《別集》四：「《元載集》十卷。」「諸目」均失載。《全唐詩》卷一百二十一〈元載小傳〉：「集十卷。今存詩一首。」《全唐文》卷三百六十九收文六篇。

三十三、《劍南集》節度、華陰嚴武撰

賈按：《舊唐書》卷一百十七《列傳》第六十七本傳：「嚴武，中書侍郎挺之子也……讀書不究精義，涉獵而已……前後在蜀累年，肆志逞欲，恣行猛政……性本狂蕩，視事多率胸臆，雖慈母言之不顧。」未見有其《劍南集》之記載，未詳何據。「國圖」：《嚴武集》一卷，明嘉靖刻《唐人詩》本。《綜錄》：《嚴武集》一卷，《唐百家詩·盛唐二十一家》本、《唐詩二十六家》本。《廣錄》：《嚴武集》一卷，清初抄《唐詩二十家》本、明刻《唐五十家集》本。《全唐詩》卷二百六十一存詩六首。

三十四、《顏真卿文》一卷_{萬年人}

晁氏曰：「真卿博學，工辭章。進士登制科，代宗時為太子
太師。使李希烈，為希烈所害。世謂真卿忤楊國忠、李輔
國、元載、楊炎、盧杞，拒安祿山、李希烈廢斥者以至於死
而不自悔，天下一人而已。學問、文章，往往雜於神仙、浮
屠之說，不皆合於理，而所為乃爾者，蓋天性然也。」
（《讀書志》）陳氏曰：「真卿，之推五世孫、師古曾姪孫。
按《館閣書目》，嘉祐中宋敏求惜其文不傳，乃集其刻於金
石者，為十五卷。今本〈序〉文，劉敞所作，乃云吳興沈侯
編輯，而著沈之名。劉元剛刻於永嘉，為〈後序〉，則云
『劉原父所序，即宋次道集其刻於金石者也』，又不知何
據？元剛復為之《年譜》，益以《拾遺》一卷，多世所傳帖
語，且以〈行狀〉、〈碑傳〉為《附錄》。魯公之裔孫裕，
自五代時官溫州，與其弟綸、祥，皆徙居永嘉樂清。本朝世
復其家，且時襃錄其子孫，有登科者。（《文獻通考》）

賈按：《舊唐書》卷一百二十八《列傳》第七十八本傳：「顏
真卿，字清臣，琅邪臨沂人也……真卿少勤學業，有詞藻，尤工
書。」〔宋〕王溥《唐會要》卷七十六《貢舉》中《制舉科》：
「天寶元年，文辭秀逸科：崔明允、顏真卿及第。」《郡齋讀書
志》卷四上、《文獻通考》卷二百三十一《經籍考》五十八《集·
別集》：「《顏真卿文》一卷。」《直齋書錄解題》卷十六《別集
類》上：「《顏魯公集》十五卷、《補遺》一卷、《附錄》一

卷。」《宋史》卷二百八《藝文志》第一百六十一《藝文》七：「《顏真卿集》十五卷。」《四庫全書總目》卷一百四十九《集部》二《別集類》二：「《顏魯公集》十五卷、《補遺》一卷、《年譜》一卷、《附錄》一卷副都御史黃登賢家藏本。唐顏真卿撰。真卿事蹟，具《唐書》本傳。其《集》見於《藝文志》者，有《吳興集》十卷、又《廬州集》十卷、《臨川集》十卷，至北宋皆亡。有吳興沈氏者，採掇遺佚，編為十五卷，劉敞為之〈序〉，但稱『沈侯』而不著名字。嘉祐中，又有宋敏求編本，亦十五卷，見《館閣書目》，江休復《嘉祐雜志》極稱其採錄之博。至南宋時，又多漫漶不完。嘉定間，留元剛守永嘉，得敏求殘本十二卷，失其三卷，乃以所見真卿文，別為《補遺》，併撰次《年譜》附之，自為〈後序〉。後人復即元剛之本，分為十五卷，以符沈、宋二本之原數。沿及明代，留本亦不甚傳。今世所行，乃萬曆中真卿裔孫允祚所刊，脫漏舛錯，盡失其舊。獨此本為錫山安國所刻，雖已分十五卷，然猶元剛原本也。真卿大節，炳著史冊，而文章典博莊重，亦稱其為人。《集》中〈廟享議〉等篇，說禮尤為精審。特收拾於散佚之餘，即元剛所編，亦不免缺略。今考其遺文之見於石刻者，往往為元剛所未收，謹詳加搜輯得：〈殷府君夫人顏氏碑銘〉一首、〈尉遲迥廟碑銘〉一首、〈太尉宋文貞公神道碑側記〉一首、〈贈祕書少監顏君廟碑裨側記碑額陰記〉各一首、〈竹山連句詩〉一首、〈奉使蔡州書〉一首，皆有碑帖現存；又〈政和公主碑〉殘文、〈顏元孫墓誌〉殘文二篇，見《江氏筆錄》；〈陶公栗里詩〉見《困學紀聞》。今俱採出，增入《補遺》卷內。至留元剛所錄〈禘祫議〉，其文既與〈廟享議〉復見，而篇末『時議者舉然』云

云，乃《新唐書·陳京傳》敘事之辭，亦非真卿本文，又〈干祿字書序〉乃顏元孫作，真卿特書之刻石，元剛遂以為真卿文亦為舛誤，今並從刊削焉。後附《年譜》一卷，舊亦題『元剛作』，而《譜》中所列詩文諸目，多《集》中所無，疑亦元剛因舊本增輯也。元剛，字茂潛，丞相留正之子，官終起居舍人。」《文淵閣書目》卷二〈日字號第二廚書目〉：「《顏魯公文集》一部六冊、《顏魯公文集》一部四冊。」「國圖」：《魯公文集》十五卷，明萬曆刻本。《綜錄》：《顏魯公詩集》一卷，《唐百家詩·盛唐十一家》本；《顏魯公文集》三十卷、《補遺》一卷，《三長物齋叢書》本、《四部備要·集部唐別集》本；《顏魯公》集十五卷、《補遺》一卷、《附錄》一卷，《四庫全書·集部別集類》本、《四部叢刊·集部》本；《文忠集》十六卷，《武英殿聚珍版書（木活字）·集部》本；《文忠集》十六卷、《拾遺》四卷，《武英殿聚珍版書（福建、廣雅書局）·集部》本、《叢書集成初編·文學類》本；《顏魯公文集》十四卷》，《乾坤正氣集》本。《廣錄》：《顏魯公文集》二十卷，明萬曆刻《顏氏傳書》本；《顏魯公文集選》一卷，明崇禎刻《古文正集·二集》本；《顏魯公詩集》一卷，明刻《唐五十家集》本。《書目》、《索引》：《顏魯公文集》十五卷、《補遺》一卷、《年譜》一卷，明嘉靖二年安國安氏館刻本及安氏館銅活字本、明萬曆十七年劉思誠刻本、明萬曆二十四年顏胤祚刻本、明抄本、清嘉慶七年顏崇槼刻本、清抄本。《全唐詩》卷一百五十二存詩一卷。《全唐文》卷三百三十六至三百四十四收文九卷。

三十五、《吳興集》十卷、《臨川集》十卷、《盧集》十卷俱顏真卿撰

賈按：《新唐書》卷六十《藝文志》第五十：「顏真卿《吳興集》十卷、又《盧陵集》十卷、《臨川集》十卷、《歸崇敬集》二十卷。」《通志》卷七十《藝文略》第八《別集》四：「顏真卿《吳興集》十卷、又《盧陵集十卷》、又《臨川集》十卷、《歸崇敬集》二十卷。」

三十六、《于邵集》四十卷萬年人，歷官侍郎

賈按：《舊唐書》卷一百三十七《列傳》第八十七本傳：「于邵，字相門，其先家於代，今為京兆萬年人……邵天寶末進士登科，書判超絕，授崇文館校書郎……當時大詔令皆出於邵……有集四十卷。」《新唐書》卷二百三《列傳》第一百二十八《文藝》下本傳：「朝有大典冊，必出其手。」《新唐書》卷六十《藝文志》第五十、《通志》卷七十《藝文略》第八：「《于邵集》四十卷。」「諸目」均失載。《全唐詩》二百五十二存〈樂章〉五首。《全唐文》卷四百二十三至四百二十九收文七卷。

三十七、《王氏神道銘》二十卷廣州都督、咸陽王方慶撰

賈按：《舊唐書》卷八十九《列傳》第三十九本傳：「王方慶，雍州咸陽人也……方慶博學，好著述，所撰雜書凡二百餘卷。尤精『三禮』，好事者多詢訪之，每所酬答，咸有典據，故時人編次，名曰《雜禮荅問》。聚書甚多，不減秘閣；至於圖畫，亦多異本。諸子莫能守其業，卒後尋亦散亡。」《新唐書》卷一百十六《列傳》第四十一〈王綝傳〉：「王綝，字方慶，以字顯。其先自丹陽徙雍咸陽。」《新唐書》卷六十《藝文志》第五十：「王方慶

《王氏神道銘》二十卷。」《通志》卷七十《藝文略》第八《碑碣》:「《王氏神道碑》二十卷。唐王方慶集。」「諸目」均失載。《四庫全書總目》卷五十八《史部》十四《傳記類》二:「《魏鄭公諫錄》五卷(浙江鮑士恭家藏本)。唐王方慶撰。方慶名綝,以字行。其先自丹陽徙咸陽,武后時官至鸞臺侍郎、同鳳閣鸞臺平章事,終於太子左庶子,封石泉縣公,諡曰『貞』。事蹟具《新唐書》本傳。此書前題『尚書吏部郎中』,蓋高宗時所居官,本傳不載,史文脫略也。〈傳〉稱方慶博學,練朝章,著書二百餘篇,此乃所錄《魏徵事蹟》,《唐書·藝文志》以為《魏徵諫事》,司馬光《通鑑書目》以為《魏元成故事》,標題互異。惟洪邁《容齋隨筆》作《魏鄭公諫錄》,與此相合。方慶在武后時,嘗以言悟主。召還廬陵後,建言不斥『太子』名,以示復位之漸,皆人所難能。蓋亦思以伉直自見者。故於徵諫爭之語,摭錄最詳。司馬光《通鑑》所記徵事,多以是書為依據。其未經採錄者,亦皆確實可信,足與正史相參證。元至順中,翟思忠又嘗作《續錄》二卷,世罕流傳。明蘇州彭年採《通鑑》、《唐書》,補為一卷。今思忠所《續錄》二卷,已於《永樂大典》內裒輯成《編年書》。寥寥數條,殊為贅設,今故刪年所補,不復附綴此書之末焉。」

三十八、《竇拾遺集》一卷_{左拾遺、扶風竇叔向撰}

　　陳氏曰:「唐左拾遺、扶風竇叔向撰,包何為序。群、庠、牟、鞏,皆其子也。」(《文獻通考》)

　　賈按:《舊唐書》卷一百五十五《列傳》第一百五〈竇群

傳〉：「父叔向，以工詩稱代宗朝，官至左拾遺。」《唐才子傳》
卷三：「竇叔向，字遺直，扶風平陵人也。有卓絕之行。登第於大
曆初，遠振佳名，為文物冠冕。詩法謹嚴，又非常格，名流才子多
仰飆塵。少與常袞同燈火，及袞相，引擢左拾遺、內供奉。袞坐
貶，亦出為溧水令。卒贈工部尚書。五子：常、牟、群、庠、鞏，
俱能詩，咄咄有跨竈之譽，當時美之。《藝文志》載《叔向集》七
卷，今存詩甚寡，蓋零落久矣。」《新唐書》卷六十《藝文志》第
五十：「《竇叔向集》七卷。字遺直，與常袞善。袞為相，用為左
拾遺、內供奉。及貶，亦出溧水令。」《通志》卷七十《藝文略》
第八《別集》四：「《竇叔向集》七卷。」〔宋〕洪邁《容齋隨
筆·四筆·目錄》卷六：「《竇叔向詩》，不存。《竇氏聯珠·
序》云：五竇之父叔向，當代宗朝，善五言詩，名冠流輩。時屬正
懿皇后山陵，上注意哀挽，即時進三章。內考首出，傳諸人口。有
『命婦羞蘋葉，都人插柰花』，『禁兵環素帟，宮女哭寒雲』之
句，可謂佳唱。而略無一首存於今。荊公《百家詩選》亦無之，是
可惜也。予嘗得故吳良嗣家所抄唐詩，僅有叔向六篇，皆奇作。念
其不傳於世，今悉錄之。〈夏夜宿表兄話舊〉云：……〈秋砧送包
大夫〉云……〈春日早朝應制〉云……〈過簣石湖〉云……〈正懿
挽歌〉二首云……第三篇亡。叔向，字遺直。仕至左拾遺，出為溧
水令。《唐書》亦稱其以詩自名云。」《遂初堂書目·別集類》：
「《竇叔向》。」《直齋書錄解題》卷十九《詩集類》上：「《竇
拾遺集》一卷。唐左拾遺、扶風竇叔向撰，包何為序。（案：《竇叔
向集》，包何為之序。原本作『包行』，誤，今改正。）群、常、牟、庠、
鞏，皆其子也。」《宋史》卷二百八《藝文志》第一百六十一《藝

文》七:「《竇叔向詩》一卷。」「國圖」:竇叔向等《中唐六竇詩》,明末清初貞隱堂刻本。《廣錄》:《竇叔向詩》一卷,清初抄《百家唐詩》本、清康熙貞隱堂刻《中晚唐詩 · 中唐十卷》本;《中唐竇叔向詩》一卷,清康熙半畝園刻《中晚唐詩紀》本。《全唐詩》卷二百七十一〈竇叔向小傳〉:「叔向工五言,名冠時輩。集七卷,今存詩九首。」

三十九、《李泌集》二十卷京兆人,封鄴縣侯

> 〈序〉曰:「鄴侯李泌,字長源,七歲見丞相始興張公九齡,張駭其聰異,授以屬辭之要,許以輔相之業。洎始興歿不六十載,公果至宰相,封侯。有文集二十卷。其習嘉遯,則有滄浪紫府之詩;其在王廷,則有君臣賡載之歌。或依隱以玩世,或主文以譎諫,步驟六義,發揚時風。觀其辭者,有以見上之任人、始興之知人者已。凡詩三百篇,誌、表、記、贊、序、議、述又百有二十,其五十篇缺,獨著其目云。」(本書梁肅《序》)

賈按:〈序〉語見〔宋〕姚鉉編《唐文粹》卷九十一梁肅〈唐丞相鄴侯李泌文集序〉。《舊唐書》卷一百三十《列傳》第八十本傳:「李泌,字長源,其先遼東襄平人……今居京兆……少聰敏,博涉經史,精究《易象》,善屬文,尤工於詩……泌放曠敏辯,好大言,自出入中禁,累為權倖忌嫉,恒由智免,終以言論縱橫上悟聖主,以躋相位。有文集二十卷。」《新唐書》卷六十《藝文志》第五十、《通志》卷七十《藝文略》第八《別集》四:「《李泌

集》二十卷。」「諸目」均失載。《全唐詩》卷一百九〈李泌小傳〉：「集二十卷，今存詩四首。」《全唐文》卷三百七十八收文兩篇。

四十、《龍池集》百三十篇左拾遺蔡孚獻

> 開元二年六月，左拾遺蔡孚獻〈龍池〉，集王公卿士以上，凡百三十篇，請付太常寺，其詞合音律者為〈龍池樂章〉，以歌聖德，從之。初帝在藩，與宋王等居於興慶里，時人謂為五王子宅。及景龍末，宅內神池湧出，汎灩清瑩，流之不竭，中有龜龍遊焉。故群臣歌之。（《冊府元龜》）

賈按：〔宋〕王溥《唐會要》卷二十二〈龍池壇〉：「開元二年閏二月，詔令祀龍池。六月四日，右拾遺蔡孚獻〈龍池篇〉，公卿以下一百三十篇。太常寺考其詞合音律者為〈龍池篇樂章〉，共錄十首。」《唐文粹》卷十收〈享龍池樂章〉十首，作者分別為：姚崇、蔡孚、沈佺期、盧懷慎、姜皎、崔日用、蘇頲、李乂、姜晞、裴璀。《全唐詩》卷七十五存孚詩二首。《全唐文》卷三百四收其文一篇。

四十一、《李峴詩》一卷京兆人，官戶部侍郎

賈按：《舊唐書》卷一百十二《列傳》第六十二〈李峘傳〉：「李峘，太宗第三子吳王恪之孫。恪第三子琨生信安王禕，禕生三子：峘、嶧、峴。」所附〈李峴傳〉：「峴樂善下士，少有吏幹，以門蔭入仕。」《遂初堂書目·別集類》：「《李峴》。」《宋史》卷二百八《藝文志》第一百六十一《藝文》七：「《李峴詩》

一卷。」「諸目」均失載。《全唐詩》卷二百一十五〈李峴小傳〉:「集一卷。今存詩一首。」《全唐文》卷三百七十二收文一篇。

四十二、吳筠《宗元（賈按:「元」應作「玄」,《四庫》本避聖祖諱而改。下同）先生集》十卷 華陰人

序曰:「先生諱筠,字貞節,華陰人。生年十五,篤志於道,隱於南陽。天寶初,玄纁鶴版微至京師,請度為道士。宅於嵩丘十三年,詔入大同殿,又詔居翰林。累章乞還,以禽魚自況,藪澤為樂,得請。未幾,盜泉汙於三川,羽衣虛舟,泛然東下,棲匡盧,登會稽,浮□原文如此（賈按:據《文苑英華》七百四〈中嶽宗元先生吳尊師集序〉,此為「湘」字）河,息天柱,隱機埋照,順吾靈龜,有時放言,以暢天理,且以圜公歌詠於紫芝,弘景怡說於白雲。故屬詞之中,尤工比興。觀其自古王化詩與大雅吟、步虛詞、遊仙雜感之作,或遐想理古,以哀世道,或磅礡萬象,用宜環樞。稽性命之紀,達人事之變,大率以凝神挫銳為本,至於奇采逸響,琅琅然若駕雲璈而凌倒影,崑閬松喬,森然在目。門弟子有邵冀元者,自先生化去二十五年,類其文章,請傳永久。其有遐迂卓詭之論,猶不列於此編。（本書權德輿〈序〉）

賈按:《舊唐書》卷一百九十二《列傳》第一百四十二《隱逸》本傳:「吳筠,魯中之儒士也。少通經,善屬文。舉進士不第,性高潔,不奈流俗,乃入嵩山,依潘師正為道士,傳正一之

法……嘗於天台、剡中往來，與詩人李白、孔巢父詩篇酬和，逍遙泉石，人多從之。竟終於越中。文集二十卷……所著文賦，深詆釋氏，亦為通人所譏。然詞理宏通，文彩煥發，每製一篇，人皆傳寫，雖李白之放蕩，杜甫之壯麗，能兼之者，其唯筠乎？」《新唐書》卷一百九十六《列傳》第一百二十一《隱逸》本傳：「吳筠，字貞節，華州華陰人。通經誼，美文辭。」《崇文總目》卷十一《別集類》：「《吳筠集》五卷，闕。」《新唐書》卷六十《藝文志》第五十、《通志》卷七十《藝文略》第八《別集》四：「道士《吳筠集》十卷。」《郡齋讀書志》卷四上：「《吳均集》三卷。右梁吳均，叔宰（賈按：據《梁書》卷四十九《列傳》第四十三《文學》上本傳、《南史》卷七十二《列傳》第六十二《文學》本傳，「叔宰」為「叔庠」）也。史稱均博學才俊，體清拔，有古氣，好事效之，謂『吳均體』。有集二十卷，唐世搜求，止得十卷，文亡其七矣。舊題誤曰『吳筠』，筠乃唐人，此詩殊不類，而其中有贈周興嗣、柳貞陽輩詩，固已知其非筠。又有蕭子雲〈贈吳朝請入東詩〉，蓋在武帝時為奉朝請，則知為均也無疑矣。蕭子雲詩八、蕭子顯、朱異平、均、王僧孺詩各一，附。顏之推譏《均集》中有〈破鏡賦〉，今亦亡之。」《郡齋讀書後志》卷二《別集類》：「吳筠《宗元先生集》十卷。右唐吳筠撰，前有權德輿〈序〉。」《宋史》卷二百八《藝文志》第一百六十一《藝文》七：「《吳筠（一作均）集》十一卷。」《四庫全書總目》卷一百四十九《集部》二《別集類》二：「《宗元集》三卷，附錄《元（應作「玄」）綱論》一卷、《內丹九章經》一卷（浙江巡撫採進本）。唐吳筠撰。筠字貞節，華陰人，隱於南陽。天寶中，召至京師，請為道士，居嵩山，復求還茅山。東

遊會稽，往來天台、剡中，與李白、孔巢父酬唱。大曆中卒，弟子私諡曰『宗元先生』。新、舊《唐書》皆載《隱逸傳》。此本為浙江鮑氏『知不足齋』所抄，末有〈跋〉，云收入《道藏》中，世無別本。然《文獻通考》云，吳筠《宗元先生集》十卷，前有權德輿〈序〉，列於《別集》諸人之次，則當時非無傳本。此跋題戊申歲，不著年號，疑作於《通考》前也。卷首權德輿〈序〉稱，太原王顏類遺文為三十卷，後又有〈吳尊師傳〉，亦德輿撰，乃言文集二十卷，均與《文獻通考》稱十卷者不合。考德輿〈序〉稱四百五十篇，而此本合詩、賦、論僅一百十九篇，則非完書矣。又《舊書》筠本傳云『魯中儒士也』，《新書》本傳云『華州華陰人』，德輿〈序〉稱『華陰人』，而〈傳〉又云『魯儒士』。〈序〉稱『受正一法於馮尊師，上距陶宏景五傳』，〈傳〉又云『受正一法於潘體元（玄），』乃馮之師，亦相乖剌。考《舊書·李白傳》稱，『天寶初，客遊會稽，與道士吳筠隱於剡中』；而〈傳〉乃言『祿山將亂，求還茅山。既而中原大亂，江淮多盜，乃東遊會稽，與詩人李白、孔巢父詩篇酬和』，不知天寶亂後，白已因永王璘事流夜郎矣，安能與筠同隱？此〈傳〉殆出於依託。〈序〉又稱筠『卒於大曆十三年，卒後二十五歲，乃序此集』。其年為貞元十九年，德輿於貞元十七年知禮部貢舉，明年真拜侍郎，故是年作〈序〉，係銜云『禮部侍郎』，其文與史合。而《金丹九章經》前又載筠〈自序〉一篇，題『元和戊戌年作』。戊戌乃元和十三年，距所謂先生化去之年又隔四十年，後且云『元和中遊淮西，遇王師討蔡賊吳元濟，避亂東岳，遇李諛仙，授以《內丹九章經》』，殆似囈語。然則此〈序〉與〈傳〉同一偽撰矣！據新舊《書》，皆有

『《元綱》三篇』語,則卷末所附《元綱論》三篇,自屬筠作。至《內丹九章經》,核之以〈序〉,偽妄顯然,以流傳已久,姑併錄之,而辨其牴牾如右。」「國圖」:《宗玄先生文集》三卷,明抄本、明正統十年刻本、清抄本、民國四明張氏約園抄本。《綜錄》:《宗玄先生文集》三卷,《道藏(正統本、景正統本)·太玄部》;《宗玄集》,《四庫全書·集部別集類》本。《廣錄》:《宗元先生文集》三卷,明毛氏汲古閣刻《道藏八種》本、清趙之玉星鳳閣抄《唐宋元三朝名賢小集》本。《書目》、《索引》:《宗玄先生文集》三卷、《玄綱論》一卷、《南統大君內丹九章經》一卷,明抄本;《宗玄先生文集》三卷,清抄本、清翁同龢跋抄本。《全唐詩》卷八百五十三〈吳筠小傳〉:「集十卷。今編詩一卷。」《全唐文》卷九百二十五、九百二十六收文兩卷。

四十三、《韋蘇州集》十卷 蘇州刺史、京兆韋應物撰

　　陳氏曰:「唐韋應物,京兆人。天寶時為三衛,後作洛陽丞,京兆府功曹,知滁、江二州。召還,或媢其進,媒蘖之,出為蘇州刺史。詩律自沈、宋以後,日益靡嫚,鏤章刻句,揣合浮切。雖音韻諧婉,屬對麗密,而閒雅平淡之氣不存矣。獨應物之詩馳驟建安以還,得其風格云。韓子蒼曰:『蘇州少以三衛郎事玄宗,豪縱不羈。玄宗崩,始折節務讀書,故其〈逢楊開府詩〉曰:「少事武皇帝,無賴恃恩私。身作里中橫,家藏亡命兒。朝持樗蒲局,暮竊東鄰姬。司隸不敢捕,立在白玉墀。一字都不識,飲酒肆頑癡」云云。然余觀其人,為性高潔,鮮食寡欲,所居掃地焚香而坐,與豪

縱者不類。其詩清深妙麗,雖唐詩人之盛,亦少其比,又豈
似晚節把筆學為者?豈蘇州〈自序〉之過歟?』徐師川云:
『韋蘇州,詩人多言其古淡,乃是不知言。自李杜以後,古
人詩法盡廢,惟蘇州有六朝風致,最為流麗。』」(《文獻
通考》)

　　賈按:《崇文總目》卷十二《別集》三:「《韋應物詩》十
卷。」《郡齋讀書志》卷四上:「《韋應物集》十卷。右唐韋應
物,京兆人,天寶時為三衛。周逍遙公敻之後,左僕射扶陽公待賈
生令儀,令儀生鑾,鑾生應物。永泰中,任洛陽丞、京兆府功曹。
大曆十四年自鄠縣制除櫟陽令,稱疾辭歸。建中二年,授比部郎
中,守滁州。居頃之,改江州。召還,擢左司郎中,或媚其進,媒
櫱之,出為蘇州刺史。性高潔,鮮食寡欲,所居焚香除地而坐。詩
律自沈宋以後,日益靡漫,鏤章刻句,揣合浮切,音韻諧婉,屬對
麗密,而嫻雅平淡之氣不在矣。獨應物之詩,馳驟建安以還,得其
風格云。」《直齋書錄解題》卷十九《詩集類》上:「《韋蘇州
集》十卷。」《四庫全書總目》卷一百四十九《集部》二《別集
類》二:「韋蘇州集十卷(江蘇巡撫採進本)。唐韋應物撰。應物京
兆人,新、舊《唐書》俱無〈傳〉。〔宋〕姚寬《西溪叢話》載吳
興沈作喆為作〈補傳〉,稱應物少遊太學,當開元天寶間,充宿
衛,扈從遊幸,頗任俠負氣。兵亂後,流落失職,乃更折節讀書,
由京兆功曹累官至蘇州刺史、太僕少卿兼御史中丞,為諸道鹽鐵轉
運、江淮留後。年九十餘,不知其所終。先是,嘉祐中,王欽臣校
定其《集》,有〈序〉一首,述應物事蹟,與〈補傳〉皆合,惟云

以《集》中及時人所稱，推其仕宦本末，疑止於蘇州刺史。攷《劉禹錫集》有〈蘇州舉韋中丞自代狀〉，則欽臣為疎略矣。《李觀集》有〈上應物書〉，深言其褊躁。而李肇《國史補》云：應物性高潔，鮮食寡欲，所居焚香掃地而坐。二說頗異。蓋狷潔之過，每傷峭刻，亦事理所兼有也。其詩七言不如五言，近體不如古體，五言、古體源出於陶，而鎔化於三謝，故真而不樸，華而不綺，但以為步趨柴桑，未為得實，如『喬木生夏涼，流雲吐華月』，陶詩安有是格耶？此本為康熙中，項絪以宋槧翻雕，即欽臣所校定。首賦、次雜擬、次燕集、次寄贈、次送別、次酬答、次逢遇、次懷思、次行旅、次感嘆、次登眺、次遊覽、次雜興、次歌行，凡為類十四、為篇五百七十一。〈原序〉乃云分類十五，殊不可解。然字畫精好，遠勝毛氏所刻《四家詩》本，故今據以著錄。其毛本所載《拾遺》數首，真偽莫決，亦不復補入焉。」清乾隆勅撰《欽定天祿琳琅書目》卷六〈元版集部〉：「《韋蘇州集》（一函五冊）。唐韋應物著，十卷。前宋王欽臣〈序〉，元沈明遠補撰〈傳〉。馬端臨《文獻通考》載韋蘇州集十卷，未及作〈序〉之人。考《宋史》，王欽臣，字仲至，應天宋城人，洙之子，用蔭入官。文彥博薦試學士院，賜進士及第，歷集賢殿修撰、知和州。徙饒州，斥提舉太平觀。徽宗立，復待制、知成德軍，卒。欽臣性嗜古，藏書數萬卷，手自讎正，世稱善本。沈明遠，元人，史無傳。考顧瑛《玉山名勝集》載，明遠，吳興人，精隸法。玉山草堂、春暉樓、綠波亭諸額，皆其所書。又稱其與顧德輝同時。按德輝之子元臣於太祖至元之季，為水軍副都萬戶。則明遠為元初人無疑。此書當屬欽臣所訂，而明遠重刻于元初者。故槧印精好，與宋槧猶不相遠。」其

集傳世甚夥,僅據《書目》所載較重要者:《韋蘇州集》十卷、
《拾遺》一卷,宋乾道七年平江府學刻遞修本、宋刻本、宋刻元修
本、清影宋抄本、宋劉辰翁校注明弘治四年張習刻本,及明清刻本
抄本二十餘種;《韋蘇州集》十卷,宋刻元修清季振宜、勞健題款
本、宋刻清丁丙跋本 (存四卷) 等。今人整理本有:陶敏、王友勝
校注《韋應物集校注》,上海:上海古籍出版社 1998 年;孫望編
著《韋應物詩集繫年校箋》,北京:中華書局 2002 年。

四十四、《李約詩》一卷唐宗室,官協律郎

　　賈按:《資治通鑑》卷二百三十六《唐紀》五十二〈德宗神武
聖文皇帝〉十一:「約,勉之子也。李勉歷事肅、代、德三朝,貞元中為
相」《唐才子傳》卷四:「李約,字存博,汧公李勉之子也。元和
中,仕為兵部員外郎,與主客員外張諗極相知,每聯枕靜言,達旦
不寐。常贈韋況曰:『我有心中事,不向韋郎說。秋夜洛陽城,明
月照張八。』性清潔寡欲,一生不近粉黛,博古探奇。初,汧公海
內名臣,多蓄古今玩器,約愈好之。所居軒屏几案,必置古銅、怪
石、法書、名畫,皆歷代所寶。座間悉雅士,清談終日,彈琴煮
茗,心略不及塵事也。嘗使江南,於海門山得雙峰石及綠石琴,並
為好事者傳閱。然亦寓意,未嘗戛然寡情,豪奪吝與。復嗜茶,與
陸羽、張又新論水品特詳。曾授客煎茶法曰:『茶須暖火炙,活火
煎,當使湯無妄沸。始則魚目散佈,微微有聲;中則四畔泉湧,纍
纍然;終則騰波鼓浪,水氣全消。此老湯之法。固須活火,香味俱
真矣。時知音者賞之。有詩集。後棄官終隱,又著《東杓引譜》一
卷,今傳。」《宋史》卷二百八《藝文志》第一百六十一《藝文》
七:「《李約詩》一卷」「諸目」均失載。《全唐詩》卷三百九存

詩十首。《全唐文》卷五百十四收文兩篇。

四十五、《司空文明集》三卷名曙，京兆人，官虞部郎中

  陳氏曰：「唐虞部郎中、京兆司空曙文明撰，別本一卷，才數篇。」（《文獻通考》）

  賈按：《唐才子傳》卷三：「司空曙，字文初，廣平人也。磊落有奇才。韋皋節度劍南，辟致幕府。授洛陽主簿，未幾，遷長林縣丞。累官左拾遺，終水部郎中。與李約員外至交。性耿介，不干權要，家無甔石，宴如也。嘗病中不給，遣其愛姬。亦嘗流寓長沙，遷謫江右。多結契。〈雙林暗傷流景寄陳上人〉詩云：『欲就東林寄一身，尚憐兒女未成人。柴門客去殘陽在，藥圃蟲喧秋雨頻。近水方同梅市隱，曝衣多笑阮家貧。深山蘭若何時到，羨與閒雲作四鄰。』閒園即事，高興可知。屬調幽閒，終篇調暢。如新花笑日，不容重染。鏘鏘美譽，不亦宜哉！有詩集二卷，今傳於世。」《新唐書》卷六十《藝文志》第五十：「《司空曙詩集》二卷。」《崇文總目》卷十二《別集》三、《通志》卷七十`《藝文略》第八《別集》四：「《司空曙詩》二卷。」《遂初堂書目·別集類》：「《司空曙》。」《直齋書錄解題》卷十九《詩集類》上：「《司空文明集》二卷。」「國圖」：《唐司空文明詩集》三卷，明抄《唐四十七家詩》本、明抄《唐四十四家詩》本；《司空曙集》二卷，明銅活字印本；《唐司空水部集》二卷、《拾遺》一卷，清初抄《百家唐詩》本。《綜錄》：《唐司空文明詩集》三卷，《唐百家詩·中唐二十一家》本、《唐詩百名家全集》本；

《司空曙集》二卷，《唐人集》本、《唐人小集》本、《唐詩二十六家》本；《唐司空文明詩集》二卷，《唐五十家小集》本。《廣錄》：《唐司空文明詩集》，明嘉靖刻《唐百三名家詩》本；《司空曙集》二卷，清初抄《唐詩二十家》本；《唐司空曙詩集》七卷，明正德刻《唐大曆十才子詩集》本。《全唐詩》卷二百九十二〈司空曙小傳〉：「詩格清華，為大曆十才子之一。集三卷。今編詩一卷。」

四十六、《李程表狀》一卷唐宗室、宰相

賈按：《舊唐書》卷一百六十七《列傳》第一百十七本傳：「李程，字表臣，隴西人……程藝學優深，然性放蕩，不修儀檢，滑稽好戲，而居師長之地，物議輕之。」《新唐書》卷一百三十一《列傳》第五十六《宗室宰相》本傳：「程為人辯給多智，然簡倪無儀檢。雖在華密，而無重望，最為帝所遇，嘗曰：『高飛之翮，長者在前。卿朝廷羽翮也。』」《崇文總目》卷十二《別集》六、《新唐書》卷六十《藝文志》第五十、《通志》卷七十《藝文略》第八《表章》、《宋史》卷二百八《藝文志》第一百六十一《藝文》七：「《李程表狀》一卷。」「諸目」均失載。

四十七、《李程集》一卷

　　李程，擢進士宏辭。賦日五色，造語警拔，士流推之。

（《唐書》本傳）

賈按：《遂初堂書目·別集類》：「《李程》。」《宋史》卷二百八《藝文志》第一百六十一《藝文》七：「《李程集》一

卷。」「諸目」均失載。《全唐詩》卷三百六十八存詩五首。《全
唐文》卷六百二十二收文一卷二十六篇，二十五篇為賦體，即有
〈日五色賦〉。

四十八、《竇常集》十八卷 京兆人，官國子祭酒

> 常字中行，大曆中及進士第，不肯調，客廣陵，多所著論。
> 杜佑鎮淮南，署為參謀，歷朗、夔、江、撫四州刺史，國子
> 祭酒。（《唐書》本傳）

賈按：《竇氏聯珠集》卷一〔唐〕褚藏言〈故國子祭酒致仕贈
太子少保府君詩並傳〉：「府君諱常，字中行，扶風平陵人也……
皇考叔向，仕至左拾遺，贈尚書右僕射……府君大曆十四年舉進
士……厥後載罹家禍，因卜居廣陵之柳楊西偏，流泉種竹，隱几著
書者又十載。繇擢第至釋褐，凡二十年……有文一十八卷。」《舊
唐書》卷一百五十五《列傳》第一百五〈竇群傳〉：「兄常，字中
行，大曆十四年登進士第，居廣陵之柳楊，結廬種樹，不求苟進，
以講學著書為事，凡二十年不出。貞元十四年鎮州節度使王武俊聞
其賢，遣人致聘，辟為掌書記，不就。其年杜佑鎮淮南，奏授校書
郎，為節度參謀。元和六年自湖南判官入為侍御史，轉水部員外
郎，出為朗州刺史。歷固陵、潯陽、臨川三郡守。入為國子祭酒，
求致仕。寶曆元年卒，時年七十。」《新唐書》卷六十《藝文志》
第五十、《通志》卷七十《藝文略》第八《別集》四：「《竇常
集》十八卷。」「國圖」：《中唐竇常詩》，明末清初貞隱堂刻
《中晚唐詩·中唐六竇詩》本、清康熙刻《中晚唐詩紀》本；《竇

常集》，清康熙刻《中晚唐詩紀》五十一卷本。《廣錄》：《竇常詩》一卷，清康熙貞隱堂刻《中晚唐詩·中唐》十卷本；《中唐竇常詩》一卷，清康熙半畝園刻《中晚唐詩紀》本。《全唐詩》卷二百七十一〈竇常小傳〉：「集十八卷。今存詩二十六首。」

四十九、《南薰集》三卷_{竇常撰}

> 晁氏曰：「唐竇常撰。集韓翃至皎然三十人，約三百六十篇，凡三卷。其〈序〉云：『欲勒上、中、下，則近於褒貶；題一、二、三，則有等差。故以西掖、南宮、外臺為目，人各繫名繫贊。』」（《讀書志》）

賈按：《崇文總目》卷十一《總集類》：「《南薰集》三卷。」《新唐書》卷六十《藝文志》第五十、《宋史》卷二百九《藝文志》第一百六十二《藝文》八：「竇常《南薰集》三卷。」《通志》卷七十《藝文略》第八《詩總集》：「《南薰集》二卷。唐竇常集。」《郡齋讀書志》卷四下《總集類》：「南薰集三卷。」《唐才子傳》卷三：「常集十八卷。及撰韓翃至皎然三十人詩合三百五十篇為《南薰集》，各繫以贊，為三卷，今並傳焉。」

五十、《竇鞏詩》一卷_{京兆人}

賈按：《竇氏聯珠集卷二》褚藏言〈故國子司業贈給事中扶風竇府君詩〉：「府君諱鞏，字友封。家世所傳，載於首序。府君元和二年舉進士，與今東都留守、左僕射孫公簡、故吏部侍郎、興元節度使王公源中、中書舍人崔公咸、制誥李公正封同年上第。府君世傳五言詩，頗得其妙……故相左轄元稹觀察浙東，固請公副戎，

分實舊交，辭不能免，遂除秘書少監兼中丞，加金紫。無何，元公下世，公亦北歸，道途遘疾，迨至輦下，告終於崇德里之私第，享年六十。公溫仁華茂，風韻峭逸。遇境必言詩，言之必破的。佳句不泯，傳於人間。文集散落，未暇編錄。」《舊唐書》卷一百六十六《列傳》第一百十六〈元稹傳〉：「改授越州刺史，兼御史大夫、浙東觀察使。會稽山水奇秀，稹所辟幕職，皆當時文士。而鏡湖秦望之遊，月三四焉，而諷詠詩什，動盈卷帙。副使竇鞏，海內詩名，與稹酬唱最多，至今稱蘭亭絕唱。」《舊唐書》卷一百五十五《列傳》第一百五〈竇群傳〉附傳：「鞏能五言詩，昆仲之間，與牟詩俱為時所賞。重性溫雅，多不能持論，士友言議之際，吻動而不發。白居易等目為『囁嚅翁』。終于鄂渚，時年六十。」《遂初堂書目·別集類》：「《竇鞏》。」《宋史》卷二百八《藝文志》第一百六十一《藝文》七：「《竇鞏詩》一卷。」「國圖」：《中唐竇鞏詩》，明末清初貞隱堂刻《中晚唐詩·中唐六竇詩》本、清康熙刻《中晚唐詩紀》本；《竇鞏詩》一卷，清康熙刻《中晚唐詩》五十一卷本。《廣錄》：《竇鞏詩》一卷，清康熙貞隱堂刻《中晚唐詩·中唐》十卷本；《中唐竇鞏詩》一卷，清康熙半畝園刻《中晚唐詩紀》本。《全唐詩》卷二百七十一〈竇鞏小傳〉：「詩三十九首。」

五十一、《竇氏聯珠集》五卷 竇常與弟牟、群、庠、鞏撰

　　陳氏曰：「唐褚藏言所〈序〉，竇氏兄弟五人詩，各有〈小
　　序〉。曰：國子祭酒常，中行；國子司業牟，貽周；容管經
　　略群，丹列；婺州刺史庠，胄卿；武昌節度使鞏，友封：皆

拾遺叔向子也。五人惟群以處士薦入諫省，庠以辟舉，餘皆
進士科。」容齋洪氏《隨筆》曰：「《竇氏聯珠序》云：五
竇之父叔向，當代宗朝，善五言詩，名冠流輩。時屬正懿皇
后山陵，上注意哀挽，即時進三章，內考首出，傳諸人口。
有『命婦羞蘋葉，都人插柰花』，『禁兵環素帟，宮女哭寒
雲』之句，可謂佳唱，而略無一首存於今。《荊公百家詩
選》亦無之，是可惜也。予嘗得故吳良嗣家所抄唐詩，僅有
叔向六篇，皆奇作。念其不傳於世，今悉錄之。叔向字遺
直，仕至左拾遺，出為溧水令。《唐書》亦稱其以詩自名
云。（《文獻通考》）

　　賈按：《新唐書》卷六十《藝文志》第五十：「《竇氏聯珠
集》五卷。竇群、常、牟、庠、鞏。」《直齋書錄解題》卷十五
《總集類》：「《竇氏聯珠集》五卷。」《宋史》卷二百九《藝文
志》第一百六十二《藝文》八：「《竇氏連珠集》一卷。」《欽定
四庫全書總目》卷一百八十六《集部》三十九《總集類》一：
「《竇氏聯珠集》五卷。兩江總督採進本。唐西江褚藏言所輯竇
常、竇牟、竇群、竇庠、竇鞏兄弟五人之詩。人為一卷，每卷各有
〈小序〉，詳其始末。常字中行，官國子祭酒；牟字貽周，官國子
司業；群字丹列，官容管經略；庠字胄卿，官婺州刺史；鞏字友
封，官秘書少監：皆拾遺叔向之子。群、庠以薦辟，餘皆進士科。
叔向有集一卷，常有集十八卷，見《唐書·藝文志》，今並不傳。
此集五卷，《唐志》亦著錄，而宋時傳本頗稀，故劉克莊《後村詩
話》稱『惜未見《聯珠集》』。此本為毛晉汲古閣所刊，末有張昭

〈跋〉，署『戊戌歲』，晉高祖天福三年也。又有和峴〈跋〉及和嶠題字，署『甲子歲』，為宋太祖乾德二年。峴，凝之子；嶠，峴之弟。峴〈跋〉稱借抄於致政大夫，即張昭也。又有淳熙戊戌王崧〈跋〉，亦稱世少其本。今刊諸公府，蓋抄寫流傳至南宋，始有蘄州雕板耳。最後為毛晉〈跋〉，引洪邁《容齋隨筆》及計有功《唐詩紀事》，附載叔向詩九篇，又補鞏詩六篇不載於此集者。褚藏言〈序〉稱：牟、群、庠、鞏之集並未遑編錄，蓋遺篇散見者也。又稱：手錄《唐書》列傳於後，而此本無之，殆偶佚耶？《集》中附載楊憑、韓愈、韋執誼、李益、武元衡、韋貫之、劉伯翁、韋渠牟、元稹、白居易、裴度、令狐楚諸詩，蓋《謝朓集》中附載王融之例。庠詩一首、常詩一首，亦附載《牟集》之中，不入本集，蓋古人倡和，意皆相答，不似後來之泛應，必聚而觀之，乃互見作者之意。是亦編次之不苟耳。」《欽定天祿琳琅書目》卷十〈明版集部〉：「《竇氏聯珠集》一函一冊。唐竇常、竇牟、竇群、竇庠、竇鞏著。五卷前載《唐書·竇群本傳》，五人詩前各有〈小序〉，後宋張昭〈識語〉並詩，次宋和峴〈記〉，峴弟嶠署名，又〈識語〉一篇，姓氏闕考。《竇氏聯珠集》，宋時刻本原已盛行，洪邁《容齋隨筆》及陳振孫《書錄解題》，俱詳其始末焉。振孫謂：『唐褚藏言所〈序〉，竇氏兄弟五人詩各有〈小序〉。』此書〈小序〉具存而不署褚氏之名，蓋明人翻刻時偶佚之也。又考陳氏《書錄解題》作五卷，而《宋史·藝文志》止作一卷，似有互異。今觀書中五人之詩，係各為一卷而不標五卷之名，故《宋史》所載，遂指為一卷書。末〈識語〉題『淳熙五年』，謂『家藏和峴所校《五竇詩》，世少其本，因刊諸公府，以永其傳』。今〈識語〉署名處

已為書賈割補，不知何人所作（按：被剜割署名者王崧也）。窺其意，特恐作於明人，不得充宋槧，遂為私汰，而不知其本淳熙五年，固宋人非明人也。書首之載〈竇群〉本傳，以《唐書》此傳雖止為群立，而兄弟五人〈序〉中並見其略，因存之以考行第。常字中行，國子祭酒；牟字貽周，國子司業；群字州列，容管經略；庠字冑卿，婺州刺史；鞏字友封，武昌節度。俱詳見本傳及〈小序〉。考《宋史》，張昭字潛夫，本名昭遠，避溪祖諱，止稱昭。世居濮州範縣，仕漢至檢校禮部尚書。入周封舒國公。宋初拜吏部尚書，進封鄭國公，改封陳國公。和峴字晦仁，浚儀人，晉宰相和凝子，仕宋至主客郎中判太常寺，兼禮儀既事。峴弟㠓，《宋史》無傳。」

此集版本甚多，見於《書目》**⓫**者有：《竇氏聯珠集》五卷，宋淳熙五年王崧刻本、明影宋刻藍印本、繆氏藝風堂影宋抄本、明毛氏汲古閣抄本、明末毛氏汲古閣刻《唐人四集》本、清抄本（清齊如南校並〈跋〉）、清許水鎬家抄本、清袁氏貞節堂抄本、清抄本（清丁丙〈跋〉）、清抄本等。

邇來學界古詩文補充、補遺之風甚盛。關乎隋唐者有：韓理洲《全隋文補遺》（西安：三秦出版社 2004 年）、吳鋼主編《全唐文補遺》一至八輯（西安：三秦出版社 1994－2005 年）、陳尚君輯校《全唐文補編》全三冊（北京：中華書局 2005 年）、陳尚君輯校《全唐詩補編》全三冊（北京：中華書局 1992 年）、隋唐五代墓誌彙編總編輯委員會編《隋唐五代墓誌彙編》三十冊（天津：天津古籍出版社 1991－1992 年）、周紹良編《唐代墓誌彙編》上下冊（上海：上海古籍出版社

⓫ 《集部》中第 1856 頁。

1992 年）、周紹良、趙超主編《唐代墓誌彙編續集》（上海：上海古籍出版社，2001 年）、毛漢光編圖文對照本《唐代墓誌銘彙編附考》十八冊（中央研究院歷史語言研究所 1984－1994 年）。凡整理隋唐詩文別集者亦當據之而補入。

陳大猷《書集傳》的
解經原則及其意義*

許華峰**

【摘　要】　本文以陳大猷《書集傳或問》為根本材料，指出陳氏《書集傳》將「並存諸說」的訴求，轉化為積極的解經原則，用以指導經文的實際解釋，使得《書集傳》不僅只是在形式上為集成眾說的「集傳」，更形成「融合諸說以成一說，而由此一說包眾說而無餘」的獨特注經風格。其對材料的判斷，則建立在「順經文以明正意」與「究其全」的要求的平衡上。

【關鍵詞】　陳大猷　書集傳　注經特色　解經原則

---

*　　本文為行政院國家科學委員會專題研究計劃「陳大猷《書集傳》和董鼎《書傳輯錄纂註》的比較研究」（NSC 92-2411-H-030-019-）之相關研究成果。

**　本文作者，現為輔仁大學中文系助理教授。

一、前　言

　　在朱子學派《尚書》的注解中，以蔡沈《書集傳》最具代表性。從書名及形式上看，這是一部集諸家之說而成的經書注解。然由於蔡沈本身的說明不足，我們對蔡沈如何輯錄諸家之說，如何選擇材料，如何取捨材料，從而形成足以代表一家之言的《尚書》注解，所知甚少。因而，若能有同時代，書名相同，注解形式相近，作者又清楚提出說明的著作作為參照對象，應當是極有意義的。現存宋人的《尚書》注解中，最具上述參照價值的，是陳大猷所著的《書集傳》及《書集傳或問》。

　　陳大猷這部同樣以《書集傳》為名的著作，在形式上一一標舉出其所集諸家說法的來源，較蔡沈《書集傳》更易確認其對材料的取捨情形。更重要的是，從陳大猷《書集傳或問》對所集諸家經說去取的說明，可以了解他的注解原則。如果陳大猷此書足以呈現以「集傳」為名的經注的特徵，通過此書將有機會較深刻的把握蔡沈《書集傳》（雖然二者不一定完全一致）。因此，本文以陳大猷《或問》為對象，針對陳大猷「集傳」的原則，說明陳大猷對材料取捨、整合的特點及意義，以作為往後深入了解蔡沈《書集傳》的基礎。

二、陳大猷《書集傳或問》與朱熹《四書或問》

　　由於明清以來，陳大猷《書集傳》未能廣為流傳，學者的相關討論多只能就《書集傳或問》加以推測，而所知甚少。所幸近年出版的《續修四庫全書》收錄了北京圖書館藏的元刻本《書集傳》、

《書集傳或問》❶，吾人乃得以據此進一步探討並澄清陳氏的相關問題。

陳大猷的相關問題中，學派的歸屬直接涉及對陳大猷學術內容的相關判斷，對衡定陳氏《書集傳》具有重要的意義。因此，拙作〈陳大猷《書集傳》與《書集傳或問》的學派歸屬問題〉❷分析陳大猷《書集傳》所引用的材料，指出：

㈠雖尚無明顯的證據證明呂祖謙與陳大猷有師承的關係，但從陳大猷《書集傳》引用呂祖謙意見的次數多達416次，遠遠超出宋代其他學者之上，可知此書當是一部深受呂祖謙影響的浙東地區經學著作。

㈡就陳氏於書前「集傳條例」所自述，《書集傳》的編纂，與呂祖謙《呂氏家塾讀詩記》和朱熹《四書章句集注》的體例有關；但相較於與朱子的關聯，《書集傳》與呂祖謙《呂氏家塾讀詩記》體例的關係，更為直接。

不過，朱熹對陳大猷的影響仍是相當明顯的。根據陳大猷書前的所附理宗嘉熙二年（1238）的〈進書集傳上表錄本〉、〈後省看詳申狀錄本〉，可知陳氏身處的理宗朝，正是朱熹之學受到重視的

---

❶ 〔宋〕陳大猷撰：《書集傳》，收於《續修四庫全書·書類》第 42 冊（上海：上海古籍出版社，1995 年）。

❷ 許華峰：〈陳大猷《書集傳》與《書集傳或問》的學派歸屬問題〉（發表於中央研究院中國文哲研究所主辦的「宋代經學國際研討會」（2001 年 11 月 20－22 日）。

時期。故除了前述「集傳條例」所明確提及，對所錄諸家解釋，語意未圓者，依朱熹《論孟集註》（《四書章句集注》）之體例改動文字外；《書集傳或問》一書顯然亦是仿自朱熹的《四書或問》。

朱熹在〈中庸章句序〉說：

> 熹自蚤歲即嘗受讀而竊疑之，沉潛反復，蓋亦有年，一旦恍然似有以得其要領者，然後乃敢會眾說而折其中，既為定著章句一篇，以竢後之君子。而一二同志復取石氏書，刪其繁亂，名以《輯略》，且記所嘗論辯取捨之意，別為《或問》，以附其後。然後此書之旨，支分節解，脈絡貫通，詳略相因，巨細畢舉，而凡諸說之同異得失，亦以曲暢旁通，而各極其趣。❸

宋陳振孫《直齋書錄解題》卷二禮類於「《大學章句》一卷，《或問》二卷，《中庸章句》一卷，《或問》二卷」之提要說：

> 朱熹撰。其說大略宗程氏，會眾說而折其中，又記所辨論取捨之意，別為《或問》，以附其後，皆自為之序。至《大學》，則頗補正其脫簡闕文。❹

---

❸ 〔宋〕朱熹撰，徐德明校點：《四書章句集注》，收於《朱子全書》第陸冊（上海市：上海古籍出版社，2002 年），頁 30。

❹ 〔宋〕朱熹撰，黃坤校點：《四書或問》，收於《朱子全書》第陸冊（上海市：上海古籍出版社，2002 年），頁 1019。

又於卷三語孟類「《論語或問》十卷，《孟子或問》十四卷」之提
要說：

> 朱熹撰。《集注》既成，復論次其取舍之所以，然別為一
> 書。而篇首述二書綱領，與讀書者之要法，其與《集注》實
> 相表裏，學者所當並觀也。❺

可知朱熹《或問》諸書，主要在於記其《四書章句集注》「所論辯
取舍之意」、「取舍之所以」。而這正與陳氏在《書集傳或問》之
前所說：

> 大猷既集《書傳》，復因同志問難，記其去取曲折，以為
> 《或問》。其有諸家駁難已盡，及所說不載於《集傳》，而
> 亦不可遺者，併附見之，以備遺忘。然率意極言，無復涵
> 蓄，辨論前輩，有犯僭妄，因自訟於篇首云。❻

以問答的形式，對諸家說法去取之理由提出說明，並補充相關資料
的形式一致。從朱熹〈中庸章句序〉自述其章句之作，曾先「沉潛
反復，蓋亦有年，一旦恍然似有以得其要領者，然後乃敢會眾說而
折其中」，可知朱熹之注解，乃先對所注之經典有所體會，才以所
得折中眾說。注解的形式雖然是集諸家之說而成，卻不是單純的資

---

❺　同註❹。
❻　同註❶，《或問》卷上頁1，總頁1。

料集錄而已。《或問》正是其自覺地對如何折中諸說的反省和說明。《或問》之作，正表示朱熹表面上雖以集錄諸家之說為編纂之主要形式，實際上卻是以闡發他對經典的體會和解釋為主要訴求。要真正了解《四書章句集注》，不應忽略朱熹取捨、折中諸說的用心。同理，陳大猷《書集傳》表面上雖以廣輯眾說的形式而成，其實際引用資料的方式，則是將諸家注解依陳大猷個人解釋經典的原則和對《尚書》的體會融會為一。除去書中「某某曰」的標註形式，此書如同朱熹《四書章句集注》，可視為一部首尾連貫，足以展現一家之言的注解。《書集傳或問》中的相關問答，正是我們了解陳大猷如何解釋經典的重要線索。❼以下即根據《書集傳或問》，說明陳大猷《書集傳》注經的主要原則。

三、陳大猷《書集傳》注經的主要原則

陳大猷《書集傳》最主要的目標是解經。面對《尚書》這一部文獻問題頗為複雜的經典，他除了認同《孔傳》（即《偽孔傳》）本的經文，亦認同《書序》。如於《或問》中說：

---

❼ 過去，對陳大猷的解經原則提出討論的學者，以蔡根祥《宋代尚書學案》（國立師範大學國文研究所博士論文，1994 年 6 月）較重要。他在第九章〈晦翁尚書學案〉第三節〈陳大猷〉之「陳氏治尚書之觀念與方法」（頁938－944），列舉出七點，依序為：1.據經文以為正。2.說經義重在有補名教。3.解經順經文以明正意，不務穿鑿。4.以古文為正。5.以後世事證經文訓義。6.一字數訓，方得其全。7.於其不知，多所闕疑。

（〈堯典〉06）「《書》當以古文為正。」❽

「古文」，指的即是《孔傳》。又於《書集傳》書前關於《書序》的說明指出：

> 愚曰：孔安國未嘗言《書序》何人作。唐孔氏謂班固、馬融、鄭康成云：「孔子所作。」世儒多祖其說，以為非孔子不能為。或以為《書序》非孔子所為，甚者或指為繆誤。要之，林氏之說得其當。然<u>《書序》既出屋壁之舊，意亦經夫子之所次敘歟</u>？❾

認為《書序》的作者當如林之奇所說，「乃歷代史官相傳，以為《書》之總目」❿。而《書序》雖非孔子所作，卻應當經孔子之整理。所以《或問》說：

> （〈多士〉01）「《蔡傳》專攻《書序》為謬，故其說如此。」⓫

於蔡沈《書集傳》之不信《書序》，表示不同立場。可見陳大猷對《尚書》原典的態度，較傾向於保守，採用流傳最廣的《孔傳》，

---

❽　同註❶，《或問》卷上頁 2，總頁 176。
❾　同註❶，〈書序〉，總頁 2。
❿　同註❶，〈書序〉，總頁 2。
⓫　同註❶，《或問》卷下頁 28，總頁 215。

尊重傳統說法，並未對經典文本作較大的改動。其注解重心主要放在「解釋經文」的工作上。

陳大猷在〈進書集傳上表錄本〉說：

> 竊以六藝之文，皆載聖賢之道；百篇之義，獨備帝王之傳。昭萬世之典常，示一人之軌範。緣漢壁以來，踰千百歲；自《孔傳》而後，殆數十家。悉期辯惑以悟疑，各務約文而敷旨；顧專門豈無特見？然殊途未底同歸。非合諸儒之長，孰闡遺經之蘊？伏念（臣）懷鉛陋習，窺管小知，剔冗芟煩，敢自開於戶牖，舉宏撮要，姑求緯於綱條，閒附發揚，亦幾僭躐。⓬

「合諸儒之長」，顯然是他注經最主要的訴求。故《或問》於經典注解的具體表現，以「究其全」為最重要的抉擇標準。

所謂的「究其全」，並不是簡單地資料抄錄而已，陳氏希望《書集傳》可以融會種種不同的解釋，而以一說將諸說包容無餘。其具體的方式，如：

> （〈堯典〉09）或問：「孔氏以能訓克，以至訓格，而子所釋不同，何也？」曰：「凡訓詁，以一字訓一字，多得其近似，未必皆究其全，欲人自以意體會之耳。『克』本訓能，又訓勝，惟其勝之，故能之。晦庵亦以為克雖訓能，然能字

⓬　同註❶，總頁3。

不如克字有力，故曰『實能勝其事之謂克』。『格于上帝』、『感格幽明』，皆極其至之意。《大學》格物，晦庵以為窮至其極處，故曰『極其至之謂格』。如『熙』字訓廣，訓興，訓明，<u>必包此三意，而後熙字意味方全</u>。故曰『興廣光明之謂熙』。如『懋』字訓止訓勉，如『時乃功懋哉』、『予懋乃德』，皆有豐盛之意，故曰『勉而茂之謂懋』。『俊』字訓大訓敏，故荊公以為『大而敏之謂俊』。此類後多不載。❸

〈堯典〉「格于上下」、「克明俊德」，今本陳大猷《書集傳》相關位置的注解有所殘缺，但仍可見「孔氏曰：能明俊德之士任用之」之語，此即《或問》所說的「孔氏以能訓克」。據《或問》，《書集傳》於殘缺之處應有其它的文字說明。陳大猷認為，「以一字訓一字」的訓詁方式，只能得經意之近似，而無法得到經意之全。所以陳氏主張以融會諸說的方式，強調經注必須表現出最完整的經意。就像「克」在訓詁上可解為「能」，也可解為「勝」，陳氏認為「惟其勝之，故能之」，兩種解釋並不互相排斥，主張解作「實能勝其事之謂克」，同時將「能」和「勝」的意思包括在其中。這即是陳大猷對所謂的「究其全」的要求的具體作法。《或問》這段文字對經文中「格」、「熙」、「懋」、「俊」之解釋，皆循此原則，而將「格」解作「極其至」，「熙」解作「興廣光明」，「懋」解作「勉而茂」，「俊」解作「大而敏」。

---

❸　同註❶，《或問》卷上頁 4，總頁 177。

類似的處理原則，在《或問》中隨處可見。如：

（〈堯典〉18）或問：「『厥民夷』，蘇氏謂『農事至秋稍緩
弱，可以漸休，故曰夷。』程氏謂『秋成，民獲卒歲之樂，
而心力平夷。』子從程説，而刪去『民獲卒歲之樂』一語，
何也？」曰：「二説皆善，但蘇則主民力而言，程則主民心
而言，除去『民獲卒歲之樂』一語，則語意圓而無不包矣。
此類後不盡載。」⓮

（〈湯誥〉01）或問：「蔡氏謂『降災，意當時必有災異，如
〈周語〉所謂伊洛竭而夏亡之類。』如何？」曰：「言災
咎，則災異在其中。言災異，則包括有遺矣！」⓯

（〈說命下〉04）或問：「諸家多以『遜志』為卑遜，子以遜
順平易為説，何也？」曰：「言遜順，則從容卑遜之意皆存
於中，而卑遜却不足以包從容涵養之意也。」⓰

（〈文侯之命〉01）或問：「王氏言：『侵越我土地，殘害我
人民。』不載何也？」曰：「犬戎殺幽王，周室大壞。王降

⓮　同註❶，《或問》卷上頁 7，總頁 179。
⓯　同註❶，《或問》卷上頁 39，總頁 196。
⓰　同註❶，《或問》卷下頁 4，總頁 203。

而國風，豈止侵土地，傷人民而已！去之則<u>無不包矣</u>。」❿

（〈秦誓〉01）或問：「先儒言，王者之澤，至〈文侯之命〉已竭。受之以〈費誓〉，以法制之，在故國猶可因也。受之以〈秦誓〉，以義理之在人心，猶可復也。充穆公之心，而因伯禽之法，帝王何遠之有？今不載，何也？」曰：「伯禽之誓，自作於成王之時，恐不可謂之法制之在故國。義理之在人心，無時而不然，非待〈秦誓〉作而始知其在人心者可復也。夫子定《書》，其可以垂教者，不問諸侯之事，皆錄之於帝王之末，意思平正，自有餘味。」或曰：「無垢謂『夫子傷平王不能復讐明王道，以為若傚伯禽用兵，則犬戎可滅。傚穆公悔過，則聽言用賢，王道可興。』此論甚高，不取何也？」曰：「伯禽之用兵，穆公之悔過，將為百王法，豈特平王可用，而專為平王設哉！<u>如前說，則無垢之意已在其中。如無垢之意，則夫子定《書》之意似狹，而其味反薄也</u>。或以為夫子繼周，百世可知，必知秦之有天下，故終〈秦誓〉，此則其牽強，不必辨也。」❽

引文中所謂的「無不包」、「不足以包」、「包括有遺」乃至「意已在其中」、「意似狹」等，皆是根源於「究其全」的要求所提出的。由於陳大猷期望能夠從諸家說法中，整合出包容度最大的解

---

❿　同註❶，《或問》卷下頁 40，總頁 221。
❽　同註❶，《或問》卷下頁 42，總頁 222。

釋，所以他的《書集傳》便不只是單純的羅列諸家說法而已。相關
注解之所以被選錄於書中，是因為在「融合諸說以成一說，而由此
一說包眾說而無餘」的注解原則下，足以涵容或補充他說之故。

　　不過，陳大猷的「包括無遺」，並非全然不顧經書文意而無限
地擴大。他認為經書既然是客觀的文獻，無論解釋如何「究其
全」、「包括無遺」，皆不應超出經書文脈的規範，而必須同時符
合「順經文以明正意」的要求。他說：

> （〈舜典〉22）或問：「『明四目，達四聰』，諸家謂舜不自
> 視，用四方之視以為視。舜不自聽，用四方之聽以為聽。如
> 何？」曰：「此說雖高，而未免於過。<u>夫釋經者，當順經文
> 以明正意，不及者則有欠說之病，過之者則有衍說之病。夫
> 經有是意，而發明者不到，此欠說之病。本淺而鑿之以為
> 深，本近而迂之以為遠，此衍說之病。</u>夫『明四目，達四
> 聰』，不過謂使四方之聞見皆無壅於上耳。推其本原，固出
> 於帝舜，不自用其聰明之所致，然遽謂舜不自視聽，用四方
> 之視聽以為視聽，揆之經文，<u>則本無此意，乃抗而過之者
> 也，其意反差。釋經者此病多矣。</u>」⑲

解經過與不及皆是病，不當一味求高，即使某一說法看似甚高妙，
只要超出經文文脈的規範，皆不可取。因而，注經的態度必須客
觀、適度，避免加入太多主觀成分而發揮過度，亦不應泥於字面而

---

⑲　同註❶，《或問》卷上頁 15，總頁 183。

發揮不足。以此為前提，陳大猷的注解呈現兩個較明顯的特點：

第一，他相當注重經典解釋的客觀態度。如他認為評論前人注解，態度應力求客觀。《或問》：

> （〈周官〉02）或問：「王氏謂，公論道而孤弘化，公燮理陰陽而孤寅亮天地。林氏謂其鑿，如何？」曰：「荊公穿鑿固多，<u>至其的確處，不可例以為鑿而棄之</u>。林氏多闢王氏，其疏暢條達處誠佳，然懲創之過，率暑處間亦不免，此類是也，不可不知。」[20]

王安石解經雖有穿鑿之病，但不能因此認為王氏之說全不可取。故林之奇對王安石的批評，必須回歸經典本身，判斷其是非。又如，他認為對解不通的經文，應當缺疑，不可強加解釋。《或問》：

> （〈舜典〉35）或問：「子多缺疑，何取於明經乎？」曰：「夫子談經於三代之末，尚以史缺文為幸。孟子言《書》於戰國之時，猶以盡信《書》為難。況《書》經秦灰漢壁之餘，傳於耄翁幼女之口，孔安國自謂以所聞伏生之書定其可知者，其餘錯亂磨滅，不可復知。觀《論》、《孟》、經傳所引不同處，不可該舉，<u>今學者於千數百年後，乃欲以無疑</u>

為高，而強通其不可通之說，其未安審矣。」㉑

不可知、不可解，本是解釋經典經常會遇到的困難。而《尚書》經過長時間的流傳，不可解的情況更是無法避免。陳大猷認為，這些不可解的部分不當強加解釋，故《書集傳》之中，便有不少闕疑的情況。

第二，他特別重視文脈意義。在經說取捨的優先標準上，文脈意義甚至超過了單字的訓詁。如：

（〈舜典〉14）或問：「五禮，孔氏以為吉凶賓軍嘉之五禮，諸儒多從之。今從程說，何也？」曰：「陳少南推程說曰：『修五等諸侯之秩序，故以贄定其等差，非謂修五禮而又修五玉也。』愚按，五禮依程說，則於上下文義順。如孔說，則非惟下文斷續，而於諸侯事亦不甚相切。夫既定諸侯五等之禮，則吉凶賓軍嘉之五禮皆在其中，而變禮，易樂，改制度，易服色之事，皆可推矣。」㉒

（〈湯誥〉03）或問：「晦菴說『賁若草木，兆民允殖』，如何？」（晦菴曰：「賁若，言草木之美。允殖，言兆民信安其生，罪人既黜伏，天命既弗差，故草木華美，百姓豐殖，謂人物皆遂。」）曰：「此說於此二句極順，但『天命弗僭』一句，未免與上文重

㉑　同註❶，《或問》卷上頁18，總頁184。
㉒　同註❶，《或問》卷上頁12，總頁181。

疊，取下文，又不相串，不若夏氏之說，上下文意俱順。桀雖曰『暴殄天物』，終不成草木皆不發生。『罪人黜伏而草木華美』，又似不近情理也。」曰：「此說猶所謂山川改觀之意耳。」曰：「謂山川改觀則可，謂草木亦美，則不然。」曰：「《詩》所謂『柞棫斯拔，松栢斯兌』，非歟？」曰：「《詩》謂周家積累久，物生咸遂爾，與此又不同。亂世固是草木失性，亦有野無青草之說，然湯伐桀方還至亳，豈能便貴若華盛乎？夏說本於蘇，而其文尤為明順，故止載夏說。他多類此。」㉓

（〈伊訓〉02）或問：「『罔有天災』，作災異說；『皇天降災』，作災禍說。同字而異訓，可乎？」曰：「說經者當觀上下文意，固難執一。況天災則是形變於天，言降災，則禍降於人矣。要其災雖有在天在人，與夫淺深之異，其為災亦一也。」㉔

（〈仲虺之誥〉03）或問：「『用人惟己』，諸家多說權不縱于人。如何？」曰：「此說四字，文義雖通，然爵人于朝，與眾共之，國人曰賢，然後用之。堯之疇咨，舜之師錫，用人正不要自人主己出也。若謂不惑于人，則當言『任賢勿貳』可也。謂之權出于己，幾何而不啟人君自狗之私乎？此

㉓　同註❶，《或問》卷上頁 39，總頁 196。
㉔　同註❶，《或問》卷上頁 41，總頁 197。

章四節，每兩句相對，若言用人惟出于己，上下皆不偶。愚
之說乃本于孔氏，（孔曰：用人之言，若自己出。）雖惟字作若
字說，不免牽強，然上下文義却俱順，比諸說差勝。孔氏守
訓詁甚嚴，惟字本不訓若，又恐經文或誤，姑存以待知
者。」㉕

這些都是以上下文意是否說得通，作為判斷經意解釋是否恰當的重
要標準的例子。甚至，〈仲虺之誥〉的例子裏，在文字訓詁雖較為
牽強，但上下文義卻較為可取的情況，陳大猷仍選擇上下文義俱順
的解釋。

　　整體而言，陳大猷解釋經典、判斷材料的原則，便是建立在
「順經文以明正意」與「究其全」的要求的平衡上。《或問》說：

　　（〈堯典〉05）或問：「『聰明』諸家說如何？」曰：「諸家
　　說不出兩塗，泥於字面者則以為耳無不聞，目無不見，說其
　　字而不及其意，豈堯舜之外，它人皆聾瞽乎？放於義意者，
　　則以為洞達無方，說其意而不及其字，則聰明何以即視聽而
　　言乎？蓋聰明乃譬喻智慧之辭，古人立辭如此者極多，如防
　　閑本末、苗裔綱紀等字，皆是假物以譬事。唐孔氏兼此二
　　義，其說確當。」曰：「既然矣，子復注其說，何也？」
　　曰：「唐孔氏但言聖人之智慧，而不及智慧之極則。『神智
　　洞徹，無所不聞，無所不見』之說，又所以補孔氏之未至

㉕　同註❶，《或問》卷上頁38，總頁195。

也。其他附注多類此，後不盡載。」㉖

既然「說其字而不及其意」、「說其意而不及其字」皆有所不足，可見確當之解釋必得符合「說其字而及其意」、「說其意而及其字」的原則。這可視為陳氏對「順經文以明正義」的具體表現。然而，即使唐孔穎達解〈堯典〉「聰明」已符合此一原則，因陳大猷認為其說「不及智慧之極則」，故在經文脈絡許可的前提之下，補充了「『神智洞徹，無所不聞，無所不見』之說」，以期能達到「究其全」的目標。

四、結　語

陳大猷的《書集傳》將「並存諸說」的訴求，轉化為積極的解經原則，用以指導經文的實際解釋，使得《書集傳》不僅只是在形式上為集成眾說的「集傳」，更形成「融合諸說以成一說，而由此一說包眾說而無餘」的獨特注經風格。這意味著，即使是集錄諸家說法而成的經學著作，隨著不同的著作目標以及編著者的特殊立場，其背後所展示的經學觀點，可能極為特殊。要了解這類著作，必須掌握其內在的說解原則。在不同觀點的指導下所編成的集注式經學著作，可能呈現不同的意義和價值，不可一概而論。這在過去對集注式的經學注解的研究上，是較被忽略的一環。

又，值得注意的是，呂祖謙的學術傾向，一向被認為較偏於博採諸家之說。陳大猷《書集傳》在形式上兼採呂、朱二家之注解特

㉖　同註❶，《或問》卷上頁 2，總頁 176。

徵，設立了《或問》來闡明自己的意見，似乎受到朱熹相當重大的影響；但深入觀察實可以發現，他在本質上的確是較向呂氏靠近的。特別是當陳氏所立定的注解原則仍以「融合諸說以成一說，而由此一說包眾說而無餘」為主要訴求時，這個傾向就更明顯了。

朝鮮許筠求得李贄著作的過程

朴現圭[*]

【摘　要】　朝鮮學者們一般都以儒學作為一生的信念，雖然他們偏重耽讀經書，但有時也會對反傳統性的思想產生興趣。他們為了構築新的思維，閱讀了多種的學問和書籍。其中一就是明末代表陽明左派的李贄的學問和書籍。李家源很早就管許筠叫做朝鮮的李贄。這兩人的思想和行為十分相似。李贄確實是陽明左派，而許筠應是儒學者徐敬德，李晛的左派。當今國內學界在分析許筠的學問和思想的同時，也對他和李贄的關聯性進行了分析。

那麼許筠是在什麼時候，怎樣收集到李贄的著作的呢？許筠雖然比李贄晚些出生，但是兩人的活動時期相差不遠。許筠曾幾次接待明朝的使臣，又幾次以使臣的身份出使明朝，購得了許多書籍，並把它們帶回到了韓半島。筆者求得了關於這兩人之間的某種關係的相關資料。書籍的購得和閱讀，對研究某一個人的學問和思維體系，是一個可以活用的很好的資料。因此，在本論文中，筆者對許筠在什麼時候，怎樣購得李贄的著作，以及他表現出的怎樣的反應，進行了集中性的考察。

---

*　　本文作者，現為韓國順天鄉大學中文科教授。

【關鍵詞】 許筠 李贄 金中清 陽明左派 藏書 焚書

一、緒　論

　　李贄（1527－1602），原本姓林，名載贄，字宏甫，號卓吾，出生在一個信仰伊斯蘭教的家庭，福建泉州晉江縣人。由於明代該家族內部發生過一些鮮為人知的祕密，祖先中部分人由林姓改為李姓，故姓李。嘉靖 45 年（1566），穆宗朱載厚登基，按照避諱法，而把名字中的載字給去掉了。李贄在他的一生中非常喜歡更改自己的名號，到去世為止足足有過 47 個別號，作為自稱的有溫陵居士、百泉居士、卓吾老人、李老人等，別人叫他的有龍湖叟、禿翁、李溫陵、李上人等等。

　　到了明朝末期，國政紊亂，弊病迭出，社會全面進入混亂中，就好像即要爆發一樣。由於當時的思想家們真誠的生活態度和先覺的思考方式，和虛構現實的間存在矛盾，而世界又在多樣化的變化著。李贄想一舉對傳統的思想和學問進行革新的。

　　朝鮮學者們一般都以儒學作為一生的信念，雖然他們偏重耽讀經書，但有時也會對反傳統性的思想產生興趣。他們為了構築新的思維，閱讀了多種的學問和書籍。其中一就是明末代表陽明左派的李贄的學問和書籍。李家源很早就管許筠叫做朝鮮的李贄。這兩人的思想和行為十分相似。李贄確實是陽明左派，而許筠應是儒學者徐敬德，李幌的左派。❶當今國內學界在分析許筠的學問和思想的

---

❶　李家源著、許敬震譯，《儒教叛徒許筠》，延世大學校出版部，首爾，2002.2。

同時，也對他和李贄的關聯性進行了分析。

那麼許筠是在什麼時候，怎樣收集到李贄的著作的呢？許筠雖然比李贄晚些出生，但是兩人的活動時期相差不遠。許筠曾幾次接待明朝的使臣，又幾次以使臣的身份出使明朝，購得了許多書籍，並把它們帶回到了韓半島。筆者求得了關於這兩人之間的某種關係的相關資料。書籍的購得和閱讀，對研究某一個人的學問和思維體系，是一個可以活用的很好的資料。因此，在本論文中，筆者對許筠在什麼時候，怎樣購得李贄的著作，以及他表現出的怎樣的反應，進行了集中性的考察。

二、許筠求得《藏書》及金中清的反應

朝鮮光海君 6 年（明萬曆 42 年；1614），朝鮮朝廷往明朝派遣了千秋使兼謝恩使。正使是許筠，書狀官是金中清。朝天使的時間，是從光海君 6 年 4 月開始到翌年 1 月。我們可以推測出許筠和其他出使中國的使臣一樣，把朝天使的時間內發生的事件和見聞所感寫成使行錄或是詩文集應該留了下來，可惜現在沒有找到。在金中清的《朝天錄》中，他把在咫尺之內所看到的許筠事蹟都記錄了下來。這些對研究許筠的事蹟有著很大的幫助。《朝天錄》，原來是一本獨立的書冊，後來金中清的子孫們在重新編撰《苟全集》時，把它編入為文集的附錄。

在《朝天錄》光海君 6 年 8 月 20 日（庚子）的記錄上，這一天，金中清寫下了通過許筠得以看到《藏書》的來龍去脈，並寫下了李贄的略歷。首先，轉載了他對李贄的略歷的記述。

夷考其人，始以山僧有名，五十後冠顛，中進士，知府，遞
不復仕。其學始為佛，中為仙，終為陸，能文章言語，惑誣
一世，其徒數千人，散處西南，以攻朱學為事云。

　這是現存的朝鮮文獻中對李贄的略歷的最初記錄。金中清所記
的李贄略歷絕大部分是比較正確的，但一些地方還有修正的必要。
李贄 26 歲時（嘉靖 31 年：1552）在鄉試中考中了舉人；27 歲（嘉靖 32
年：1553）參加北京會試，不第；30 歲（嘉靖 35 年：1556）參加北京會
試，又不第。這年，向吏部申請派官，任河南輝縣教諭；33 歲（嘉
靖 38 年：1559）升南京國子監博士；38 歲（嘉靖 43 年：1564）任北京
國子監博士；41 歲（隆慶元年：1567）任禮部主事；44 歲（隆慶 4 年：
1570）任南京刑部員外郎；51 歲（萬曆 5 年：1577）被任命為姚安知
府；54 歲（萬曆 8 年：1580）任期滿後，再也沒做過官。他年輕時參
與科舉應試和儒學的探究，41 歲（隆慶元年：1587）即後，他跟從徐
用檢開始研究佛教和道學，也對陽明學書籍產生了興趣。在那以
後，它像蓄髮和尚一樣，沉浸到了佛教中去，而真正削髮為僧是在
62 歲（萬曆 16 年：1588）；58 歲（萬曆 12 年：1584）在湖北麻城觸發了
他和儒學者耿定向的思想論爭，後來刮起了猛烈的彈劾風波。
　李贄的《藏書》是在光海君 6 年，通過許筠而被第一次介紹
的。《荀全集》卷 1〈上使得李氏莊書一部以示余感題二律〉的序
文中：

上使得李氏《莊書》一部以為奇，示余其書。自做題目，勒
諸前代君臣其是非予奪，無不徇己偏見，以荀卿為德業儒臣

之首，屈我孟聖於樂克、馬融、鄭玄之列，明道先生僅參其
末，與陸九淵並肩，若伊川、晦庵兩夫子則又下於申屠嘉、
蕭望之，稱之以行業，肆加升黜，少無忌憚。余見而太駭，
曰：此等書寧火之，不可近。居數日，偶閱《經書實用編》
馮琦《正學疏》，有曰：皇上頃納張給事言，正李贄誣世之
罪，悉焚其書云。所謂贄乃作《莊書》者，倡為異學，率其
徒數千，日以攻朱為事，而卒為公論所彈，伏罪於聖明之
下。至以妖談怪筆多少，梓板一炬而盡燒。狷歟，大朝之有
君有臣也。感題二律，既傷之，又快之；快之中，又有傷
焉。傷哉，傷哉。其誰知之。

在這篇文章中，對於金中清看到《藏書》的經過和所感有著詳
細地記載。上使是對許筠的稱呼。《莊書》是《藏書》的錯誤。
《朝天錄》光海君 6 年 8 月 20 日條，說金中清在一個偶然的機會
看到了《藏書》，❷但在這文章中詳細記載到說金中清是由於許筠
求得了這本書，拿給他看，他才得以看到的事實。許筠在這次千秋
使行和翌年的陳奏使行期間，購得了近 4 千多卷的中國書冊，《藏
書》也是其中的一本。許筠求得這書的地點應該是燕京（現北
京）。

《藏書》在萬曆 16 年完成了初稿後，經過了好幾次的修正和
增補。萬曆 18 年（1590）和萬曆 25 年（1597），繼續進行增補；萬

---

❷ 《朝天錄》光海君 6 年 8 月 20 日條：「偶見李氏《藏書》，李氏，所謂卓吾
先生名贄者也。」

曆 27 年（1599），在他的好友焦竑的主導下，在南京被刻板。《藏書》，共 68 卷，分成《世紀》8 卷和《列傳》60 卷。這書記述了從戰國到元朝的約 800 名的人物。這書在評價人物時，從反傳統的思想出發，完全推翻了程朱學的一般價值基準，並且強調歷史的發展性，添加了資本主義的初步意識。焦竑寫〈李氏藏書序〉時，「卓吾先生隱矣，而其人物之高，著述之富，如珠玉然，山暉川媚，有不得而自揜抑者，蓋姓名赫赫盈海內矣。」

　　許筠作為千秋使訪問燕京的時間，是光海君 6 年（1614）。那時，李贄的著作依然被禁賣。燕京作為明朝的首都，是朝廷綱紀最嚴格統治的地方，而且是彈劾李贄的朝廷人物們聚集的地方。那麼，許筠是怎樣在燕京求得李贄的《藏書》的呢？關於許筠求得《藏書》的過程，雖然沒有具體的記錄，但推測是他在暗地裡求到這書冊的。李贄的著作，萬曆 30 年（1602）由於張文達的奏請而被禁止流通，但在當代一些先覺者都已在暗地裡互相傳閱了。在禁賣流通後，像焦竑這樣的李贄的好友們，依然寫了思念李贄的文章，或繼續出版了他的著述。這樣也可以說明許筠在燕京逗留的當時，李贄的著作在一些士大夫們之間暗地裡相互流傳的事實。10 餘年過後，在天啟 5 年（1625），李贄的著作由於御使王雅量的奏請而再一次被禁賣流通。

　　對於許筠求得《藏書》的所感又是怎樣的呢？在《荀全集》中提到，許筠看了《藏書》後，即寫下了「奇」這一個字。就反映了它和一般的書冊有著不同的意義。在這裡，可以推測許筠受到了相當大的震驚。李贄在《藏書》中，反對儒教主義和正統史觀，強調歷史的發展性，並添加了資本主義的初步儀式。從現代的立場上看

的話，李贄的思維方式推翻了既存的傳統的思考方式，具備革新的思想。許筠也具有超越時代的革新思想，所以這兩個人有著相通點。

金中清看了《藏書》後，卻有著極端的反應。他對《藏書》中否定從孟子開始到程朱形成的傳統儒學觀和相關人物，感到非常震驚，因而說像這樣的書應該用火燒掉，不要接近。直到幾天後，當金中清看到馮應京在《皇明經書實用編》中記述的馮琦的奏文，並知道了明朝皇帝聽取了張文達的奏言，焚毀了李贄著作。這一事實後，才放心了。那時候，他表露了他的複雜心情。他說雖然感到了爽快，但在爽快中又感到受到了傷害。因為他對李贄《藏書》被明朝皇帝燒毀心裡感到痛快，但同時又對這種書冊在世間出現的事實感到傷心。

金中清是一位傳統的儒學家。他很早就跟從儒學者朴承任和趙穆學習儒學，後來又從鄭述那裡學到了性理學的精髓。那以後，他一生接受了聖賢的教導，把性理學的研究和實行作為自己的責任。他死後，嶺南儒林們把他供奉在槃泉書院。他看到《藏書》時的那種極端的反應，是非常自然的事情。我們可以相信，不管是金中清，還是其他朝鮮儒學者，都會有和他一樣的反應。

從張文達的疏文，也可以看出他強硬要彈劾李贄的意圖。他說李贄在麻城是一個和不良輩在一起，誘惑婦女的人物。他的著作被廣泛流傳，會迷惑和欺騙人心，使社會十分混亂。現在李贄曾經滯留過的通州離燕京不到 40 里，萬一李贄入京的話，燕京就會像麻城一樣極端的混亂。他奏請抓捕李贄把他押送到他的原籍地，並燒毀他所有著作。明神宗看了張文達的疏文後，當即作了如下的批

准。說李贄主張道義混亂，眩惑社會，欺騙人民，下令廠衛五城，即時前往通州，抓捕李贄，並指定他的著作為禁書，全部燒毀。❸這天，張文達提交了疏文，皇帝當即就批准了。沒多久，李贄被逮捕囚禁，從這件事被馬上處理這一點上，我們可以看出當時朝廷對這件事非常重視。

　　幾天後，在馮琦向明神宗的奏文中提到，皇上聽取了張文達的話，定了李贄的罪，稱讚說這是鏟除邪惡，宣揚正義的偉大的行動。所有背叛孔孟，誹謗程朱的行為都應該被禁止，要求採取比燒毀著作更為強烈的處罰。《皇明經書實用編》的編者馮應京也是一個站在傳統儒學者而主張彈劾李贄的人物。萬曆 28 年（1600）。他在麻城和官僚們一起主張用法律平定李贄，拆毀寺剎。

三、許筠的《焚書》閱讀詩

　　許筠上一次出使是作為千秋使正使，後來又以冬至兼陳奏副使的身份再次出使明朝。在這次朝天期間，他留下了《乙丙朝天錄》。在這本書中收錄有在光海君 7 年（萬曆 43 年：1615）9 月他渡過鴨綠江，從踏上遼東的那一刻開始到翌年 3 月回韓半島所作的 383 首詩。最近，在韓國國立中央圖書館收藏的這本書發現了，相信對以後研究許筠的著作和思想會有很多的幫助。

　　在《乙丙朝天錄》中，許筠讀了李贄的《焚書》後，寫下了〈讀李氏焚書〉3 首。〈讀李氏焚書〉，是許筠在光海君 7 年 10 月在通州寫的。《焚書》是李贄和友人們一起相互傳遞書信回答，

---

❸　《明神宗實錄》卷 369，萬曆 30 年潤 2 月 22 日（乙卯）條。

讀了書籍後的感想，在平時寫成的文章和詩篇等。萬曆 18 年
（1590），《焚書》第一次在麻城刊行；萬曆 28 年（1600），自初編
本以後的十年間，添加了一些著作。現今，通行刊本是李贄死後被
再編的書。這書和《藏書》一起被指定為李贄最具代表性的著作，
被指定為禁書後，反而在知識分子層那裡得到了巨大的號應。❹許
筠看的《焚書》是怎樣的版本呢？從時期上看，有萬曆 18 年亭州
（麻城）刊本和萬曆 28 年陳證聖序刊本。許筠看的實物沒有留到現
在，所以到底是哪個刊本還是不明確。

　　下面我們來鑒賞一下〈讀李氏焚書〉，在第一首中；

　　　　清朝焚卻禿翁文，其道猶存不盡焚。
　　　　彼釋此儒同一悟，世間橫議自紛紛。

　　這首詩吟詠了李贄文章的永久性以及在世間遭遇的論難。禿翁
是李贄削髮歸佛門以後，好友們稱呼他的別號。李贄的著作，界定
於被刊行普及和被指定為禁書之間，真是命運崎嶇。我們只要看有
李贄寫的代表性的著作的題目，就可以感到它與一般著作的不一
樣，出類拔萃。《焚書》這個題目，有燒毀這書的意思；《藏書》
這個題目，是要把這書藏起來。連李贄自己都知道自己的著作會引
起世上的紛亂，但是為了能在後世得到公正的評價，在書的題目上

---

❹ 朱國貞《湧幢小品》卷 16〈李卓吾〉：「全不讀四書本經，而李氏《藏
　書》、《焚書》，人狹一冊以為奇書。」

賦予了很強的意義。❺《焚書》和《藏書》被編撰出世後,從很多人那裡同時得到了稱讚和指責。當時傳統的儒學者和執政者們都想要滅毀李贄的書冊。雖然在明朝,李贄的書冊曾兩次被列為禁書,被燒毀,但是《焚書》並沒有被完全燒毀,《藏書》也沒完全被隱藏,反而在後來的文壇上得以廣泛普及。焦竑在《焚書》的序文中說道李贄的著作用火燒毀,就好像是在火中不會著的火浣布一樣,不但沒有被燒毀,而且被更廣泛傳播開了。❻所以許筠在這詩的前半部中說到,在當時,即使李贄的文章被燒毀,但文章的內容還是沒被燒毀,被永遠保留了下來。

　　許筠和李贄都強調佛教、道教和儒教的啟示是相同的這一事實。在佛教、道教和儒教的腳論部分,可以看出它們互相之間的差異,但原來啟發點的宗旨是一致的。他們的思維體系,強調把所有的思想歸成一個互通的統合的認識。李贄提倡佛教和道教的宗旨與儒教的宗旨三者原來是一體的三教歸儒說,❼又在這基礎上說先秦諸子和陽明學思想,以及外來的宗教基督教和回教思想也是互通的。如果看了許筠的生平的話,可以了解到他在進行儒家活動的同時,與佛教、道教的接觸也在沒有阻礙的進行著,並且他也很自然

---

❺　《焚書》李贄〈自序〉:「一曰『藏書』,上下數千年是非,未易肉眼視也,故欲藏之,言當藏於山中以待後世子云也。一曰『焚書』,則答知己書問,所言頗切近世學者膏肓既中其痼疾,則必欲殺我矣,故欲焚之,言當焚而棄之,不可留也。」

❻　焦竑〈李氏焚書序〉:「今焚後而宏甫之傳乃愈廣,然則此書之焚,其布之有火浣哉。」

❼　《續焚書》卷 2〈三教歸儒說〉:「儒釋道之學,一也,以其初皆期於聞道也。

地接受了陽明學、天主教等其它思想的互通。從這點上看，他和李贄是一樣的。但是當時明朝傳統儒者和執政者不了解李贄和許筠的統合思維，認為他們的思想是歪邪的思考方式，就連朝鮮的傳統儒者也指責許筠的思想和行為。在這一點上，兩個人的遭遇也是一樣的。所以，許筠在這詩的後段中說到，佛教和儒教的宗旨是一樣的，但世人們卻對此異論紛紛。

〈讀李氏焚書〉第二首：

> 丘侯待我禮如賓，麟鳳高標快睹親。
> 晚讀卓吾人物論，始知先作卷中人。

這首詩記載了他和丘坦的交流情況並吟詠了《焚書》中丘坦這個人物。卓吾是李贄的號，丘侯指的是丘坦。丘坦（1564－？），又名坦之，字坦之，號長孺，湖北麻城人。許筠和丘坦的初次見面要追溯到宣祖 35 年（萬曆 30 年：1602）。那年，明朝冊封皇太子派遣顧天埈和崔廷健出使朝鮮。丘坦作為這次使行的從事官也被一起派往韓半島。李贄於此時給丘坦的信，說遊覽朝鮮是男兒勝事，只是資斧之計而已。❽另外朝鮮方面，派李好閔接待了明朝使臣一行，許筠則是從事官，接待他們。由此可見，丘坦在韓半島停留期間和許筠有過實切而頻繁的作為交流。

---

❽ 續焚書卷 1〈復丘長孺〉：「兄欲往朝鮮屬國觀海邦之勝概，此是男兒勝事。然兄之往，直為資斧計耳。特地尋資斧於朝鮮，恐徒勞，未必能濟兄之急也。」

　　光海君 6 年（1614），許筠作為千秋正使被派往明朝燕京。當時丘坦擔任遼東遊擊。在書狀官金中清的《朝天錄》中，記載了丘坦和許筠的再會情況。許筠在義州要渡鴨綠江之前和丘坦取得了聯繫，丘坦送書信給許筠一行，並打算在鴨綠江的一艘船內設宴，招待他們。丘坦說此次宴會雖然不符合外交慣例，但是在千里之外偶遇舊友卻是十分難得之事，所以也就顧不得禮法而微服相見了。和許筠一起受到邀請的金中清，在寫給丘坦的信中提到通過許筠久聞丘坦大名，並對丘坦的盛情款待表示十分地感謝。丘坦寫給他們的書信，就好像寫給自己的親朋好友一樣，尊稱許筠「蛟翁柱下」，❾同時還稱呼對方先生閣下，來降低自己的身分。❿

　　由此可見，許筠和丘坦的交情很深。丘坦邀請許筠，並盛情款待，就打破了外交慣例。他當時說外交使臣的禮法阻止不了朋友之間的往來，萬一有問題的話，就微服相見。相反，傳統儒學家出身的金中清作為忠心耿耿的王臣，主張私自會見外國使臣是不合禮法的，所以對這次許筠和丘坦的會見，深感不滿。⓫

　　光海君 7 年（1615），許筠又一次作為朝天使。踏足中原。他想這次使行中再見一次丘坦，但丘坦因兵事去了遼陽，不得相見。許筠在渡過鴨綠江時，回想起了上次和丘坦見面，賦詩相贈，但這

---

❾　　《朝天錄》光海君 6 年 6 月 1 日注：「遊擊揭帖書蛟翁柱下。」
❿　　《苟全集》卷 4〈回揭丘遊擊坦〉：「今者先辱華尺，寵有招命，標題先生閣下等語，自屈其姓名，終之以頓首，有若知分有宿者。」
⓫　　《朝天錄》光海君 6 年 5 月 21 日條、22 日條、30 日條。

次卻不能相見，緬懷舊情，就傷心了。⓬不久，許筠在使行中留下
了追求丘坦的高尚面貌的詩。〈讀李氏焚書〉第二首的前半部分讚
頌了丘坦如麒麟和鳳凰一樣高尚的風格，〈題袁中郎酒評後〉描寫
了丘坦飲酒時高尚的面貌。⓭

　　許筠晚年接觸到《焚書》後，才知道此書中有關於丘坦的記
載。丘坦和李贄是摯友。丘坦雖然比李贄小 37 歲，但是李贄一直
把他當成知己。萬曆 12 年（1588），李贄移居麻城龍潭與麻城朋友
交流時，就認識了丘坦。⓮李贄一見丘坦，就因此把他當作了生平
知己。⓯萬曆 21 年（1593），李贄得重病臥床，思及丘坦這次走了
以後，就不會再來，因而淚如雨下，在旁照顧他的懷林和尚怎麼安
慰都沒有用。⓰李贄每逢丘坦生辰，都會寫詩祝賀。其中有一首寫
道即使人活百歲是件容易之事，但要碰到像丘坦這樣的知己卻絕非
易事。⓱他對丘坦的人品論述如下：「假如丘坦繼續住在麻城的

⓬　《乙丙朝天錄·七長亭》自注：「客歲過江之日，丘遊戎邀宴望江寺，賦詩
相贈。今年又叨使价，再涉鴨江，則丘公以試武舉蒙臺檄，往遼陽，不獲屬
舊會，感而賦之。」

⓭　《乙丙朝天錄·題袁中郎酒評後》：「曾睹丘侯把酒杯，半酣高詠氣雄
哉。」

⓮　袁中道《李溫陵傳》：「公遂至麻城龍潭湖上，與僧無念、周友山、丘坦
之、楊定見聚，閉門下鍵，日以讀書為事。」

⓯　《焚書》卷 4〈八物〉：「如丘長孺、周友山、梅衡湘者，因一見而遂定終
身之交，不得再試也。」

⓰　《焚書》卷 4〈寒燈小話〉：「九月十三夜，大人患氣急，獨坐更深，向某
輩言曰：丘坦之此去不來矣。言未竟，淚如雨下。」

⓱　《焚書》卷 6〈丘長孺生日〉：「似君初度日，不敢少年看，百歲人間易，
逢君世上難。」

話，他肯定會被指責是不肖子孫，是一個家人無話可說，自己始終
不會照顧自己的一個沒用之人，即使那樣，他還是把他比喻成是一
個像鳳凰、芝蘭一樣的非凡之人，因此在這世上也是很難遇見
的。」❽

　　丘坦一直把李贄當作老師侍奉，有一次他說李贄有老態，非常
關照❾；李贄死後十分悲傷。萬曆 41 年（1613）春，他受汪可受之
命，來到通州，修補李贄的墓碑，並留下了〈奉汪大中丞命為卓師
墓碑書丹有碑〉4 首詩。通州是李贄所葬之地。丘坦在拜祭完李贄
後，前往了遼東。次年夏，丘坦在鴨綠江邊與許筠相聚緬懷舊情。
這時，金中清表達了人臣見面不符合外交禮法的意見。丘坦認為禮
法不是光為我們準備，在千里之外碰見故人，不應拘於禮法，應該
相見。丘坦和李贄一樣都是不拘小節之人，認為只有摘下虛情假意
的面具，才能真心相待。

　　如上所述，許筠在通州期間閱讀了《焚書》。那麼，許筠是如
何得到《焚書》的呢？現存資料對此雖然沒有明確地記載，但是從
許筠和丘坦的友情，可以看出通過丘坦友人求得《焚書》的可能性
很大。通州，對李贄和丘坦來說是一個特別的地方，同時也是一直

---

❽　《焚書》卷 4〈八物〉：「若丘長孺之在麻城，則麻城諸俗惡輩直視之為敗
　　家之子矣。……若丘長孺，雖無益於世，然不可不謂之麒麟、鳳凰、瑞蘭、
　　芝草也。據長孺之為人，非但父母兄弟靠不得，雖至痛之妻兒亦靠他不得
　　也。非但妻兒靠不得，雖自己之身亦終靠他不得，其為無用極矣。然其人固
　　上帝之所篤生，未易材者也。觀其不可得而親疏敬慢也。是豈尋常等倫可比
　　耶？故余每以鳳凰、芝蘭擬之，非過也。」
❾　《焚書》卷 2〈附衡湘答書〉：「丘長孺書來，云：翁有老態，令人茫
　　然。」

照顧李贄善終的馬經綸家的所在地。萬曆 33 年（1605），丘坦為馬經綸的死。作了哀悼詩。❷許筠在通州停留了至少五天以上，和上次使行日程不一樣。❷他在通州閱讀《焚書》並非偶然的事，可能通過與丘坦有關的人士得到《焚書》。而且許筠在通州停留的這幾天，說不定也去過李贄的墳前拜祭過。

《讀李氏焚書》第三首：

> 老子先知卓老名，欲將禪悅了平生。
> 書成縱未遭秦火，三得臺抨亦快情。

這首詩寫出了李贄的道佛思想和《焚書》遭彈劾的過程。卓老是李贄的號，李贄在燕京過官涯生活時，就跟著徐用檢研究佛學和道學，並漸漸產生興趣。萬曆 2 年（1574），在南京發行了蘇轍的《老子解》。並寫了序文。他受老子尚真思想的薰陶，提倡順應自然。李贄與佛教的淵源也頗深，他有相當時間以在家僧的身份住在寺院裡。萬曆 16 年（1588），剃度皈依佛教，而且《焚書》裡也收錄了很多有關探求佛理的文章。但是如果光把他看成是皈依佛教的人的話，也是不對的，因為他削髮的動機不是為了成為佛門弟子。而是為了突破現實問題，培養脫世俗的內在修養。❷雖說如此，他還是通過對佛法的研究和坐禪的修養，領悟到了解脫的內涵。所以

---

❷　《畿輔通志》卷 166〈馬經綸墓〉。

❷　《乙丙朝天錄·留通州偶作》：「僑得謝家留五夜。」

❷　《焚書》卷 2〈與曾繼泉〉。

許筠在此詩的前半部分記載有李贄是和老子思想相通，喜歡佛教。

李贄承受過像秦始皇焚書坑儒一樣的巨痛。當時執政者這兩次焚燒他的書，並將這些書署列為禁書，但事實卻出現了與執政者意圖完全相反的結果。李贄的著作在表面上遭到了當局徹底地封鎖，但實際上卻被當代和後代的知識分子們熱心閱讀，並繼續出版了他的書，使他的書得到了更廣泛的傳播。

李贄因為和儒學家的思想有衝突，而遭到官方的彈劾，也是在所難免的。他一生受過三次大的彈劾。第一次彈劾是在萬曆 23 年（1595），分巡武昌道史胜賢在黃州巡視時，指責李贄破壞了麻城的風俗和教化，於是麻城的地方官們要拆掉龍湖芝湖院並想把他遣回原籍。李贄聽聞這些消息非但沒有退縮反而要求依法再判。

第二次彈劾是在萬曆 28 年（1600），湖廣按察使檢事馮應京依法想要治理李贄，要求把龍湖寺廟拆掉，麻城儒者也將李贄認作主張淫亂之人，並以此煽動，想把他驅逐出麻城，麻城的官吏們也想破壞李贄的藏骨塔和龍湖芝佛院，同時也打算把他驅逐出麻城，而準備逮捕他。當時楊定見聽到彈劾消息，馬上把李贄藏了起來，次日，又把他送到商城縣的黃蘗山，躲避一下。

第三次彈劾是在萬曆 29 年（1662），禮科給事中張文達秉承宰相沈一貫的意思，上疏皇帝，彈劾李贄。他列出了李贄的罪名有對傳統士官的破壞，對孔子和儒學的誹謗，誘惑婦女，士大夫的佛門歸屬等等。明神宗看了張文達的上書之後，馬上就判定李贄是惑世誣民的罪人，命令逮捕李贄，並將其書列為禁書。李贄聽到官府要逮捕自己的消息後，非但沒有逃走，反而叫人拆大門板，等著官府，喊道我是罪人，就快點把我抓走，坦然面對彈劾之事。逮捕後

接受審問時，他堅稱無罪，即使後來進了監獄，也若無其事地像平常一樣的生活，以平常心面對死亡，最終自殺身亡。許筠在詩的後半部分也寫出了李贄遭彈劾的過程和不怕彈劾的事實。

許筠編撰的《閑情錄》裡收錄了李贄《焚書》的一段話。初編本《閑情錄》完成於光海君 2 年（萬曆 32 年：1610），現今沒有流傳下來。再編本《閑情錄》是在光海君 10 年（1618）增補而成。再編本《閑情錄》卷 13〈玄賞〉：

> 余嘗謂碁能避世，睡能忘世，然碁類耦耕之沮溺，去一不可，睡同御風之列子，獨往獨來，善哉希夷，深得其解。
>
> （李氏焚書，以上碁）

上述文章的注釋，表明了這段話引自李贄的《焚書》，也是韓國學者們在論述許筠思想和陽明左派的影響時，經常引用的一段話。但是最近又有研究表明，這段話不是出自李贄的《焚書》，而是出自吳從先的《小窗清記·清事》中〈為好事者備攷〉。㉓而這段話的前面收錄的〈東坡云予素不解碁〉，則表明是出自《長公外記》，但是這句話在《小窗清記》中〈為好事者備攷〉裡也有。根據這些事實可以判斷現存本《閑情錄》很有可能存在校勘性的問題或是許筠當時誤記。

㉓　夫裕燮，〈許筠選的中國詩⑴：「唐絕選刪」〉（韓文），《文獻與解釋》，2004 年夏號，頁 243－268。

四、結　論

　　許筠和明末陽明左派的關係設定，對於了解他的學問和思維體系，都是十分重要的。他很早就對佛教和道教與陽明學產生了興趣，這在他的文章和行動裡都有所體現。他真正著手陽明左派的書籍是在他晚年才能實現的。本論文中提到的具體事例，是他晚年著手代表明末陽明左派的李贄的《藏書》和《焚書》的過程。

　　許筠得到《藏書》，是在他作為千秋使留在燕京期間，也就是光海君 6 年（1614）8 月。那時，他的反應是「奇」。估計這本書引起了他很大的好奇心。相反從他手中拿到這本書的金中清，作為傳統的儒學家，聲稱應該燒了這本書。由此可以看出金中清反應極端激烈，而明代傳統儒學家和執政者彈劾李贄並焚燒其書，也是一種極端激烈的處分方式。

　　許筠熱心閱讀《焚書》時，是在他作為陳奏使停留在通州時，也就是在光海君 7 年（1615）10 月。許筠的〈讀李氏焚書〉總共有 3 首，第一首吟詠了李贄文章的永久性以及世間的論難，第 2 首記錄了他和丘坦的交流情況並吟詠了《焚書》中丘坦這個人物。第 3 首吟詠了李贄的道佛思想和彈劾過程。許筠通過這些詩很好地把握了李贄的思維宗旨，同時也留下了讓人爽快的話語。許筠讀《焚書》是在通州，李贄所葬之地也是在通州。許筠和丘坦是很好的朋友關係。通過這些情況，可以看出許筠通過與丘坦有關的人士得到《焚書》的可能性很大，同時他在通州停留的幾天是否去過李贄墳前拜祭過也未可知。

〔燁爀之樂室；乙酉開天節〕

【參考文獻】

許筠著,李離和編,《許筠全書》,亞細亞文化社,首爾,1980。

許筠著,《乙丙朝天錄》,國立中央圖書館藏本。

金中清著,《苟全先生文集》,景仁文化社,首爾,1997。

李贄著,《李贄全書》,社會科學文獻出版社,北京,2000。

李贄著,金惠經譯,《焚書》,韓吉社,首爾,2004。

林海權著,《李贄年譜考略》,福建人民出版社,2005,再版。

張玉孃《蘭雪集》的輯佚與詮釋

黃慧鳳*

【摘　要】　在崇文抑武的宋代，文風鼎盛，作家何其多，雖仍以男作家居多，但亦有表現突出的女作家。清人孔琴南認為「張玉孃著詩詞之工妙，在宋時可與李清照、朱淑真、吳淑姬並稱。」其遺作幸賴明朝王詔於道藏中拾得，以及明末清初孟稱舜的刊印推廣，才使後人能知其人品與詩詞。目前臺灣可見的《張大家蘭雪集》版本為正文卷端題「白龍張玉若瓊氏著　稽山孟思光仲齋氏較」之舊鈔本，以及收錄於《叢書集成續編》，由新文豐出版社出版之《張大家蘭雪集》刻本。本文將先從張玉孃《蘭雪集》的輯佚入手，再詮釋其詩詞作品的社會意涵。

　　人品方面，張玉孃（1250－1277）與沈佺淒美的愛情故事，使張玉孃在《浙江通志》中以貞女之名被載錄，同樣的《松陽縣志》亦將其歸入貞節篇中，可知世人將其形塑為貞女教化的範示典型。才情方面，張玉孃 28 年短暫的一生創作了不少作品，至今傳世的包含詩 116 首，詞 16 闋。縱觀其詩詞題材，除吟詠閨閣、抒發情

*　　本文作者，現為淡江大學中文系兼任講師、中央大學中文所博士生。

愛之作外，亦包含對戰爭的關切、歷史的感懷以及寫景、詠史鑑今等作品。本文將結合其生命歷程進行作品的對照與詮釋，希望能讓張玉孃及其作品《蘭雪集》得到較完整的呈現。

【關鍵詞】　張玉孃（張玉娘）　蘭雪集　貞女　宋代　女作家

一、文學史的缺漏

　　古今中外傳統文學作品，男性書寫者佔絕大多數，這應與女性的地位、受教權及社會傳統觀念有極大的關係。正由於父權社會所形塑的女性次等位階（如經濟不自主、地位次於男性），使女子即使創作，仍無法受到世人的重視與肯定，因此傳抄或付梓的機會便更加稀少。如宋代女詞人朱淑真的詩稿，即曾遭父母焚燬，幸賴有人傳抄，才得以流傳。如今流傳下來的作品中，〈自責〉二首透露了女子為文所受的抑制：「女子弄文誠可罪，那堪詠月更吟風，磨穿鐵硯非吾事，繡折金針卻有功。」「閑無消遣只看詩，只見詩中話別離。添得情懷轉蕭索，始知伶俐不如痴。❶」可見時人對女子為文所施予的社會壓力及負面的評價，重視的仍是女子能否工女紅。中國傳統觀念「重男輕女」，要求女子「三從四德」、「宜室宜家」，甚至以「女子無才便是德」、「內言不出於外」來訓化女子，平白扼殺了女子發揮才情的空間，使中國燦爛的文學篇章中缺少了許多女性書寫的作品。這是一個男女不平等的現象，亦是女性的第二性處境。

---

❶　宋·朱淑真撰：《朱淑真斷腸詩詞》（臺北：文光，1964 年），頁 66。

在崇文抑武的宋代，文風鼎盛，作家何其多，雖仍以男作家居多，但亦有表現突出的女作家。清人孔琴南認為「張玉孃著詩詞之工妙，在宋時可與李清照、朱淑真、吳淑姬並稱❷」。李之鼎也曾提及：「宋代女士以詩詞流傳至今者《漱玉》、《斷腸》兩集而已，餘則楊吉之《登瀛集》、王綸《瑤臺集》等，悉皆湮沒不多概見。張玉孃宋仕族女，矢志守貞殉志而終，所著《蘭雪集》幾欲繼軌《漱玉》、《斷腸》，惟傳本絕少❸」由此可見，張玉孃的作品曾受到頗高的贊許。

但縱觀歷代文學史或文學家列傳，提及宋代時往往僅提李清照，或略提朱淑真、吳淑姬等人，張玉孃往往僅被留名，甚至被遺忘在外❹，其餘評論大多針對其 16 首詞作而忽略 116 首的詩作，為拋磚引玉引起一些注意，本文擬從搜羅的資料中，為張玉孃在文學史上刻載下一些歷史痕跡，以補充這空白之頁（The blank page）❺。

---

❷ 清道光丙申之夏孔昭薰琴南氏記，收錄於張玉孃：《蘭雪集》，（臺北：新文豐，臺一版，1989 年，叢書集成續編第一三三冊，宜秋館本），後附頁 111 下。以下所引張玉孃《蘭雪集》詩詞及附錄文章，皆同此本，僅標明頁數，不另加註。

❸ 此為清·李之鼎語：《蘭雪集》後附，頁 113 下。

❹ 鄭振鐸的《中國文學史》僅提及姓名和著作，沒有加以說明，而葉慶炳或劉大杰等人文學史皆隻字未提張玉孃。

❺ 女性空白之頁並不代表真正的缺席，其實女性的創作潛力是無窮的，但往往受到壓迫壓抑。參見 Susan Gubar "The Blank Page and the Issue of Female Creativity" 1981 收錄於 Showalter, Elaine, ed. *The New Feminist Criticism.* (NFC) New York: Pantheon Books, 1985. pp. 292-309。

二、考證與輯佚

　　張玉孃的作品目前所見者，集結於《蘭雪集》上下卷。《四庫全書》存目類著錄其《蘭雪集》1 卷，有浙江鮑士恭家藏本和《粵雅堂叢書》本。朱祖謀《彊村叢書》用孔氏《微波榭》傳鈔趙氏小山堂鈔本《蘭雪集》校錄《蘭雪詞》❻。臺灣可見的《張大家蘭雪集》版本為正文卷端題「白龍張玉若瓊氏著　稽山孟思光仲齋氏較」之舊鈔本，據《浙江通志》松陽縣記載：「白龍瑞現夫人祠：崇禎處州府志在百仞山下。貞女祠：處州府續志在鸚鵡墓後準提閣前祀元貞女張玉孃，國朝順治年間學博孟稱舜建。❼」白龍因忽現於松陽之百仞山，因之又稱白龍山。推測白龍張玉若瓊氏，即指松陽縣的張玉孃，去女性代稱的孃字，直接冠以字若瓊，而成張玉若瓊。

　　另一版本收錄於《叢書集成續編》，由新文豐出版社出版之《張大家蘭雪集》刻本，此本為南城宜秋館據曲阜孔㳇谷❽藏鈔本校刊刻本，亦為本文所使用的版本。其他有關張玉孃的相關介紹資料，主要收於《蘭雪集》後附錄之王詔〈張玉孃傳〉、孟稱舜〈祭張玉孃〉、〈貞文祠記〉、〈鸚鵡塚〉、劉仁嵩〈弔張大家〉、〈讀蘭雪集七章〉、唐久緯〈鸚鵡墓贊〉。另外亦可於《松陽縣

---

❻　參見清・李之鼎語，收錄於《蘭雪集》後附，頁 113 下。

❼　詳《文淵閣四庫全書》史部，地理類，都會群縣之屬，《浙江通志》，卷225。

❽　清・孔繼涵（1739－1783），字體生，號㳇谷，喜好刻書，遇藏書家所罕見刻本，必校刊付印。

志》等地方誌搜羅相關資料，又孟稱舜《張玉娘閨房三清鸚鵡墓貞文記》❾雖為傳奇故事，卻不失為研究張玉孃的參考資料。至於玉孃的詩作，部分收錄於《元詩選》中，詞作《蘭雪詞》則列入宋元詞別集以及《女性詞話》❿、《女性詞史》⓫中。而大陸方面據悉現今作家李德貴撰寫《張玉娘》小說，《張玉娘詞選》也可在網站上閱讀，且有劉龍佐編的《張玉娘研究資料選編》⓬，皆是可供參考的資料。

　　女子的聲音往往在時代的洪流中被淹蓋，女作家的作品能傳世者亦有限，尤其在傳播媒體不發達的年代，作品能否傳世除了作品的水準外，知音的推廣扮演極重要的角色。韓愈言「世有伯樂然後有千里馬。⓭」朱淑真的作品，幸賴魏仲恭的搜集始能問市，而張

---

❾　明・孟稱舜：《張玉娘閨房三清鸚鵡墓貞文記二卷》（臺北：天一出版社，1983 年）。

❿　收錄〈玉女瑤仙佩〉、〈水調歌頭〉、〈南鄉子〉、〈蘇幕遮〉、〈浣溪沙〉等詞，參見譚正璧：《女性詞話》（臺北：河洛圖書出版社，1978年），頁 23－26。

⓫　鄭紅梅：《女性詞史》（山東：山東教育出版社，2000 年 7 月），頁 161－169。

⓬　劉龍佐編的《張玉娘研究資料選編》，筆者數度請託購買但至今仍未能尋得。另外《浙江通志》記載「明貞女張玉孃墓　舊浙江通志在縣西南一里」（詳《文淵閣四庫全書》，史部，地理類，都會郡縣之屬，卷二百四十。陵墓六。）今浙江省的旅遊景點有「張玉娘與蘭雪井」，地點正在松陽縣城西。浙江省將張玉孃的歷史文化遺迹，結合自然景觀，形成一個足以令遊客尋幽訪勝，發思古之幽情的人文景點，建立張玉孃紀念館，不僅保存了當地的人文歷史，也傳遞了張玉孃動人淒美的愛情故事。

⓭　唐・韓愈著：《韓昌黎集・雜說四》（臺北：商務，1967 年），頁 70。

玉孃作品的傳世則有賴明朝王詔的發掘、明末清初孟稱舜的青睞，以及後世的推廣。

　　蘭雪之名，蓋可謂「古人以節而自勵者，多托於于幽蘭白雪以見志，因名之曰❶」。元朝中葉，遺稿《蘭雪集》一卷傳入京師，翰林學士虞集❶讀其詩，至「山之高，月出小（，月之小），何皎皎！我有所思在遠道，一日不見兮，憂心悄悄」時，不禁撫几讚歎：「可與〈國風〉草蟲並稱，豈婦人女子之所能及耶！❶」由此可見張玉孃作品曾與《詩經·國風》相並稱，受到頗高的肯定。

　　據《明史》記載，明人王詔遊治平寺時，曾於道藏中尋得書一卷，然楮墨斷爛未能盡讀❶。《明史》雖隻字未提張玉孃，然所述

---

❶　參見清·顧嗣立：《元詩選》張玉孃簡介（臺北：世界書局，19621 年），頁 730。與明·王詔，〈張玉孃傳〉（收錄於《蘭雪集》後附，同註❷，頁 107 上—頁 108 上）相參照，元詩選誤植沈佺「從其父宦遊京師年二十二」為「時年二十一」。

❶　虞集（1272－1348），字伯生，號道園，蜀郡人，僑居臨川崇仁，曾任翰林直學士，侍書學士，號諡文靖，有《道園學古錄》。

❶　清·支恒春纂修：《浙江省松陽縣志（一）》（臺北：成文出版社，1975 年），頁 787－789。此處月之小後，原漏列「月之小」三個字。

❶　「松陽王詔游治平寺，於轉輪藏上得書一卷，載建文七臣二十餘人事蹟，楮墨斷爛，可識者僅九人。梁田玉、梁良玉、梁良用、梁中節，皆定海人，同族，同仕於朝。田玉，官郎中，京師破，去為僧。良玉，官中書捨人，變姓名，走海南，鬻書以老。良用為舟師，死於水。中節好《老子》、《太玄經》，為道士。何申、宋和、郭節，俱不知何許人，同官中書。申使蜀，至峽口聞變，嘔血，疽發背死。和及節挾卜筮書走異域，客死。何洲，海州人。不知何官，亦去為卜者，客死。郭良，官籍俱無考，與梁中節相約棄官為道士。餘十一人並失其姓名。緱雲鄭傅紀其事為《忠賢奇秘錄》，傳於世。」清·張廷玉等：《明史·列傳》卷一百四十三，列傳第三十一，頁 4064。

與清《四庫全書》總目中所提及的《蘭雪集》有不謀而合處：「【蘭雪集一卷】（浙江鮑士恭**⑱**家藏本）元松陽女子張玉孃撰。……至嘉靖中，邑人王詔得其遺詩於道藏中，乃為作傳，以表其事，而引無鹽孟光為比。**⑲**」兩相比對可以確知王詔曾於道藏中得到諸多斷簡殘篇。只是《明史》所列為建文亡臣二十餘人的史料，並未提及其他，而四庫館臣在總目則明載《蘭雪集》乃松陽王詔於道藏中所得遺詩，並為玉孃作傳。由此可知，張玉孃遺作之所以能出土，王詔實為重大功臣。

另外張玉孃的伯樂首推孟稱舜。清順治間孟稱舜**⑳**在浙江省松陽縣任訓導，為表彰張玉娘的貞節事蹟，因此特建貞文祠，並寫《貞文祠記》來表彰她，不餘遺力地弘揚張玉孃的人品和詩詞，甚至刊印推廣《蘭雪集》，囑託劉仁嵩為之歌詠，又贈唐久緯《蘭雪集》一本以宣揚玉孃文節，使二者分別寫下〈弔張大家〉、〈讀蘭

---

⑱ 清乾隆間，安徽歙縣鮑廷博（1728－1814），廷博流寓浙江杭州，藏書極豐，輯刊知不足齋叢書。詳見林申清編著：《明清著名藏書家·藏書印》（北京：北京圖書館出版社，2000 年 10 月），頁 115－121。

⑲ 清·紀昀：《四庫全書總目》中華書局。04.集部，卷一七四，集部二七，別集類存目一，頁 1548。

⑳ 孟稱舜（1603－1657），浙江會稽（今紹興）人，字子塞，自幼聰敏好學，擅長戲曲詩文，明末秀才，後加入著名戲劇家湯顯祖創立的楓社，成為「玉茗派」骨幹。由於他筆耕不輟，創作頗豐，一生共創作劇本 10 種，現存 7 種中最著名的要算《貞文記》。孟稱舜是清順治六年（1649）貢生，曾任松陽教諭六年，在松陽期間，政績卓著。大力整治積弊，集資辦學，振興松陽教育，修學建田，並初見成效。十二年（1655），辭職歸里，順治十三年（1656）底（或次年初），在金陵（今南京）雨花僧舍完成三十五齣《張玉娘閨房三清鸚鵡墓貞文記》。

雪集七章〉及〈鸚鵡塚贊〉為張玉孃事跡增添彩筆，希望後世知其
事、傳其詩。正如清劉仁嵩〈弔張大家〉一文所言：「稗史彫零久
未聞，但傳英爽式荒墳，不因斷簡留珠玉，那識芳隣女廣文。㉑」
若沒有孟稱舜這一伯樂的為之傳播，張玉孃及其作品恐怕隨著時間
的流逝而灰飛煙滅，漸漸被世人遺忘，後世之人也就無法有幸認識
這個年輕博學、堪與唐朝鄭虔相比擬的女廣文了。

　　然而研究者或因資料的缺乏，通常僅注意到張玉孃的 16 首
詞，忽略了她更為豐富的 116 首詩實為可惜，因此本文希望能結合
其生命歷程進行作品的對照與詮釋，希望能讓張玉孃及其作品《蘭
雪集》得到更完整的呈現。

三、張玉孃歷史地位的重構：
痴女、才女、貞女的形象交織

　　張玉孃較完整的傳記，可推明王詔的〈張玉孃傳〉，由傳記中
可知張玉孃，字若瓊，松陽人（今浙江省遂昌縣），號一貞居士。出
身仕宦世家，除善女紅外，尤擅詩詞，時人以漢班昭比之，著有
《蘭雪集》一卷。張玉孃最為世人傳誦的便是與沈佺的淒美愛情，
因其對沈佺的痴心、以身殉情，列於史傳中的貞女行列。張玉孃生
於南宋理宗淳祐十年（1250），卒於南宋端宗景炎二年（1277），亦
即死於元世祖（1271-1294）至元十八年。元滅宋是在 1279 年，因
此玉孃死時南宋雖已進入末世，但元朝早已於 1271 年開國，可言

為宋末元初人❷。但文獻記載不一，如《松陽縣志》將其歸為宋人，《四庫全書總目》稱其為元松陽女子，王詔稱其為宋仕族女也。但觀玉孃在〈王將軍墓〉詩前小序提及「宋王將軍名遠宜，松陽人。宋亡，與元兵戰于望松鼎，死之，遂葬于此。（頁94下）」由此可知，玉孃死於宋亡之後，若硬要劃定其歸屬，依張玉孃的志節情操，納入宋朝似乎較為恰切。

㈠ 為愛殉情的痴女

玉孃十五歲時，父母將其婚配與中表沈佺，沈佺為宋宣和對策第一沈晦之子，就家室而言可謂門當戶對。然而沈氏後來家道中落，玉孃之父恐因勢利或為女兒著想而違背當初的婚約❸，但玉孃與沈佺仍私相結納，不忍背負，即便沈佺染上不治之疾，玉孃仍以書信起誓寬慰沈生：「穀不偶於君，願死以同穴也。❹」而沈生也於病中回贈詩予玉孃：

> 隔水度仙妃，清絕雪爭飛，嬌花羞素質，秋月見寒輝。
> 高情春不染，心鏡塵難依，何當飲雲液，共跨雙鸞歸。（頁
> 105下）

---

❷　參見蘇振元〈關於宋末詩人張玉娘和《蘭雪集》〉《麗水師專學報》1986年。

❸　《宋刑統》戶婚律規定：「諸夫喪服除而欲守志，非女之祖父母、父母而強嫁之者，徒一年。周親嫁者，減二等，各離之，女追歸前家，娶者不坐。」在宋代，父母、祖父母可以勸女、孫女再嫁，如他人勸其再嫁則是要判刑的。詳見宋竇儀等：《宋刑統》（臺北：新宇出版，1984年10月），頁220－221。

❹　明·王詔，〈張玉孃傳〉，同註❷，頁107上。此處可參考《詩經·大車》「穀則異室，死則同穴，謂予不信，有如皦日。」穀表「生」之意。

且不論沈生此詩是否平仄失黏，玉孃聞訊寄詩〈山之高〉告慰沈生：「山之高，月出小。月之小，何皎皎。我有所思在遠道，一日不見兮，我心悄悄。（頁 94 下）」由此可知二人情深意厚，常魚雁往返，在〈古別離〉詩句中：「把酒上河梁，送君灞陵道。去去不復返，古道生秋草。迢遞山河長，縹緲音書杳。愁結雨冥冥，情深天浩浩。（頁 93 上）」玉孃表露了女子擔心男子一去不復返的離愁，與深情的等待。

其後沈佺病卒，玉孃十分哀慟，常常鬱鬱不樂，有詩〈哭沈生〉為證：

> 中路憐長別，無因復見聞。願將今日意，化作陽臺雲。（頁
> 105 下）

父母見玉孃終日哀傷，欲另擇佳婿予玉孃，玉孃聽聞十分不安，直言：「女所未亡者，有二親耳❷」。一年元宵節晚上，玉孃無心遊樂假托疾隱留在家中，未與父母出遊同賞花燈，也許是思念甚深，在燭影忽明忽滅間玉孃彷彿見到沈佺：

> 時值元夕父媼出觀燈，呼詔女伴強之行不可，托疾隱。几忽
> 燭影揮霍下，見沈郎宛若屬曰：「若瓊自重，幸不寒凤盟，
> 固所願也」。張且驚且喜，往握其衣，不相迎顧，眹燭影以
> 手，擁髻悽然泣下曰：「所不與沈郎者，有如此燭」。語絕

---

❷　同前註，頁 107 下。

不見，張悲絕久，乃甦曰：「郎舍我乎？」遂得疾以卒，時
年二十有八。**㉖**

且不論玉孃是否真見到沈生，但可以肯定玉孃思念倍至，終至憂悒
而死，結束了短短廿八年的青春歲月。人言哀莫大於心死，沒有了
沈佺，玉孃決絕的起誓，最終以死殉情，何其哀壯！其志感動了雙
方家人，使他們死後得以合葬在一起。也感動了孟稱舜，使孟稱舜
寫下《弔張玉孃詩》：「千年恨骨葬秋山，一片楓林葉染丹。豈是
霜花夜凝紫，相思淚血成斑斑。一貞貞潔心如玉，幽居長向蘭房
哭。彩絲繡作沈郎容，生不相逢死相逐……」**㉗**以及〈鸚鵡墓〉詩
一首「青雲夜載美人去，鸚鵡朝來墮翠樓。鸚鵡一去春寂寂，荒城
千載雲悠悠。香魂欲問梨花月，幽思空餘芳杜洲。蘭雪有辭君莫
唱，夕陽烟樹不勝愁。**㉘**」來悼念玉孃。玉孃矢誓終身與沈佺相
愛，隱含李商隱〈無題〉「春蠶到死絲方盡，蠟炬成灰淚始乾」的
相思之苦，表露的是對沈佺的痴情，呈現了生死相隨的深情痴心，
因此二人淒美的愛情故事便如此流傳了下來。

㈡ **出身仕宦的才女**

張玉孃出生於仕宦之家，由明王詔〈張玉孃傳〉可知其歷代祖
先大多是貢元、進士等知識份子，可謂出生書香門第：

㉖ 同前註，頁 107 下。
㉗ 清·孟稱舜，〈貞文祠記〉，同註**❷**，頁 109 下。
㉘ 清·孟稱舜，〈鸚鵡塚〉，同註**❷**，頁 110 上。

> 張玉孃,字若瓊,松陽人。宋仕族女也。父曰懋,字可翁,
> 號龍岩野父,舉孝行,仕為提舉官。媼劉氏亦賢淑,翊之內
> 政斬斬,年將艾惟玉孃。玉孃生有殊色,敏惠絕倫,故父媼
> 益愛之。大父曰繼燁,字光大,由貢元仕為登仕郎。曾大父
> 曰再興,字舜臣,宋淳(按:淳)熙八年進士,仕為科院左
> 迪功郎。高祖父如砥,字京固,以慶恩詔下為承務郎。張以
> 官為家,上藉世澤、旁窺家學,日肆以宏。㉙

由此可見玉孃深厚的家學淵源,知其所以能文的原因。古代女子受
教的機會非常低,極懸殊於男性,然而玉孃出生書香世家,上藉世
澤、旁窺家學,與李清照一樣,有著良好的文學教養與薰陶,在這
些縉紳之家,較有可能產生能文的女子㉚,加上玉孃本身也頗具資
質,自小父母授以《孝經》、《女訓》,便過目成誦,更見其天賦
才情。

　　玉孃與一般女子不同之處,除了良好的受教機會外,更有著不
錯的物質環境,除刺繡做女紅,閒來也彈琴吟詩,盪鞦韆遊樂。觀
其詩作「香閨十詠」,不難看出優雅的閨房環境:〈桃花扇〉、
〈鮫綃蛻〉、〈鵲尾爐〉、〈扶玉椅〉、〈凌波襪〉、〈梅花
枕〉、〈紫香囊〉、〈玉壓衾〉、〈青鸞鏡〉、〈鳳頭釵〉,這些
扇子、手帕、香爐、玉椅、繡枕、香囊、鸞鏡、頭釵等,不僅是女
子所需的生活用品,更是小姐閨房的裝飾品,充滿著貴族氣息的生

㉙　明·王詔〈張玉孃傳〉,同註❷,頁 107 上。
㉚　此外亦有不少能文婦女是屬於青樓歌妓與文人酬唱者,非本文討論重點。

活格調。

「工欲善其事，必先利其器」。一個作家要寫就一篇文章，在數位時代未來臨前，首先要有筆才能成就，即使窮苦人家亦然，如歐陽脩之母「畫荻教子」，限於貧困只能以荻草為筆，沙地為紙。但反觀張玉孃的「案頭四俊」四首詩：〈馬肝硯〉、〈鳳尾筆〉、〈錦花牋〉、〈珠麝墨〉，吟詠的盡是文人雅士的書寫工具，雖然玉孃不見得擁有薛濤的彩箋，但仍可窺知玉孃書桌上的硯、筆、紙、墨文房四寶一應俱全。張玉孃身處在如此良好的文學環境裡，連貼身的兩名侍女紫娥、霜娥亦具才情，所蓄養的鸚鵡亦辯慧能知人意事，因此號稱「閨房三清」，由此可見環境影響之大。

身處於傳統中國封建思維籠罩的玉孃，作品並未遭到父母焚燬，反有紫娥與霜娥二位丫環服侍，亦無需操持家務。由於生活優渥，在講求婦容不露於外的傳統社會，尤其是嚴格規訓《孝經》、《女訓》的士大夫門第，更不須要她、也不允許她「拋頭露面」外出賺錢維持生計，因此沒有貧苦女子經濟獨立的需求，可以待在屬於自己主宰的閨房中，疏懶的睡遲，靜觀春花秋月，寫下幽居四景、閨情四首等，以詩詞來寄託心境。她與沈佺淒美的愛情，成為她終日閒愁哀思的核心，對沈佺滿腔的情思，在文窮而後工的情境下，幻化成無數牽情的詩篇，對於撰寫詩詞的玉孃來說，這樣的環境與心境創作條件，成了女作家玉孃變相的文學優勢環境，也造就「才比班昭㉛」的張玉孃。

㉛ 王詔評其所作文章「醞藉若文學高第，詩詞尤得風人體，時以班大家比之」詳見明·王詔〈張玉孃傳〉，同註❷，頁107上。

㈢ 範示教化的貞女

> 玉孃松陽女子，字若瓊。少字沈佺，未歸而佺夭，玉孃誓不
> 適，尋卒。㉜

　　孟稱舜任松陽訓導時，有鑑於張玉孃貞而能文，貞節事蹟足以
表彰成為勸世的典範，然其塚僅存路旁一小凸介峙於兩田之間，恐
因時日淹沒於荒煙漫草中，因此特為其建祠，命名為貞文祠，復撰
寫《貞文祠記》來表彰她。孟稱舜於松陽執行政教法令，哀「惋其
教之不能行於男子也，而有感於貞女之遺詩既梓」㉝，特為玉孃立
祠、重刊書籍、將其事迹寫成傳奇等種種舉措，其意不僅在推廣張
玉孃的才情，更在喚醒世人對貞節義行的肯定，「殆所以明倫也」。

> 今歲當祲災其女之不良者，乘垣貿絲而相贈以芍藥者容有之
> 矣。而衣食之不充，將有偏謫以至於死者，甚有告絕求去效
> 買臣之妻者，孰能有殉夫於未字之前，而守信於既逝之後，
> 如貞女者乎？故表之以示勸也，而匪僅以其文之足傳焉已
> 也。㉞

㉜　〈欽定續文獻通考〉收錄於《文淵閣四庫全書》，史部，政書類，通制之屬
　　卷，一九五。
㉝　清・劉仁崙〈讀蘭雪集七章〉，同註❷，頁110上。
㉞　清・孟稱舜〈貞文祠記〉，同註❷，頁 108 下。按女子許嫁稱「字人」，未
　　嫁曰「待字」，謂嫁曰「歸」。此處或可改為守信於未嫁之前，而殉夫於既
　　逝之後。

　　張玉孃自號「一貞居士」。由此或可推測玉孃以「貞」字自我
修持之意念。在其詩作〈結襪子〉中，玉孃也表明自己冰清玉潔的
操守，感君恩重的情愁：「閨中女兒蘭蕙性，寒冰清澈秋霜瑩_{狄本作}
_露。感君恩重不勝情，容光自抱悲明鏡。（頁93上）」尤其她對沈
生感情的專一非比尋常，雖未正式成婚，仍不改其志，矢志堅貞的
殉情成就了貞女節婦的形象。

　　這點或可追遡至張玉孃之父自小教授玉孃《孝經》、《女
訓》，窺出端倪，概欲養成中國傳統女子德性。又時人以班大家比
之玉孃。班昭出身名門，為班固之妹，十四歲嫁給曹世叔為妻，夫
死早寡。除了接續班固完成《前漢書》外，晚年更寫下《女誡》的
訓文，教導班家女兒。《女誡》包括：〈卑弱〉、〈夫婦〉、〈敬
慎〉、〈婦行〉、〈專心〉、〈曲從〉、〈叔妹〉等七篇。其中
〈婦行〉篇強調婦德、婦言、婦容、婦功四德之義。〈專心〉篇強
調「貞女不嫁二夫」。由此可知何以世人封玉孃為張大家，玉孃對
班昭的景仰、女子行為的自我約束，可知其來有自。

　　有關守貞的問題，長久以來成為中國重要的女性道德判準，張
玉孃在《浙江通志》中以貞女之名被載錄，《松陽縣志》亦將其歸
入貞節篇中：

　　　　張玉娘，字若瓊，父授以《孝經》《女訓》，過目成誦，蓋
　　　　張為宦族，積書遺藝，玉娘竊玩益深，至其所作詞文，不下
　　　　漢之班姬，遂號一貞居士。父母擇配為狀元沈晦子婦，未婚
　　　　而沈生從父宦遊，病羸不起，時玉娘年二十四矣。矢志守
　　　　節，臨帷哀慟，恨不同死。忽夜夢沈生駕車相迎，即披衣起

坐，謂侍兒曰：吾事定矣。未逾月，竟不食而殞。父母痛
之，與生並葬於附郭楓林。玉娘舊玩能言鸚鵡，及侍兒輕
紅、翠紅_{傳言紫娥霜娥異}恨悲鳴死。並遺以殉葬。名其塚曰鸚
鵡。㉟

　　可見世人在史冊中將其列為貞女的典範，然而這也是有意識的
建構，且觀今世所傳之《蘭雪集》版本，因朝代不同文字亦稍有出
入，除文字誤植處外，雖皆刊載明王詔〈張玉孃傳〉，但「白龍張
玉若瓊氏著　稽山孟思光仲齋氏較之舊鈔本」如此記載：

　　及笄，字沈生佺，佺宋宣和對策第一晦之後也，佺與玉孃為
　　中表。未幾張父媼有違言，<u>佺與玉孃益私相結納</u>，不忍背
　　負。㊱

「南城宜秋館據曲阜孔萑谷藏鈔本校刊刻本」卻省略了幾個字：

　　及笄，字沈生佺，佺宋宣和對策第一晦之後也，佺與玉孃為
　　中表。未幾張父媼有違言，<u>玉孃益</u>不忍背負。㊲

㉟　《浙江省松陽縣志（一）》同註⓰，頁 787－789。此處輕紅、翠紅與明·王
　　詔〈張玉孃傳〉的紫娥、霜娥不同，唯松陽縣志著於清朝，是故應以明朝所
　　著為準，否則玉孃恐有四個以上的女僕。
㊱　《張大家蘭雪集》白龍張玉若瓊氏著，稽山孟思光仲齋氏較之舊鈔本，後附
　　頁 1。
㊲　明·王詔，〈張玉孃傳〉，同註❷，頁 107 上。

刻本比鈔本少了與佺「私相結納」數字，應該是重刊者有意的簡省，將男女私訂終身的部分刪去，以保存玉孃完美的貞女形象。回溯宋代，女子大多由父母、祖父母媒妁謀親，男女互相結納有違禮教，如同今日的私奔一般。

再者，沈佺患不治疾，病中玉孃沈佺二人書信往返互相慰問，慕朔先生視之為違禮，王詔則在〈張玉孃傳〉為其說解：

> 慕朔先生曰：張大家翩翩濁世之佳女子也，或以病中私通問為違禮，固矣。昔 ^{著鈔本作若} 鍾離抗評於齊廷，孟光自擇於梁氏，非賴當世君子表而章之，一則不免於自獻，一則不從於親命，豈切切然繩檢於禮文之經者哉！❸

王詔認為慕朔先生的責罵，正如責罵醜女無鹽自薦齊宣王❸、東漢女子孟光不從親命選擇嫁給梁鴻一般，玉孃與無鹽、孟光皆是主動地自我擇取，然而後世贊賞無鹽女的見識才華、肯定孟光夫妻舉案齊眉之情，未苛責無鹽女的主動或孟光的投懷送抱，所以何必急切於以禮文來尺度玉孃的行為呢。凡此諸例，可以窺見世人在傳載史

---

❸　同前註，頁107下。

❸　鍾離春（人稱無鹽），四十未嫁、面貌極醜，但有見識才華。後自薦于齊宣王，盡心盡力的輔佐，使齊國力大增而被禮遇封為后。事見《續山東考古錄》卷七及《列女傳·齊鍾離春》。

事時總別有用心❹，概欲以張玉孃為貞女的範示楷模，隱其所認為的惡，揚其所認為的善。

　　整體來看張玉孃一生淒楚動人的事跡，我們可以發現張玉孃不僅是一位對愛痴情的女子，也被形塑為當時貞女教化的範示典型。往往為愛痴狂的女子與貞節女子是不能劃上等號的，但在玉孃身上則不然，其痴情並未損及其貞女形象，正因為對沈佺的痴，使她在沈佺病中願死以同穴的起誓，在沈佺死後對父母欲另擇佳婿予她感到不安，使她在燭影揮霍間以為見到朝思暮想的沈佺，甚至最後因此憂悒而死，這些種種痴情的行止正表露了玉孃的痴，也成就了她對沈佺堅貞的情愛。而其才女的形象，則在《蘭雪集》作品中展現，雖然其作品的傳世，或許不免因世人「以人品論文品」的助長，使後人因肯定其行止而介紹、甚至傳刊其作品，但不可否認的，若張玉孃真沒才情又怎能創作出這諸多作品，因此張玉孃作品的傳世可說是「德性」與「才性」二者相輔相成的結果。

四、張玉孃文學才情的表現

　　張玉孃在世雖僅 28 年，卻在短暫的一生中創作不少作品，至今傳世的包含詩 116 首❹，詞 16 闋。詩的數量明顯比詞多，形式

---

❹　宋代理學盛行，影響及於元明清後代，有所謂「餓死事極小，失節事極大」的道德約束，以高道德標準尺度婦女行為，「死節」或「守節」已成為許多女人的終極選擇。因之後人對李清照夫死（趙明誠）再嫁張汝舟一事，頗有微辭，以晚歲失節嘆之，由此可見世人對貞節的重視。

❹　《蘭雪集》共 117 首詩、16 首詞，唯〈沈生病中贈張玉孃詩〉非玉孃所作，故言 116 首詩。

也較廣泛，包含古體詩 9 首、楚調曲 2 首、凱歌樂辭 10 首、歌行 4 首、五言絕句 16 首、六言詩 5 首、七言絕句 37 首、五言律詩 8 首、七言律詩 19 首、五言排律 2 首、七言排律 1 首、詞 16 首、以及雜體詩 3 首，以七言絕句創作量最豐，包含香閨十詠、題畫詩、詠史詩等題材。明王詔評其所作文章「醞藉若文學高第，詩詞尤得風人體，時以班大家比之㊷」，可見其文學才情之不凡。

　　茲依內容分為閨閣情愛、男忠女貞、詠物寫景、詠史之作、家國戰事等主題，一一分述如後，並試析其寫作風格與技巧。

㈠ 寫作內容

1.閨閣情愛

　　張玉孃的《蘭雪集》與大多數女作家一樣，有不少作品在書寫愛情㊸。女子閨怨之情，多起因於良人不在身旁，或出門遠行或為戰事奔走。而玉孃的閨怨之作，則起因於對沈佺堅貞的情愛，作品往往有著自傳性的色彩。如〈雙燕離舊鈔本作雛〉一詩暗喻玉孃與沈佺情愛無法如燕子雙去雙飛，事與願違因而孤獨憔悴：

　　　白楊花發春正美，黃鵠簾垂低燕子。雙去復雙來，將雛成舊壘。

　　　秋風忽夜起，相呼度江水。風高江浪危，拆散東西飛。

㊷　明·王詔〈張玉孃傳〉，同註❷，頁 107 上。

㊸　在語言體系、文學傳統、女性的社會位置，三者交織一起所形成的女性書寫經驗裡，其間雖因個別女人遭遇與敏感度的不同而形成不同風格，但完全可以解釋為何絕大多數的女詩人們書寫的題材以愛情為主。參見李元貞：《女性詩學》（臺北：女書文化，2000 年），頁 416。

紅徑紫陌芳情斷，朱戶瓊窗旅_{元詩選作楚侶}夢遑。憔悴衛佳人，年年愁獨歸。（頁93下）

尤其是〈海棠月〉一詩，明白寫出女子在月圓的深閨中，獨自思念對方的情愁，睡不成眠又強賦詩的情形：「永夜無人玉漏遲，團團月上海棠枝……深閨為爾牽愁興，坐問容光強賦詩。（頁 102 上）」總不時望穿秋水的殷切企盼（〈西樓晚眺〉），表達孤獨寂寞的哀思（〈明月引〉），與情愛難圓的悲嘆（〈瑤琴怨〉）。此外玉孃也以〈南鄉子_{清晝}〉「深院深深人不到，憑闌。盡日花枝獨自看。（頁 104 下、105 上）」來體現女子無力掌握情感，在深院中孤獨等待的愁苦。而在〈蕙蘭芳引_{秋思}〉一詞中，王孃則細膩地描寫出女子經年累月等待的心情轉折：「雨阻銀屏，風傳錦字，怎生休歇。未應輕散，磨寶簪將折。玉京縹緲，雁魚耗絕。愁來休、窗外又敲黃葉。（頁 104 下）」於是只好借助卜卦算命，但結果卻令人失望（〈卜歸〉❹）。

這些詩詞表露玉孃作品滿是血淚情愁，情溢乎詞，負載玉孃在深閨庭院中無盡的哀愁，字句中離、愁、啼、淚、哀等字句滿紙，不絕如縷地抒發內心悽苦，即使在香閨十詠中，亦難掩閨中慵懶無力，因思念對方而提不起勁的生活樣態，有著只羨鴛鴦不羨仙的情愁，以及傷春悲秋又易感的心靈，與頻頻自憐流淚的心境。

---

❹ 〈卜歸〉：「南浦蕭條音信稀，百勞東去燕_{舊鈔本作雁}西飛，玉釵敲斷燈花冷，游網乘空蟢子非。沈水齋心燃寶鼎，金錢纖手卜靈龜，數期細認先天課，甲乙交加歸未歸。」同註❷，頁 102 上。

2. 男忠女貞

名門閨秀由於家庭的涵養教育，往往非常重視行為舉止要合乎規準，玉孃亦不例外，而這樣的思維也體現在詩作中。在女子貞節方面，女子貞節的表現，往往首重情感的專一，玉孃在〈山之高〉一詩中表明自己冰清玉潔、與沈佺有如金石堅定的情感：「汝心金石堅，我操冰雪_{舊鈔本作霜}潔。擬結百歲盟，忽成一朝別。朝雲暮雨心去來，千里相思共明月。（頁 94 下）」也在〈川上女〉中以「蘭操蘋心常似縷」宣告自己如蘭似雪的操持。然而自古以來便有個不成文的規矩，當男子（尤指丈夫）遠遊時，貞節的女子（尤指妻子）不應該過於妝扮自己，或是佩帶各種華麗的飾物[45]。在〈詠楊柳_{舊鈔本作柳}〉一詩中我們也可以看到類似的情形：

> 裊裊斜籠寒雨，年年縈亂愁腸。相對不堪憔悴，畫眉羞斳纖長。（頁 96 下）

這首詩援引唐秦韜玉〈貧女〉[46]詩中，不願畫長眉毛與人爭美的典故，來暗喻玉孃為情憔悴，悅己者不在身邊無心梳妝以示貞節的特殊心理，也許有人會覺得荒謬，但這樣的思維確實存在，不願招蜂引蝶，是女子表達情感純潔的方式之一。而且貞節方面自古以來即

---

[45] 康正果：《女性主義與文學》（北京：中國社會科學出版社，1994 年），頁 42－43。

[46] 《唐詩三百首》222：秦韜玉〈貧女〉「蓬門未識綺羅香，擬託良媒益自傷。誰愛風流高格調，共憐時世儉梳妝。敢將十指誇鍼巧，不把雙眉鬥畫長。苦恨年年壓金線，為他人作嫁衣裳。」

有典範,玉孃曾作〈班婕妤〉二首:

> 一自憐捐棄,香跡玉階疏_{舊鈔本作踈}。聞道西宮路,近亦絕鑾輿。(頁93下)

> 翠箔玉蟾窺。天街仙籟絕。抱恨坐夜長,銀釭_{舊鈔本作缸}半明滅。(頁94上)

一來讚揚班婕妤的行止,自律不成為男子功成名就負累的行為,一來也呈現了女子在男性背後守候孤獨的被動角色。

　　男子的英勇典型方面,主要表現在凱歌樂府中,包含〈塞下曲_{橫吹曲辭}〉、〈塞上曲_{橫吹曲辭}〉、〈從軍行〉、〈幽州胡馬客〉四首詩,這四首詩玉孃都以慷慨遠征的男子為題,描寫男子忍受霜寒風雪的惡劣環境、飽嚐思鄉之苦,仍忠心護國保家與敵軍對抗,期待勝利或最終傳來捷報的歡快樂曲。在凱歌樂辭作品後玉孃附記:「以上凱歌樂府,俱閒中效而不成者也。丈夫則以忠勇自期,婦人則以貞潔_{元詩選作節}自許,妾深有意焉。(頁94上、下)」由此可知,玉孃以忠勇為男子應具的節操,貞潔為女子應有的操守,並深深以此自許。也因此,玉孃在〈王將軍墓〉❹一詩中,對忠勇抵抗元人的王將軍無限讚頌,希望男子能成為頂天立地的大丈夫。

---

❹　〈王將軍墓〉:「宋王將軍名遠宜,松陽人。宋亡,與元兵戰于望松鼎,死之,遂葬于此。」「嶺上松如旗,扶疏鐵石姿。下有烈士魂,上有清蔑絲。烈士節不改,青松色愈滋_{元詩選作資}。欲試烈士心,請看青松枝。」同註❷,頁94下。

綜上，以情感純潔作為女子貞節的準則，以忠勇作為評價男子的判準，都是玉孃所認同與內化的思維規準。也許是受教化影響所及，她也勠力的自我要求，並於詩文中宣揚稱頌。不可否認的也透露了女子等待與相思的愁苦，以及獨守空閨的慨嘆，但仍是以男性為中心的思維模式，缺乏女性自我（self）的主體意識，仍無法擺脫女性「他者」（the other）的弱勢地位。

3.詠物寫景

身為名門女媛，張玉孃雖不能行跡天涯的寫下各地的名山勝水，卻能在生活周遭的體悟中，寫下不少詠物寫景的作品，表現出玉孃生活的閒淡雅緻與疏懶情調。如〈夜鷺〉、〈梅花〉、〈柳〉、香閨十詠、詠竹四首、案頭四俊等，皆是閨閣內外的詠物作品，其中〈夜鷺〉一首應是秋天時節，玉孃觀察白鷺久立不去後有感而作：「白鷺宿秋陂，夜寒如墮雪。久立不飛去，月明霜氣冽。」以白鷺雪白的身軀比喻為寒夜的霜雪，在月光的照耀下投射出內心感受到的冷冽霜氣。此外玉孃也寫了數首題畫詩，如〈伯牙〉、〈蔡確〉、〈蘇子〉、〈子猷〉等，可知玉孃生活的雅致閒情。又〈竹亭納涼〉、〈池邊待月〉、〈閒坐口謠〉、〈閒謠〉、〈晝寢〉、〈春睡〉、〈新夏納涼〉、〈暮春聞鶯〉等作品充塞著閒、睡、待、納涼、晝寢等字句，可以看見玉孃閒適疏懶的生活步調，實是名門女媛富家子弟才能有的閒適生活。

另外描寫動態實景方面，如〈採蓮曲〉、〈瑤琴怨〉、〈秋千〉、〈牧童辭〉、〈詠夏雨〉、〈遊春〉等，其中〈遊春〉一首寫青春兒女出遊訪春的情形：「侍兒傳野約，趣伴出隣姬，竹外花迎佩，溪邊柳笑眉。春隨流水遠，日度錦雲遲，拾翠人爭問，含羞

獨有詩。」玉孃與鄰人等女子於溪邊遊樂，在愉快的氣氛中，玉孃
心事暗藏，唯恐愛情流逝，而將一切寄託於詩的情懷。另外〈牧童
辭〉一首描寫牧童驅牛上下山的情景，寫得非常生動活潑：

> 朝驅牛，山竹扉，平野_{舊鈔本作埜}春深草正肥。
>
> 暮驅牛，下短陂，谷口烟斜_{舊鈔本作霞}山雨微。
>
> 飽采黃精歸不飯，倒騎黃犢笛橫吹。 (頁95上)

這首詩寫牧童倒騎黃牛、吹笛放牧的有趣情景，充滿生氣與輕快的
音律。描寫靜態實景部分，有描寫古樸的山色「遠山翠木減，滿庭
搖空青。坐對太古色，終日有餘情。 (頁95下) 」〈山色〉；清澈
的水光「渺渺涵秋色，澄澄生曉烟。四山潦初歇，寒玉一溪完。
(頁95下) 」〈水光〉；月夜的清靜「山月流素輝，小窗絕囂響_{舊鈔}
_{本作躔}。四壁寂無聲，合座生靈爽。 (頁95下) 」〈窗月〉；以及蟠
踞西屏山的〈龍鱗石〉等等，其中〈秋江辭〉一首，寫蓴美蟹肥的
秋天時節，舟人醉醒於篷船的閒靜景象：

> 烟_{元詩選作煙}迷浦口人跡稀，老松瘦竹橫斜暉。
>
> 舟人鱠切蓴羹美，竹葉香清蟹_{元詩選作蠏}正肥。
>
> 醉眠篷底呼不醒，一任秋風吹鬢影。
>
> 起來霜月白滿天，浙瀝蒹葭涼夜靜。 (頁95上)

這些景物的描繪簡樸細膩，體現玉孃對客觀景物的敏銳體察，以及
玉孃生活的幽雅情調。在光景的描寫方面，有不少對四時節氣的吟

誦之作,如〈秋夜長〉、〈清晝〉、〈春夜〉、〈春思〉、〈春曉謠〉、〈春曉〉、〈端午〉、〈元夕〉、〈秋思〉、〈暮春偶成〉、〈秋夜〉、〈春夜〉、〈賣花聲冬景〉、〈法曲獻仙音夏夜〉等,其中〈元日〉為迎接新年的作品,有著萬象更新的氣象,好整以暇與家人迎接新春的歡樂心情:

> 曈日破寒天,紅光生紫烟,詩情歸草夢舊鈔本作夢草,春色染桃
> 腮。
> 眉月添明鏡,梅粧靜翠鈿,堂開諸弟集,相對笑迎年。(頁
> 100下)

然而玉孃 28 年的黃金歲月都是處於深閨未嫁的閨閣中,對時序的變化的敏銳感受似乎更甚於常人,尤其終日朝思暮想沈佺,時間之於她甚至是漫長而無盡的,做什麼事似乎也提不起勁來。且觀〈倦繡〉一首:「綠窗春睡起常遲,繡罷鴛鴦聽子規,斜倚睡屏閑悵望,慵臨鸞鏡獨支頤。工餘綵線日空永,愁伴珊瑚夢已違。細數目前花落盡,傷心都付不言時。(頁 102 上下)」以及〈賣花聲冬景〉❽、〈法曲獻仙音夏夜〉❾二首詞,我們可以發現不管是刺繡或梳

---

❽ 〈賣花聲冬景〉:「衾重夜寒凝,幽夢初醒,玉盤香水徹清冰,起向粧臺看曉鏡,瘦憊梅英。門外六花零,香袂稜稜,等閒斜倚舊圍屏,冷浸寶奩脂粉懶,無限淒清。」同註❷,頁 104 上。

❾ 〈法曲獻仙音夏夜〉:「夜初永。問蕭娘、近來憔悴,思往事、對景頓成追省。低轉玉繩飛,澹金波、銀漢猶耿。罩展湘紋,向珊瑚、不覺清倦。任釵橫鬢亂,慵自起來偷整。」同註❷,頁 103 上下。

妝，玉孃都已無心打理，生活百無聊賴，與情人不得聚首的哀傷，使玉孃不禁感概「不見鏡中人，愁向鏡中老。」〈古別離〉，因此傷春悲秋鬱鬱終日。綜觀這些作品玉孃因物感懷，借物寓情，是情景交融之作。

4.詠史之作

玉孃的教養，除了《孝經》、《女訓》外，觀玉孃的詠史之作，可知更包含了其他學識教育。詩作中有〈謝東山〉、〈綠珠〉、〈蒨桃〉、〈黛奴〉、〈伏生〉、〈馬融〉、〈樂羊〉、〈賈浪仙〉、〈陳圖南〉、〈孟浩然〉、〈林和靖〉等十一首詠史之作。可見玉孃博覽群書的學問根柢，這可視為玉孃走出閨閣的表現，所謂鑑古知今，借由回顧歷史，表現了玉孃對社會歷史的關注。

其中歌詠女子的包含〈蒨桃〉、〈綠珠〉、〈樂羊〉等篇。〈蒨桃〉一詩「愛賞佳人白雪辭，雲綾一束費春機。翻然席上呈詩句，羞殺歌喉與舞衣。（頁 98 下）」稱許宋寇準侍妾蒨桃，見寇氏奢華，勇於做詩諷之的行為及文采。〈綠珠〉一詩：「珠易佳人勝阿嬌，香塵微步獨憐腰。危樓花落繁華盡，總付春風舞柳條。（頁 98 上下）」描寫晉時富可敵國的石崇寵妾綠珠的情操，石崇為其建造「金谷園」百般寵愛呵護她，後因孫秀得勢欲強索貌美的綠珠，導致兵戎相見，綠珠為表達對石崇的忠貞毅然決然墜樓而死。而〈樂羊〉一詩「自剪冰絲譬遠歸，學成何異此成衣。妾身不是輕恩愛，祇恐蘇郎戒下機。（頁 98 下）」描寫樂羊子的妻子面對一事無成的返家丈夫，斷機勸學的決絕，寧可擺脫兒女私情以求全的情操。玉孃借詩文來悼念這四位古今受人傳頌的女子，也彰顯了玉孃

以詩詠史的能力。

　　歌詠文人方面則包含〈孟浩然〉、〈賈島〉、〈伏生〉、〈馬融〉等篇。〈伏生〉❺⓪一篇寫功臣伏生，使《尚書》在秦始皇焚書後仍得以流傳至今。〈馬融〉一詩：「堂上青衿日就文，帳中絲竹遏行雲。豈應魯壁遺經日，雅奏洋洋滿耳聞。（頁 98 下）」寫在絳帳中興樂起舞講學的馬融，表面上將馬融以音樂伴舞的教學方式，比喻為對經典出土的慶賀，實是諷刺的說法，諷其對學問的不莊重。〈孟浩然〉一詩「風剪銀潢雪滿天，蹇驢騎過灞橋邊。詩愁萬斛應難載，非為馳驅老不便。（頁 99 上）」寫空有才情卻不得志的詩人孟浩然、〈賈浪仙〉：「乘驢迢遞走紅塵，十二街中草色春。不是眼空京兆尹，敲推原已入詩神。（頁 98 下）」則寫賈島作詩的苦思與慎重❺①。這四位都是史上著名的文人，各有才情，對學問也有著不同的堅持與態度，玉孃寓褒貶於詩文，以古為鑑之意躍然紙上。

　　隱逸之人方面包含〈謝東山〉、〈陳圖南〉、〈林和靖〉等。其中〈謝東山〉一首：「風捲胡沙動地塵，薔薇深洞藹餘春。棋終偶折登山屐，方信風流社稷臣。（頁 98 上）」寫力挽狂瀾「為君談

---

❺⓪　〈伏生〉：「楚炬秦坑六籍埃，芳心爭忍不同灰。若非斯道終難墜，雪鬢應消異世才。」同註❷，頁 98 下。

❺①　賈島〈憶江上吳處士〉詩中寫到，嘗於途中吟「落葉滿長安」，未得對而衝突京兆尹，又〈題李凝幽居〉曾作詩句「僧『推』月下門」，後經反復琢磨改為「僧『敲』月下門」。參見唐·賈島著，李建崑校注：《賈島詩集校注》（臺北：里仁書局，2002 年 12 月），頁 180－183，131－135。

笑靖胡沙」❷的社稷功臣謝安，後來雖隱居仍修鍊濟世。〈陳圖
南〉：「避名高臥白雲深，扶醉騎驢下碧岑。一笑披袍驚墮處，遯
時知有濟時心。（頁 99 上）」寫隱居的方士陳摶❸，雖隱居山林，
仍有濟時之心、〈林和靖〉一詩「飲盡春觴興轉賒，竹陰扶日印窗
斜。騎驢踏遍吳山曲❷，處處東風出杏花。（頁 99 上）」則寫隱居
於孤山梅嶺的林逋，梅妻鶴子超然物外終身不仕。這三位高士有著
共同的指向，即隱居於山林化外之地。雖看似閒雲野鶴不問世事，
但實際上仍存匡時濟世之心，即便如林逋的不慕榮利也是一種孤高
自許的情懷。

　　綜觀以上的歷史人物，可知玉孃不是僅能傷春悲秋的女作家，
且是能以古為鑑的知性女子。她以古代女子德行為典範，以古代詩

---

❷　晉孝武帝即位後，謝安於淝水大破前秦符堅士兵百萬，使晉室轉危為安。謝
　　安中年隱居會稽東山，修鍊濟世，匡扶塵世，因此世人以謝東山稱之。詳
　　《晉書·謝安傳》卷七十九。

❸　《宋史·陳摶傳》記載：陳摶字圖南。……唐長興中舉進士不第，遂不求祿
　　仕，以山水為樂。……服氣辟穀歷廿餘年，但日飲酒數杯，移居華山雲台
　　觀，又止少華石室，每寢處多百餘日不起。周世宗好黃術，有以摶名聞者。
　　顯德三年（956），命華州送至闕下，留止禁中月餘，從容問其術，摶對曰：
　　陛下為四海之主，當以政治為念，奈何留意黃白之事乎；世宗不之責，命為
　　諫議大夫。固辭不受……。到了宋太宗時……曰：摶山野之人，於時無用，
　　亦不知神仙黃白之事，吐納養生之理，非有方術可傳，假令白日沖天，亦何
　　益於世？今聖上龍顏秀異，有天人之表，博達古今，深究治亂，真有道仁聖
　　之主也。正君臣協心同德興化政治之秋，勤行修煉，無出於此。《二十五
　　史，宋史》卷 457，列傳第二百一十六，隱逸上。

❹　林和靖《長相思》詞：「吳山青，越山青，兩岸青山相對迎，誰知離別情？
　　君淚盈，妾淚盈，羅帶同心結未成，江頭潮已平。」詳見《中國文學總新
　　賞·唐宋詞 3 寇準等》（臺北：地球出版社），頁 20。

人為文學的導師，更在南宋末年危亂之際，肯定隱逸之人的高節情操。

5.家國戰事

南宋末蒙古異族大舉入侵，呂文煥將軍艱苦堅守襄陽十載，賈似道等權臣未積極派兵救援，結果淮襄州郡盡皆歸降，國母亦無心聽政，1279 年宋王朝徹底滅亡。由於元兵入侵，導致南宋亡國，也影響了南宋末年的文風，打破了以往閨怨的風格，有了憂國憂民的意識。同樣的，張玉嬢在家國動盪的環境下，也寫下了有關戰爭的詩作。在凱歌樂辭部分，玉孃以男性化的口吻寫下了四首詩，〈塞下曲橫吹曲辭〉以漢朝匈奴的侵擾比喻南宋蒙古人的入侵，戰士們在霜雪滿天的關外枕戈待旦，心懷故里，在愁苦絕望之際，終傳回勝利的捷報：

寒入關榆霜滿天，鐵衣馬上枕戈眠。

愁元詩選作秋，秋較適宜生畫角鄉心破，月度深閨舊夢牽。

愁絶驚聞邊騎報，匈奴已牧隴西還。（頁 94 下）

〈塞上曲橫吹曲辭〉這首邊塞詩也寫出了戰士遠征的辛勞，以及夜裡無盡的鄉愁，而戰役的捷報，適足以告慰家中的孀婦：

為國勞戎事，迢迢出玉關。虎帳春風遠，凱甲清霜寒。

落雁行銀箭，開弓舊鈔本作月響�環。三更豪鼓角，頻催鄉夢殘。

勒兵嚴鐵騎，破虜舊鈔本作鹵燕然山。宵傳前路捷，遊馬斬樓

蘭。

　　歸書語孀婦，一宵私昵難。（頁94上）

而〈從軍行〉寫一位二十歲的年輕男子，為抵禦外侮保衛國家，至北方從軍，最終傳回捷報的情形：「二十_{元詩作三}+遴驍勇，從軍事北荒。流星飛玉彈，寶劍落秋霜。畫角吹楊柳，金山險馬當。馬驅空朔漠，馳捷報明王。（頁 94 上）」以上三首詩都描寫了士卒在戰事中的艱險困苦，以及大眾對戰事勝利的期待。

　　在〈幽州胡馬客〉中，玉孃描述一位為國慷慨就義，視生命如鴻毛的幽州胡馬客：

　　　幽州胡馬客，蓮劍寒鋒清。笑看華海靜，怒振河山傾。
　　　金鞍試風雪，千里一宵征。韔底揪羽箭，彎弓新月明。
　　　仰天墜鵰鶬，回首貫長鯨。慷慨激忠烈，許國一身輕。
　　　願繫匈奴頸，狼煙夜不驚。（頁94上）

玉孃這一大家閨秀，一反不問世事、不食人間煙火的刻版形象，也關心家國社稷的安危，並非人事不知的深閨女子。她以男性的口吻書寫戰事，雖是有意的模仿，可也超越了世俗對女子婉約閨秀的風格定位，堪稱作品的一大突破。也成為對男性擬仿女性作品⑮的一大抗詰，不僅男性可以擬仿女性口吻，女性也可以擬仿男性口吻作

---

⑮　　如唐人金昌緒詩〈春怨〉：「打起黃鶯兒，莫教枝上啼。啼時驚妾夢，不得到遼西。」即是男性擬仿女性口吻之作。

詩。雖然當時的玉孃並不是有意識地從女性主義角度出發，卻也具膽識地展現了擬仿男性詩作的能力。

　　另外以女性為敘事觀點的戰爭作品，是女性對戰事的主動言說，直接表露女子真正的感受，可算是女作家奪回男性文壇中發言的主體位置。如〈搗衣曲舊鈔本作秋〉描寫女子為在外出征男子搗衣❺❻的情形：

入夜砧 (舊鈔本作砧，宜秋館本應屬誤植，砧較適宜) 聲滿四隣，一天霜月秋雲元詩選作楚雲，舊鈔本作秋霜輕。
自憐歲歲衣裁就，欲寄無因到遠人。(頁93下)

女子們雖年年做冬衣，卻不見得能傳到對方手中，自不免有思念與感傷的情緒。然而玉孃對於男子出征除了擔心思念外，也存在著景慕崇敬之心，如以〈謝東山〉一詩表露對謝安的景仰，以〈王將軍墓〉一詩表達對同鄉人王遠宜將軍的讚頌。在征戰連連的烽火歲月中，女子的角色往往是待在家中苦守寒窯的怨婦，在漫長的等待中終日愁苦擔心，無法對戰事使上什麼力。相對於一般女子的默默守候，女作家較為積極的行動便是以筆發聲，以詩文讚頌男子慷慨就義的英勇行徑，或是如同李清照，因痛心北宋朝廷妥協逃亡的政策，而寫下〈絕句〉以諷刺南宋當權者苟且偷安的行為：「生當作人傑，死亦為鬼雄。至今思項羽，不肯過江東！」以詩文來警醒世人。

---

❺❻　援引李白〈子夜秋歌〉「長安一片月，萬戶搗衣聲」的典故。

　　王孃詩作中較為突出的是〈暮春夜思〉一首，詩後附記：「虞伯生讀至末句時曾拍案曰：此豈婦人所能及，大為當時所稱❺」：

　　夜涼春寂寞，淑氣浸虛堂，花外鐘初轉，江南夢更長。

　　野春鳴澗水，山月照羅裳，此景誰相問。飛螢入繡床。（頁

　　100上）

　　此詩以江南隱喻宋室亡朝，有著景物依舊人事已非的感觸，玉孃以此表露改朝換代的遺民心境，將原本小情小愛的格局，提升至家國大愛的格局，實為作品的一大突破。

㈡ 寫作風格與技巧

　　觀玉孃作品如見其人，文格與人格在作品中互相輝映。而詩詞作品的內容也與其生命的高潮起伏相呼應，呈現出與沈生分離前後極大不同的基調。早期作品，如〈牧童辭〉屬於較歡快清麗的作品，而後期作品，由於遭遇感情的困頓、與南宋的滅亡，作品較為沈重淒苦，不乏女子相思的情態，尤其對時序變化敏銳更甚於常人。

　　張玉孃 16 首詞作的寫作風格技巧，鄭紅梅認為其詞作受到南宋後期流行於浙江詞壇的風雅格律派詞風影響，表現出三點特色：第一是詞體正則而無小慧；第二是多採用慢詞體式作詞，第三是其詞用典明顯，但既未像李清照一樣用典而能化，又與大多數女詞人不喜用典而喜手應本心的路數不同。另外與當時詞壇風氣一樣講究

---

❺　同註❷，頁 100 上。

形式之美❸。二三點大體所言不差，但言其詞體「正則而無小慧」缺乏女性所易有的獨造尖新的巧致則不盡然，雖然其詞句不乏積累前人的語言材料與意境情調，但努力獨創的新意，正如〈玉樓春_{春暮}〉一詞中所述：「欲憑新句破新愁（頁 103 下）」，她每每希冀創發新句來抒發自己不斷萌發的愁緒。大體而言其詞作以感傷纏綿為基調，不管是《玉女搖仙佩》或是《玉蝴蝶》等作品都呈現了女子相思相盼之情。

　　詩作寫作風格時而含蓄婉約、時而憂怨淒苦，時而慷慨激昂。風格婉約方面，清麗上口，可與詩經〈國風〉並稱❸，如〈山之高〉三首其一「山之高，月出小；月之小，何皎皎！我有所思在遠道，一日不見兮，我心悄悄。」及〈山之高〉三首其二「采苦采苦，于山之南；忡忡憂心，其何以堪。（頁 94 下）」以及〈鳴雁〉其一：「鳴雁征征，白露既零。猗嗟清兮，懷彼春冰。」〈鳴雁〉其二：「鳴雁嗈嗈，涼風飄颻。猗變嗟兮，懷彼春宵。（頁 94 下）」等，這些句子承襲詩經四言為主的寫法，並以連綿疊字製造音律，頗有模倣詩經的韻味，文句樸實自然回環複沓，節奏抑揚頓挫，讀來頗為朗朗上口。而在表達情意時，用詞含蓄典雅，往往借物詠懷而少直抒胸憶。憂怨淒苦方面，對感情無所依歸的玉孃而言，寫作似乎是一種透過書寫的心理治療，也就是藉由書寫來抒發情懷，呈現出女子相思之苦與等待之情。慷慨激昂方面，主要表現

---

❸　參見鄭紅梅：《女性詞史》（山東：山東教育出版社，2000 年 7 月），頁 165－168。

❸　《浙江省松陽縣志（一）》同註❶，頁 787－789。

在凱歌樂辭及描寫戰爭之作，是以女性為敘事觀點的戰爭作品，呈現出玉孃柔中帶剛的作品風格。

詩的寫作技巧方面，除因物感懷，借物寓情，情景交融的作品外。玉孃擅長使用對比手法寫出作品深意，亦尤得風人體，以上句為引語，帶出下句的引申義。如〈暮春夜思〉一首，以「夜涼春寂寞，淑氣浸虛堂」帶入「花外鐘初轉，江南夢更長。」的深義，以「野春鳴澗水，山月照羅裳」帶出「此景誰相問。飛螢入繡床。」的亡國情境，〈雙燕離〉以雙燕對比自身的孤獨，〈海棠月〉以月圓對比自身遭遇的不圓滿等，以曲筆含蓄地映襯出更深層的意涵。

此外玉孃也擬仿前人作品，脫胎換骨或摹寫換字。如〈西樓晚眺〉「向晚登高樓，簾開樓上頭。白煙凝野_{舊鈔本作堃}水，望斷使人愁。（頁 95 下）」仿李商隱〈登樂遊原〉的「向晚意不適，驅車登古原。夕陽無限好，只是近黃昏[60]」句法。〈山之高〉詩題以及詩文「千里相思共明月」仿宋·蘇試〈後赤壁賦〉「山高月小，水落石出。[61]」及〈水調歌頭〉」「但願人長久，千里共嬋娟[62]」的意境。〈竹亭納涼〉「獨坐幽篁陰，停繡更鳴琴。葉齊林影密，唯有清風心（頁 95 下）」仿自王維〈竹里館〉「獨坐幽篁裏，彈琴復長嘯，深林人不知，明月來相照[63]」句法。〈暮春夜思〉一首「夜涼春寂寞，淑氣浸虛堂，花外鐘初轉，江南夢更長。野春鳴澗水，山月照羅裳，此景誰相問。飛螢入繡床。（頁 100 上）」則與李後主

---

[60]　《中國文學總新賞·唐詩新賞 14 李商隱》同註[54]，頁 63。

[61]　《中國文學總新賞·散文 12 蘇軾》同上註，頁 22。

[62]　《中國文學總新賞·唐宋詞 6 蘇軾》同上註，頁 25。

[63]　《中國文學總新賞·唐詩新賞 3 王維》同上註，頁 143。

〈虞美人〉的「春花秋月何時了，往事知多少。小樓昨夜又東風，故國不堪回首月明中。雕闌玉砌應猶在，只是朱顏改。問君能有許多愁，恰似一江春水向東流。❻」有著異曲同工之妙，展現了作品的深度情感與對國破家亡的悲痛。但凡此諸作也由於係擬仿之作，在立意上也就缺乏新意。

用史用典方面，不僅展現在詞作中，詩作亦然。玉孃除了詠史詩外，常借嫦娥奔月的典故來表達女子孤獨寂寞的哀思（〈明月引〉❻）、以牛郎織女來慨嘆情愛難圓（〈瑤琴怨〉❻）、以班女辭輦❻的典故記述古時女子的德行（〈班婕妤〉），而這些例子則展現了玉孃學識涵養的積累與才情。

整體而言，玉孃的作品仍有部份犯了三連仄、出韻等弊病，雖非首首皆佳，也不乏仿擬前人的練習之作，但亦有不少佳句佳篇，呈現其寫作才情，也許《蘭雪集》可以重新篩選出刊，刪除練習之作，保留較好的詩詞作品，相信玉孃的才華會讓人更加肯定。然四

❻　《中國文學總新賞·唐宋詞2李煜》同上註，頁25。

❻　〈明月引〉：「明月度天飛，團圓散清暉元詩選作揮。中有后羿妻，竊藥化蟾蜍。碧海心如夢。澹澹生寒虛。關山一夜愁多少，照影令人添慘悽。」同註❷，頁93下。

❻　〈瑤琴怨〉：「掩淚含羞下階舊鈔本增看，仰見牛女元詩選作女牛隔河漢。天河雖隔牛女元詩選作女牛情，一年一度能相見。獨此弦斷無續期，梧桐葉上不勝悲。抱琴曉對菱花鏡，重恨風從手上吹。」同註❷，95上。

❻　漢成帝寵姬班婕妤婉言拒與帝同車遊後庭，並勸諫曰：觀古圖畫，賢聖之居有名臣在側，三代末主乃有嬖女。

庫館臣則評《蘭雪集》為：「詩格淺弱，不出閨閣之態⑱」，縱觀
其詩詞題材，除吟詠閨閣、抒發情愛之作，亦包含對戰爭的關切，
對歷史的感懷、也寫景詠史鑑今等作品，實非閨閣所能盡括，率以
閨閣之態、詩格淺弱定位，實忽略了作品的廣度與深度。

五、文學史上的地位

綜此以上，可知玉孃的作品題材多元，並非皆為閨閣情愛之
作，更有著家國大愛的陽性作品，雖不是一代英雄，但也是一代貞
烈才女的代表，實非四庫館臣所言：「詩格淺弱，不出閨閣之態」
的評騭。更何況四庫館臣的批評並不公允，忽略了社會歷史時空的
背景，玉孃身處宋代理學興盛的年代，社會價值觀以「才藻非女子
之事」，要求「女子內言不出於外」，因此能書寫、且願意書寫的
女子並非多數，再則社會要求女子三從四德、大門不出二門不邁，
女子所見自然受到囿限，故作品大多為閨格題材，這正是父權社會
對女子的訓誡與教化。但四庫館臣卻以清代男性的文學價值觀來批
評張玉孃，認為所書寫的僅是小情小愛的後花園作品，詩格淺弱不
及男子雄渾，這樣的批評正如又要馬兒好，又要馬兒不吃草一般，
著實有欠公允。

回首過去中國古典文壇，從古樂府到詩詞曲，有不少作品是男
作家為女性代言發聲的閨怨作品，這些制式化的擬女性文風，是男
性塑造出的女性婉約形象，與女作家自我發聲有所不同。而宋末女

---

⑱ 清·紀昀：《四庫全書總目》中華書局。04.集部，卷一七四，集部二七，別集
類存目一，頁 1548。

作家張玉孃在詩中有意仿作的凱歌樂辭，正是女性在詩壇上的一大突破，雖不是先鋒，但也是女子為文的一種積極性面向，非僅固守於閨怨的囿限範疇，而有了新的開展局面。

李清照與朱淑真二位著名的宋代女作家，是男性主導的古典文壇中少數受世人矚目的女性，相較於李、朱二人，張玉孃顯得較默默無聞，就目前傳世的作品量來看，也許不及二人，但若以張玉孃短暫的 28 歲生命來對比李清照與朱淑真的生命，玉孃的創作量已算豐富，倘若玉孃非紅顏薄命，28 歲以後的文學生命也許能開展的更燦爛輝煌。當然作品量的多寡並非評判作家才情的絕對標準，往往能讓後人津津樂道傳頌的佳句名篇才是作品能歷久不衰的肯定。但若從未聽聞張玉孃，或認為文學史上沒有提及就全盤抹煞其作品，亦有失公允，現今張玉孃的作品在台灣仍未受到重視，而在大陸則逐漸抬頭，《蘭雪集》實是值得深入研究且有待開發的題材，玉孃的被遺忘與忽視，實是的一大缺憾。

張玉孃在文學史的地位，以及文學才情也許不及李清照、朱淑真，但不可否認的，張玉孃卻仍是一位宋末重要的女作家。正由她深處閨中，因此更能細膩的剖析閨中女子的內心世界，也體現了大時代環境對女子的影響，因此可說是封建社會中的重要例證，記錄了一個時代的文學，有其存在的歷史價值，是封建時代女子文學的呈現。因此如果說李清照的作品是女子詩詞創作頂峰的代表，體現了對國破家亡的胸懷，朱淑真的作品是對封建禮教的批判，展現了女性意識的覺醒，那麼張玉孃的作品便是貞節才女的典型示範，為封建禮教的時代留下了歷史的見證！

【引用書目】

1.傳統文獻

唐·賈島著，李建崑校注，《賈島詩集校注》（臺北：里仁書局，2002 年 12 月）。

唐·韓愈著，《韓昌黎集·雜說四》（臺北：商務，1967 年）。

宋·張玉孃女士撰，《張大家蘭雪集》二卷，附錄一卷，主題：集部——別集類；寫本；線裝　版本項：舊鈔本　稽核項：2 冊；（全幅 27.6×16.8 公分　館藏地：國家圖書館　附註：正文卷端題燧白龍張玉若瓊氏著　稽山孟思光仲齋氏較

宋·張玉孃，《蘭雪集》（臺北：新文豐出版社，臺一版，1989 年）。

宋·張玉孃撰，《蘭雪詞》（臺北：新文豐出版社，臺一版，1989 年，叢書集成續編第一三三冊宜秋館本）。

宋·朱淑真，《朱淑真斷腸詩詞》（臺北：文光，1964 年）。

明·孟稱舜撰，《張玉娘閨房三清鸚鵡墓貞文記》（天一出版社，1983 年）。收錄於《全明傳奇》

清·支恒春纂修，《浙江省松陽縣志（一）》（臺北：成文出版社，1975 年）。

清·張廷玉等，《明史·列傳》卷一百四十三，列傳第三十一。

清·顧嗣立，《元詩選》（臺北：世界書局，19621 年）。

2.近人論著

佚名，〈宋末女作家——張玉孃〉《浙江月刊》第11 卷 1 期，1979 年 1 月，頁 24-25。

李元貞著，《女性詩學》（臺北：女書文化，2000 年），頁 416。

林申清編著，《明清著名藏書家·藏書印》（北京：北京圖書館出
　　版社，2000 年 10 月）。

康正果，《女性主義與文學》（北京：中國社會科學出版社，1994
　　年）。

維金尼亞·吳爾芙 Virginia Woolf 著，張秀亞譯，《自己的房間》
　　（*A Room of One's Own*）（臺北：天培文化出版社，2000
　　年初版）。

鄭紅梅：《女性詞史》（山東：山東教育出版社，2000 年 7
　　月）。

譚正璧：《女性詞話》（臺北：河洛圖書出版社，1978 年）。

蘇者聰，《宋代女性文學》（武漢大學出版，1997 年 11 月第 1
　　版。

蘇振元，〈關於宋末詩人張玉孃和《蘭雪集》〉《麗水師專學報》
　　1986 年。

《西遊原旨》中「沙僧」
丹道角色的詮釋

王婉甄*

【摘　要】　《西遊原旨》係清代全真教道士劉一明對《西遊記》之詮評。他利用轉譯的方式將取經四眾、妖魔精怪、神祇護法等，全都賦予內丹意涵。本文以「沙僧」作為討論主體，觀察其如何將小說「沙僧」轉換成內丹「沙僧」。

【關鍵詞】　劉一明　西遊原旨　沙僧

　　劉一明認為《西遊記》乃全真龍門派教祖丘處機，在三教一家基礎上，藉三藏師徒取經故事，演繹內丹性命之學。是書將功法竅妙、修行應世之法說盡，實為「古今丹經中第一部奇書」❶。為使初學者辨明邪正，避免為傍門所惑，劉一明遂摘錄〈讀法〉四十五

＊　本文作者，現為淡江大學中國文學系博士班研究生。

❶　劉一明：《西遊原旨・讀法》（收於《古本小說集成》，據嘉慶 25 年湖南常德府護國菴重刊本影印。上海：上海古籍出版社，1990 年）卷首，頁 29，總頁 63。

條,附於書前。其中第三十五專論行者師兄弟三人功夫變化,言:

> 《西遊》寫三徒本事不一。沙僧不變,八戒三十六變,行者
> 七十二變。雖說七十二變,其實千變萬化,不可以數計。何
> 則?行者為水中金,乃他家之真陽,屬命,主剛,主動,為
> 生物之祖氣,統七十二候之要津。無物不包,無物不成,全
> 體大用,一以貫之,所以變化萬有,神妙不測。八戒為火中
> 木,乃我家之真陰,屬性,主柔,主靜,為幻身之把柄。只
> 能變化後天氣質,不能變化先天真寶,變化不全,所以七十
> 二變之中,僅得三十六變也。至於沙僧者,為真土,鎮位中
> 宮,調合陰陽,所以不變。知此者方可讀《西遊》。❷

其將孫行者比為「水中金」,即坎卦(☵),亦稱為「真鉛」。原
為自身所有,然陽極生陰,走為他家,故言「他家之真陽」。八戒
被喻為「火中木」,則是離卦(☲),也稱為「真汞」。本係天生
至寶,是「我家之真陰」。惟其好動易失,遊行無蹤。若以不同名
稱比擬,「靈汞者,姹女也,為妻,主內;真鉛者,嬰兒也,為
夫,主外」❸。此二者是丹道修煉的重要物質,「以還丹而論,坎
為外藥,離為內藥;以大丹而論,真鉛為外藥,真汞為內藥」❹,
在不同的煉丹層次,扮演著不同的角色。丹經所謂「七返」、「九

---

❷ 劉一明:《西遊原旨・讀法》,卷首,頁 34,總頁 74。
❸ 劉一明:《修真後辨》卷下,頁 4,總頁 157。收於《道書十二種》下冊(臺
  北:新文豐出版公司,1995)。
❹ 劉一明:《修真辨難》卷上,頁 4,總頁 129。收於《道書十二種》下冊。

還」，即返還真汞、真鉛之本性。簡言之，尋歸走於他家之真陽，使與真汞相配，至此無差陰失陽之患，返還生身本然之初。此過程也稱「金公配妊女」、「夫妻交媾」……等。如同男女婚配，非媒聘不能相會，為此金公托黃婆為媒，以遇妊女之情。「黃婆者，吾之真意也，又名真信」❺，是貫串功法、調和陰陽的穩定力量。無論是有為無為之法，采藥行火之節，抑或結丹脫丹之功，皆是須臾不可離。黃婆也稱「真土」，取「土居中央為萬物之母，能以和合四象，攢五行，生萬物，養萬物」❻，故稱「沙僧者，為真土，鎮位中宮，調合陰陽，所以不變」。劉一明於此已然確立行者（水中金）、八戒（火中木）、沙僧（土）在《西遊記》的「內丹」地位。

劉一明又將三藏比為「太極」。〈讀法〉第三十條如是說：

> 《西遊》三藏喻太極之體，三徒喻五行之氣。三藏收三徒，太極而統五行也；三徒歸三藏，五行而成太極也。知此者方可讀《西遊》。

三藏被喻為至有含至無、至無含至有的「太極之體」。因其無形無象，故強圖之以○，或名「虛無」、「先天一氣」、「金丹」等。名雖異辭，實則同一，指的都是人人具足，個個圓成的本然狀態○。就本體而言，此○原是太極未化之本來狀態，既分之後遂成陰陽、四象、八卦然後萬物。先天性、命即所從出，故言「太極而統

---

❺ 劉一明：《悟道錄》卷下，頁2，總頁99。收於《道書十二種》下冊。

❻ 劉一明：《金丹四百字解》，頁1，總頁227。收於《道書十二種》上冊。

五行」。只是落入形體後，往往為習氣拘執污染，迷失本來面目。因此必須透過性命的鍛鍊，使「性命相合，陰陽混一」❼，終至金丹凝結，返回生初本來面目○，即此所謂「五行而成太極也」。

由此，三藏師徒從故事《西遊》中歷經磨難的苦行僧，化身為內丹《西遊》的修煉元素。而《西遊記》也從「神魔小說」的位置，轉為「闡三教一家之理，傳性命雙修之道」❽的道經。於此基礎上，劉一明透過符號的轉譯，將小說故事與內丹修煉的繫聯。例如第十六回，三藏與行者師徒二人借宿觀音禪院，老僧款待，「有一個小童拿出一個羊脂玉盤兒，三個法藍鑲金茶盅……」，劉一明便<u>取其字形</u>，認為「此明明寫出一心字也。羊脂盤兒，象心之一勾；三個法盤藍盅，俏心之三點，非心而何？」❾又如第二十四回，師徒四人經過萬壽山五莊觀，鎮元子交代仙童摘「人參果」給唐僧吃。劉一明於此<u>字音、字體並用</u>，解釋為：「人參果者，參與生同音，猶言為人生之結果。又參與叁同體，天得一以清，地得一以寧，人得一以靈，言人與天地為參之結果。」❿通篇使用最多的解釋方法，即是以四眾配上陰陽五行，四象八卦，藉以解釋內丹修持功法。

本文援此出發，以「沙僧」角色為例，觀察劉一明如何解釋其丹道內涵。

---

❼　劉一明：《周易闡真》卷首，頁16，總頁42。收於《道書十二種》上冊。

❽　《西遊原旨‧序》，卷首，頁12，總頁31。

❾　《西遊原旨》卷五，第16回，頁9，總頁494。

❿　《西遊原旨》卷七，第24回，頁11，總頁706。

一、鎮位中宮，調合陰陽

相較於孫悟空的機智靈動、八戒的憨傻滑稽，沙僧在故事中的性格就顯得平常而單調。「吳承恩筆下那個『滿臉晦氣』的沙和尚，他的藝術命運就比起肖像更加『晦氣』，在讀者中是絕難找到崇拜者和喜愛者的」⓫；亦有言「《西遊記》中的沙僧，對我們毫無吸引力，對他也沒有什麼壞的批評」⓬。然而對劉一明來說，從不提散伙、默默擔著行李、調解悟空與八戒衝突、體貼三藏心意的沙僧，正是丹道修持中不可或缺的穩定力量。

沙僧在《西遊記》的第一次亮相，是第八回觀音偕同惠岸前往東土尋找取經人，經過流沙河界，兩人喟嘆河難渡的同時，河中跳出手執寶杖的醜陋妖魔與惠岸爭戰，此妖正是沙僧。沙僧原是凌霄殿下的捲簾大將，因罪謫下凡。後經觀音勸善，皈依佛門，將九個骷顱串掛頸項，靜等取經人到來。《原旨》有如下解說：

> 「流沙河」者，沙乃土氣結成，石之散碎而堆積者。沙至於流，是水盛土崩，乃為流性不定之土，宜其有弱水三千，而人難渡也。「河中妖魔手執一根寶杖」，此寶杖即真土之寶杖。既云真土，又何以作妖？其作妖者，特以流沙河為妖而妖之，非本來即妖也。「自稱是捲簾大將下界」，夫垂簾則

⓫ 李萍：〈唐僧師徒人物造型得失辨〉，《南京理工大學學報·社會科學版》15卷5期，頁32－36，2002年10月。

⓬ 李辰冬：《三國水滸與西遊》（臺北：水牛圖書出版事業有限公司，1996），頁131。

內外隔絕，捲簾則幽明相通。彼為靈霄殿捲簾大將，分明是和合造化，潛通陰陽之物。「蟠桃會打破玻璃盞，玉帝打了八百，貶下界來」，陽極生陰，失去光明之寶，先天真土變為後天假土，分散於八方，錯亂不整。土隨運轉，靈霄殿捲簾大將，不即為流沙河水波妖魔耶？「七日一次將飛劍來穿胸脇」，七日一陽來復，天心發現，自知胸脇受疚，這般苦惱，心神不安之象也。「三二日出波吃人」，三二為一五，意土妄動也。意土妄動，傷天壞理，出波吃人，勢所必有。窮土之理，窮到此處，真知灼見，可悟的真土本淨，而不為假土所亂，更何有飛劍穿胸之患哉？何以流沙河鵝毛也不能浮，九個取經人的骷髏反不能沉乎？蓋流沙河乃真土所藏之處，真土能攢簇五行，和合四象，統《河圖》之全數。九個骷髏，為《洛書》之九宮。《河圖》者，陰陽混合，五行相生，乃道之體。《洛書》者，陰陽錯綜，五行相剋，乃道之用。一生一剋，相為經緯。一體一用，相為表裡。生不離剋，剋不離生。體不離用，用不離體。九經焉得沉之？「將骷髏穿一處，掛在頭項下，等候取經人自有用處」者，以示《河》、《洛》金丹之道，總以真土為運用，此窮真土之理也。⓭

前已提及，沙僧五行屬土，是內丹「鎮位中宮，調合陰陽」的重要物質。然而五行有陰陽之分，先天五行屬陽，後天五行屬陰，劉一

⓭　《西遊原旨》卷三，第 8 回，頁 14，總頁 251。

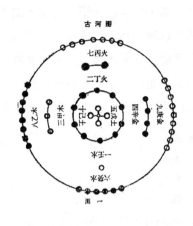

古河圖

圖一

明以〈河圖〉**⓮**示之。中間五點攢簇於一處者,即太極之象,亦即人未生身之前的本然面貌。以此一再分為先天五行與後天五行。以先天而論,一為元精(壬水),三為元性(甲木),五為元氣(戊土),七為元神(丙火),九為元情(庚金)。因落於未生身之前,故為「先天五行」。當破胎而出,墮於形體之後,濁而有形,則為「後天五行」。是以二為識神(丁火),四為鬼魄(辛金),六為濁精(癸水),八為遊魂(乙木),十為妄意(己土)。無論先天後天,都是一物,「假借真存,而真借假留」。故劉一明總言曰:「無為之道,乃不外此〈河圖〉妙理。〈河圖〉自中而生陰陽五行,即生人順生之道也。河圖五行,陰陽相合,一氣渾然,即生聖逆運之道也。逆運非返還之謂,乃逆藏五行,歸於中黃太極,復見父母未生以前面目耳。」**⓯**即是要人去假存真,由後天返還先天。

若將此框構落實到《西遊》第八回,劉一明取「簾」有隔絕內外之意,而沙僧為「捲簾大將」,亦即捲起簾幕,撤除隔絕,有內

⓮ 《周易闡真》卷首,頁1,總頁12。
⓯ 《周易闡真》卷首,頁2,總頁14。

外交通之能。「內外」即是「陰陽」**⓰**，故其言「和合造化，潛通陰陽」，示沙僧為真土之象，所持之杖為「真土之寶杖」。只因沙僧在蟠桃會失手打破玻璃盞，被玉帝貶下凡間，潛入流沙河藏身，三二日出波吃人。「流沙」取其流性不定之沙，是為妄動之土。三二日取其數相加為五，五為土，出波吃人，傷天害理，仍是意土妄

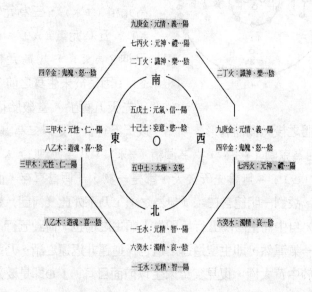

⓰　「內陰陽即後天之陰陽，生於形體。外陰陽即先天之陰陽，出於虛空。形體陰陽，順行之陰陽，天地所生者也。虛空陰陽，逆運之陰陽，生乎天地者也。所謂內外者，以用言耳。」此說見《修真辨難》，卷上，頁 1，總頁124。又，太極化生天地，陰陽二氣所由出。立天之道為陰陽，闢地之道為剛柔，其所化之天干與地支又各有陰陽之氣，故又稱為「天之內外五行」與「地之內外五行」。內外五行又各有陰陽，故此言內外，應統攝陰陽。此說參見《修真後辨》卷下，頁3，總頁156。

動之故。由此可知，沙僧潛藏流沙河，實為真土潛於意土；沙僧出波吃人，實為先天真土變為後天假土。然無論真土、假土，仍歸於「沙僧」一處，是「假借真存，而真借假留」。除貶謫下凡外，沙僧每七日尚得受飛劍穿胸百餘下之苦。「七日」，取一陽來復之象，劉一明以「復卦」（䷗）為喻。本來面目至善無惡，交於後天形體則本真失卻。只是雖有失去，未嘗盡無；或者一陽尚在，卻為世事所障，當面不識，故「必先煉己持心，待時而動」[17]。沙僧皈依佛門之善念，為「一息生機」；觀音菩薩示意「等候取經人自有用處」，為有所待也。於是沙僧摩頂受戒，洗心滌慮，護守真意，「待時而動」。

沙僧自此而後，頸項掛九個骷髏，便在流沙河等待。「九個骷髏」，劉一明以〈洛書〉九宮釋之。所謂「九宮」，即上頁圖[18]八方位加中間一土。不同於〈河圖〉土生金、金生水、水生木、木生火、火生土、土又生金的順行律則，〈洛書〉採取的是逆剋之理，意即中土剋北水、北水剋西火、西火剋南金、南金剋東木、東木剋中土，皆是「陰前陽後，靜以制動」[19]。沙僧「九個骷髏」正以示此逆運之理。總兩圖而言，〈河圖〉左行順生，即「陰陽總於中而相生」之謂，顯道之體也；〈洛書〉陰象皆居偏位，且右行逆剋，故「陰陽錯亂於外而相剋」，示道之用也。於是錯中有綜，外錯剋

---

[17]　《周易闡真》卷二，頁7，總頁82。

[18]　此圖係〈河圖〉、〈洛書〉所疊成。圓圖代表〈河圖〉，說明文字即化生後之陰、陽五行。方圖代表〈洛書〉，以網底文字表示各方位之意涵。

[19]　《周易闡真》卷首，頁3，總頁16。

而內綜生，正以示金丹「借陰復陽，後天返先天之道」❷。然無論五行生剋、陰陽錯綜，總以真土居其中位，和合四象。是以沙僧「將骷顱穿一處，掛在頭項下，等候取經人自有用處者，以示《河》、《洛》金丹之道，總以真土為運用，此窮真土之理也。」

二、陰陽沖和，常應常靜

自第二十二回始，沙僧正式加入取經行列。當三藏、行者、八戒行經流沙河時，河中鑽出一個妖精，其模樣：

> 一頭紅焰髮蓬鬆，兩隻圓睛亮似燈。不黑不青藍靛臉，如雷如鼓老龍聲。身披一領鵝黃氅，腰束雙攢露白籐。項下骷髏懸九個，手持寶杖甚崢嶸。❷

《原旨》將其中所描繪顏色與五行相配，以「紅焰髮」配火，「不黑不青」具木、水，「鵝黃氅」為土，「露白籐」則是金。此乃沙僧具有五行之象。「項下骷髏懸九個」，即前文所言〈洛書〉九宮逆運之理。「手持寶杖甚崢嶸」，此杖乃是真土之杖，攢簇五行，和合四象之用。故此「總言真土備有五行，羅列九宮，無不拄杖而運用之」❷。然而與妖爭戰的是八戒而非行者，既取〈洛書〉「木剋土」之則，也以木母陰柔，取〈洛書〉「靜以制動」之功。只是

---

❷　《周易闡真》卷首，頁3，總頁16。
❷　《西遊原旨》卷六，第22回，頁1，總頁628。
❷　《西遊原旨》卷六，第22回，頁9，總頁644。

八戒誘敵、行者躁進，最後無功而返，不得不請出惠岸持葫蘆降服
之。其有詩曰：

> 五行匹配合天真，認得從前舊主人。煉己立基為妙用，辨明
> 邪正見原因。金來歸性還同類，木去求情亦等倫。二土全功
> 成寂寞，調和水火沒纖塵。[23]

承前〈河圖〉所言，「五
行」者，即金、木、水、
火併土而稱之。若以先天
言之，在人為性、情、
精、神、氣五元，發而為
仁、義、禮、智、信之五
德。其狀「混混沌沌，一
氣渾淪，形跡未見」[24]。一
旦交於形體，在人為遊
魂、鬼魄、濁精、識神、

初生陰陽五行一气図

圖　四

妄意五物，感則為喜、怒、哀、樂、慾五賊。五物為五元統攝，五
賊為五德制伏，本是一體，非有二物。因此若要得本然之「天
真」，當煉己身習染客氣之五物、五賊，存養無私無慮之五元、五
德，使土統攝金、木、水、火，將仁、義、禮、智歸於信，終至「道

---

[23]　《西遊原旨》卷六，第22回，頁7，總頁640。
[24]　《周易闡真》卷首，頁1，總頁12。

心常振，人心常靜。真知靈知，兩而合一」❷。以二土合為圭❷，既象葫蘆之形，也示道心人心、動靜歸一之象也。性屬甲木，情為庚金，欲使金木相併、性情合一，仍得憑藉此常應常靜之「沖和之氣」❷。故言「二土全功成寂寞，調和水火沒纖塵」，皆言真土居中妙用，使得「八卦五行四象盡在其中，圓滿無虧」❷。動靜既已歸一，則真土顯現，沙僧歸服。於是取下九個骷髏，依九宮順序排列之，並將葫蘆置於其中，成為法船，一行四眾安然渡河。唯有沙僧歸服，才可安然渡河西行取經；唯有真土顯現，才能陰陽返還，凝結成丹。

第四十回，取經四眾行經枯松澗，三藏心軟救妖，未料讓紅孩兒施法攝去。行者、八戒提議散伙，沙僧聞言訝異說：「師兄，你說的都是哪裡話！我等因為前生有罪，感蒙菩薩勸化，與我們受戒改名，皈依佛果，情願保護唐僧上西方拜佛求經，將功折罪。今日到此，說出這等話來，可不違了菩薩的善果，壞了自己德行，惹人恥笑，說我們有始無終也。」❷《原旨》註曰：

---

❷　《悟真直指》卷一，頁6，總頁268。收於《道書十二種》下冊。
❷　劉一明解「真土」曰：「真意主宰萬事，統攝精神，護持性命，鎮守中宮，與土同功，故以真土名之。因其誠一不二，又名真信。因其內藏生機，又名中黃。因其無物不包，又名黃庭。因其動靜如一，又名刀圭。因其能調陰陽，又名黃婆。因其總持理道，又名十字路。因其和合四象，又名四會田。異名多端，總以形容此真意之一物耳。」故此以「刀圭」為名，取其道心常動，人心常靜也。《金丹四百字解》，頁1，總頁227。
❷　《無根樹解》，頁2，總頁209。收於《道書十二種》下冊。
❷　《西遊原旨》卷六，第22回，頁12，總頁649。
❷　《西遊原旨》，卷十，第40回，頁7，總頁1124。

沙僧聞行者「自此散了」之語，述菩薩勸化，受戒改名，保
唐僧取經，將功折罪之事，是覺察悔悟從前之錯，而意已誠
矣。意誠而心即正，故行者道：「賢弟有此誠意，我們還去
尋那妖怪，救師父去。」然正心誠意之學，全在格物致知。
若不知其妖之音信，則知之不真，行之不當，不但不能救
真，而且難以除假。❸⓪

雖然行者早預見妖怪加害，勸三藏「慈悲心略收起」，未料三藏為
善念所迷，不為所動，遂給妖攝去。而行者情知妖怪弄法，仍難以
追趕。八戒、沙僧各自躲風，也無法得知三藏去處。自此五行落
空，大道失陷，行者、八戒提議散伙。唯有沙僧感念菩薩勸化，一
心求取正果，故稱為「意誠」。所謂誠者，專一老實，無欺不瞞，
修道不可須臾離也。「善用其誠者，返樸歸醇，黜聰毀智，主意一
定，始終無二」❸①。沙僧的毫無退悔，行者、八戒重拾兵器救師，
只是仍未知妖音信，故此言「知之不真，行之不當，不但不能救
真，而且難以除假」。行者因此心焦，化一金箍棒為三根，敲出一
群「披一片，掛一片，裩無襠，褲無口的窮神」詢問。才從各三十
名土地、山神口中得知，此處為六百里鑽頭號山，此妖住在枯松澗
火雲洞。是羅剎女子，曾在火焰山修煉，牛魔王使之鎮守號山。
《原旨》於此註解曰：

❸⓪　《西遊原旨》，卷十，第40回，頁13，總頁1135。
❸①　《神寶八法》，頁2，總頁181。收於《道書十二種》下冊。

披一片，掛一片，裩無襠，褲無口」，分明寫出一個「離」卦（☲）也。心象「離」，「離」中虛，故為窮神。「披一片」，象「離」之上一奇；「掛一片」，象「離」之下一奇；「裩無襠」，象「離」之中一偶；「褲無口」，象「離」之上下皆奇。總以見有火而無水之象。六百里鑽頭號山，「離」中一陰屬「坤」，為六百里。三十名山神，三十名土地，二三為六，仍取「坤」數。鑽頭者，火之勢；號山者，怒之氣。枯松澗，比枯木而生火。「火雲洞」，喻怒氣而如雲。牛魔王兒子，自丑所穿為午。羅剎女養的，從「巽」而來即「離」。火焰山修了三百年，是亢陽之所出。牛魔王使他鎮守號山，是妄意之所使。乳名紅孩兒，似赤子之無知。號叫聖嬰大王，如嬰孩之無忌。描寫妖精出處，全是一團火性，略無忌憚之狀，所以為嬰、為聖、為大王，而為大妖。格物格到此處，方是知至，知至而意誠心正，從此而可以除假修真矣。㉜

內丹煉養之也以後天八卦為則，離（☲）象心火，坎（☵）象腎水，以坎卦水中元陽至精為真種子，取坎填離，使其恢復乾健之體。然而此處窮神是離，鑽頭是火，號山是怒氣，枯松澗枯木生火，火雲洞怒氣如雲，紅孩兒屬午為陰火……等，皆是「有火無水之象」，全是一團火性。而其所從出為牛魔王，牛屬丑，為陰土，為妄意，故言「妄意之所使」。於此可知妖怪來處，為格物致知之功也。因

㉜　《西遊原旨》卷十，第40回，頁13，總頁1136。

妄意發動，致使五行落空，三藏陷落。若欲救得三藏，惟有去假存真。故悟空、八戒提散伙之說，全賴沙僧意誠無悔，才有「金木同功」前往火雲洞尋妖，也才有沙僧將馬匹行李潛在樹林深處，「是真土不動，而位鎮中黃」❸。

　　沙僧鎮位中宮，屬真土，其性不變。只是功夫不同，意涵不同，實則一事。簡單來說，劉一明性命修煉可分為煉己築基、凝結聖胎、脫胎出神三段。先就煉己築基而言，即「煉我家之陰」❹。我家之陰指的即是先天本然落於形體後的精、神、魂、魄、意，屬於人心。假土是意，是思慮動作，所以役使精、神、魂、魄四者；假土也是慾，慾生則喜、怒、哀、樂湧現。故當「煉人心而生道心，精、神、魂、魄、意，各安其位，各伺其事，喜、怒、哀、樂，皆和而中節」❺，使之返還真陰，自然命基穩固，還丹可結。次就凝結聖胎而言，透過立爐安鼎、採取藥物、溫養沐浴，終至還丹凝結。此階段又可一析為二。以後天論之，使土統攝金、木、水、火，將仁、義、禮、智歸於信，攢簇五行，使之人心靜定，道心長存。先天部分，則是三家相會。意即以木生火，元性、元神為一家；金生水，元情、元精一家；元氣自為一家，是為黃婆。此段功法總是要人藉後天相剋，以返先天相生相合狀態。然無論先天、後天功夫，皆由真土居中作用，調和陰陽，和合四象。末以脫胎出神之無為功法而言，聖胎雖已凝結，但陰氣未盡，陽氣未純，故得

❸　《西遊原旨》卷十，第 40 回，頁 14，總頁 1137。

❹　《無根樹解》，頁 3，總頁 212。

❺　《周易闡真》卷三，頁 5，總頁 102。

防危慮險，「無為觀其竅」。此竅即玄關一竅。「元關者，至元至
妙之關口，又名生死戶、生殺室、天人界、刑德門、有無竅、神氣
穴、虛實地、十字路等等異名，無非形容此一竅耳。元關即元牝之
別名，因其陰陽在此，故謂元牝門；因其元妙不測，故謂元關竅，
其實皆此一竅耳。」❸由此可知，玄關為十字路，為玄牝門，意即
真土居中宮也。總上所言，沙僧所象之真土，其位謹守中宮，故曰
不變。既統攝五物五賊，亦攢簇五行，合和四象，更是無為觀竅之
要著，故言「示《河》、《洛》金丹之道」。

三、餘　論

因為性格的平凡單調，研究「沙僧」的學者就相對減少。目前
研究成果大致可分為三大向度：其一是「形象溯源」。胡適認為
《大唐三藏取經詩話》中玄奘遇見那個深沙的神，當是沙和尚的最
早形式，「他原來是那大沙漠的大神」❸。陳寅恪循此說法向上溯
源，認為載於《大慈恩寺三藏法師傳》的「原有玄奘度沙河逢諸惡
鬼之舊說，略加附會，遂成流沙河沙僧故事」❸。而後，追溯沙僧
形象由來的學者，大致提出了一個相似的演化程序❸：

---

❸　《象言破疑》卷下，頁2，總頁329。收於《道書十二種》上冊。

❸　胡適：〈《西遊記》的沙和尚來歷〉，收於《胡適古典文學研究論集》（上
　　海：上海古籍出版社，1988），頁938。此文同樣收於《胡適文集》第六冊
　　（北京：人民出版社，1998），篇名更為〈深沙神在唐朝盛行〉。

❸　陳寅恪：〈西遊記玄奘弟子故事之演變〉，收於《陳寅恪先生文集》（臺
　　北：九思出版社，1977），下冊，頁1117。

❸　關於此說，可參見張靜二：《西遊記人物研究》（臺北：臺灣學生書局，
　　1984），頁176－178；張錦池：《西遊記考論〔修訂版〕》（哈爾濱：黑龍

《大慈恩寺三藏法師傳》卷一：奇狀異類的惡鬼形象。

↓

《大唐三藏取經詩話》第八則：枯骨掛在項下，乖順協助三藏過河但未隨行的深沙神。

↓

楊景賢《西遊雜劇》第十一折：帶酒思凡被貶至流沙河推沙的捲簾大將，被孫悟空降服後加入取經行列，成為唐僧第二位弟子。

↓

世本《西遊記》：因在蟠桃會誤碎玻璃盞而遭驅落下界，七日一次忍受飛劍穿脅之苦的捲簾大將，頸項下掛九個骷髏，觀音遣惠岸收伏後唐僧第三位弟子。

大陸學者李小榮則援引東晉《佛說摩尼羅壇經》，認為「深沙」之名最早當出現於此。再經盛唐沙神、水神合一，晚唐僅存水神形象，又證之以《取經詩話》的深沙神兼具水神與沙神特色，推斷沙和尚的原型必是密教中的深沙神，「他進入玄奘取經故事，始於盛

江教育出版社，2003），頁 204−209；鄭明娳：《西遊記探源》（臺北：里仁書局，2003），上冊，頁 232−236。值得一提的是，鄭明娳附入《西域記》第十二卷、法顯《佛遊天竺記》佐證「流沙河」的來源。也推測從西域飛沙如流的大沙漠，變成《西遊記》的弱水三千，可能是受了《尚書·禹貢》及《山海經》影響。又提出《覺禪抄》卷一二一中的「深沙大將」，認為深沙神是毘沙門天王的化身，唐代已輸入中國。惟其民間保護神的地位，已被觀音信仰取代。

唐以後，歷宋、元至明而定型」**❹**。

其二是「性格典型」。此一研究大致以人物形象作為討論範疇，或者因為比起孫悟空、豬八戒來，沙僧形象過於單一，「單一往往是單調的同義語」**❹**。或者將其置於文化脈絡中，認為其惟法是求、惟師是尊、惟和是貴、惟正是尚，「是品位不高的循吏典型。」**❹**以其斷然拒絕成為東床快婿、沙僧不願散伙、凝聚弟兄的取經意識等，「塑造沙僧秉正而行，誠敬的君子形象」**❹**，寄寓著人生的理想，希望人們傚效。或者從考察「捲簾」即為奴僕談起，「通過沙僧不公正的待遇，客觀的揭露玉皇大帝的殘酷無情，揭示了奴僕地位的低下和毫無生命保障」**❹**，表現了農耕文明背景下普通民眾的基本性格特徵。又或者將其與土相配，取土性溫和之意，認為「沒有個性的個性，正是他的個性。他一意守拙，故含蓄內斂，不表現亦不出醜」**❹**。「流沙是沒有定性的土。和尚二字分開來說，和字有調節、不爭、諧應等義；尚字則可理解為掌理、超越。

---

❹ 李小榮：〈沙僧形象溯源〉，《鹽城師範學院學報·人文社會科學版》22 卷 3 期，頁 48－51，2002 年 8 月。

❹ 李萍：〈唐僧師徒人物造型得失辨〉，《南京理工大學學報·社會科學版》15 卷 5 期，頁 32－36，2002 年 10 月。

❹ 張錦池：《西遊記考論〔修訂版〕》，頁 227。

❹ 何錫章：《幻象世界中的文化與人生——西遊記》（昆明：雲南人民出版社，1999），頁 108－116。

❹ 曹炳建：〈封建時代普通民眾的人格寫照——《西遊記》沙僧形象新論〉，《明清小說研究》67 期，頁 127－140，2003。

❹ 鄭明娳：《西遊記探源》，下冊，頁 125。

合起來說，沙和尚意指發揮土掌理和諧，或以和為尚的功能」**⑯**。

其三是「宗教文化」。或者從三教思想著手，認為沙僧的「由道入釋」，是當時佛道爭雄的反映；而沙僧獲得被吃取經人之善緣，使得成為品味較高的「和尚」，則是道教服食採補的影響。「由此可見，取經故事中的沙和尚形象，它不只深層地反映了當時釋道二教思想的爭雄，而且還深層地反映了當時釋道二教思想的圓融，其文化內涵是複雜的。」**⑰**另有學者從道教內丹著手，看沙僧代表「黃婆」、「土圭」之隱語，企圖揭露《西遊記》隱密之學**⑱**。

然而本文思考的一個問題是，歷來對《西遊記》研究，或圍繞作者是誰？主題為何？版本孰先？討論何其多，卻仍無定論。在眾說紛紜中，是不是可以將《西遊記》視為一部客觀典籍，然後從註解觀察所呈現的意義。雖然鄭振鐸曾言：「那些《真詮》、《原旨》、《正旨》以及《證道書》等，以《易》、以《大學》、以仙道來解釋《西遊記》的書都是帶上了一副著色眼鏡，在大白天說夢話。」**⑲**但不可否認的，清代諸家評點卻賦予《西遊記》新的生命與文化意涵。

以《西遊原旨》為例，註解者為清代全真教道士劉一明，可能

---

⑯ 張靜二：《西遊記人物研究》（臺北：臺灣學生書局，1984），頁 182。

⑰ 張錦池：《西遊記考論〔修訂版〕》，頁 208。

⑱ 中野美代子：《西遊記的秘密（外二種）》（北京：中華書局，2002），頁 95－98。

⑲ 鄭振鐸：〈西遊記的演化〉，收於《中國文學研究》（北京：人民出版社，2000），頁 244。

是「長期活動於陝、甘、寧一帶的龍門派第十一代徒裔」❺。其深切相信《西遊記》的作者是龍門派祖師丘處機，於是利用畢生所學之內丹知識閱讀《西遊記》。對他而言，《西遊記》等同《道德》、《陰符》、《南華》、《文始》、《參同》、《悟真》等重要丹經❺，是內丹修煉的重要典籍。於此基礎下，《西遊記》中的人物與故事，就有了不同以往的詮釋方法。換言之，從「道士」劉一明的閱讀視角出發，運用不同的轉譯方式，《西遊記》便在有意識的閱讀中，從小說《西遊》，變成內丹《西遊》，產生一個截然不同的詮釋。而這樣的詮釋真的是「夢話」嗎？還是從劉一明的經驗出發，其實是可以看到「《西遊》全部，是細演《河圖》、《周易》之密秘，乃泄天地之造化，發陰陽之消息」❺？能否視清評《西遊》中對內丹的詮解為一種文化現象呢？或許可以繼續深究之。

---

❺　卿希泰主編：《中國道教史》第四卷（臺北：中華道統出版社，1997），頁174。案：卿希泰先生可能根據元世祖皇帝御賜龍門派字輩二十字：「道德通玄靜，真常守太清。一陽來復本，合教永圓明」為依據，將劉一明列為龍門第十一代。

❺　《會心內集·卷下·窮理說》，頁7，總頁366。收於《道書十二種》下冊。

❺　《西遊原旨》卷二十四，第100回，頁15，總頁2886。

漢語「文化詩學」：
在俄羅斯傳統與美國學派之間
——關於「文化詩學」術語
及其多樣化形態的思考

邱運華[*]

【摘　要】　「文化詩學」術語至少呈現出三條理路：一是從俄羅斯 19 世紀中下期對文化的深刻關注過渡到巴赫金、洛特曼的「文化詩學」內涵的建構。二是從 20 世紀 40、50 年代開始的英國文化研究呈現的詩學趣向延伸到 80 年代美國新歷史主義的「文化詩學」的走向。三是當下漢語語境裏使用的這個術語，既包含著對漢語詩學傳統的人文意識和審美情結的雙重關懷，又具有介入當下文化建設的實踐意圖。漢語語境下的「文化詩學」被賦予了建構民族審美意識的功能。「文化詩學」在漢語語境下的重新界定，並不意

[*]　本文作者，現為中國北京師範大學文學院教授。

味著必須給予它一個內涵固定和統一的規定；而是一種「介入」
——「文化詩學」介入到漢語詩學的多樣化研究思路中去，對話、
滲透，達到並存。

【關鍵詞】 文化詩學　傳統　多樣化形態

一、「文化詩學」術語和學派的廓清

雖然，我們的文學理論界在頻繁地使用「文化詩學」這個術
語，但是，據我考據，這個術語在漢語語境中的使用，大致呈三個
不同的意義取向：美國新歷史主義學派、以巴赫金為代表的俄國詩
學和漢語詩學語境下的使用。

美國新歷史主義學派。在 20 世紀 80 年代美國新歷史主義學者
斯蒂芬·格仁布萊特（Stephen Greenblatt）的界定。1987 年，美國
「文化詩學」的首席代表格仁布萊特發表了《通向一種文化詩學》
（*Towards a Poetics of culture*），他寫道：文化詩學「是一種實踐活
動。」他感興趣的是「需要有一些新的術語，用以描述諸如官方
檔、私人檔、報章剪輯之類的材料如何由一種話語領域轉移到另一
種話語領域而成為審美財產。」❶而在更早的 1980 年，在《文藝
復興自我塑型》中，格氏認為「文化詩學」的「中心考慮是防止自
己永遠在封閉的話語之間往來，或者防止自己斷然阻絕藝術作品、
作家與讀者生活之間的聯繫。毫無疑問，我仍然關心著作為一種人

---

❶ 斯蒂芬·格仁布萊特《通向一種文化詩學》，見張京媛主編《新歷史主義與
文學批評》，北京大學出版社，1993 年版，第 63 頁。

類特殊活動的藝術再現問題的複雜性。」作為文學批評家，其闡釋的任務是，「對文學文本世界中的社會存在以及社會存在之于文學的影響實行雙向調查。」❷ 1988 年，在《莎士比亞的商討》一書中，格氏將文化詩學界定為「對集體生產的不同文化實踐之研究和對各種文化實踐之間關係之探究。」具體而言，就是「追問集體信念和經驗如何形成，如何從一種媒介轉移到它種媒介，如何凝聚於可操作的審美形式以供人消費。我們可以考察被視為藝術形式的文化實踐與其他相近的表達形式之間的邊界是如何標示出來的。我們可以設法確定這些被特別劃分出來的領域是如何被權利賦予，進而或提供樂趣、或激發興趣、或產生焦慮的。」❸

19－20 世紀俄羅斯詩學。在俄國學者米・巴赫金（M. Бахтин）使用的意義上，即把文學看做整個文化格局上、尤其是民間文化的背景上來考慮，如程正民先生的《巴赫金的文化詩學》。「從文化的角度研究文學問題，這是文化詩學；從民間文化的角度研究文學問題，這是巴赫金文化詩學的特徵，也是俄羅斯文化詩學的重要特徵。」❹巴赫金在〈答《新世界》編輯部問〉一文裏這樣說：「文藝學應與文化史建立更緊密的聯繫。文學是文化不可分割的一部分，脫離了那個時代整個文化的完整語境，是無法理解的。不應該

---

❷ 《文藝學與新歷史主義》，中國社會科學文獻出版社，1993 年版，第 80 頁。

❸ Stephen Greenblatt. *Shakespearean Negotiations*, p.5. University of California Press, 1988.

❹ 程正民《巴赫金的文化詩學》，北京師範大學出版社，2001 年版，第 20 頁。

把文學同其餘的文化割裂開來，也不應像通常所做的那樣，越過文化把文學直接與社會經濟因素聯繫起來。這些因素作用于整個文化，只是通過文化並與文化一起作用于文學。」❺在巴赫金的論述中，涉及到了幾個重要的理論問題。一是文化研究對於文學研究的重要性問題，在這個意義上獲得了文化詩學定義的基礎；二是作為文學研究與社會經濟因素之間的仲介的文化地位問題，這是恩格斯一個思想的發展和繼承。❻據程正民先生總結，巴赫金的「文化詩學」術語蘊涵著「哲學層面、文化層面和文藝學層面的理論意義和理論價值」。體現在哲學層面，「巴赫金認為民間的狂歡化文化、民間的詼諧文化體現了『幾千年來全體民眾的一種偉大的世界感受』，這種感受為更替演變而歡呼，反對循規蹈矩的官腔，反對把生活現狀和社會制度絕對對立起來」。「從文化層面來看，巴赫金的文化詩學提倡一種多元和互動的文化觀。」「從文藝學層面看，巴赫金認為民間文化、狂歡化文化對文學的發展有巨大的影響。」❼實際上，這個意義上的「文化詩學」概念既體現了一種思想風貌，又顯示了一種根植于民族文學觀念的深厚傳統。吳曉都也說：「巴赫金的文本理論，按其本質而言就是一種『文化詩學』。」❽

---

❺ 見《巴赫金全集》中文版第四卷，河北教育出版社，1998 年版，第 364 頁。

❻ 《恩格斯致弗·梅林》（1893 年 7 月 14 日），見《馬克思恩格斯選集》中文版第四卷，人民出版社，1976 年版，第 500 頁。

❼ 程正民《巴赫金的文化詩學》，北京師範大學出版社，2001 年版，第 22—23 頁。

❽ 吳曉都〈文化詩學：文藝學的新增長點〉，載《中國社會科學院院報》，2003 年 5 月 13 日。

　　「文化詩學」作為一種思想立場和哲學態度，在巴赫金這裏具
有相當的哲學高度，然而，它的開端，作為文藝學研究的一種基本
立場，卻始於 19 世紀中後期。吳曉都描述了這個發展的歷程：
「『比較－歷史學派』的創始人維謝洛夫斯基的『歷史詩學』，就
其核心含義而言，就是文化詩學的一種雛形。他對俄羅斯及蘇聯文
藝學的影響極大，最富於成效的成果是在俄羅斯形成了真正的文學
科學。俄羅斯文藝學從單一的社會歷史批評轉向對文學的科學認
知，這種變化導致了巴赫金『文化詩學』的誕生。……惟有在文化
的整體格局中才能真正全面地理解和闡釋文學文本的意義。巴赫金
的詩學思想又使洛特曼的符號學上升到『文化詩學』的高度，而洛
特曼超越結構主義的『結構詩學』對美國的『新歷史主義』文論又
產生了間接的影響。巴赫金的『對話主義』和『複調理論』對法國
克利斯蒂娃的『互涉文本』理論的直接影響也是眾所周知的。」❾

　　這個描述基本是合理的，然而，其中兩個重要的影響點未能加
以清理，這就是：一，「新歷史主義」學派之于洛特曼之間的關
聯。就在斯蒂芬·格仁布萊特的那篇〈通向一種文化詩學〉裏，涉
及到了對洛特曼思想的借鑒。❿這個借鑒是十分明確的，使人聯想

---

❾　吳曉都〈文化詩學：文藝學的新增長點〉，載《中國社會科學院院報》，
　　2003 年 5 月 13 日。

❿　作者在文章裏借鑒了尤裏·洛特曼的一個術語「日常行為的詩學」，這個借
　　鑒在作者的注解裏標示出來了。這個注解是：「『日常行為的詩學』一語系
　　從尤裏·洛特曼處借來，參見 A.D. 納基莫夫斯基和 A.S. 納基莫夫斯基編
　　《俄國文化史符號學》（康奈爾大學出版社，1985 年）中洛特曼一文。」
　　（盛寧的譯本，見張京媛主編《新歷史主義與文學批評》，北京大學出版
　　社，1993 年版，第 16 頁。）

起 20 世紀 60 年代洛特曼主持的《符號體系論叢》（1-4 輯）的出版對美國學術界的深刻影響。二，關於「文化詩學」色彩十分濃厚的「互文性」（intertextuality，也譯為「互涉文本」）概念的理論來源。實際上，「在朱麗婭·克利斯蒂娃提出這一術語之前，『互文性』概念的基本內涵在俄國學者巴赫金詩學中已初見端倪。」⓫而有人認為，巴赫金的「文學的狂歡節化」這一概念實際已具備「互文性」的基本內涵。關於這一點，當代美國學者伊哈布·哈桑也有論述。在〈後現代景觀中的多元論〉一文中，他指出：「狂歡，這個詞自然是巴赫金的創造，它豐富地涵蓋了不確定性、支離破碎性、非原則性、無我性、反諷和種類混雜等等。……狂歡在更深一層意味著『一符多音』——語言的離心力，事物歡悅的相互依存性、透視和行為，參與生活的狂亂、笑的內在性。……至少指遊戲的顛覆的包孕著更生的因素」。⓬關於「長篇小說的話語研究」在巴赫金那裏取得的成就，是需要西方學者消化很長時間的，而對於話語的「互文性」理論，其實在巴赫金的「言語的內在的對話性」理論和「狂歡化」理論裏，已經具備了非常充分的表達。

這樣的描述，比較清楚地看出了「文化詩學」這個術語的思想根本和理論源頭。在 20 世紀 80 年代，美國的「新歷史主義」學派試圖解構審美話語的獨立性和封閉性、倡導各種話語之間的互相跨越和交往的時候，對來自俄羅斯詩學思想作了一個「平移」，但

⓫ 黃念然〈當代西方文論中的互文性理論〉，載《外國文學研究》，1999 年第一期。

⓬ 伊哈布·哈桑《後現代轉折》第八章，引自《最新西方文論選》，王逢振編，灕江出版社，1991 年版，第 129 頁。

是，這個平移並非無理由的「盜用」，而是使它在當時美國語境化裏獲得了新的含義。事實上，關於格氏的「文化詩學」，另一位後來被稱為「文化詩學」發端者之一的美國學者路易士·孟酬士（Louis A Montrose）指出，各種被視為從「文化詩學」視角研究文學的實踐活動，尚未集結出一個系統的範型，也缺乏理論的明晰性❸。出現這樣的現象，關鍵就在於：美國的「新歷史主義」者在對付這個術語的時候，強調了它的社會批判維度，而對其中的詩性話語則有意識地掛失了。這個立場，可以見諸格氏的那篇屢屢被提及的論文〈通向一種文化詩學〉。❹關於這個傾向，程巍指出，「文化批評越出了傳統的文學文本，而將一切都視作文本，然後對其進行綜合研究。在這一點上，它與後現代主義有些共同之處……」❺我以為這個結論可以為美國「文化詩學」的基本立場作注。

二、俄羅斯詩學研究的文化意識 與「文化詩學」概念的形成

關於「文化詩學」這個術語的考察，幾乎必然延伸到「詩學的

---

❸　劉慶璋〈文化詩學學理特色初探〉，載《文史哲》2001 年 3 月號。

❹　在這篇文章的末尾，格氏總結說：「以上種種說法，相互之間固然有重要的差別，但每一種都要避開穩定的藝術模仿論，試圖重建一種能夠更好地說明物質與話語之間不穩定的闡釋範式，而這種交流，我已經論證，正是現代審美實踐的核心。為了對這種實踐作出回答，當代理論必須重新選位：不是在闡釋之外，而是在談判和交易的隱秘處。」（盛寧的譯本，見張京媛主編《新歷史主義與文學批評》，北京大學出版社，1993 年版，第 15 頁。）

❺　程巍〈近期英美文論狀況〉，載《中國社會科學院院報》，2003 年 5 月 13 日。

文化研究意識」這個邊界。毫無疑問，後者是前者的起點。對於俄國「文化詩學」的出現及其歷史的描述，按照現有的研究成果，則必須從維謝洛夫斯基的「歷史詩學」說起。

　　維謝洛夫斯基（A. Веселовский）在強調自己的詩學風貌時，這樣說：「無論在文化領域，還是更特殊一些的藝術領域，我們都被傳說所束縛，並在其中得到擴展，我們沒有創造新的形式，而是對它們採取了新的態度。」**⑯**這個「新的態度」，在他的學生、著名的形式主義文藝學家日爾蒙斯基的著作《比較文藝學：東方與西方》裏獲得了解釋。日爾蒙斯基說：歷史詩學研究的中心課題就在於闡明「詩的意識及其形式的演變。」**⑰**「歷史詩學」的基本立場和任務，就是把詩的形式要素（體裁、題材、意象、手段、技巧、隱喻、主題、風格等等）作為研究物件，揭示積澱在形式要素的發展演變歷史中的審美意識。巴赫金在評價維謝洛夫斯基時，這樣評價說：維謝洛夫斯基發現了「文藝學與文化史的聯繫」，揭示了藝術形式、藝術語言的「符號學涵義」。**⑱**巴赫金把「歷史詩學」稱為使「藝術形式」和「藝術語言」具有「符號學涵義」，這裏的「符號學涵義」指的是什麼呢？我理解，這就是認為藝術形式和藝術語言具有文化載體的功能。相對于文學的社會歷史批評來說，維謝洛夫斯基更為強調文學研究的物件與方法的文化色彩，學術界名之曰「歷史

---

⑯　維謝洛夫斯基《歷史詩學》中文版譯序，百花文藝出版社，2003 年版，第 12 頁。

⑰　維謝洛夫斯基《歷史詩學》中文版譯序，百花文藝出版社，2003 年版，第 11 頁。

⑱　巴赫金《話語創作美學》，莫斯科，藝術出版社，1979 年，第 344 頁。

詩學」，而在這個「歷史」，不是指一般意義上的歷史，而是有主
體的，這個主體就是「藝術形式」；維謝洛夫斯基的「歷史詩學」
關注的是藝術形式的文化歷史。實際上，已經有學者這樣評價維謝
洛夫斯基的歷史詩學的性質：「『比較－歷史學派』的創始人維謝
洛夫斯基的『歷史詩學』，就其核心涵義而言，就是文化詩學的一
種雛形。」⑲

　　與維謝洛夫斯基「歷史詩學」幾乎同一個時期蔚然大觀的，是
俄羅斯的「宗教文化詩學」。雖然名為「宗教文化」，但對於俄羅
斯這個民族而言，並不構成與「世俗文化」對立甚至對應的關係；
兩者是融合在一起的。別爾嘉耶夫在《俄羅斯思想》裏說：「對藝
術作品中的辯解持宗教的、道德的和社會的懷疑態度正是俄羅斯意
識所特有的。」⑳在宗教文化詩學看來，陀思妥耶夫斯基就是「基
督教的人道主義者」。㉑作為宗教文化詩學學派的奠基人，弗‧索
羅維約夫認為藝術作品就是「對任何事物和現象從其終極狀況的視
角，或從未來世界的觀點所作的任何具體可感的描繪」。㉒宗教文
化詩學亦然。它對於俄國象徵主義詩學產生了巨大的影響，以致於
在討論象徵主義詩學的文化背景的時候，可以直接把宗教文化看作

⑲　吳曉都〈文化詩學：文藝學的新增長點〉，載《中國社會科學院院報》，
　　2003 年 5 月 13 日。
⑳　別爾嘉耶夫《俄羅斯思想》，雷永生、邱守娟譯，三聯書店，1995 年，第 87
　　頁。
㉑　別爾嘉耶夫《俄羅斯思想》，雷永生、邱守娟譯，三聯書店，1995 年，第 89
　　頁。
㉒　轉引自張傑、汪介之《20 世紀俄羅斯文學批評史》，譯林出版社，2000 年，
　　第 28 頁。

它的等值物。宗教文化詩學的代表羅贊洛夫、舍斯托夫、布林加科夫、別爾嘉耶夫和弗羅連斯基等，他們在批評實踐裏把文學批評實踐與基督教文化的價值觀念、思維方式聯繫在一起，在詩學研究領域構成了一道獨特的風景。應該特別指出，宗教文化詩學不僅是一種自覺的文本批評實踐，而且，在相當大的意義上說，是一個思想運動。關於後者，我想，它與 20 世紀巴赫金的「文化詩學」思想具有同樣的豐富性，不過，在價值取向上，兩者是不同的。

當然，巴赫金的「文化詩學」理論和實踐，是俄羅斯詩學研究從對文化的關注步入「文化詩學」概念形成的重要環節，也是俄羅斯「文化詩學」鏈條上最具世界意義的一個環節。首先，巴赫金的「文化詩學」是以多元對話作為哲學基礎的，也是以追求「幾千年來全體民眾的一種偉大的世界感受」為理想的。因此，他的「文化詩學」批評實踐，以民間文化為有力的背景，在氣質和風範上，較之于「宗教文化詩學」和「歷史詩學」有更高的追求。其次，巴赫金的「文化詩學」與社會學詩學、歷史詩學是密切聯繫在一起的，構成了一個總體論的詩學。他謀求的是，在詩學的文化研究、體裁的歷史研究和思想的社會學研究的綜合總體考慮中，構建一個具有模型效果的詩學體系。這個總體性詩學理論，既充分考慮詩學自身的審美性、詩意色澤，又具備充沛的歷史意識，更具有開放的人文關懷。關於這一點，巴赫金說：「實際上任何一個文化的創造性的行為所處理的都不是對價值漠不關心的、完全偶然和無秩序的材料（材料和混沌總的來說是實質上相對的概念），而總是某種已被評價過的、具有某些秩序的事物，對這個事物，文化行為現在必須負責地

持有自己的價值立場。」❷藝術創造行為之所以生動，與這個價值的評價和現實中積極的相互確定，密不可分。可以這樣說，到巴赫金這裏，俄羅斯詩學傳統裏面對詩學研究的文化意識的關注，業已成熟；假如說，「文化詩學」這個概念在維謝洛夫斯基的「歷史詩學」和「宗教文化詩學」那裏還不夠成熟、還多少屬於一種對文化的眷念和有力的關注的話，那麼，在巴赫金這裏，「文化詩學」已經成為既有理論概述又具有具體實踐的成熟的概念了。

由於語境的特殊性，俄國詩學研究對於文化的關注成為一個重要的維度。在這個維度下，尤裏・洛特曼（Ю. Лотман）的結構－符號學詩學、鮑列夫（Ю. Борев）的詩學風格學、利哈喬夫（Д. Лихачев）的歷史文化詩學及當下著名學者尤裏・曼（Ю. Манн），都以文化的研究作為詩學研究的背景和有力的動機。洛特曼在論文〈俄羅斯文化的符號學論綱〉裏說：對於符號學詩學來說，「文化是一扇打開的窗戶」；「文化世界的視窗永遠不會關閉。」❷洛特曼的一系列著作，的確「首先把文學的文本看作一個完整的文化符號系統，然後再對這個文本的功能做結構層次上的、語義綜合學的審視和闡釋，力求把結構主義的、符號學的共時性研究同歷史文化

---

❷　巴赫金《文學和美學問題》，莫斯科，文學出版社，1979 年，第 25 頁。轉引自彭克巽主編《蘇聯文藝學學派》，北京大學出版社，1999 年，第 152 頁。

❷　《語言，符號，文化：洛特曼和塔爾圖——莫斯科符號學派》，莫斯科，「ГНОЗИС」，1994 年，第 416 頁。

學的歷時性研究有機地結合起來。」㉕這個結合，體現了洛特曼和
塔爾圖學派對俄羅斯詩學研究傳統的發揚。假如說，在巴赫金那
裏，「文化詩學」具有著強烈的歷史意識和政治意識形態的指向的
話，那麼，在洛特曼這裏，便與世界人文學科研究的科學化意識更
緊密地聯繫在一起了。

另外，20 世紀俄羅斯文藝學家鮑列夫以對藝術風格的結構進
行專門研究而著稱，在他的研究中，「風格是多層次的。它在濃縮
的狀態中既包含著作者個性又包含藝術構思的整體，藝術潮流的類
型學特徵和作者所依據的藝術文化歷史傳統。風格結構的層次可以
分為：一，它的深層的生成層叫做文化始發現象，是言語中的音
調；二，民族文化風格；三，民族文化發展中的階段性風格……」
㉖這裏表現出來的對文化研究的深切關注是非常明確的。利哈喬夫
是文學史家、版本學家、文化學家，專門研究俄國文學起源和發
展。他的專著《古代俄羅斯文學詩學》（1969 年）不僅是文學史和
文藝學的研究，而且被譽為「俄羅斯精神文化的百科全書」；尤
裏·曼對俄羅斯哲性詩學的研究，也正是依託哲學話語與美學話語
而切入詩學研究的㉗。

我們可以這樣描述 20 世紀俄羅斯詩學的文化關注以及「文化
詩學」內在地形成的軌跡，可以這樣歸納這個走向：俄羅斯詩學對
其文化的關注實際上出於對歷史的關注，因而「文化詩學」在其詩

㉕　維謝洛夫斯基《歷史詩學》中文版譯序，百花文藝出版社，2003 年版，第 35
　　頁。
㉖　彭克巽主編《蘇聯文藝學學派》，北京大學出版社，1999 年，第 49 頁。
㉗　見尤裏·曼的《俄羅斯哲性詩學》，莫斯科，「МОЛП」，1998 年。

學系統內部的生成，是日積月累科學演進的結果。在這個過程中，文化的各種因素，哲學、宗教、科學思維、歷史、民間文化、國家制度、語言學等，都參與了「文化詩學」的話語建構過程。假如我們注意到形式主義者們，例如：什克洛夫斯基、日爾蒙斯基和托馬舍夫斯基的轉向以及他們達到的研究境界，那麼，似乎可以把俄羅斯文化詩學的脈絡這樣表述：一條是以維謝洛夫斯基、巴赫金、利哈喬夫和尤裏·曼為代表的「人文文化詩學」流派，一條是以前形式主義者們、洛特曼和塔爾圖學派結構－符號學組成的「科學文化詩學」。對文化的關注並以文化作為詩學研究的底色，意味著強調「文化詩學」對俄羅斯民族文化和民族意識的建構功能，而這也是20世紀俄羅斯「文化詩學」的基本風貌。

三、漢語語境下「文化詩學」話語的建構

在以上學術背景下，假如把英國文化研究的詩學傾向聯繫來考慮❷，強調20世紀80年代的「文化詩學」起源觀念，已經沒有什麼意義了。加拿大學者 F.G. 查爾默斯就將人類對藝術與文化相互關係的研究追溯到西元前4世紀；還有學者乾脆給中國傳統詩學戴上「文化詩學」的桂冠。實際上，從一般意義上說，文化與詩學從來就沒有分離過。當下漢語語境下使用這個術語的方式，則可以稱

---

❷　英國文化研究所指涉的是英國在第二次世界大戰後所形成的知識傳統。它在學院內的建制化，可以說是肇始于在柏明罕大學的當代文化研究中心（Center for Contempoop Cultural studies，CCCS）。70年代中期以後，文化研究逐漸在英國內部擴散，許多學校開始授予文化研究的課程與學位。英國文化研究裏形成了以雷蒙德·威廉斯為代表的文化唯物主義學派。

為所謂「泛文化」的「文化詩學」，即認為當下文學研究必須和必然與具體文化語境聯繫來進行。

「文化詩學」在當下中國文學藝術批評實踐中獲得的認同，顯然借助於中國大陸當下的話語語境對這個術語內涵的整合。無論作為一個批評實踐，還是作為一種文學理論，「文化詩學」都是在中國當下的文學藝術批評話語的語鏈中被建構起來的。這個語鏈，就是 80 年代以來大陸漢語詩學研究界完成的話語歷程：由詩學研究的社會政治立場向「審美論轉向」、「主體性轉向」和「語言論轉向」等三個重要轉向，在這個轉向的語鏈上，「文化詩學」獲得了語義上的規定。「文化詩學」獲得的嵌入當下中國文學批評話語的契機，也正是在這個話語語鏈中得到了自己的位置。實際上，這個位置既說明它業已參與到文學理論和文學批評的話語中來，也完成了對它的重新定位。

那麼，「文化詩學」是如何被定位的呢？簡單說，當我們厭倦了文學批評的政治意識形態維度之後，當我們批評界進行「審美狂歡」、「主體狂歡」和「語言狂歡」時，仍然沒有擺脫對文學的片面而深刻的認識這個局面；文學的定位在解構了經濟基礎與上層建築之間關係的「二元對應」思維模式之後，陷入了孤立和孤獨的自我詮釋局面。人們用文學文本自身的審美特性、主體性和語言存在論來詮釋文學文本。而實際上，文學文本在很大程度上不能夠滿足於自我解釋。作為人類寶貴的精神文化現象，它必須在更大的人文時空中得到確認。這就是「文化詩學」這個術語獲得中國當下文學語境認同的契機。

漢語語境中的「文化詩學」，是「歷史的詩學」與「文化的詩

學」的融合。「文化詩學」在漢語文學批評現實中得到認同，必然得到詩學形式的歷史意識的建構，建立在形式的「通變」、「奇正」的廣闊文化時空中來把握批評文本的趨向。漢魏之交，曹丕論文先評人，而評價人，則觀人品：「文以氣為主。氣之清濁有體，不可力強而致。譬如音樂，曲度雖均，節奏同檢，至於引氣不齊，巧拙有素，雖在父兄，不能移弟子。」❷而對於文，他察覺到文體導致的風格差異。這裏包含著一種文本研究的開放姿態。鍾嶸對詩人品級的評定是建立在風格流變基礎上的。他評價詩人以「源」與「流」為座標，先看他的「源」，再看他對這個風格流變所作的突破。在這個視界下為文本和詩人定位。例如，他品評「漢都尉李陵」：「其源出於《楚辭》。文多悽愴，怨者之流。陵，名家子，有殊才，生命不諧，聲頹身喪。使陵不遭辛苦，其文亦何能至此！」❸評價風格的品級，他強調「格調」的高低。而格調，又是在「詩，可以興，可以觀，可以群，可以怨」這個儒家詩學基礎上確立的。換句話說，鍾嶸的文學批評實踐所依據的理論，既屬於社會學詩學，又屬於歷史詩學。集儒學、道家自然學說和佛理為大成者劉勰，則明確了批評的科學門徑，他說：「將閱文情，先標六觀：一觀位體，二觀置辭，三觀通變，四觀奇正，五觀事義，六觀宮商，斯術既形，則優劣見矣。」❸在《序志》裏他說了意思相近的一段話：「至於剖情析采，必籠圈條貫，摛神性，圖風勢，以包

---

❷ 曹丕《典論·論文》。

❸ 鍾嶸《詩品》。

❸ 劉勰《文心雕龍·知音》。

會通，以閱聲字。」他是強調從文本的體裁形式、辭藻、繼承和發揚、技巧創新、典故、平仄等六個方面來批評作品，六個環節緊密聯繫於一體。從這六個方面來考察，其理論基礎則建立在「綴文者情動而辭發，觀文者披文以入情；沿波討源，雖幽必顯。」意思是：文本是作家內心感情的表現（為辭藻），因此，只要細緻地閱讀文句，則發掘作者的情致，就是必然的。文學批評在相當大的程度上也就是捕捉作家的「情志」在作品中表現的工作。這個批評思想在很大程度上影響著中國文學批評的價值取向和方法論。在劉勰的批評思想中，「位體」、「置辭」、「通變」、「奇正」、「事義」、「宮商」等六個因素，是文學批評的形式門徑，而這些形式因素作為批評的標準是歷史性的；缺乏歷史的座標，就缺乏了批評的參照價值。這一點，與巴赫金的觀點是一致的。巴赫金認為，藝術家是「用充滿沉甸甸含義的形式」進行創作的❸；每一種體裁，「在它們若干世紀的存在過程裏，形成了觀察和思考世界特定方面所用的形式。」❸劉勰在這裏所強調的六個形式方面的批評門徑，實際上強調的是它們各自發展的歷史積澱：一個供批評的文本，是存在於詩學的歷史時空座標中間的，缺乏形式的「通變」、「奇正」等歷史詩學方面的判斷，就不能把握文本的高低、深淺和雅俗。這個批評傳統在明清兩代的文學批評家（例如王夫之、葉燮）和

---

❸　《巴赫金全集》中文版第四卷，河北教育出版社，1998 年，第 367 頁。

❸　《巴赫金全集》中文版第四卷，河北教育出版社，1998 年，第 368 頁。

民國以來的文學批評（例如魯迅、王國維）那裏得到了繼承❸。

漢語詩學語境裏，藝術體裁的邊界意識是清晰的，然而，在具體的文本批評實踐中，這個邊界是可以跨越的。中國古代詩論、詞論和曲論，則在相當程度上建立在詩學概念相通的基礎上。古人論王維的詩歌和繪畫：「詩中有畫，畫中有詩」，就打破了藝術門類的邊界；王國維論「境界」，把詩、詞、曲等連帶起來一起討論；論宋元繪畫，其基本立場，甚至基本術語都可以直接運用到詩歌研究中。而在跨越話語邊界的更大嘗試中，古代中國文人把「琴、棋、書、畫」當作四大雅事，並且放在統一在「自然哲學－詩學」的話語體系裏討論是屢見不鮮的，關於這一點，當有另文論述。

最後，這種融通的審美意識在具體的藝術實踐過程中，表現為繪畫、題詩、篆刻、工藝等綜合於一體，顯示出盎然的文化趣味。在這個語境下，「詩學研究」這一行為，本身不止屬於理論研究，而是一種文化行為；甚至也不止是文化行為，而是文化人修養生性的閒逸的生活姿態。這個姿態標誌著文人的生存價值。所以，在漢語文化詩學的架構裏，「文化詩學」所蘊涵的哲學意味，是融於詩而又超越詩的。

我理解，正是在這三者基礎上，中國學者如此使用「文化詩學」術語。童慶炳先生認為，「『文化詩學』仍然是『詩學』（廣義的），保持和發展審美的批評是必要的；但又是文化的，從跨學

---

❸　例如王夫之之《姜齋詩話》論「法度」、葉燮《原詩》論「正、變、盛、衰」；王國維論「意境」、魯迅論「中國小說史」發展的「變遷」，皆在歷史過程和現實關懷中把握詩學評價。

科的文化視野，把所謂的『內部研究』與『外部研究』貫通起來，通過對文學文本的分析，廣泛而深入地接觸和聯繫現實仍然是發展文學理論批評的重要機遇，『文化詩學』將有廣闊的學術前景。」❸❺他在解釋這個術語的時候，強調的是「文化詩學」能夠幫助文學理論「廣泛而深入地接觸和聯繫現實」，這恰好是漢語詩學的基本立場和批評的價值取向。劉慶璋教授在接受這個術語的時候這樣認為，中國大陸當下學術界接納「文化詩學」這個術語，「……還由於它對文化與文學關係的特別關注和特有認識。這表現在：首先，文化詩學視整個文化系統為文學與社會聯繫的紐帶，從而正確揭示了文學與客觀世界的連接關係。同時，它更充分地估量了文學與經濟基礎之間存在著的這一包容複雜、空間廣袤的宏大仲介——文化的重要地位，更清楚地看到了文化的歷史承傳性、中外交融性、相對穩定性和構成複雜性。」❸❻同樣，她看重的是這個術語對文學與社會聯繫紐帶的牽連關係。針對西方「文化詩學」術語中掛失的「詩意」，童慶炳先生特別強調：「（文化詩學的）文化視角無論如何不要擯棄詩意視角。」❸❼劉慶璋教授強調：「文化詩學的落腳點是詩學——文學學，是一種文學理論，而不是泛文化理論。它是一種主要以文化系統與文學的互融、互動、互構關係為中軸來審視文

❸❺ 童慶炳〈新理性精神與文化詩學〉，北京師範大學出版社「文化與詩學叢書」總序，2001年版。

❸❻ 童慶炳〈新理性精神與文化詩學〉，北京師範大學出版社「文化與詩學叢書」總序，2001年版。

❸❼ 童慶炳〈新理性精神與文化詩學〉，北京師範大學出版社「文化與詩學叢書」總序，2001年版。

學的理論和研究文學的方法。」❸我以為，這種看重絕對不是個人的趣好，而屬於一種源于深廣的詩學傳統的文學或者文人的情懷。正是這個情懷把曹丕到王國維的漢語詩學的現實關懷和歷史意識聯繫起來，投射到「文化詩學」在漢語語境中的闡釋中行為。

詩應該具有自己本體性的存在，這個存在，在無論什麼「詩學」研究的名目下都是不可替代的，這也因此決定了：既然研究物件是「詩」，那麼，無論什麼方法和立場，都必然是在充分注重「詩意」的前提下展開。而失去「詩意」的「詩學」，在漢語詩學傳統中是不可想像的。

四、參與和共建：「文化詩學」的多樣化形態

如此，當下學術界這個「文化詩學」術語至少呈現出三條理路：一是從俄羅斯 19 世紀中下期對文化的深刻關注過渡到巴赫金、洛特曼的「文化詩學」內涵的建構。在這裏，體現的是一種民族文化意識的牽掛、一種政治意識形態的指向，以及人文學科科學化的思潮。二是從 20 世紀 40、50 年代開始的英國文化研究呈現的詩學趣向延伸到 80 年代美國新歷史主義的「文化詩學」的走向。在這個語境裏，強調的是文化批判的理路：在盧卡奇、葛蘭西、阿爾庫塞思想影響下，西方社會理論研究中意識形態批判、大眾文化批判和西方中心意識的解構。「文化詩學」具體體現為審美話語獨立意識的解構，在批評實踐中追求跨越各種話語邊界、進行話語的重構。三是當下漢語語境裏使用的這個術語，既包含著對漢語詩學傳統的人文意

---

❸　劉慶璋〈文化詩學學理特色初探〉，載《文史哲》2001 年 3 月號。

識和審美情結的雙重關懷，又具有介入當下文化建設的實踐意圖。漢語語境下的「文化詩學」被賦予了建構民族審美意識的功能。

　　「文化詩學」的多樣形態，是目前這個世界文化發展格局的體現。不管你願意與否，當下世界的經濟全球化趨勢越來越明顯，文化的包容或殖民化趨勢也呈現出不可逆轉的態勢。在這個文化多元與文化霸權並舉的氛圍裏，一切詩意和詩學的存在，必然處於動態和不斷「耗散」的過程中。因此，我這樣理解「文化詩學」這個術語的存在狀態：「文化詩學」在漢語語境下的使用，處於不可回避的需要重新界定的狀況，然而這並不意味著必須給予它一個內涵固定和統一的規定。這樣說的理由就是，當下的漢語學術界各自言說的學術背景和處理的物件是多元的，在這個境況下賦予一個術語的固定內涵，在實踐中是難以實行的，而且容易形成巴赫金所謂「獨白」的局面。因此，在對待這個至少有三個理路的「文化詩學」術語，我倡導一種參與和共建姿態。

　　在詩學研究的大背景下，把「文化詩學」視為多種詩學研究的理路之一，而不是「唯一」，更不是「一統江湖」的「霸主」。因此，對於「文化詩學」在漢語詩學語境裏的存在，不是一種「走向」，而是一種「介入」——「文化詩學」研究介入到漢語詩學的多樣化研究思路中去。巴赫金在強調詩學研究的基本思路時，指出了三個研究思路：一個文化詩學思路，一個歷史詩學思路，一個是比較詩學思路。❸對於漢語詩學的傳統而言，這三個思路顯然是不

---

❸　巴赫金〈答《新世界》編輯部問〉，見《巴赫金全集》中文版第四卷，河北教育出版社，1998年版，第363頁。

夠的。「文化詩學」作為其中的一種，可以參與到漢語詩學研究的大視野裏共謀發展。

在「文化詩學」本身的存在樣態中，三種理路彼此之間可以在批評實踐中對話、滲透、達到並存。文學研究的文化空間再度開掘，對於俄羅斯詩學和歐美其他民族來說，是 20－21 世紀詩學研究許多趨勢中的一個共同點；對於漢語詩學來說，也是 20 世紀新文學革命以來的一個恒久話題在新的語境裏的繼續。旨在全面改變國民性的五四運動，固然屬於「新文學革命」，但在更大的空間裏，名之曰「新文化運動」是最恰當的。1928 年掀起的以「文學的重新定義」為主旨的「文化批判」運動，也在相當大的意義上改變了漢語詩學的研究空間❹。20 世紀漢語詩學面對的多次以「文化」的名義進行的「批判」，實際上也在各種意義上屬於「文化詩學」的闡釋，不過，它沒有局限在文本意義上。假如我們把整個 20 世紀漢語詩學的各種「文化批判」的政治意識指向，以及 80 年代以來漢語詩學研究逐漸取消政治意識指向或者政治意識形態批判的指向被淡化這個趨勢，與 80 年代格仁布萊特的「文化詩學」的意識形態批判指向、與俄羅斯從維謝洛夫斯基、巴赫金、利哈喬夫和尤裏·曼的文化詩學聯繫起來考慮的話，那麼，我們會看見一幅非常有趣的話語圖景。

漢語語境裏的「文化詩學」必然積極參與和介入漢語詩學面對的重大課題。而 80 年代到 21 世紀初期的漢語文學話語的重大課

---

❹ 關於「文化批判」，可以參見成仿吾〈祝詞〉，載《文化批判》1928 年第 1 號。

題，表現為對文學審美話語的民族意識、人文精神的建構。這樣，當「文化詩學」這個術語介入漢語詩學語境的同時，它的政治關懷維度就順勢轉化為民族意識和人文精神的關懷；一種旨在解構的政治態度轉化為建構性質的文化態度。這個轉化及其結果，與俄羅斯「文化詩學」的基本面貌是相似的。我以為，轉化的中樞就恰恰強調了「文化詩學」裏的「歷史意識」因素。漢語語境裏對「文化詩學」的話語建構，最關鍵的環節是恢復了這個概念裏的「歷史意識」。這個恢復，既體現了漢語詩學的歷史批評傳統，同時又彰顯了這個術語的時代精神和現實關懷。

漢語語境下的「文化詩學」實際上實現了政治意識形態指向的消解和民族精神再造這兩個任務。在相當大的程度上，它實踐著借助文學的民族文化傳統、建構時代宏大敘事的功能。文學文本被置於宏大的文化背景下解釋，在廣闊的歷史時間和空間中被詮釋，這樣的批評實踐，實際上不可能不具有建構的意識。

七百年來《白虎通》的研究向度

周德良*

【摘　要】　《四庫全書·總目》評論《白虎通》曰：「方漢時崇尚經學，咸兢兢守其師承，古義舊聞，多存乎是，洵治經者所宜從事也。」由於《白虎通》不僅「書中徵引六經傳記，而外涉及緯讖」，故《白虎通》一直被視為是有關東漢文化思想，特別是經學、讖緯學、禮樂制度與訓詁學等重要之文獻，代表前代官方學術之認定。然而，自東漢章帝於建初四年（79）下詔太常以下至諸生、諸儒會洛陽白虎觀講議《五經》同異後，由於當時史書不載，學者不論，以至後世史書登錄該會議資料之名稱、作者，乃至於篇卷數量，未見一致。時歷千貳佰年後，元代大德九年（1305）復刊《白虎通》，世人對於《白虎通》之研究，亦由此方興。本文之旨意，乃以近七百年來（1305－2006）諸家研究《白虎通》之成果為對象，略論歷來研究《白虎通》之考證與詮釋。論文首先還原會議之緣起及其會議程序與會議結果。其次，依各家研究《白虎通》之重點與性質為主，按時代前後為輔，分成：校刊、考證、詮釋三時

---

*　本文作者，現為淡江大學中文系助理教授。

期，分析七百年來《白虎通》的研究向度；最後，以白虎觀會議之緣起與《白虎通》文本兩者之關係，闡述七百年來詮釋的轉向。

【關鍵詞】 《白虎通》 漢代 經學會議 國憲法典

壹、前　言

　　自元大德本《白虎通》文本問世以來，至今已逾七百年（1305－2006）。七百年前之「白虎通」，❶只是史書記載之書目名稱，《白虎通》流行之後，世人始窺其全貌，對於《白虎通》之研究，亦由此方興。當前學界研究《白虎通》，常因其書之性質介於會議資料與國憲法典之間，為縮合兩者不同性質同時存在於一書之中，遂形成一種會議以講議經學之名而行制禮之實之詮釋向度。因此，白虎觀會議不僅成為國憲制度之起草大會，《白虎通》文本成為章帝制定國憲之過渡階段，並成為日後之制憲工程之理論基礎。質言之，目前《白虎通》之研究階段，處於一種以文本性質之結果以推論白虎觀會議之緣起。本篇論文即以此為題，略述近七百年來《白虎通》的研究向度。論文首先還原會議之緣起及其會議程序與會議結果；其次，依各家研究《白虎通》之重點與性質為主，按時代前後為輔，分成：校刊、考證、詮釋三時期，分析七百年來《白虎通》的研究向度；最後，以白虎觀會議之緣起與《白虎通》文本兩

---

❶　歷來學界對於白虎觀會議資料之內容有不同見解，且不同之名稱亦有不同之義意內容。本文為避免論述上所產生之混淆，暫時以「「白虎通」」指稱史書記載之白虎觀會議所有可能之文獻資料，而以「《白虎通》」指目前流行之元大德本《白虎通》之文本。

者之關係，闡述七百年來詮釋的轉向。

貳、白虎觀會議與會議資料

《後漢書·章帝紀》曰：

> ……中元元年詔書，《五經》章句煩多，議欲減省。至永平
> 元年，長水校尉儵奏言，先帝大業，當以時施行。欲使諸儒
> 共正經義，頗令學者得以自助。……於是下太常，將、大
> 夫、博士、議郎、及諸生、諸儒會白虎觀，講議《五經》同
> 異，使五官中郎將魏應承制問，侍中淳于恭奏，帝親稱制臨
> 決，如孝宣甘露石渠故事，作白虎議奏。❷

東漢章帝建初四年（79）詔書中明白揭示，由於當時學術「《五
經》章句煩多」之問題由來已久，遂有「議欲減省」之需求，同時
冀望達到「頗令學者得以自助」之目的，故下詔「太常，將、大
夫、博士、議郎、郎官及諸生、諸儒會白虎觀」，試圖透過會議之
手段以解決當時之經學問題。此會議之進行，係採「諸儒共正經
義」之方式，由五官中郎將魏應承制問，其餘如太常、將、大夫、
博士、議郎、諸生、諸儒等與會者，講議《五經》同異，再命淳于
恭記錄並上奏講議結果，最後由章帝親稱制臨決，此會議形式一如
西漢宣帝甘露三年（B.C.51）之「石渠故事」。因會議在白虎觀處，

---

❷ 〔劉宋〕范曄撰，〔唐〕李賢等注：《後漢書》（北京：中華書局，1965 年
5 月），卷三，頁 138。

史稱此會為「白虎觀會議」，而會後所作議奏名之曰「白虎議奏」，李賢（651－684）注之曰：「今《白虎通》」，《隋志》以後便通稱此次會議資料為「白虎通」。可知，「白虎通」一辭乃是「以地名書」。

《後漢書·儒林列傳》又載：

> 建初中，大會諸儒於白虎觀，考詳同異，連月乃罷。肅宗親臨稱制，如石渠故事，顧命史臣，著為通義。（卷七十九上，頁2546）

此文與上文同記一事，但所作會議資料有「通義」之名，故《新唐書·藝文志》稱之為「白虎通義」。《後漢書·班固列傳》又載：

> （班）固自以二世才術，位不過郎，感東方朔、楊雄自論，以不遭蘇、張、范、蔡之時，作〈賓戲〉以自通焉。後遷玄武司馬。天子會諸儒講論《五經》，作《白虎通德論》，令固撰集其事。（卷四十下，頁1373）

故此會議資料又有「白虎通德論」之名，《崇文總目》亦以此稱之。

《後漢書》所載記錄白虎觀會議之資料，或曰「白虎議奏」、「通義」、「白虎通德論」，並未統一其名，甚且未有「白虎通」之名。因此，後世史書目錄與類書對此一會議資料，便有不同名稱。推究此一現象之產生，乃由於《後漢書》記載白虎觀會議之事

者詳，而記錄會議之資料者略，且自會議結束之後，《後漢書》便無下文，會議本身既無後續發展，會議資料亦無具體記錄；從此而後，即便他書偶或徵引「白虎通」文句者，亦如鳳毛麟角，遑論有見其全貌者。換言之：截自元大德本《白虎通》問世之前，所謂與白虎觀會議有關之「會議資料」，《後漢書》既已語焉不詳，而後世史書便無可考，更無所本，故所謂「白虎通」、「白虎通義」或「白虎通德論」都只是後世文獻方便稱呼此一會議資料之「存目」。

參、《白虎通》的研究發展

一、校刊期

自白虎觀會議之後，所謂會議資料之「白虎通」，不僅在東漢當時未被人提及，甚至往後壹千貳百年間，「白虎通」只是流傳在史料叢書中之「傳說」；故世人對於《白虎通》之關注與研究，始於文本之重新問世。張楷於重印《白虎通》之「序」言：

> 《白虎通》之為書其來尚矣。……平生欲見其完書，未之得也。余分水監歷常之無錫，有郡之者儒李顯翁晦識余於官舍，翌日攜是帙來且云：州守劉公家藏書舊本，公名世常字平父，迺大元開國之初行省，公之子魯齋許左轄之高弟收書不啻萬卷，其經史子集士夫之家亦或互有，惟此帙世所罕見，郡之博士與二三子請歸之於學，將鏤板以廣其傳，守慨然許之。今募匠矣，求余識於卷首，余謂：是書韜晦於世何

　　止數百歲而已，……。❸

　　《白虎通》韜晦於世何止數百歲，元代之前甚為罕見。當時李顯翁持劉平父家所藏是書善本見張楷，東平郡守並允然以此書鏤板重印，以廣流傳，時在元大德九年四月（1305），此即所謂「元大德本」。目前所見《白虎通》之版本，如明、清以後所刻之《抱經堂叢書》、《漢魏叢書》、《兩京遺編》、《古今逸史》、《秘書二十一種》等均有此書，亦大多沿襲元大德本。

　　盧文弨（1717－1795）校刻《白虎通》時言：

　　案：古書不宜輕改，此論極是。……特初就何允中《漢魏叢書》本校訂付雕，於其語句通順者，不復致疑。後得小字宋本，元大德本參校，始知何本閒有更改之處，因亟加刊修以還舊觀，書內不能改者，具著其說於補遺中。❹

　　盧文弨所校刻之《白虎通》，乃就何允中之《漢魏叢書》本校訂，流行至廣。然於付雕之際，始見南宋以前小字舊刻本，但因其所校刻本即將付梓，遂捨棄小字宋本，其校刻仍依《漢魏叢書》元大德本之重印本。而其所刻之版本與小字宋本相參校，間有更改者，具著其說於「補遺」之中，此即《抱經堂叢書》所收之《白虎通》。

---

❸　〔漢〕班固等撰：《白虎通》（臺北：藝文印書館，1969 年《百部叢書集成》據《抱經堂叢書》本影印），「白虎通序」，頁 1。
❹　抱經本《白虎通》，「元大德本跋後」，頁 1。

　　以抱經本《白虎通》為例，目錄共四卷（各分上、下），四十三篇（不含闕文），三百一十一章。其「闕文」以下七篇乃莊述祖（1750－1816）所輯，盧文弨校刊增訂，為舊本所無。

　　盧文弨讎校《白虎通》所據新舊本有五：❺

　　一，明遼陽傅鑰本。

　　二，明新安吳琯本。

　　三，明新安程榮本。

　　四，明武林何允中本。

　　五，明錢塘胡文煥本。

故盧文弨校刻刊印之《白虎通》，乃是依明代之五種版本，並「據莊校本覆校並集眾家」而成。

　　依北平燕京大學圖書館《白虎通引得》，所收《白虎通》之傳本有十七本，❻此十七本「多出元大德重印宋監本」。❼此外，國家圖書館善本書目中，存有明嘉靖元年遼陽傅鑰本二卷，明新安程

---

❺　抱經本《白虎通》，「白虎通讎所據新舊本并校人姓名」，頁1。

❻　《白虎通引得》所收《白虎通》傳本有：一，四部叢刊本十卷、二，隨盦徐氏叢書本十卷、三，明俞元符校吳氏刊單行本二卷、四，明楊祜校兩京遺編本二卷、五，四庫鈔本二卷、六，三餘堂袖珍漢魏叢書本二卷、七，汪士漢校秘書二十一種本二卷、八，明吳琯校古今逸史本二卷、九，明胡文煥校本二卷、十，涵芬樓影印漢魏叢書本二卷、十一，王模增訂（趙宜崙校）漢魏叢書本四卷、十二，廣漢魏叢書本四卷、十三，明郎璧刊單行本四卷、十四，崇文子書百家本四卷、十五，掃葉石印百子全書本四卷、十六，育文石印漢魏叢書本四卷、十七，黃元壽石印小字漢魏叢書本四卷。《白虎通引得》：燕京大學圖書館引得編纂處編（北平：燕京大學圖書館引得編纂處，1931年），頁11。

❼　洪葉：〈白虎通引得序〉，收在《白虎通引得》前，頁10。

榮刊《漢魏叢書》本二卷，明天啟六年郎璧刊本四卷，清道光二十一年張氏書種軒傳鈔元大德本十卷等。

自東漢建初四年（79）至元大德九年（1305）本刊印，兩者相距逾壹千貳佰年，千百年間，《白虎通》文本之完整記錄，甚為罕見，而史書及私人藏書，亦僅記載其書目，無怪乎張楷感歎《白虎通》「是書韜晦於世何止數百歲而已」！相較於漢代其他典籍，《白虎通》則明顯晚出，開始刊刻始於元代，自《白虎通》流行於世，而補闕、注疏、考證《白虎通》，則從清代開始。自清代以來，依學者研究《白虎通》之重點，大致可以區分為考證與詮釋兩方向。

二、考證期

歷來有關《白虎通》之考證問題，大多散見於專題式之書籍，或者是與《白虎通》文本有間接關係之「序」之短文形式，殊少以專書形式呈現。大致而言，學者考證《白虎通》與白虎觀會議之關係時，大多環繞在「白虎通」、「白虎通義」與「白虎通德論」等不同名稱討論，試圖從不同名稱之中，說明《白虎通》文本與白虎觀會議之關係，進而使文本與會議兩者間具有一種因果關係。

如前所述，歷來史書對於白虎觀會議後之資料有不同名稱，而學界面對《白虎通》首要課題，便是「正名」問題。張心澂言：

> 《四庫提要》曰：「《隋書‧經籍志》載《白虎通》六卷，不著撰人。……」……《後漢書》固本傳稱：「……」又〈儒林傳〉序言：「……」唐章懷太子賢註云：「即白虎通義，」是足證固撰，後乃名其書曰《通義》。《唐志》所載

蓋其本名，《隋志》刪去義字，蓋流俗省略。❽

張心澂以為，《唐志》之「白虎通義」乃是本名，《隋志》之「白虎通」減去「義」字，乃是單純流俗省略之簡稱，兩者異名而同實。

莊述祖〈白虎通義攷〉一文，❾啟迪後世研究《白虎通》之風氣，影響近現代研究《白虎通》文本之向度極為深遠。莊述祖考證《白虎通》，以為應當正名為「白虎通義」，不過，其所持理由並非如張心澂所謂「流俗省略」如此單純。莊述祖言：

> 案：〈儒林傳〉云：「命史臣著為通義」，即今《白虎通義》也。議奏隋唐時已亡佚，注以為今《白虎通》，非是。❿

莊述祖考證當時章帝命史臣所作之「通義」，即是現存之《白虎通》，而李賢注以「白虎通義」視為「白虎通」並不正確。莊述祖進一步推論，「白虎通」乃是指稱會議議奏之全文，而「白虎通義」是議奏全文（即《白虎通》）之一部分。莊述祖言：

> 古書流傳既久，字蝕簡脫，會有好事者表章之，亦不過存什一於千百而已，故卷數篇數皆減於昔，惟《白虎通義》不

---

❽　張心澂：《偽書通考》（臺北：明倫出版社，1971年2月），頁840。
❾　抱經本《白虎通》。
❿　〈白虎通義攷〉，頁4。

然。《隋志》、《唐志》六卷，而《崇文總目》則有十卷，
《崇文》目四十篇，而今本則有四十三篇，文雖減於舊，而
篇目反增於前，是〈爵〉、〈號〉以至〈嫁娶〉，皆後人編
類，非其本真矣。⓫

依莊述祖考證，《隋志》之「白虎通」與《崇文總目》之「白虎通
德論」，皆是指「白虎通義」，而且「白虎通義」之卷數、篇數與
篇目，乃後人編纂而成，非當時原貌。

　　抱經本所存《白虎通》四十三篇目錄，除第一卷〈爵〉、
〈號〉、〈謚〉三篇，一卷下〈封公侯〉，三卷〈王者不臣〉，以
及三卷下〈三綱六紀〉外，其餘皆以二字名篇，此篇名係依莊述祖
所考。⓬如莊述祖所言，《隋志》以下不分篇，至《崇文總目》始
分四十篇，而元大德本則有四十三篇，是篇目反增於前，故篇數與
名稱，乃後人依《白虎通》之內容離析合併而有。因《白虎通》之
篇數名稱出於後人類編而成，故其各篇之細分章節（陳立稱細目），
亦當出於後人之手。各篇之章數不一，少則一章（如：〈致仕〉、
〈耕桑〉、〈八風〉、〈商賈〉、〈壽命〉等）；多則三十三章（如：〈嫁
娶〉），亦當是後人類編之結果。

　　莊述祖且依東漢蔡邕（133－192）〈巴郡太守謝版〉中有「詔書
前後，賜石鏡奩《禮經素字》、《尚書章句》、《白虎議奏》合成

<hr />

⓫　〈白虎通義攷〉，頁2。
⓬　抱經本盧文弨記「《白虎通》雒所據新舊本并校人姓名」於莊述祖下注曰：
　　「攷及目錄、闕文皆所定」，頁2。

二百一十二卷」之言，❸認為「白虎通義」與「白虎議奏」有別。

案《禮古經》五十六卷，《今禮》十七卷，《尚書章句》、歐陽大、小夏侯三家，多者不過三十一卷，二書卷不盈百，則《奏議》無慮百餘篇，非今之通義明矣。❹

莊述祖比對「白虎議奏」，在蔡邕之時至少百篇以上，而「白虎通義」（今《白虎通》）僅有四十四篇（〈三綱六紀〉離析為二），「白虎通義」只是「白虎議奏」之略本，故「白虎通義」與「白虎通」實指兩事。因此，章帝命班固撰集其事即是「白虎議奏」，即所謂之「白虎通」全文，此議奏當有百篇以上，且在隋唐時已亡佚；而現存之《白虎通》即是章帝命史臣所作之「白虎通義」，「白虎通義」乃是「白虎通」之略本，二者不可混同。因此，莊述祖主張：現存之《白虎通》四十三篇，應正名為「白虎通義」，而百篇以上之《白虎議奏》稱為「白虎通」；只是《白虎議奏》已無可考，故史書傳說中之「白虎通」，「當然」亦隨之不見。

莊述祖考證蔡邕所謂之《白虎議奏》必在百篇以上，此說具有參考價值；❺但是推論必在百篇以上之《白虎議奏》與現存之《白

❸ 〔漢〕蔡邕：《蔡中郎文集》（臺北：藝文印書館，1969 年《百部叢書集成》影印《十萬卷樓叢書》本），卷八，頁 3。《蔡中郎集》（臺北：中華書局，《四部備要·集部》據《海源閣校刊本》校刊），王昶考證蔡邕作〈巴郡太守謝版〉當於中平六年，見附「中郎年表」，頁6。

❹ 〈白虎通義攷〉，頁2。

❺ 莊述祖稱：「《禮古經》五十六卷，今《禮》十七卷，《尚書章句》歐陽、大小夏侯三家，多者不過三十一卷」，二書卷不盈百。然而，曾與蔡邕並在東觀校書之盧植，亦有作《尚書章句》、《三禮解詁》，《後漢書·盧植列傳》載盧植曾上書靈帝：「願得將能書生二人，共詣東觀，就官財糧，專心

虎通》四十三篇兩者必不相同，此說則需稍加說明。

按東漢前期，「篇」「卷」兩名可以互稱。蔡倫造紙之前，時人記錄著作，仍是流行使用竹簡與縑帛兩種材料，然而「縑貴而簡重」，既不便於使用，且使用者又限於少數人。至元興元年（105），蔡倫「用樹膚、麻頭及敝布、魚網以為紙」，天下「自是莫不從用焉」。❶「蔡侯紙」乃是中國記錄著作材料之一大革命，不僅使圖書更為普及，亦影響中國文獻分類深遠。❶簡而言之，以縑帛成書者可以捲收，故其計量單位稱「卷」，而傳統以簡竹成書者稱「篇」；因此，「篇」同時兼具內容意義之單位與計量載體之單位之雙重作用。故蔡邕時《白虎議奏》百卷以上，至《隋書·經籍志》載「《白虎通》六卷」，乃是必然之趨勢，「六卷」之「卷」依然是計量載體之單位。至《崇文總目》稱「《白虎通德論》十卷，四十篇」，其十「卷」亦指載體之計量單位，而四十「篇」則指內容意義之計量單位，殆無疑義。至元大德本之《白虎

研精，合《尚書》章句，考《禮記》失得，庶裁定聖典，刊正碑文。」（卷六十四，頁 2116）〈巴郡太守謝版〉中所言之《禮經素字》、《尚書章句》二書，是否與盧植著作有關，無法證實；且盧植之二書，未載篇數，其書又亡，亦無可考。今且暫依莊述祖考證所得立論。

❶ 《後漢書·蔡倫列傳》曰：「自古書契多編以竹簡，其用縑帛者謂之為紙。縑貴而簡重，並不便於人。倫乃造意，用樹膚、麻頭及敝布、魚網以為紙。元興元年奏上之，帝善其能，自是莫不從用焉，故天下咸稱『蔡侯紙』。」卷七十八，頁 2513。

❶ 例如《隋書·經籍志》所載圖書，「大凡經傳存亡及道佛，六千五百二十部，五萬六千八百八十一卷」，全部悉以「卷」數，不復稱「篇」。《隋書》：〔唐〕魏徵等著（臺北：鼎文書局，1990 年）卷三十二—卷三十五，頁 468－539。

通》四十三篇，莊述祖即稱：「《崇文》目四十篇，而今本則有四
十三篇，文雖減於舊，而篇目反增於前，是〈爵〉、〈號〉以至
〈嫁娶〉，皆後人編類，非其本真矣。」莊述祖既知《白虎通》四
十三篇乃是內容意義之單位，卻又將蔡邕〈巴郡太守謝版〉所言之
《白虎議奏》百「卷」以上改稱「篇」，進而混淆東漢當時計量單
位之「篇」與後世區分著作內容意義單位之「篇」，而由此得出：
百篇以上之《白虎議奏》與《白虎通》四十三篇兩者必不相同之推
論。尤有甚者，莊述祖由此推論，臆測白虎觀會議有百篇以上之
「白虎議奏」與「白虎通義」四十三篇兩種，而「通義固議奏之略
也」，遂有將《白虎通》正名為「白虎通義」之定論。莊述祖之說
固有可議之處，然其考證所得卻影響深遠，徒令後世在研究《白虎
通》之過程中橫生枝節。⓲

　　至於《後漢書》記載「白虎通」資料內容語焉不詳之問題，莊
述祖解釋言：

　　　　石渠既亡逸，而白虎議奏當時已頗珍秘，晉以來學者罕能言
　　　　之，使後之人，概無以見兩代正經義、屬學官之故事。⓳

莊述祖以為白虎觀會議之後百年內，世人所以不知有「白虎議奏」
者，乃是「白虎議奏」並未對外公開，僅止於觀內收藏，故不僅當

⓲　如孫詒讓〈白虎通義攷〉言「議奏與通義本屬兩書，特同出於白虎觀耳。今
　　考議奏、通義卷數，多寡懸殊，莊氏謂非一書，其說是矣」，即是一例；遂
　　後從此一說如劉師培者，不計其數。
⓳　〈白虎通義攷〉，頁7。

時不知有其書，甚至「晉以來學者罕能言之，使後之人，概無以見兩代正經義、屬學官之故事」。莊述祖此說頗為矛盾，若章帝詔開白虎觀會議之目的，「欲使諸儒共正經義，頗令學者得以自助」，「永為後世則」，❷則會議之後若有如「白虎議奏」或「白虎通義」等文獻資料，是「正經義、屬學官之故事」，理應即時刊立，豈會如此「珍秘」？以致造成「晉以來學者罕能言之」，「使後之人，概無以見兩代正經義、屬學官之故事」？莊述祖之說雖然可疑，然而信從者如于首奎亦以為：

> 本來，白虎觀會議的材料，是作為國家的「機密」，由國家保管著。再加上當時全是用手抄寫，所以數量一定不會很多，讀者更是有限的。❷

于首奎視此次會議資料為國家「機密」，而將「白虎觀會議的材料」未能即時公開，歸咎於手抄本數量不多、讀者有限，甚至牽連與讖緯神學之命運息息相關。但是，手抄本是當時普遍之書寫工具，不屬於特殊原因；讀者固然有限，但不至百年之內無人知之，無人言及。試想，本「欲使諸儒共正經義，頗令學者得以自助」、甚至冀望「永為後世則」之會議，其資料竟然變成「珍秘」之物、「機密」之事？

---

❷　《後漢書‧楊終傳》卷四十八，頁 1599。
❷　于首奎：《兩漢哲學新探》（四川：四川人民出版社，1988 年），頁 227－228。

　　基本上，白虎觀會議乃是循西漢宣帝石渠閣會議之形式規模，兩會同屬於以天子下詔諸儒參與討論之會議，藉由會議討論之形式以解決學術之紛爭，故「白虎通」在形式上理應與「石渠佚文」相當。莊述祖考證《白虎通》曰：

> 今所存本凡四十四篇，首於〈爵〉終於〈嫁娶〉，大抵皆引經斷論，卻不載稱制臨決之語。㉒

> ……《論語》、《孝經》、六藝並錄。傳以讖記，援緯證經，自光武以《赤伏符》即位，其後靈台郊祀，皆以讖決之，風尚所趨然也。故是書論郊祀、社稷、靈臺、明堂、封禪，悉驪括緯候，兼綜圖書，附世主之好，以繩道真，違失六藝之本，視石渠為駁矣。夫通義固議奏之略也。㉓

莊述祖雖已發見《白虎通》文本「引經斷論」、「不載稱制臨決之語」，實與章帝詔書內容之要求不盡相符，亦異於石渠佚文；但只可惜莊述祖以《白虎通》與石渠佚文有純駁之分，而未進一步說明原因。同時，對於《白虎通》夾述《論語》、《孝經》與六藝並錄，亦未表意見。至於書中雜以「讖記之文」，致使是書「以繩道真，違失六藝之本」，亦只將此一現象歸咎於世主所好，風尚所趨使然。其實，上述所提三項疑點，乃是考證《白虎通》極為重要之

㉒　〈白虎通義攷〉，頁2。
㉓　〈白虎通義攷〉，頁7。

線索，然而莊述祖僅以「通義固議奏之略」為理由，權充解釋《白虎通》與史書記載不符之答案。至於《白虎通》內容有「絕大部分來源於讖緯」，于首奎亦以為：

> 另外，白虎觀會議的材料，絕大部分來源於讖緯，因之，它與讖緯神學的命運是息息相關的。讖緯是一些政治野心家用來篡奪政權的一種工具。東漢後，魏、晉的迭起，都是利用讖緯、符命，南北朝的宋劉裕，齊蕭道成也是假借圖讖上台的。正因為如此，一些封建統治者，為了防止別人利用讖緯再趕他們下台，往往也都嚴禁圖讖。❷❹

于首奎以為，讖緯學說在會議當時，猶稱「內學」，方興未艾，至三國以後始遭禁絕，《白虎通》亦因此連帶遭受禁絕。但是，禁絕讖緯乃是魏晉以後之事，即使到「齊蕭道成也是假借圖讖上台的」，何以四百年間無人聞問「白虎通」？因此，于首奎以為《白虎通》因其材料「絕大部分來源於讖緯」，其理由實與當時不見《白虎通》之消息無甚關聯。

孫詒讓（1848－1908）從西漢石渠閣議之議奏探討，亦以為《白虎通》應為「白虎通義」。孫詒讓曰：

> 竊謂建初之制，祖述甘露，議奏之作，亦襲石渠，<u>白虎議奏，雖佚其卷帙，體例要可以石渠議奏推也</u>。《漢書·藝文

---
❷❹　《兩漢哲學新探》，頁 227－228。

志》《書》九家內議奏四十二篇、《禮》十三家內議奏三十
八篇、《春秋》二十三家內議奏三十九篇、《論語》十二家
內議奏十八篇、《孝經》十三家內《五經雜議》十八篇，共
五部百五十五篇。石渠舊例有專論一經之書，有雜論五經之
書，合則為一帙，分則為數家，……白虎講論，既依石渠故
事，則其議奏必亦有專論一經與雜論《五經》之別，今所傳
通議，蓋白虎義奏內之《五經雜議》也。……晉宋以後，議
奏全帙漸至散佚，而《通義》一編，析出別行，僅存於世，
展轉傳迻，忘其本始。於是存其白虎之名，昧其雜議之實，
或以通義該議奏，或以議奏疑通義，皆考之不審，故舛誤互
見矣。㉕

孫詒讓以為，白虎觀會議既是仿傚西漢石渠閣會議之模式，其會議
成果，亦當仿效石渠閣編列之議奏形式，而石渠閣會議既有專論一
經與雜議《五經》之書，故白虎觀會議「必亦有」專論一經與雜議
《五經》之書。然而，石渠議奏雜議《五經》已亡佚，專論一經者
又僅存《石渠禮論》；恰巧白虎觀會議則是專論一經者全部亡佚，
卻僅存雜議《五經》之「《五經雜議》」；故今之《白虎通》即是
白虎觀會議之「《五經雜議》」。因此，孫詒讓以為，以「白虎
通」或「白虎議奏」之名名今之《白虎通》不可行，而當以「白虎
通義」正名之，以別於「白虎議奏」，以正其「雜議《五經》」

㉕ 孫詒讓，〈白虎通義攷〉，《國粹學報》第五年第二冊第五十五期（1909
年）（臺北：文海出版社，1970 年 2 月），頁 2114−2116。

「通義」之實。

　　孫詒讓所論，固然解決《白虎通》名稱問題，並且使《白虎通》中「雜論《五經》」之事實得到暫時性之解釋，但也引出更多問題。首先，考之《漢書·藝文志》，《書》九家中有《議奏》四十二篇、《禮》十三家中有《議奏》三十八篇、《春秋》二十三家中有《議奏》三十九篇、《論語》十二家中有《議奏》十八篇、《孝經》十一家中有《五經雜議》十八篇，石渠閣議既在講《五經》同異，為何缺漏《易》、《詩》二家「議奏」？卻又有《論語》、《孝經》之《議奏》？換言之，《漢志》所列之「議奏」是否必然指石渠閣會議之資料，此說大有可議之處。且若《五經雜議》十八篇屬石渠閣議之「議奏」，為何未冠以「議奏」之名，卻又列在《孝經》十一家之中？再者，石渠議奏專論一經者僅存《石渠禮論》，而《五經雜議》又已亡佚，孫詒讓豈可用《石渠禮論》之實以證白虎觀會議之虛，卻又以《五經雜議》之亡以證《白虎通》之實？況且，若果如此，則《後漢書·儒林列傳》所謂「顧命史臣，著為通義」，豈不是專指雜論《五經》之《五經雜議》？白虎觀會議之中既有雜議《五經》之舉，章帝又「顧命史臣，著為通義」，如此豈不是「疊床架屋」？此說又不可通。

　　至於在《白虎通》體例方面，孫詒讓言：

　　　白虎講論，既依石渠故事，則其議奏必有專論一經與雜論五經之別。今所傳通議，蓋《白虎義奏》內之《五經雜議》也。諸經議奏既各有專書，雜議之編意在綜括群經，提挈綱領，故不以經為類而別立篇目。且文義精簡，無問答及稱制

__臨決之語，與專論一經之議奏體例迥別。__❷

孫詒讓進一步推論，白虎觀會議既是仿傚石渠閣會議之模式，其會議成果，亦當仿效石渠閣編列專論一經與雜議《五經》之議奏形式。故石渠閣會議有《五經雜議》，白虎觀會議「必亦有」「五經雜議」，而《白虎通》即是由白虎觀會議之「五經雜議」部分編寫而成，流傳至今；其餘專論一經之議奏均已亡佚。至於「五經雜議」中無問答論辯者之名及其過程，更無章帝稱制臨決之語，孫詒讓解釋是：「雜議之編意在綜括群經，提挈綱領」，「且文義精簡」，故其體例不與專論一經者同。

實則，《漢志》將石渠議奏之《五經雜議》置於《孝經》類，其用心不明，且《五經雜議》之內容已無從考證，孫詒讓並未說明：為何雜議之論是「提挈綱領」、「文義精簡」？且，「提挈綱領」、「文義精簡」之雜議為何不必問答論辯及稱制臨決之語？而孫詒讓又如何知道石渠議奏之《五經雜議》無問答論辯及稱制臨決之語？孫詒讓明知其書不可考，卻「以意推之」，以為雜議者隱括經義，標舉閎旨，故不載問答者？❷孫詒讓逕自以此證明《白虎通》乃「白虎議奏」中「五經雜議」，並以《白虎通》之體例推斷石渠議奏之《五經雜議》，雜議之編意在綜括群經，提挈綱領，故

---

❷　〈白虎通義攷〉，頁 2115－2116。

❷　孫詒讓言：「《五經雜議》雜論《五經》者也。……而石渠論經，劉向校定，或錄其奏於篇首，故誤題其名也。其書未見援引，體例無可考，以意推之，似繫隱括經義，標舉閎旨，不與《禮論》載問答者同。」〈白虎通義攷〉，頁 2115。

無問答論辯者之名及其過程，及章帝稱制臨決之語；反之，又以石渠議奏之《五經雜議》證明《白虎通》之無問答論辯者之名及其過程，及章帝稱制臨決之語，乃是白虎觀會議仿傚石渠閣會議之結果，孫詒讓以《白虎通》之「實」證石渠議奏《五經雜議》之「虛」，又以其「虛」明《白虎通》之「實」，其說又不可信。

劉師培（1884－1919）亦同意《白虎通》應正名為「白虎通義」，但立論根據卻與莊、孫兩氏之說迥異。㉘劉師培言：

> 若夫《通義》之書，蓋就帝制所題之說，纂為一編。何則？所奏匪一，以帝制為折衷，大抵評騭諸說，昭題而從，或所宗雖一，而別說亦復並存，裁准既定，宜就要刪。㉙

劉師培以為，白虎觀會議所有議論呈奏章帝，章帝依議奏內容評騭裁准，其後史臣依章帝稱制臣決之結果，要刪議奏而成《白虎通義》，故《白虎通義》與《議奏》有別。劉師培此說近似莊述祖之論，但稍有差別。劉師培曰：

> 夫《石渠禮論》，均載立說者姓名，……今所傳《通義》四十餘篇，體乃迥異，所宗均僅一說，間有「一曰」、「或云」之文，十弗踰一，<u>蓋就帝制所可者筆於書，並存之說，</u>

㉘ 劉師培言：「陽湖莊氏別《通義》於《奏議》之外，謂與《議奏》為二書，瑞安孫氏列《通義》於奏議之中，謂即奏議之一類。以今審之，二說均違。」〈白虎通義源流考〉，收在中華本《白虎通疏證》，頁783。
㉙ 〈白虎通義源流考〉，頁783。

援類附著,以禮名為綱,不以經義為區,此則《通義》異於
《議奏》者矣。然《通義》所有之文,均《議奏》所已著,
《通義》之於《議奏》,采擇全帙,亦非割裂數卷,裁篇別
出,如石渠《五經》雜議也。……嗣則《議奏》泯湮,惟存
《通義》,而岐名孳生。❸

劉師培認為,《白虎通義》之體例異於《議奏》者,主要有二點:
其一,《通義》雖亦宗一說為主,但仍以「一曰」、「或云」（或
曰）之文,並存其他異議,此做法之目的不在於正經義,而是在建
立禮名制度,故《通義》有別於「雜議」之論。其二,班固集合眾
家之說,調節整理,撰成《通義》,但因《通義》不記發言者之姓
名,為保留會議原貌,並存《議奏》以供後人檢索。因此,《議
奏》保存至桓、靈之時,賜予蔡邕,此後全文之《議奏》亡佚,僅
存略本之《通義》,後人不知始末,而岐名滋生。

其實,劉師培分析《通義》有別於「雜議」之論時,已觸及到
《白虎通》文本與白虎觀會議兩者在性質上之差異。首先,《白虎
通》之中有「一曰」、「或云」、「或曰」之文,並存異說,此部
份雖佔全書不足十分之一,但已充分顯示,《白虎通》「不以經義
為區」,而是「以禮名為綱」;其次,《白虎通》未記發言者之姓
名,有別於《石渠禮論》之體例,故《白虎通》之體例與《石渠禮
論》迥異。劉師培所舉之重點,均是考證《白虎通》之重要證據,
可惜劉師培囿於傳統論述,極力絪合《白虎通》文本與白虎觀會議

---

❸　〈白虎通義源流考〉,頁 783－784。

之關係，進而相信白虎觀會議之後有二種資料，所謂「議奏」之「白虎通」已隨賜蔡邕之後而亡佚，而今之《白虎通》文本乃是采擇「議奏」全帙，故應正名為「白虎通義」。

比對史書對「白虎通」之記載與現存之《白虎通》，確實存有許多疑點，《白虎通》文本與白虎觀會議間之諸多不相應問題，日益浮現。如洪業（1893－1980）即明確質疑《白虎通》為「偽作」。其所持理由大要有三：一，比較班固之行文氣韻與《白虎通》不相類，故「疑其書非班固所撰」；❸一，考證《白虎通》書中鈔襲宋衷之緯注甚多，且書中所涉及之典章制度多與當時漢制不符，故「疑其非章帝所稱制臨決者」；❸《白虎通》既鈔襲宋衷之緯注，並綜合其說，故其必作於建安十八年（213）之後；而繆襲生前得見《白虎通》，且引用其文句，其作似在正始六年（245）之前，故「疑其為三國時作品」；❸因此，才會造成「所以不僅許慎馬融不

---

❸ 洪業言：「固所為文，見兩漢書中；此外，《文選》，《北堂書鈔》，《藝文類聚》等書，亦頗多徵引。觀其行文氣韻，大不與《白虎通》相類。」〈《白虎通》引得序〉，燕京大學圖書館引得編纂處編，1931 年，頁 2。

❸ 洪業言：「《白虎通》鈔襲宋衷之緯注甚多，……宋衷在班固之後，百有餘年，班固何能鈔襲宋衷乎？且一代之經說，往往與其時之典章制度有關，倘《白虎通》足以代表章帝稱制臨決之論，何其又與漢制往往不合耶？」〈《白虎通》引得序〉，頁 6。

❸ 洪業言：「《白虎通》乃綜合其說，其必作於建安十八年之後明矣。夫唯其出如此之晚，所以不僅許慎馬融不能得其書而讀之，且蔡邕鄭玄並不曾舉引也。然而《白虎通》之出，又似在正始六年之前。《南齊書禮志》（卷九上，建元元年，王儉議郊殷之禮）載魏繆襲引『《白虎通》云三王祭天一用夏正所以然者夏正得天之數也』（……）按《魏志》（卷二十一）〈劉劭傳〉，裴松之注引《文章志》曰『襲字熙伯辟御史大夫府，歷事魏四世。正

能得其書而讀之，且蔡邕鄭玄並不曾舉引」，**㉞**如此不尋常之現象。

　　不過，洪業所持之理由，全數遭于首奎反駁。于首奎言：

> 首先，因為《白虎通》是班固根據白虎觀會議中的五經雜議材料編寫的，「行文韻氣」當然會與《漢書》中由他本人撰寫的文章、傳記不同，這是理所當然，根本不能作為否定《白虎通》是班固編寫的根據。其次，《白虎通》中所引用的某些資料，是否一定就是宋衷的《樂緯》注？是否在後漢中期，就絕對沒有這類材料，恐怕還不能做出這樣的論斷，讖緯迷信早在前漢中、後期就興盛起來，并經封建統治者大力提倡，得到廣泛傳播。再說，宋衷對《樂緯》的注釋材料，也肯定不會完全是他本人創造的，而一定要引用前人的一些資料。參與白虎觀會議者引用這些材料來編寫《五經雜議》，班固又用《五經雜議》編寫《白虎通》，是很有可能的。第三，《白虎通》中某些材料與後漢中期的歷史背景不夠一致，可能是因為古書長期輾轉傳抄，增益失損，有些材料魚魯互錯，亥豬交差，這可以說是一種「難免」的「正常」現象。……基於這些理由，可以說，洪業的懷疑是不能

　　始六年，年六十卒。』彼得見《白虎通》而引之，是《白虎通》之出，最遲不能在彼死後也。」〈《白虎通》引得序〉，頁8-9。

㉞　〈《白虎通》引得序〉，頁9。

成立的。**㉟**

關於于首奎反駁洪業之懷疑，第一點與第二點之理由尚稱合理。但是，在第一點論證中，關於《白虎通》行文氣韻不似班固，此一現象固然不能做為證明《白虎通》非班固所編寫之理由；反之，此一現象，更不能做為肯定《白虎通》是班固編寫之證明。換言之，《白虎通》是否為班固編寫，就洪業所提之「行文氣韻」部份，仍須保持懷疑態度。至於反駁第二點中說明：「《白虎通》中所引用的某些資料，是否一定就是宋衷的《樂緯》注？是否在後漢中期，就絕對沒有這類材料，恐怕還不能做出這樣的論斷」，此乃合理之懷疑。宋衷之注若非原創，則其注必前有所據，故《白虎通》與宋衷之注若有類似之處，只能視為二書所引出處相同或相似，並不能就此論斷《白虎通》必然引用宋衷之注。然而于首奎在此又補充說：「參與白虎觀會議者引用這些材料來編寫《五經雜議》，班固又用《五經雜議》編寫《白虎通》，是很有可能的」，此說乃承孫詒讓意見，並未進一步提出有效證據。而最後反駁第三點有關《白虎通》與當時漢制不合之問題，因其立場與孫詒讓一致，而且肯定《白虎通》乃是白虎觀會議之產物，**㊱**故其回答：「可能是因為古書長期輾轉傳抄，增益失損，有些材料魯魚互錯，亥豕交差，這可以說是一種『難免』的『正常』現象」，如此理由顯得牽強，更不

㉟ 《兩漢哲學新探》，頁 227。

㊱ 《兩漢哲學新探》：「我們認為，孫詒讓之說，是比較合理的。……周、孫、莊氏之說雖然不同，但是，他們卻都一致認為，《白虎通》是白虎會議的產物。它是由班固撰寫的。」頁 225。

能做為解釋《白虎通》與當時漢制不合之合理說明。

　　雖然洪業質疑《白虎通》是三國時代作品，其必作於建安十八年（213）之後，又似在正始六年（245）之前，然而其結論是：

> 夫蔡邕之時（初平三年，192，卒）尚有《白虎議奏》，卷數逾百。倘其後有好事者，用其材料，更撮合經緯注釋，而成《白虎通義》，殆非難事。玩其文義，不似有意偽托班固，疑更有好事者，附會而歸之于固，晉宋而後，引者遂多耳。❸

洪業認為《白虎通》乃後世好事者運用「白虎議奏」，再加以「撮合經緯注釋」而成，而更有好事者將《白虎通》作者比附於班固，晉宋以後，遂成為定論。故基本上，洪業依然肯定《白虎通》仍白虎觀會議之議奏，只是其中摻雜後人損益部分材料編纂，再加以「撮合經緯注釋」而成。❸洪業之結論，雖然可以說明《白虎通》「疑其書非班固所撰」、「疑其非章帝所稱制臨決者」、「疑其為三國時作品」，但仍然無法解釋：為何《後漢書》及其後世史書記載「白虎通」之名稱、作者及其篇數往往不一？而且楊終之疏與章帝詔書對白虎觀會議「宜如石渠故事」、「講議《五經》同異」之指示與目的，明顯與《白虎通》文本不符？而洪業自己所提之問

---

❸　〈《白虎通》引得序〉，頁9。

❸　林麗雪亦有類似見解：「要而言之，白虎通本屬五經雜義之書，每一經說，文意自足，前後行文，不必相屬；又經隋唐兩朝禁絕讖緯，舊入秘書，久為佚典，舛誤遺漏，乃至增刪改纂，在所難免。」〈有關白虎通的著錄及校勘諸問題〉，《孔孟月刊》第二十五卷第四期（1986年12月），頁34。

題，「所以不僅許慎馬融不能得其書而讀之，且蔡邕鄭玄並不曾舉引」之疑慮，仍然未能獲得解答；換言之：若《白虎通》如洪業所言，是後人以百卷以上之「白虎議奏」為底本摻雜損益而成，則「白虎議奏」為何在百年之間從未聞問，歷經百年之後（79－189）始由蔡邕自秘書處攜出？

至於筆者〈《白虎通》研究——《白虎通》暨《漢禮》考〉一文，㊴則是從《白虎通》之文本建構其禮制思想與政治制度；且從白虎觀會議之性質考證評估《白虎通》文本做為該會議資料之可能性。

三、詮釋期

歷來學者在為《白虎通》「正名」之過程中，經常以不同書名稱謂指涉不同之資料內容，甚至同一書名稱謂，亦因觀點不同而有不同意義指涉。造成此一名實紊亂之現象，固然是由於當時記載不詳，以致後世史書無法統一其名，更重要者是，《白虎通》文本問世之後，世人始有完整文本可以「按圖索驥」，依其內容還原當時學術環境，特別是與文本有直接關聯之白虎觀會議；故探討白虎觀會議之緣起與《白虎通》文本之性質兩者之關係，愈顯重要，而且迫切。

《四庫全書·總目》評論《白虎通》曰：

　　書中徵引六經傳記，而外涉及緯讖，乃東漢習尚使然。又有

㊴　周德良：《《白虎通》研究——《白虎通》暨《漢禮》考》，國立中央大學中國文學系博士論文，2004 年 6 月。

〈王度記〉、〈三正記〉、〈別名記〉、〈親屬記〉，則
《禮》之逸篇。方漢時崇尚經學，咸兢兢守其師承，古義舊
聞，多存乎是，洵治經者所宜從事也。❹

由於《白虎通》不僅「書中徵引六經傳記，而外涉及緯讖」，故
《白虎通》一直被視為是有關東漢文化思想，特別是經學、讖緯
學、禮樂制度與訓詁學等重要之文獻，代表前代官方學術之認定。

　　清代陳立《白虎通疏證》乃是一部對《白虎通》進行全面性研
究之專著，❹陳立主要是以傳統注疏「夾敘夾議」式地闡釋《白虎
通》，一方面考訂《白虎通》文本，並且大量補充文本引述文獻之
出處；同時又以清代今文學家之立場詮釋《白虎通》。可以說，陳
立《白虎通疏證》確立後世研究《白虎通》之向度，成為近現代研
究《白虎通》最重要之津梁。其後中華書局以陳立《白虎通疏證》
為範本，由吳則虞點校，並加以文字考定。本書書末附錄：〈今本
四十四篇闕文〉（盧文弨）、〈白虎通義攷〉（莊述祖）、〈白虎通
義斠補〉、〈白虎通義闕文補訂〉、〈白虎通義佚文考〉、〈白虎
通義定本〉、〈白虎通義源流考〉、〈白虎通德論補釋〉（劉師培）
等八文，頗利考證與索引，是現代研讀《白虎通》之普及本。❹

---

❹　〔清〕紀昀等總纂：《四庫全書·總目》（臺北：藝文印書館，1989 年），
　　頁 2355－2356。

❹　〔清〕陳立：《白虎通疏證》（臺北：廣文書局據光緒元年春淮南書局刊影
　　印，1987 年）。

❹　〔清〕陳立撰，吳則虞點校：《白虎通疏證》（北京：中華書局，1994
　　年）。

　　除上述兩本疏證、點校《白虎通》之外，有關《白虎通》之義理詮釋，以專書形式論述者，主要以學位論文為主要來源，其餘則散見於專題式之典籍中，或者以短篇論文形式收錄於相關論文集。

　　《中國大百科全書·中國歷史》「白虎觀會議」（Balhuguan Hulyl）條釋之：

> 東漢章帝時召開的一次討論儒家經典的學術會議。東漢初年，經今古文學的門戶之見日益加深，各派內部因師承不同，對儒家經典的解說不一，章句歧異。漢光武帝劉秀於中元元年（公元56），「宣布圖讖於天下」，把讖緯之學正式確立為官方的統治思想。為了鞏固儒家思想的統治地位，使儒學與讖緯之學進一步結合起來，章帝建初四年（公元79），依議郎楊終奏議，仿西漢石渠閣會議的辦法，召集各地著名儒生於洛陽白虎觀，討論五經異同，這就是歷史上有名的白虎觀會議。這次會議由章帝親自主持，參加者有魏應、淳于恭、賈逵、班固、楊終等。會議由五官中郎將魏應秉承皇帝旨意發問，侍中淳于恭代表諸儒作答，章帝親自裁決。這樣考詳同異，連月始罷。此後，班固將討論結果纂輯成《白虎通德論》，又稱《白虎通義》，作為官方欽定的經典刊布於世。這次會議肯定了「三綱六紀」，並將「君為臣綱」列為三綱之首，使封建綱常倫理系統化、絕對化，同時還把當時流行的讖緯迷信與儒家經典糅合為一，使儒家思想

進一步神學化。**㊸**

此條釋文所敘述重點有二：其一是白虎觀會議之緣起與過程，其二是白虎觀會議後之相關資料內容，這二點大致吻合史書對白虎觀會議之記載，與現存之《白虎通》文本所反映之內容。由於光武帝中元元年「宣布圖讖於天下」在前，「為了鞏固儒家思想的統治地位，使儒學與讖緯之學進一步結合起來」，進而「把當時流行的讖緯迷信與儒家經典糅合為一，使儒家思想進一步神學化」，使得《白虎通》中摻雜「讖記之文」得到暫時性解釋，亦反映出當前學術界對白虎觀會議與《白虎通》之共識。

侯外廬（1903－1987）言：

> 到了章帝建初四年（公元七十九年）把前漢宣帝、東漢光武的法典和國教更系統化，這就是所謂「白虎觀奏議」的歷史意義。……<u>我們認為白虎觀所欽定的奏議，也就是賦予這樣的「國憲」以神學的理論根據的讖緯國教化的法典</u>。**㊹**

侯外廬將《白虎通》視為西漢宣帝、東漢光武之法典和國教予以系統化之作。更重要者，因《白虎通》是「白虎觀所欽定的奏議」，「也就是賦予這樣的『國憲』以神學的理論根據的讖緯國教化的法

㊸ 中國大百科全書總編輯委員會：《中國大百科全書》（上海：中國大百科全書出版社，1992 年），頁 17。

㊹ 侯外廬：《中國思想通史》（北京：人民出版社，1992 年），第二卷，頁 224－225。

典」，故《白虎通》具有法典性質與「國憲」地位。至於「奏議」
之中引述「讖記之文」，侯外廬以為，其目的在使其國教化之法典
賦予神學理論，同時使經學會議何以會摻雜讖記之文得到合理解
釋，而此一作用，便是《白虎通》之歷史意義。

鍾肇鵬（1925-）曾就《白虎通》之性質言：

> 《白虎通義》是皇帝欽定的經學教科書，在漢代具有很高的
> 權威性。《白虎通義》以今文經學為主，但亦兼採古文經
> 說，其中大量徵引讖緯，因為讖緯在當時被尊為「秘經」、
> 「內學」，認為是孔子的心傳，微言大義所在，是儒學的精
> 髓。所以說，讖緯裡吸取了大量的今文經說，而《白虎通
> 義》裡則吸取了大量的讖緯神學。**⑤**

鍾肇鵬以為，白虎觀會議既是天子詔開，並親稱制臨決，故其資料
「具有很高的權威性」，且具有「經學教科書」之價值。至於《白
虎通》其中大量徵引讖緯條文，乃是白虎觀會議之與會者主要以今
文經學家為主。

林麗雪則言：

> 尤其遺憾的是，儘管白虎通全書處處透露出漢儒企圖賦予大
> 一統專制政體新的政治理想和內容的苦心，譬如它主張「崇
> 禮樂教化」（禮樂篇）、「刑以佐德助治」（五刑篇）以及富

---

⑤ 鍾肇鵬：《讖緯論略》（臺北：洪葉文化事業，1994 年），頁 146。

團結而非壓制意義的「三綱六紀」之倫理觀等，但往往因全篇累牘援引讖緯而遭到後世學者的詬病。㊻

雖然《白虎通》書中摻雜讖記之文，引發後世之批評，但林麗雪仍然肯定「漢儒企圖賦予大一統專制政體新的政治理想和內容的苦心」，甚至認為《白虎通》所以引用讖記之文，其目的乃是「為漢立制」。而黃復山理解《白虎通》引述讖緯用意，亦有類似見解：

> 讖緯所以受帝王重視，並將之融入經義中，肇因殆與經學之世俗化有密切關係。……此亦欲用便宜行事，以達世俗致用之目的也。錢穆〈兩漢經學今古文平議〉謂：「白虎會議後，章句俗學積習如故，亦未見有以摧陷而廓清之」，經學所以如故，帝王之經學世俗化用心，當有以致之也。㊼

黃復山以為《白虎通》所以引述讖緯之用意，其目的乃在使經學世俗化，以達到致用之目的。由於《白虎通》文本具有這種「世俗致用」之性質，故純粹詮釋《白虎通》文本內容的語理分析方法，日益受到重視。

王力（1900－1986）在研究漢代訓詁方法論時，便指名《白虎

㊻　林麗雪：〈白虎通與讖緯〉，《孔孟月刊》第二十二卷第三期（1983 年 11月），頁 25。

㊼　黃復山：《東漢讖緯學新探》（臺北：臺灣學生書局，2000 年），頁 17。

通》向以「聲訓」方式闡發當時名物度數之內容意義。[48]羅肇錦
（1949－）則言：

> 在「理則學」上，……但《白虎通》的訓詁符號，通常只是
> 「語義的定義」，而沒有寫出「實質的定義」，或者勉強屬
> 於「實質定義」卻不周延，結果弄得繁瑣不明，這種訓詁符
> 號的法則，頂多只能算是「訓義」，不能稱為「定義」。[49]

> ……然而《白虎通》的訓詁符號（解釋方法），是整個解釋只
> 有「概念」（concept）而沒有「定義」。……尤其「聲訓」
> 的應用，更是極盡了「比附」的能事，有人說，這種訓話
> （詁）法是主觀的唯心主義，也就是說，為了「實用」的目
> 的根本不顧「真理」。[50]

羅肇錦以現代西方理則學之理論要求，評論《白虎通》應用聲訓方
式之訓詁符號所產生之謬誤。《白虎通》應用「聲訓」之方法，雖
然不符理則學之要求，但是，「聲訓」乃漢代「追究事物之所以得

---

[48] 王力在《中國語言學史》中言：「《春秋繁露》、《白虎通》、《風俗通》
　　以及一些緯書（如《春秋元命苞》）裡面的聲訓更多了，特別是《白虎
　　通》，差不多每章都有聲訓。」（臺北：駱駝出版社，1987年），頁55。
[49] 〈讖緯思想與訓詁符號——以白虎通為例〉，羅肇錦著，（《臺北師院學
　　報》第3期，1990年），頁98。
[50] 〈讖緯思想與訓詁符號——以白虎通為例〉，頁97。

名的真正解釋」之方法；**⑤**須知，《白虎通》之著述性質並非字典，故不必以字典之標準要求之，且《白虎通》訓釋名物度數之目的，不在求字面之「定義」，而是求名物制度之意義及其道理。換言之，《白虎通》訓釋字詞之目的，不在窮盡該字詞之「字典意義」，而是有意擷取字詞之部分意義，做為該字詞在時代環境中之「脈絡意義」。因此，羅肇錦說《白虎通》運用「這種訓詁符號的法則，頂多只能算是『訓義』，不能稱為『定義』」，恰好顯示出《白虎通》運用訓詁符號之目的。其次，《白虎通》在求名物度數之意義過程中，或利用被訓字詞之形、音、義，類比推演，有時不免牽強附會，但推究其目的，乃為求其「實用」，就此而言，羅肇錦批評《白虎通》「為了『實用』的目的根本不顧『真理』」，不符合現代理則學之要求，反而間接證實《白虎通》以實用為目的之著述性質。而羅肇錦評論《白虎通》這種不應有之「實用」性質，正與林麗雪之「為漢立制」、黃復山之「世俗致用」之立論，殊途同歸、不謀而合。

任繼愈（1916-）分析《白虎通》文本言：

> 從形式上看，這套決議雖然只涉及到五經同異中的一些問
> 題，屬於經學的範圍，不算作國家正式頒布的法典，但是它

---

⑤ 《中國語言學史》：「我們知道，語源學（etymology）的原始意義應該『真詮學』（希臘語 etymon，真的；logos，話）。……孟子也用過聲訓，但是講得不多，並且也不是為了語源學的目的。到了漢代，人們才大量應用了聲訓，而且越來越明顯地尋求『真詮』，即追究事物之所以得名的真正解釋。」頁55。

> 的內容規定了國家制度和社會制度的基本原則，確立了各種行為准則，直接為鞏固統治階級的專政服務，所以它是一種制度化了的思想，起著法典的作用。(52)

任繼愈基於《白虎通》乃是經學會議之討論結果之前提下，故從形式上看，《白虎通》乃學術會議之決議文，屬於經學範圍，不承認《白虎通》為國家正式頒布之法典；但是從《白虎通》之內容而言，書中內容不外國家、社會制度之制定，確立各種行為准則，其性質與法典之作用無異，故又同時肯定《白虎通》具有制度化之思想，其本身便有法典之作用。這種說法，雖然同時顧及會議性質與文本內容，但卻也同時暴露出會議與文本間之不相應問題。

此外，任繼愈亦曾經批評石渠閣會議之思想言：

> 從這幾個例子來看，石渠閣會議的思想水平不是很高的。第一，討論的盡是一些細枝末節的問題，沒有從維護封建統治的高度提出帶有根本原則性的問題。第二，對論點的論證缺乏邏輯的分析和充分的說理，用的完全是經師解釋章句文義的一套方法。第三，宣帝所作的結論，除了第二例講了一通道理外，其他都是憑借政治權力表示肯定或否定。(53)

(52) 任繼愈主編：《中國哲學發展史》（北京：人民出版社，1985 年），頁 474。

(53) 《中國哲學發展史》，頁 463。

其實，任繼愈對石渠閣會議之批評並不相應：就第一點而言，因為石渠閣之詔開，主要目的在講議《五經》同異問題，討論內容不必然對「封建統治」帶出根本原則性之問題，而會議討論之問題流於細枝末節，乃是無可避免，亦是理所當然；第二點批評，諸儒在講議過程各以經義辯論，答者或據經傳，或以經師解釋章句文義之方式答辯，乃是由此會議之性質決定，若因此辯論過程「缺乏邏輯的分析和充分的說理」，亦屬合理；至於第三點批評，石渠閣會議之結論或由與會多數之共識決定，或由天子稱制臨決，其實，以政治權力裁決學術爭端，雖未必通理，但卻是此會議之特色，同時亦是白虎觀會議極力倣效之「故事」。任繼愈批評石渠佚文「討論的盡是一些細枝末節的問題」、「用的完全是經師解釋章句文義的一套方法」、與「憑借政治權力表示肯定或否定」，如此批評，似乎完全忽略石渠佚文乃是出於會議資料之特性；而要求會議資料須「從維護封建統治的高度提出帶有根本原則性的問題」、與「對論點的論證」具備「邏輯的分析和充分的說理」，顯然與石渠佚文之特性不相應，不過，此一批評反而突顯出石渠閣會議之特色，亦是經學會議應有之特色。任繼愈是否有意以《白虎通》之內容以衡量石渠佚文，不得而知；不過，由任繼愈之比較中可見石渠佚文與《白虎通》兩者在內容上有相當顯著之差距：前者著重於講議經義同異之問題，只是會議資料之彙編，無法具備合乎邏輯之分析說理與縝密之組織架構；而後者乃是有計畫建構一套系統組織，故被視為具有統一經義，且能指導思想之制度法典。

夏長樸論及《白虎通》之內容性質言：

　　……從這些大綱及分目（參疏證細目）看來，上自天文，下至
　　地理；陰陽五行災異，及政治社會的制度，教育學術的定
　　規，鉅細靡遺，無所不包，是一部粗具規模的組織法，也是
　　自天子以至於庶人，立身行世的根本。就這一點而言，這部
　　書的出現，象徵著漢帝國成立以來，定思想於一尊的目標實
　　現。❺

以篇目觀之，《白虎通》之內容極為廣博，是自天子以至庶人立身
行世之根本，同時確立政治與禮法制度，其性質是屬「粗具規模的
組織法」。章帝有意運用白虎觀會議之手段，以達到定思想於一尊
之目的，故《白虎通》之完成，反映出漢帝國實現其思想統一之目
標。

　　章權才亦強調「《白虎議奏》和《白虎通》，兩者有聯繫，也
有差別，決不能把兩者混淆。章權才曰：

　　考史，所謂《白虎議奏》，指的是在經學討論會上，學者們
　　所上的奏章，是他們就經學中的經義問題所發表的意見。這
　　些奏章，呈送章帝；章帝則從中提出一些問題讓大家討論。
　　《章帝紀》所說：「使五官中郎將魏應承制問，侍中淳于恭
　　奏」，指的是魏應、淳于恭從中做銜接工作。把學者們所上
　　的奏章收集成冊，這就叫「作《白虎議奏》」。可是《白虎

---

❺　夏長樸：《兩漢儒學研究》（臺北：臺灣大學文史叢刊之四十八，1978
　　年），頁36。

通》則是另一回事，主要是插入了「帝親稱制臨決」這個成分。什麼意思呢？就是對經學會議上討論的問題，章帝表了態，作了決定。後來，班固這位史臣，根據章帝的意詣，撰定了一本書，這本書就叫《白虎通》。❺

章權才認為，白虎觀會議之程序，首先是與會者就經學問題發表意見，章帝再根據這些意見「從中提出一些問題」交由魏應供大會討論，與會學者再依章帝所擬之問題發表意見，討論之結果收集成冊，上奏章帝，此即是《白虎議奏》；《白虎議奏》上奏之後，再插入章帝「稱制臨決」這個成分，最後由班固「這位史臣」根據章帝之意詣，撰定寫成《白虎通》一書。章權才之解釋，似乎更貼近《後漢書》白虎觀會議之敘述，同時亦將「白虎議奏」和《白虎通》之關係單純化；然而，其解釋範圍卻有溢出史料之嫌。首先，若依章權才的推論，則白虎觀會議整個過程，從選定議題到決定答案，皆由章帝一人決策主導？其次，白虎觀會議之中，是否有與會者先就經學問題發表意見，章帝再從這些意見之中提出問題供大會討論之程序？其次，所謂「顧命史臣，著為通義」，「這位史臣」是否即指班固？且班固是否再依章帝的意詣撰定，亦不得而知。

林聰舜（1953－）則進一步將白虎觀會議之性質與章帝日後制定國憲之事做成一繫聯：

---

❺　章權才：《兩漢經學史》（臺北：萬卷樓圖書有限公司，1995 年），頁 245
－246。

> 白虎觀會議的召開，正是與章帝制定「國憲」的熱切企圖心
> 息息相關。我們可以把《白虎通》的產生，視為章帝制定
> 「國憲」的努力的一部分，而且就今日的角度來看，《白虎
> 通》的重要性甚至遠超過本想作為「國憲」的漢禮百五十
> 篇，因為《白虎通》探討的是更為根源性的經義統一的問
> 題，唯有作為漢帝國指導思想的經義整合成功了，才能有效
> 論證整個體制的合理性，包括「國憲」的合理性，也才能企
> 求「永為後世則」。㊻

林聰舜指出，為有效論證整個漢代體制之合理性，必須先統一經
義；唯有經義統一，才能使「國憲」合理化。故《白虎通》乃為整
合經義與制定「國憲」之橋樑，是章帝欲制定「國憲」之手段工
具。因此，《白虎通》不僅具有「國憲」性質，而且更能夠提供在
往後制憲過程中最重要之指導思想之根源依據。林聰舜一方面確認
《白虎通》為經學會議之結果，畢竟不同於法定制度，應避免與成
文法典混淆；但同時顧及《白虎通》內容具有法典性質，因此，
《白虎通》便成為章帝欲制定「國憲」過程中之重要階段，並為往
後之制憲工程提供理論基礎。

至於在學位論文探討《白虎通》文本性質方面，如：1974 年
師範大學國文研究所陳玉台碩士論文——《白虎通義引禮考述》，

㊻ 林聰舜：〈帝國意識形態的重建——扮演「國憲」的基礎的《白虎通》思
想〉，發表於中研院社科所主辦「85 年度哲學學門專題計劃研究成果發表
會」，單印本，頁 4。

與 1975 年政治大學中文研究所王新華碩士論文——《白虎通義研究》等兩部學位論文幾乎同時進行，而且研究《白虎通》之方向皆以文本中之禮制思想為重點，透顯出現代研究《白虎通》之特色。至 1994 年輔仁大學中文研究所唐兆君碩士論文——《《白虎通》禮制思想研究》，是繼二十年後再度以《白虎通》之禮制思想為研究範圍，突顯學界對《白虎通》研究關注焦點之持續。筆者之《《白虎通》讖緯思想之歷史研究》，1997 年淡江大學中國文學系碩士論文，則是以《白虎通》文本中所引之三十一則讖緯條文為研究範圍，做歷時性之思想探源。

　　1999 年輔仁大學中文研究所邱秀春博士論文——《白虎通義與東漢經學的發展》，此篇論文則是從漢代學術發展以詮釋《白虎通》在歷史上之定位。此文比對《白虎通》文本所引經傳，認為《白虎通》不但沒有統一今文家說，而且雜引經傳，完全沒有一致的引文規範，所以《白虎通》實未能達成學術大一統目的；此一論述突顯《白虎通》文本與白虎觀會議不相應之問題。至於《白虎通》文本「所引書傳偏向《禮》學，詮釋經典時側重禮制、典儀、禮文等範疇」之現象，邱秀春認為：「乃因當時世族豪強具有割據自雄的物質力量，使大一統局面削弱，統治階級企圖憑藉儒家思想的權威，訴諸倫理規範，強化思想統治，解決當時階級矛盾等社會問題」，「其政治目的超越學術目的」之理由解釋；諸如此類詮解《白虎通》之時代意義，乃是現代流行之學說。

肆、《白虎通》的考證與詮釋

　　依上述學者所論，現存之《白虎通》文本乃東漢章帝詔開白虎

觀會議之資料，並肯定《白虎通》內容屬於為漢制作之成文法典，為顧及《白虎通》之成書背景，與真實反映其書內容性質，並試圖化解「講議《五經》同異」之經學會議結果與建立「國憲」之禮法制度間之兩難，因此，《白虎通》成為東漢時期政治指導學術、學術服務於政治之歷史見證。然究其實，不論從篇目之名義，或是書中問答之內容，以至於由各項問答所構成之性質，在在顯示出：《白虎通》乃是一套具有縝密組織之成文法典，建立東漢禮法制度之企圖十分明顯，此乃無庸置疑。但是，相較於白虎觀會議之緣起，與章帝詔書對該會議之期許，《白虎通》在內容上所呈現之「國憲」性質則顯得突兀。

從《白虎通》與當時經學發展關係而言，白虎觀會議後四年，建初八年（83）章帝復詔曰：

> 《五經》剖判，去聖彌遠，章句遺辭，乖疑難正，恐先師微言將遂廢絕，非所以重稽古，求道真也。❺❼

章帝感歎《五經》之「章句遺辭，乖疑難正」，故令群儒選高才生受《左氏》等古文四書，以扶微學，廣異義。由建初八年之詔書所言可以推測，四年前「講議《五經》同異」之白虎觀會議資料，極可能並未集結成冊，公諸於世？即便是有「白虎通」公諸於世，亦顯然未達到「欲使諸儒共正經義，頗令學者得以自助」之預期成效；否則，以統一經說為目的之「白虎通」，通行四年之後，章帝

---

❺❼　《後漢書·章帝紀》，卷三，頁145。

為何依然質疑「《五經》剖判，去聖彌遠，章句遺辭，乖疑難正」？而當時太常博士與鴻儒諸生從未曾提及此書？

再從《白虎通》與章帝制定國憲關係而言，經學會議講論經學之研究成果與建立國憲法典，兩者並非不相容；換言之，白虎觀會議之緣起與《白虎通》之性質，此一論點並非矛盾。然而，問題是：白虎觀會議詔開之目的乃為「講議《五經》同異」，《白虎通》未見其目的，而其具體成果形成國憲法典，亦非章帝詔開會議所宣示之結果，因此，白虎觀會議詔開之目的與《白虎通》文本之內容兩者不相應。況且，章帝於七年後，元和三年（86）下詔欲刊立朝廷禮憲，隻字未提「白虎通」，故白虎觀會議與所謂「白虎通」，其實與章帝之刊立朝廷禮憲之事無關。故學者以為，章帝有意透過統一經說之過程，以達到制憲之目的，此說法顯然與事實不符。

亦有學者以為，《白虎通》既具有統一經義之義意，同時能有效論證政治體制之合理性，故其內容當可「永為後世則」。❺❽若就一部法典而言，「永為後世則」之企求當屬合理。然而楊終上疏建言之目的在「論定《五經》」，白虎觀會議在楊終上疏之後，《白

---

❺❽ 部分學者常引用「永為後世則」此語，做為《白虎通》之法典意義之註腳，如林聰舜即有此意；又如于首奎言：「《白虎通》下產生在這個時期，它反映了地主階級想以法典形式鞏固其既得利益，使之千秋萬代永恆不變的狂妄企圖。正如楊終建議章帝召開白虎觀會議的奏文所說：『永為後世則』（《後漢書·楊終傳》）。」《兩漢哲學新探》，頁 179－180。用此語形容《白虎通》之法典意義，並無不妥，不過，此語既出於楊終之疏，其語意當另有所指，非楊終之本意。

虎通》具有法典性質斷非楊終上疏之初衷；而會議資料造成「國
憲」之結果，亦是楊終始料所未及。且楊終上疏言「宜如石渠故
事，永為後世則」，依其疏之語脈而言，所謂「永為後世則」，當
是指白虎觀應以西漢宣帝之「博徵群儒，論定《五經》於石渠
閣」，以天子之名詔諸儒講議經學同異，且「親稱制臨決」為模仿
對象，模仿之目的，在解決「章句之徒，破壞大體」所衍生之經學
問題，實與建立「國憲」無直接關聯。

　　至於《白虎通》出現「讖記之文」一事，學者看法頗為分歧。
如前所述，莊述祖以為《白虎通》「傳以讖記，援緯證經」，是
「風尚所趨然也」；《中國大百科全書》則以為《白虎通》「把當
時流行的讖緯迷信與儒家經典糅合為一，使儒家思想進一步神學
化」，亦有學者以為《白虎通》「賦予這樣的『國憲』以神學的理
論根據的讖緯國教化的法典」（侯外盧語），是「因為讖緯在當時被
尊為『秘經』、『內學』，認為是孔子的心傳，微言大義所在，是
儒學的精髓」（鍾肇鵬語），到「此亦欲用便宜行事，以達世俗致用
之目的」（黃復山語），甚至《白虎通》「遭到後世學者的詬病」，
亦是「因全篇累牘援引讖緯」（林麗雪語），理由之多，不一而足。
儘管學者對此有不同見解，但是，合理說明「講議《五經》同異」
之會議及其會議資料記載「讖記之文」之目的，卻是一致。

　　再從《白虎通》之體例而言，推論「白虎通」之著述性質，當
以討論經學相關問題為宗旨，以「講議《五經》同異」為目的，並
以西漢甘露石渠故事為模仿對象。換言之：「白虎通」理應以討論
《五經》為內容，以石渠故事為形式範本，始能合乎史料對「白虎
通」之記載與論述。然而，《白虎通》之體例，如：在《五經》之

外，尚引《論語》、《孝經》、《爾雅》，與「讖記之文」，超越
會議「講議《五經》同異」之範圍與目的；通篇不載發問人、發言
人之身分姓名，更無從稽核與會諸儒相互答辯之過程；文本之中未
見天子親稱制臨決之記載，其結論如何產生，亦不得而知；甚至問
答過程時有「一曰」、「或曰」等不確定之「結論」；凡此諸多與
石渠佚文互異之現象，《白虎通》似乎未能如章帝揭櫫會議「如孝
宣甘露石渠故事」之宗旨與要求。

最後，關於白虎觀會議後之資料，後世史書記載諸如：書名問
題，或曰《白虎通》、《白虎通義》、《白虎通德論》；作者問
題，或不載撰者，或稱章帝，或謂班固，皆未能統一其說。推究其
原因，乃是出自當時記載已不詳，「白虎通」既已湮沒，後世傳錄
既無所本，故亦僅能傳鈔書目名稱而已矣。

伍、結　語

自東漢章帝詔開白虎觀會議後，會後所遺留之「資料」，在往
後千二百餘年間乏人問津，宛若謎團；至元大德本《白虎通》全面
問世之後，對於《白虎通》之研究乃由此方興。七百年來研究《白
虎通》之向度，初期側重於刊印與傳播，隨之而來便有考證工作陸
續加入；亦由於考證必涉及文獻之解讀，故詮釋《白虎通》文本之
學說亦隨之而起。如前所述，七百年來研究《白虎通》之向度，主
要是以考證白虎觀會議之緣起性質與《白虎通》文本之詮釋兩項範
圍，交叉比對，雙軌並行。自莊述祖而後，研究初期偏重在會議性
質之確立，若《白虎通》文本有不合會議之性質者，動輒以後人篡
改，或是企圖透過「正名」方式，宣稱會議之後有不同形式之其他

相關文獻存在，最後，以部分資料「亡佚」為由，以規避《白虎通》與會議性質之差距。隨著詮釋文本內容之工作日益深化，《白虎通》之國憲法典之作用與性質逐漸受到肯定與重視，在此前提下，便有以「通經致用」做為白虎觀會議之詔開目的；尤有甚者，以為白虎觀經學會議之詔開，目的是在為往後制定禮憲時提供一套理論基礎，因此，形成一種會議以講議經學之名而行制禮之實之詮釋向度。此一詮釋轉向，乃是企圖扭轉章帝詔開白虎觀會議之宗旨，以期符合《白虎通》文本之性質，並且由此與日後發生之制定禮憲之歷史事件接軌。質言之，目前對於《白虎通》之研究向度，乃是處於一種以《白虎通》文本性質之結果以推論白虎觀會議之緣起。

在此期間，雖然洪業曾在七十餘年前（1931）質疑《白虎通》為「偽作」，但是洪業仍未放棄《白虎通》是以白虎觀會議資料為基礎之可能。史書明文記載，白虎觀會議畢竟是緣起於「講議《五經》同異」而開之經學會議，而元大德本之《白虎通》，無論是就其篇章或細目，或其文本之問答形式與內容，乃是一部鉅細靡遺，無所不包之國憲法典，此亦是學界之共識；會議與文本之間，似乎仍然存在著一道不可逾越之鴻溝。雖然學界仍不斷致力於絹合白虎觀會議與《白虎通》文本兩者之異質性；然而，前賢在此前提下既有之研究成果，往往引發更多之疑慮，因此，如何有效且充分的整合兩者間之差距，仍有許多努力的空間。

略論彌勒、彌陀淨土信仰之興起*

普　慧**

【摘　要】　彌勒與彌陀信仰是整個中國佛教信仰體系中最為龐大的兩個派別，二者均產生於大乘佛教興起的時代，彌勒及其兜率天淨土思想起源得更早一些，可能在原始大乘時期。從語源和語義考察，二者都吸收了上古波斯和印度對太陽、光明之神崇拜的文化原型。佛陀造像興起之時，彌勒造像亦隨之產生，並流行於西北印度、東北波斯、中亞及西域地區；而彌陀造像4世紀前無見於上述地區，4世紀以後卻在中土興盛起來。漢譯佛典中專門宣講彌陀及其西方淨土的經典似比專門宣講彌勒兜率淨土的經典成熟得要早，兩晉以後影響更大。

【關鍵詞】　彌勒　彌陀　淨土信仰　古代波斯　印度　中亞　西
　　　　　　域　造像

---

*　本文為「中國博士後科學基金會資助項目（編號：2002032203）」的階段成果。
**　本文作者本名張弘，現為中國西北大學中文系教授。

　　彌勒與彌陀淨土信仰是中國佛教淨土信仰中最為龐大的兩個流派，在整個佛教思想、信仰、實踐當中佔有十分突出的地位，不僅對佛教本身的發展發揮著極為重要的作用，而且對中國漢魏以來歷代帝王公卿、文人學士、商賈販夫、走卒皂隸、百姓布衣等信眾的思想、生活、行為等都產生了不可低估的深刻影響，因而成為中國文化中不可忽視的組成部分。要把握中國文化，不瞭解佛教信仰問題不行，而要瞭解佛教信仰，不弄清彌勒與彌陀淨土信仰問題更不行。然而，彌勒與彌陀淨土的說法，並非產自中國本土，而是古代印度的產物，它們是隨著佛教一起傳入中國的。所以，彌勒與彌陀淨土信仰的源頭是在印度。在研究中國彌勒與彌陀淨土信仰中，沿波討源，探幽索賾，直揭其緣起問題，在探討彌勒與彌陀淨土信仰史上無疑具有極高的學術價值。

一、彌勒、彌陀產生的語源和語義

　　彌勒，漢語音譯梅呾麗、末呾唎耶、迷底履、彌帝禮等，意譯慈氏。梵語 Maitreya，巴利語 Metteya，犍陀羅語 Matraya ❶，吐火羅語 Metrak，回鶻語 Maitrisimit。其產生的年代甚早，至遲在部派佛教（Sectarian Buddhism）時就已在上座部（Ārya-sthavira-nikāya）廣為流傳。如果從語源學（Etymology）和語義學（Semantics）的角度考察，彌勒這一語詞吸收了更為古老的波斯（Persia）神話、阿契美尼

---

❶　1980 年犍陀羅（Gandhāra）烏萇國（Udyāna）一佛塔（Stūpa）故地出土的烏
　　萇國王色那瓦爾摩（Senavarmā）公元十四年金卷中，彌勒就有犍陀羅語的寫
　　法。參見林梅村《漢唐西域與中國文明》，北京：文物出版社 1998 年版，第
　　119 頁。

德王朝（Achaemenid Empire）時期（公元前 6 世紀中葉）的國教查拉圖斯特拉教（波斯語 Zarathustra，希臘語稱「瑣羅亞斯德教」，Zoroaster；漢語稱「祆教」）與古代印度神話及吠陀（Veda）文化❷。上古波斯人十分崇尚太陽、光明，故其早期神話中的太陽之神密特拉（Mithra）受到了人們的普遍崇拜❸。之後興起的瑣羅亞斯德教所奉的主神阿胡拉・瑪茲達（Ahurā Mazd），其化身即為光明、慈善❹。據該教所奉經典《阿維斯陀》（古波斯語 Avestā）晚期部分之一的《班達希申》（巴拉維語 Bandahişn）所說，在世界末日到來之時，瑣羅亞斯德之子瑣希揚斯（巴拉維語 Sōshyāns，波斯語 Saoshyānt）就像後來猶太教和基督教中的「彌賽亞」（希伯萊語 Māshīah）一樣降臨凡間，拯救人類，戰勝惡神安格拉・曼紐（Angra Mainyu）使阿胡拉・瑪茲達的永恒王國最後來臨。上古波斯人的這些神話和宗教思想很早就進入了西北印度，被佛教吸收了進去，成為彌勒的文化原型之一。彌勒的另一文化原型則是源自印度本土。印度－雅利安人（Indo-Āryans）與波斯－雅利安人（Persia-Āryans）一樣，崇敬太陽之神蘇里亞（Sūrya），該神祇的另一化身為光明之神密多羅（Mitra），意有「友人」、「慈愛」，即人的祐護者、愛護者。在早期的《奧義書》（Upaniṣad）

---

❷ 上古時期的波斯人（主要指文化統治者）為波斯－雅利安人，印度人為印度－雅利安人，二者在人種上有同源性，故其語言、文化的交流是很頻繁的。

❸ 阿契美尼德王朝阿爾塔薛西斯二世（希臘 Artaxerxes Ⅱ，波斯 Aptakcepkc Ⅱ，B.C.405－B.C.362 年在位）曾降詔，曉諭臣民敬拜密特拉。

❹ 1935 年發現的薛西斯銘文稱：「……如今敬拜阿烏拉・瑪茲達與上界之阿爾塔。……朕之所行，皆出於阿烏拉・瑪茲達之慈惠。」參見〔蘇〕謝亞・托卡列夫：《世界各民族歷史上的宗教》，魏慶徵譯，北京：中國社會科學出版社 1985 年版，第 377 頁。

中，就有《慈氏奧義書》（*Maitri Up.*）。可見，波斯的太陽神、光明之神密特拉與印度的太陽、光明之神密多羅同為一個詞「Mitra」；波斯語的「慈愛」與《奧義書》的「慈氏」亦為同一個詞「Maitri」。它們與梵文的彌勒（Maitreya）、犍陀羅語的彌勒 Matraya 不僅在詞形上極為近似，而且在語義上也基本相同。

在介紹彌勒的經典中，有用光明描繪彌勒的：

> （彌勒）劫後十二年二月十五日，還本生處，結跏趺坐，如入滅定，身紫金色，光明豔赫，如百千日，上至兜率陀天。❺

據譯者不明的《一切智光明仙人慈心因緣不食肉經》謂，過去有迦波利婆羅門之子一切智光明仙人因聞《慈三昧光大悲海雲經》，發菩提慈悲心，誓願持誦該經，並願未來成佛，號彌勒。這說明彌勒的本生即是「一切智光明仙人」❻。由此看出，彌勒與密特拉、密陀羅在本義「慈愛、光明」上的密切關係。這說明，彌勒的文化原型的確深深植根于上古波斯、印度兩國主流文化的土壤之中。

佛教在印度興起後，特別是部派佛教後期，佛弟子們為了佛教發展的需要，將佛教歷史人物彌勒逐步加以神化❼。現存漢文記載最早的佛教基本經典《四阿含經》中都提到了彌勒。《中阿含經》

---

❺　〔北涼〕沮渠京聲譯：《彌勒上生兜率天經》，《大正新修大藏經》第 14 卷第 419 頁下。以下引《大正新修大藏經》皆簡稱為《大正藏》。

❻　《大正藏》第 3 卷。

❼　〔日〕宇井伯壽：《印度哲學研究》第 1 冊，甲子社書房 1926 年版，第 335 頁。

卷 13《說本經》：「未來久遠人壽八萬歲時，當有佛名稱彌勒如來。」❽《長阿含經》卷 6《轉輪聖王經》：「未來人壽八萬歲時，……有佛出世，名為彌勒如來。」❾成書稍晚的《增一阿含經》提到彌勒與兜率天（Tuṣita）等，已經相當完整，成為後來大乘佛教六部彌勒經的雛形。可見，由彌勒到彌勒兜率淨土，大約經歷了從公元前 3 世紀至公元 2 世紀約 500 年的時間。從現存的漢文佛教文獻看，應當說，彌勒淨土是佛典各種淨土中最早、最古老的淨土。

　　與彌勒及其兜率淨土相比，彌陀及其西方極樂世界（Sukhāvatī）的淨土思想形成得似乎要晚一些❿。從語源學和語義學上考察，彌陀同樣可以追溯到上古波斯與印度的太陽和光明之神密陀羅

---

❽　《大正藏》第 1 卷第 510 頁中。

❾　《大正藏》第 1 卷第 41 頁下。

❿　陳揚炯謂，小乘佛教時期「彌勒信仰沒有淨土內容，人們信仰未來佛彌勒，而不光是兜率淨土的教主彌勒。到了 3─5 世紀，纔出現宣說彌勒淨土的彌勒各經。這已是阿閦佛淨土、彌陀淨土傳入一百多年以後的事了。顯然，彌勒淨土是在大乘淨土思潮中產生的，晚于阿閦佛淨土、彌陀淨土。」（《中國淨土宗通史》，南京：江蘇古籍出版社 2000 年版，第 32─33 頁）「在諸種淨土思想中，彌陀淨土思想出現較晚，它吸收了以前諸淨土得精華並加以發展，因而最為成熟。」（同上，第 80 頁）按，陳氏的「以前諸淨土」不知是否包括彌勒淨土。彌勒淨土各經的製造年代目前尚難確定，陳氏推論到 3─5 世紀，很可能受彌勒為大乘瑜伽行派始祖、並為無著之師說法的影響。現存漢譯瑜伽行派的論藏立造者多注為彌勒菩薩，如《瑜伽師地論》、《大乘莊嚴經論頌》、《辯中邊論頌》、《金剛般若波羅蜜經論》等。然多數學者認為，這是把兩個年代不同的彌勒混為一談。另據《婆藪盤豆法師傳》載，無著曾上兜率天向彌勒問法，而無著之師亦名彌勒，故有將二者誤為一人。（參見弘學：《淨土探微》，成都：巴蜀書社 1999 年版，第 106─107 頁）

（Mitra）和密多羅（Mitra）。彌陀，為阿彌陀（梵文 Amitā）之略稱，
漢文音譯阿彌多、阿弭跢、阿彌多廈、阿彌多婆等。「阿」為梵音
之首字，一切音聲、一切文字皆不離「阿」。「阿」的意譯為
「無」，古代印度認為就語言文字而言，「阿」為萬物之根源、諸
法之本體。「彌陀」意譯為「量」，因為阿彌陀具有太陽、光明之
神密陀羅的原型，所以，又意譯為無量光（Amitāmabha），並有 12
光佛之稱：

> 是故無量壽佛，號無量光佛、無邊光佛、無礙光佛、無對光
> 佛、炎王光佛、清淨光佛、歡喜光佛、智慧光佛、不斷光
> 佛、難思光佛、無稱光佛、超日月光佛。❶

由此可見，阿彌陀的這一語義與彌勒似有同源性。然而，阿彌陀還
有其他兩個意思：一為無量壽（Amitāmayus）；一為甘露（Amṛta）。
此二義顯係後世附加上去的，一則謂其有無限之生命，即已徹底脫
離輪回苦海，永無生死；二則謂其以「甘露」滋潤苦海芸芸眾生之
心靈，使其枯竭生命達到永恒，即擺脫生死此岸，永拔三界。

　　記載阿彌陀和宣揚西方淨土的佛典也出現得較晚，至少在部派
佛教時期是沒有的。大乘佛教於公元前 1 世紀興起後，纔逐漸提出
了彌陀西方淨土以及其它淨土說。這從支婁迦讖漢譯的《兜沙
經》、《阿閦佛國》、《平等覺》（創造阿彌陀佛西方淨土）也可看

---

❶　〔三國曹魏〕康僧鎧譯：《無量壽經》，《大正藏》第 12 卷第 270 頁上、
　　中。

出。原來，原始佛教和部派佛教皆不立它方佛與它方淨土，衹承認釋迦牟尼佛的世界和釋迦牟尼佛之未來佛彌勒的兜率天界。大乘佛教不僅吸收了小乘（Hīnayāna）之說，又兼融了流行於婆羅門教中毗濕奴（Viṣṇu）所居的天界之說，因而提出了各種淨土世界。其中，阿彌陀西方極樂世界被描繪得最為美妙、具體。

二、彌勒與彌陀信仰興起的時間和流行的地區

從彌勒與彌陀的語源上來看，二者都有古波斯文化的原型。所以，他們流行的範圍主要在西北印度與波斯接壤的地區。確切地說，彌勒信仰的範圍似更明確一些。在密教胎藏界（Garbha）曼荼羅（Maṇḍala）雕飾上，如來和菩薩均有特定的方位：東方寶幢如來（Ratna-ketu），南方開敷如來（Saṃkusumita），北方鼓音如來（Divyadundubhi meghanirghoṣa），西方無量壽如來（Aamitāyus）；東南方普賢菩薩（Samantabhadra），東北方觀音菩薩（Avalokiteśvara），西南方妙吉祥童子（Mañjuśrī），西北方慈氏菩薩（Maitreya）。密教胎藏界曼荼羅雖產生較晚，但也透露出彌勒這個形象形成於古代印度的西北部，可能受到波斯等地的文化影響●。在古代印度佛教史上，據佛教一些史料記載，先後舉行過 4 次結集●。前 2 次僅見諸種傳

● 季羨林：〈彌勒信仰在印度的萌芽〉，《學術集林》卷 4，遠東出版社 1995年版，第 146 頁。按，曼荼羅畫雖然主要是密教流行時期的產物，但仍可以看出彌勒與西北印度方位的某些關係。

● 結集（Saṇīti）：意為「合誦」、「編纂」。第 1 次在佛陀寂滅後不久，由迦葉（Mahākāśyapa）主持，在王舍城（Rājagṛha）誦出經、律二藏。第 2 次在佛滅後 100 年後，由長老耶舍（Yaśa）在毗舍離城（Vaiśali）召集，審定律

說，第 3 次在孔雀王朝（Maurya）的阿育王時期。孔雀王朝主要由
佛教勢力最為強盛的摩揭陀國（Māgadha）發展而來。至公元前 324
年，年輕的孔雀王朝的創建者旃陀羅笈多（Chandragupta）以強大的
軍隊從印度西北以及波斯東北部徹底趕走了入侵的希臘－馬其頓的
統治者，建立了勢力範圍廣闊的孔雀王朝。到了阿育王時期，阿育
王全面接受佛教，並給予大力支持，派遣大批僧侶向外傳播佛教，
其中西北方向的傳播是一條極為重要的線路。因此，包括今伊朗、
敘利亞、阿富汗、巴基斯坦、克什米爾、烏茲別克斯坦、塔吉克斯
坦、吉爾吉斯斯坦等南亞、中亞等國家和地區不同程度地接受了佛
教。伴隨著中西商業貿易的往來，中國的中原地區也有可能於此時
出現過佛教的傳播者。孔雀王朝崩潰後，上述地區再一度陷入希臘
－馬其頓的殖民統治之下，史稱「希臘巴克特里亞王國」
（Bactria），即漢文古籍中的希臘「大夏國」（Tochari）。不久，大
夏又被波斯人阿爾撒克斯（Arsaces）建立的帕提亞國（Parthian，漢文史
籍稱其為「安息國」，即 Arsacids）所役屬。公元前 180 年，著名的希臘
人大夏國王彌蘭多羅斯（Menandros）擺脫安息統治，重復大夏，並
把疆域擴展到南至納爾巴達河（Narbhada）、東臨馬拉特（Marāțha）

藏，佛教內部由此分裂為上座部（Ārya-sthavira-nikāya）與大眾部
（Mahāsanghika）。第 3 次在阿育王（Aśoka，公元前 268 年至前 232 年在
位）時期，由目犍連子帝須（Maudgaliputra Tiśya）在華氏城（Pāṭaliputra）
主持，使古佛經最終定型。第 4 次在大月氏（Jou-chi）貴霜王朝（Kṣāṇa 或
Kuṣāṇa）迦膩色迦王（Kaniṣka，在位年代約在 2 世紀前期）時，以脅尊者
（Parśva）比丘為首的 500 僧人於迦濕彌羅（Kaśmīra）舉行，論釋「三藏」
（此按北傳之說）。

地區。當攻下都城巴克特拉（Bactra）後，彌蘭多羅斯王即為戰爭而懺悔，遂棄王位，信奉佛教，削髮為僧。與其師納加辛（Nāgasena）之言論，被編成《彌蘭陀王問經》（Milindapañhā，即漢譯《那先比丘經》）。這種希臘化的大夏王國，相容並蓄了東方波斯、印度、中國的文化❹。希臘的哲學、藝術與東方的祆教、婆羅門教（Brahmanism）、佛教等在此彼此交融，相互影響。公元前 140 年左右，以塞種（Sakās）人為主的部落聯盟佔領了大夏，建立了塞種巴克特里亞王國，即塞種大夏（Tochari），因 Tochari 為吐火羅之對音譯法，後又轉稱為吐火羅，其地因之稱為吐火羅斯坦。公元前 130 年左右，被中國匈奴所敗的大月氏從楚河（Чу）、伊犁河向西遷移，南渡阿姆河（Amu-Darya）後，征服了塞種大夏，建立了北至康居（Kāsān）、大宛（Ferghana，漢語 Dàyuán），西至安息，東接蔥嶺，南臨印度河的強大的貴霜王朝。至迦膩色迦王時期，貴霜王朝的版圖更加擴大，成為直接與中國、印度、希臘、羅馬相抗衡的帝國。迦膩色迦王原為祆教徒，後改信佛教，並在犍陀羅大興建造佛寺（Vihāra）、佛塔（Stūpa），用希臘雕塑藝術的形式表現佛教內容，佛教造像藝術由此而拉開了大幕。佛教的第四次結集正是在迦膩色迦王的主持下，在迦濕彌羅召開。在迦膩色迦王的周圍，擁有像偉大的佛教哲學家、詩人、劇作家馬鳴菩薩（Aśvaghoṣa）等一批佛教信仰者。佛教的發展此時達到了一個前所未有的高度。

　　從考古實物材料來看，彌勒及其兜率天淨土的信仰即於此時興

---

❹　張騫出使西域，曾訪問過巴克特拉。後來《漢書》、《魏書》、《北史》等亦多有記載巴克特拉。

起，而彌陀及西方淨土信仰似乎在這一時期未能找到任何考古實物或文獻的依據。出自穆哈瑪德·奈里（Mhuammad Nari）的「舍衛城現大神變」石浮雕❶展示了一組佛，即釋迦牟尼佛（居中），左右兩側為過去六佛毗婆屍佛（Vipaśyin）、屍棄佛（Śikhi）、毗舍婆佛（Viśvabhū 或 Viśvabhūk）、拘樓孫佛（Krakucchandha）、拘那舍佛（Kanakamuni）、迦葉佛（Kāśyapa）和未來佛彌勒佛，號稱過去七佛，彌勒佛為釋迦牟尼佛之未來佛，故亦在此列。而這個浮雕對阿彌陀佛卻隻字未提。這說明早期西北印度及大月氏貴霜王朝的佛教祇對「過去－現在－未來」的三世所表現的時間性特別感興趣，而對平面方位還不甚關注，甚或尚未建立起平面方位四方佛❶的觀念。因此，阿彌陀佛及其西方淨土，也就不可能產生，儘管彌陀同樣具有波斯文化的語源。這些史實正好與文字材料也相吻合。

　　犍陀羅的西克里（Sikri）出土了「兜率天宮中的菩薩」石浮雕像❶，同樣在達摩羅吉訶（Dharmarokhā）也出土了「兜率天宮中諸神的懇請」❶。這些浮雕像說明，大月氏貴霜王朝迦膩色迦王時期，這一地區不僅有了彌勒崇拜，而且還有了對兜率天淨土美妙無比的嚮往。這是早期大乘佛教中淨土思想視覺化的最早展現。

---

❶　現藏巴基斯坦拉合爾（Lahore）博物館。

❶　四方佛：即東方香積世界有阿閦佛（Akṣobhya），南方歡喜世界有寶相佛（Ratnaketu），西方極樂世界有無量壽佛（Amitāyus），北方蓮華莊嚴世界有微妙聲佛（Dundubhisvara）。

❶　現藏巴基斯坦拉合爾博物館，高 13 英寸。

❶　藏於巴基斯坦呾叉始羅（梵 Takṣaśilā，希臘 Taxila）博物館，高 8.75 英寸。參見〔英〕John 馬歇爾：《犍陀羅佛教藝術》，許建英譯，烏魯木齊：新疆美術攝影出版社 1999 年版，版圖 74、102。

　　與實物視覺化的佛教雕塑相比，文字性介紹彌勒和彌陀的經典出現得更早，大約在阿育王時期。季羨林先生說：「大乘起源應分為兩個階段：原始大乘和古典大乘。這兩個階段使用的語言不同，內容亦不相同。原始大乘使用的是混合梵語，內容是處於由小乘思想逐漸向大乘過渡的階段。古典大乘則使用梵語，內容幾乎是純粹的大乘思想。」❶「《法華經》的產生地是摩揭陀，時間是公元前二世紀左右。……從語言特點方面來看，《法華經》應該屬於原始佛教（按：應為「大乘」）這一範疇。」❷在《法華經》中，彌勒和彌陀的淨土思想已經同時出現。其中，出現彌勒 27 次，彌勒的同義名阿逸多（Ajita）17 次，兜率天 1 次；出現彌陀 2 次，西方 2 次。如果季羨林先生的說法可靠的話，那麼，彌勒和彌陀的起源即可推到阿育王時代。但是，問題是《法華經》產生在印度的東北部，而彌勒和彌陀的地望則在西北或西部。這種情況可能是，阿育王統一五天竺後，又向西北印度擴展，其地的彌勒和彌陀觀念被吸收、引進到了東北部的摩揭陀國，或者是二者的互動關係使《法華經》同時保留了彌勒與彌陀的信仰。

三、彌勒與彌陀的造像問題

　　據說，佛陀時代，佛教是反對偶像崇拜或神像崇拜的，因而也就談不上佛教的造像問題。所謂偶像崇拜或神像崇拜，是指依藉感

---

❶　季羨林：〈論梵文本《聖勝慧到彼岸功德寶集偈》〉，《當代學者自選文庫：季羨林卷》，合肥：安徽教育出版社 1999 年 12 月，第 451 頁。

❷　季羨林：〈論梵文本《聖勝慧到彼岸功德寶集偈》〉，《當代學者自選文庫：季羨林卷》，合肥：安徽教育出版社 1999 年 12 月，第 498－499 頁。

覺經驗塑造神靈的形象而加以崇拜的。偶像崇拜或神像崇拜的起源可追溯到人類的狩獵採集經濟階段的後期。人類文化雖較前發達，有了思維和智慧，但對於異質的超人間、超自然的物體的某種力量或能量難以理解，所以，便採用了一種特殊的方式來對其加以崇拜，以祈求得該種力量的庇護。人類早期是對日月星辰、鳥獸草木、山石河湖等崇拜。及至農耕時期，祖先崇拜漸趨興盛，靈魂觀念隨即產生。其後，人類把崇拜物體綜合化，創造了人、鳥、獸合一的混合形態，並把靈魂付予其上，形成了一種較為穩定的形象。此後，隨著人類文明的不斷進步，人類自身地位的進一步提高，以人為基本形象的高級抽象神像逐漸取代了混合形態。人類的宗教崇拜形式也由原始形態轉向了高級形態，如早期的猶太教、婆羅門教、瑣羅亞斯德教等。釋迦牟尼創立佛教時，首先是不滿婆羅門教的三大綱領（《吠陀》天啟、祭祀萬能、婆羅門至上），因此，提出了事物的緣起論，否認靈魂的存在，反對婆羅門教的濕婆（Śiva）、毗濕奴（Viṣṇu}和大梵天（Mahā-brahmā）三大神的偶像崇拜。所以，佛陀本人是不允許他人塑造自己形象的。佛陀寂滅後，弟子對佛陀偉大人格的景仰，對佛陀音容笑貌的回戀，便想塑造佛像以表崇敬之情。但是，至部派佛教時，仍不允許塑造佛像。不過，這時已不是反對偶像崇拜的問題。第二次的結集，佛弟子們特別是大眾部（Mahāsaṅghika）已開始神化佛陀。因此，不管是上座部還是大眾部，此時還都認為雕造佛像是冒瀆佛陀之神聖。但與此同時，結集的造經者們已經開始醞釀佛教造像的事實，為佛教造像的正式產生提供理論依據。如《賢愚經》卷 3《阿輸迦施士品》載，「過去久遠，……典閻浮提，八萬四千國。世時有佛，名曰弗沙。婆塞奇

王，與諸臣民，供養於佛及比丘僧。……爾時，其王心自念言，今此大國，人民之類，常得見佛，禮拜供養。其餘小國，各處邊僻，人民之類，無由修福。就當圖畫，佛之形象。……時弗沙佛，調和眾彩，手自為畫，以為模法，畫立一像。於是，畫師乃能圖畫，都畫八萬四千之像，極令淨妙，端正如佛。……諸國王臣民，得如來像，歡喜敬奉，如視佛身。」**㉑**此時期的其它經典，也有類似的記載。此為最早的佛像繪畫。雕鑄佛像之事，也有所記。據《增一阿含經》卷 28 載，佛陀上三十三天為母說法，夏中三月不在閻浮提（Jambu-dvīpa），時拔嗟國優填王（Udāyana）慕佛，以栴檀造五尺佛像，舍衛國波斯匿王（Prasenajit）聞之，以紫磨金鑄五尺佛像，此時閻浮提內始有二像**㉒**。據說此為最早的雕鑄佛像**㉓**。至孔雀王朝的阿育王，大力倡導佛教，建寺造塔，並在這些建築物上雕刻法敕，同時也雕刻一些佛教說法比喻的動物形象（主要有獅、象、瘤牛、馬等），象徵大地四方，顯示佛教神威功德，莊嚴美妙。孔雀王朝時代，人物造像已經較為發達，如帕爾卡姆（Parkham）等地古蹟的藥叉女（Yakṣiṇī）像等。但是對於佛教來說，儘管佛經中已經有了佛像繪畫和雕鑄的記載，而真正要使佛像造型視覺化，並不是很容易的事情。所以，從阿育王直到貴霜王朝時期的 2、3 個世紀裏，佛教造像一直是以象徵性的手法來表現的。巽伽王朝（Suṅgā）時期（公元前 180－公元前 72），在巴爾胡特（Bhārhut）、山奇（Sāñchi）、菩

㉑　《大正藏》第 4 卷第 368 頁下－369 頁上。

㉒　《大正藏》第 2 卷。

㉓　業露華：《中國佛教圖像解說》，上海書店 1992 年版，第 1 頁。

提－伽耶（Bodh-Gayā）等地，有以動、植、器物或符號等形式來象徵佛陀生平事蹟的特徵。如用蓮花（Nīlotpala）象徵佛陀的誕生，用菩提樹（Bodhi-druma）象徵佛陀覺悟，用法輪（Dharmā-cakra）象徵佛陀的「初轉法輪」❷，用塔象徵佛陀的涅槃（Nirvāṇa）。貴霜王朝時期，大乘佛教在西北印度率先興起，完全將佛陀神化或偶像化。佛教的人物造像也伴隨著這種神化或偶像化崇拜的過程而逐漸興起。佛陀的人格神化最初出現在迦膩色迦王時的一些鑄幣上。現出土的唯一一枚金幣的正面是迦膩色迦王，而背面則是立佛，佛身後有項光❷。貴霜王朝都城犍陀羅的佛像首先出現在佛傳故事的浮雕中，因犍陀羅曾長期受希臘－馬其頓統治，故其雕塑手法受到希臘雕塑藝術的深刻影響。佛像沿用了希臘、羅馬風格的眾神形象，然其相貌、姿態均具凡人特徵。這些佛像幾乎無一例外地為釋迦牟尼佛。與佛像相配的則是數量可觀的菩薩像。「從形象上判斷共有兩種：一種是持淨水瓶的，這就是彌勒菩薩；其餘的則屬另一種，是泛指的菩薩。」❷犍陀羅的彌勒雕像不僅融會了希臘、羅馬雕塑的技巧，更加明顯地帶有塞種人的特點：其「姿態比較隨便，頭上挽著高高的卷髻，面相秀美，上唇有捲曲的短髭，希臘、羅馬雕像中

---

❷ 有的則點綴一兩頭鹿，表明此事發生在鹿野苑（Mṛgadāva），即今之沙爾那斯（Sārnāth）。

❷ 〔美〕H. 因伐爾特：《犍陀羅藝術》，李鐵譯，上海人民美術出版社 1991年版，第 21 頁，版圖 136。

❷ 晁華山：《佛陀之光——印度、中亞佛教勝蹟》，北京：文物出版社 2001 年版第 137 頁。

沒有這種形式，據說是接受了塞種文化的結果。」❷其造像的精湛程度堪與佛像媲美。因此，在貴霜王朝時期，彌勒造像與佛陀造像幾乎同等重要。除了犍陀羅以外，位於恒河（Gangā）中游西北部貴霜王朝的領地秣菟羅（Mathurā），2 世紀初也開始製作佛陀像、菩薩像（主要是彌勒像）及佛教故事浮雕（如佛陀的生平事蹟、彌勒與過去七佛、藥叉女等）❷。這種造像形式的發展，加速了偶像的崇拜，進而形成了獨特的像教（Pac-pratirūpaka）。

所謂像教，即指佛教像法之教化。據《賢劫經》卷 3、《大乘三聚懺悔經》等載，像法即佛陀入滅經 500 年正法後之教法；像教即指此時期佛法之總稱，包括像教與經教。早期像教的內容主要是釋迦牟尼佛與彌勒菩薩：

> 聞是（彌勒）菩薩，大悲名稱，造立形像，香花衣服，繒蓋幢幡，禮拜繫念。❷

據 4、5 世紀之交中國西行求法高僧法顯在《佛國記》中記述，彌勒造像在西域、中亞、南亞十分盛行，大有未來佛提前到來之勢。從域外文獻資料和考古實物來看，彌勒造像的繁盛，是整個

---

❷ 吳焯：《佛教東傳與中國佛教藝術》，杭州：浙江人民出版社 1994 年版，第 58 頁。

❷ 晁華山：《佛陀之光——印度、中亞佛教勝蹟》，北京：文物出版社 2001 年版，第 55－60 頁。

❷ 〔北涼〕沮渠京聲譯：《觀彌勒菩薩上生兜率天經》，《大正藏》第 14 卷第 420 頁中。

佛教像教的極為重要的部分，它反映了彌勒及其兜率淨土信仰在南亞、中亞、西域地區各個階層極為普遍的心理需求。因此，中國僧人道高在《答李交州書》中說：

> 夫如來應物，凡有三焉：一者見身，放光動地；二者正法，如佛在世；三者像教，髣髴儀軌。髣髴儀軌，應今人情；人情感像，孰為見哉？❸⓿

像教的作用在於顯示佛（包括未來佛）的精神，產生感人的力量。所以，自佛教傳入中國始，往來印度、安息、西域諸國及漢地的僧人皆攜經、像，二者並重。

與彌勒造像相比，彌陀造像從考古遺蹟實物來看，公元前後幾乎無見於南亞、中亞及西域地區。據說，1977 年在秣菟羅出土一件殘缺不全的無量光佛，其銘文說作於公元 106 年❸⓵。這一辨認尚未得到學術界的完全認可。假如該像確為阿彌陀佛造像，也僅能證明此為彌陀造像的萌芽或開始。因為據中國 4、5 世紀西行求法僧人多種見聞記所載，除釋迦牟尼佛造像外，就是彌勒與觀音的造像，而對彌陀造像，卻隻字未提。這說明，南亞、中亞、西域地區在 5 世紀之前，是不崇尚彌陀造像的。

---

❸⓿　〔南朝梁〕僧祐《弘明集》卷 11，《四部叢刊》第 81 冊，上海書店 1989 年影印本。

❸⓵　參見 R. E. 埃利墨克：〈中亞佛教〉，殷晴譯，《西域研究》1992 年第 2 期第 59 頁。

四、彌勒經典與彌陀經典的早期翻譯與流傳

有關宣講彌勒及兜率淨土的經典在上述地區流傳得十分廣泛。據漢譯佛典，東漢桓帝建和二年（148）由西域來華的安息高僧安世高（An Shihkao）譯的《佛說大乘方等要經》及隨後於桓帝末年（167）來洛陽的月氏僧支婁迦讖（Lokaṣema）譯的《道行般若經》卷5 等都講述了彌勒及其兜率天的信仰事實。就是說，講說彌勒及其兜率淨土的經典最晚不會遲於 2 世紀中葉。而此時正是貴霜王朝迦膩色迦王統治最為輝煌的時期。安世高為波斯人，支讖為月氏人，可見，彌勒及其兜率淨土的信仰流傳於西北印度和東北波斯在文獻上亦是有根據的，考古實物與文獻資料正好相互映證。

按照漢譯佛典的說法，彌勒先於佛陀入滅，往生兜率天，成為兜率天之教主，並在兜率天內院為諸天人宣講佛法。兜率天為三界中最低一級欲界六天❸²的第四天。該天意譯為知足，即謂該天中之人，可以思衣得衣，思食得食，但又於財、色、名、食、睡等五欲不生貪著，知量知足：

> ……四十九重微妙寶宮，一一欄楯，萬億梵摩尼寶，所共合成。諸欄楯間，自然化生九億天子、五百億天女。一一天子手中，化生無量億萬七寶蓮華。一一蓮華上有無量億光。其光明中具諸樂器，如是天樂，不鼓自鳴。此聲出時，諸女自

---

❸² 欲界六天：由低而高依次為：四天王天（Cāturmahārājika）、忉利天（Trāyastriṃśa）、焰摩天（Yāma）、兜率天、化樂天（Nirmāṇarati）、他化自在天（Para-nirmita-vaśa-vartin）。

> 然，執眾樂器，竟起歌舞，所詠歌音，演說十善，四弘誓
> 願。諸天聞者，皆發無上道心。
>
> ……若有往生，兜率天上，自然得此，天女侍禦。
>
> ……爾時，十方無量，諸天命終，皆願往生，兜率天宮。㉝

這是多麼理想美妙的天堂樂園，不僅修行，更可以享盡富貴歡樂。難怪連諸天人命終時都發願往生。那麼作為居於六道㉞之中的凡人，理所當然地心嚮往之。按照佛教的說法，往生兜率天的條件並不複雜、苛刻：

> 佛告優波離，……未來世中，諸眾生等，聞是菩薩（彌
> 勒），大悲名稱，造立形像，香花衣服，繒蓋幢幡，禮拜繫
> 念。此人命欲終時，彌勒菩薩，放眉間白毫，大人相光，與
> 諸天子，雨曼陀羅花，來迎此人。此人須臾，即得往生。㉟

這就是說，往生的條件有：(1)聽彌勒之名稱；(2)造立彌勒形像，以便觀想；(3)供敬香花衣物；(4)製作幢幡繒蓋；(5)禮拜專念。這 5條，對於稍有經濟基礎的人來說，算不上太難。所以，彌勒及兜率淨土纔具有了誘惑人的魅力。

㉝ 〔北涼〕沮渠京聲譯：《彌勒上生經》，《大正藏》第 14 卷第 419 頁上、中。

㉞ 六道：由高到低依次為：天（Deva）、人（Manuṣya）、阿修羅（Asura）、畜生（Tiryañc）、餓鬼（Preta）、地獄（Naraka）。

㉟ 〔北涼〕沮渠京聲譯：《彌勒上生經》，《大正藏》第 14 卷第 420 頁中。

彌陀造像在西北印度、波斯、中亞、西域等地區雖然產生很晚，也不甚流行，但在文獻上與彌勒經典相比，專門宣講彌陀及其西方淨土的經典產生得並不晚，似乎還要比專門宣講彌勒的經典早一些。從漢譯佛典來看，安世高於東漢建和二年（148）譯出了專門宣講彌陀西方極樂淨土的《無量壽經》2 卷。幾乎同時，支婁迦讖也譯出了《無量清淨平等覺經》4 卷。從兩位來自波斯和月氏的譯經僧的來歷看，彌陀經典也同樣產生並流行於西北印度、波斯、中亞及西域地區。

依《無量壽經》（三國曹魏康僧鎧譯）說，有一國王，聽聞世自在王佛（Lokeśvara，Lokeśvarāja）講說佛法，遂發大菩提心，捨棄王位，而出家，名法藏（Dharmākara），並發「四十八本願」，力求拔出眾生生死苦難的根源。經無數劫，終成佛果，居西方極樂世界。其土名極樂，是謂其土所居眾生無生、老、病、死之苦，也無怨、憎、恚、愛、別離、所欲不得之種種苦惱，享盡諸多快樂，徹底解脫生死輪回。阿彌陀佛以大慈悲哀憫凡間眾生，故凡念信阿彌陀佛，發願往生西方淨土者，命終之時，阿彌陀佛即前來接引，使往生者得以昇遷。

有關西方極樂淨土，《無量壽經》不遺餘力地作了無比具體、細緻的描繪，在對其土美妙的環境充分渲染後，曰：「無量壽國，其諸天人，衣服飲食，華香瓔珞，諸蓋幢幡，微妙音聲，所居舍宅，宮殿樓閣，稱其形色，高下大小，或一寶二寶，乃至無量眾寶，隨意所欲，應念即至。」❸那麼，西方淨土與彌勒兜率淨土相

---

❸　《大正藏》第 12 卷第 272 頁上。

比，孰更美妙呢？對此，《無量壽經》未作正面比較，而是說，人間的帝王雖然尊貴，容貌美好，但與轉輪聖王（Cakra-varti-rājan）相比，就很低劣，像乞丐站在帝王面前一樣。而轉輪聖王威儀堂堂，但與忉利天王相比，則又顯得醜陋，相差萬倍。但忉利天王與第六天王相比，相差又是百千億倍。但第六天王與極樂世界的聲聞（Śrāvaka）、菩薩（Bodhi-sattva）相比，光明莊嚴的容貌就更差了，無法記知㊲。彌勒兜率為欲界第四天，自然無法與超離三界的西方淨土相提並論了，這在一定程度上貶低了兜率淨土。

彌陀淨土的往生條件比起彌勒兜率淨土的更為簡便易行：

> 有善男子善女人，聞說阿彌陀佛，執持名號，若一日，若二日，若三日，若四日，若五日，若六日，若七日，一心不亂，其人臨命終時，阿彌陀佛，與諸聖眾，現在其前。是人終時，心不顛倒，即得往生，阿彌陀佛，極樂國土。㊳

這裡不需要佈施，不需要功德，祇要連著七天稱念阿彌陀佛的名號，即可往生西方極樂淨土世界。這樣的法門實在是太容易、也太廉價了。不過，它對於那些沒有錢財的布衣百姓來說，那的確是太有吸引力了。從彌勒兜率淨土信仰和彌陀西方淨土信仰的內容看，二者都是以死亡問題為中心的，它們構成了佛教龐大信仰體系中的重要組成部分，是釋迦牟尼佛信仰的延伸和昇華。按佛教的說法，

㊲ 《大正藏》第 12 卷第 271 頁下－272 頁上。

㊳ 〔姚秦〕鳩摩羅什譯：《阿彌陀經》，《大正藏》第 12 卷第 347 頁中。

釋迦牟尼佛是現實娑婆世界之佛，故祇注重解決現實人生的苦難，對人的終極歸宿並不關心。而這一終極關懷，則被彌勒兜率淨土和彌陀西方淨土所關注和擁有，因此，它們用超驗的世界來解決了經驗世界中人們長期以來的困惑、焦慮、煩惱、悲傷，使人們擁有了美好的歸宿，從而可以坦然面對現實經驗世界中的一切，這樣也就增加了人生生命的密度和質量。至於說兩個淨土的優劣，中國隋唐時期的僧人多有比較，非本篇之主題，留待它文另行討論。

五、結　論

根據上述四方面的論析，可以總結出如下結論：

㈠彌勒和彌陀兼受波斯文化和印度本土文化的雙重影響，其文化原型兼有波斯和印度太陽、光明之神。

㈡彌勒和彌陀信仰流行的地區皆在西北印度、東北波斯、中亞、西域地區，產生的時間約在公元前 3、2 世紀，是伴隨著原始大乘佛教的興起而興起的。但是彌勒及其兜率淨土思想的形成可能更早一些，大約在小乘時期。

㈢淨土信仰很注重直觀性、視覺化，佛教的像教加速了彌勒和彌陀信仰的普及和發展，使其形成了像教藝術中不可缺少的藝術內容。但是，彌勒造像在西北印度、東北波斯、中亞、西域非常盛行，而彌陀造像則是在中國內地發展起來的。

㈣宣講彌勒及其兜率淨土和彌陀西方淨土的經典，都產生於西北印度和中亞地區，但是，專門宣講彌陀西方淨土的經典則要早於專門宣講彌勒兜率淨土的經典。二者的內容和主旨雖各有其特點，但總的說來，都是對人生終極關懷的提倡和強調，因而是釋迦牟尼

佛信仰的延伸和昇華，是佛教龐大信仰體系中最有特色和魅力的部分。

龔自珍《己亥雜詩》中
的學術史議題

楊濟襄[*]

【摘　要】　《己亥雜詩》三百一十五首，佔龔自珍現存詩作的半數以上，可謂定盦詩集的代表。定盦滯京廿載，因礙於時局高層所嫉，出都南返，詩人有意把南北往返途中的社會見聞、個人心境，「乃至一坐臥、一飲食，歷歷如繪」地表現出來。此番南返，代表著定盦對自己滯京廿載的反省，透過詩作，定盦回憶自己的生平、著述、交遊、宦途、政治主張等，真摯的情感在詩中表露無遺。定盦卒於道光廿一年（1841），享年五十歲。對於了解定盦晚年的思想、境遇，乃至於描摹其人其學以及思想發展，定盦四十八歲時所完成的《己亥雜詩》，成了最重要的憑據之一。

　　龔自珍治《公羊春秋》，卻主張「孔子未生，先有六經」、「孔子述而不作」，其學術思想之經世特質，透過尊史以為鑑：「史存國存，史亡國亡」、「五經，周史之大宗」、「諸子，周史

---

*　本文作者，現為國立中山大學中文系助理教授。

之小宗」，反映在春秋學上，使他對於春秋學的關鍵議題，有別於
歷來公羊學家的持論。龔氏尊孔，亦崇周公；他反對孔子筆削六經
之說，認為孔子之功，在於「存史」，而不在「作經」，卻透過
「史才」的觀點，肯定「微言大義」就存在於「口述」的史料中。
他對於「三世」的解讀，因此不再著墨於「三世異辭」的筆法，而
是由「世運遞嬗」的體認，聚焦於社會政局的觀察。

　　本文雖以龔氏《己亥雜詩》為研究對象，然實質輔以龔自珍學
術思想的特徵與架構著手，重新爬梳龔氏詩文所隱藏著的，關乎學
術史議題的若干線索。透過《己亥雜詩》與龔氏學術的相應對照，
本文冀望透過二者的比對與參證，對於龔氏的學術特質與思想面
貌，能有更貼切的詮釋與理解。

【關鍵詞】　龔自珍　己亥雜詩　經史　微言　六經皆史　賓賓
　　　　　　三世

一、龔自珍與《己亥雜詩》簡述

　　龔自珍（1792－1841），字璱人，號定盦，浙江仁和人，其母段
馴，為段玉裁之女，年十二，曾親得外祖父親授以許慎《說文解
字》部目❶；自珍少年時即為文譏議時政，終其一生懃懃懇懇，未
嘗一日或忘。今日所存文集中有〈明良論〉四篇（《龔自珍全集》第
一輯《定盦文拾遺》，頁 29－36），為定盦廿三歲所作，篇後載有「外

---

❶　據《己亥雜詩》第五十八首自注：「年十有二，外王父金壇段先生授以許氏
　　部目，是平生以經說字，以字說經之始」。

祖金壇段公評曰：『四論皆古方也，而中今病。豈必別製一新方哉！髦矣，猶見此才而死，吾不恨矣。甲戌秋日』」。並有定盦自題文句曰：「四論乃弱歲後所作，文氣亦何能清妥，棄置故篋中久矣。檢視，見外王父段先生加墨矜寵，泫然存之。自記。」（《龔自珍全集》第一輯《定盦文拾遺》，頁 36）。定盦才情為外祖段氏賞識，祖孫論學之情溢於言表。

嘉慶廿三年（1818）自珍年廿七，應浙江鄉試中舉；次年（1819）應恩科會試不第，留京師，始從劉逢祿受公羊春秋。定盦一生曾十一試，其中有八次不中，道光九年朝考，欽命題為「安邊綏遠疏」，時張格爾甫平，方議新疆善後，據魏源後人魏季子《羽琤山民逸事》載❷：

> 定公己丑四月二十八日應廷試，交卷最早出場。人詢之，定公舉大略以對。友慶曰：「君定大魁天下。」定公以鼻嗤曰：「看伊家國運如何？」

蓋文內皆係實，對於西北屯政綦詳也。

道光九年（1829）自珍年卅八，己丑會試，臚舉時事，直陳無隱，十二年後《己亥雜詩》中，他回憶己丑會試時的情景❸：「霜豪擲霸倚天寒，任作淋漓淡墨看，何敢自衿醫國手，藥方只販古時

---

❷　參見孫文光，《龔自珍》，臺北：萬卷樓，1993.6，頁 57－58。

❸　見《龔自珍全集》第十輯《己亥雜詩》，頁 513。本文所引用之《龔自珍全集》乃王佩諍校，上海：古籍書店，1999.6。以下將以書名直接標示頁碼，不再贅述此書之出版資料。

丹。」（詩下自注：己丑殿試，大指祖王荊公〈上仁宗皇帝書〉）對於定盦
過人的膽識，閱卷諸公皆大驚，卒以「楷法不中程」，不列優等；
憂心國事的定盦，從廿七歲鄉試中舉到卅八歲會試，終究無緣晉身
翰林，「楷法不中程」對於積極用世的龔氏而言，無疑是「冷暖自
知」的堂皇理由。自珍在〈跋某帖後〉一文說到：

> 嘉慶甲子，余年十三，嚴江宋先生璠於塾中日展此帖臨之。
> 余不好學書，不得志於今之宦海，蹉跎一生。回憶幼時晴窗
> 弄墨一種光景，何不乞之塾師，早早學此？一生無困阨下僚
> 之歎矣，可勝負負！壬辰八月望，賈人持此帖來，以制錢一
> 千七百買之，大醉後題。翌日見之大哭。（《龔自珍全集·第
> 四輯·定盦遺箸》）

「余不好學書，不得志於今之宦海，蹉跎一生」，定盦見到兒時曾
臨拓的字帖，寫下「早早學此？一生無困阨下僚之歎矣」。「翌日
見之大哭」，可見其傷心之甚。據樊克政《龔自珍年譜考略》❹引
用柴萼《梵天廬叢錄》（民國十五年刻本，藏於北京國家圖書館）載云：

> （定盦）生平不善書，以是不能入翰林。既成貢士，改官部
> 曹，則大恨，乃作《干祿新書》，以刺執政。凡其女、其
> 媳、其妾、其寵婢，悉令學館閣書。客有言及某翰林者，定
> 盦必哂之曰：「今日之翰林，猶足道耶？吾家婦人，無一不

---

❹ 見氏著《龔自珍年譜考略》，北京：商務印書館第 1 版，2004.5。

可入翰林者。」以其工書法也。

　　才情過人的自珍，對於「楷法不中程」這件事，後來也以其特異的方式，表示對庸懦當權者的不滿和抗議。儘管科場失利，仕途未能得志，自珍卻不改其經事之熱誠；道光十二年（自珍時年四十一）夏，大旱，詔求直言，自珍手陳〈當事急務八條〉❺，可見自珍用世積極之企圖；然而，其深炬卓識，仍然未能得到當政者的採納，錢穆先生對於龔自珍其人其學，曾說：「定盦自負其才氣，敢為出位之言」❻，自珍之詩文，抒發經世關懷，淋漓酣暢的尖銳筆觸，除了洋溢著個人的性格、才學之外，亦是他憤懣不遇，鬱鬱生平的反映。

　　自珍嘉慶廿三年浙江鄉試中舉，次年京師恩科會試不第，從劉逢祿學公羊春秋，自此滯留京師近十載。嘉慶廿五年（1820）充任內閣中書過十載，至道光九年（1829）會試不列優等，賜進士出身，朝廷擬派他出任知縣小官，他沒有同意，仍然要求擔任內閣中書的原職，於是，從是年起，直至道光十九年（1839）辭官南返，中間雖改任過宗人府主事、玉牒館纂修官、禮部主事祠祭司行走、主客司主事等職，但官銜最高只不過六品。❼

---

❺　可惜此篇已不存於今之文集。有關龔自珍佚著，可參考孫文光、王世芸編，《龔自珍研究資料集》附錄：〈龔自珍佚著待訪目〉，合肥：黃山書社，1998。

❻　錢穆，《中國近三百年學術史》第十一章「龔定盦」，臺北：臺灣商務印書館，1987.3，頁 541。

❼　詳吳昌綬，《定盦先生年譜》，見《龔自珍全集》第十二輯。

　　道光十九年（1839），歲次己亥，龔自珍四十八歲。據吳昌綬
《定盦先生年譜》載：

> 先生官京師，冷署閑曹，俸入本薄，性既豪邁，嗜奇好客，
> 境遂大困，又才高動觸時忌；至是以闇齋先生年逾七旬，從
> 父文恭公適任禮部堂上官，例當引避，乃乞養歸。四月二十
> 三日出都，不攜眷屬僕從，以一車自載，一車載文集百卷以
> 行，夷然傲然，不以貧自餒也。……距國門七里，吳虹生立
> 橋上，候先生過，設茶灑淚而別。虹生為戊寅己丑同年，同
> 出清苑王公門，殿上試，同不及格，同官內閣，同改外，同
> 日還原官，交誼尤摯者也。

滯留京師廿載，四十八歲的定盦南歸真正的原因是「才高動觸時
忌」。道光十九年前後，湖廣總督林則徐入京，面陳禁止鴉片事
宜，奉旨以欽差大臣身份到廣東查辦鴉片，兼指揮水師。行前，龔
自珍作〈送欽差大臣候官林公序〉（見《龔自珍全集》第二輯，頁 169—
171），極言戰守之策，並陳「決定」、「答難」、「歸墟」諸
義，以堅其心，深望其由一省之治，使「中國十八行省銀價平，物
力實，人心定」（頁 171）。另外，又表示願意親自去廣東，對林則
徐進行具體的協助。

　　清廷當時正對英國人利用鴉片入侵事件，主戰、主和兩派，朝
議紛紛。龔自珍位居下僚，本可不捲進這場是非，但是，他基於對
事局的關切，毅然投身主戰派的行列，越位行事的結果，引起主和
投降的當權者極大的憎恨。從林則徐的復札（見《龔自珍全集》第二

輯，頁 171）可知，林則徐對此也感到十分複雜和為難：

> 定盦先生執事：月前述職在都，碌碌輶塵，刻無暇晷，僅得
> 一聆清誨，未罄積懷。惠贈鴻文，不及報謝，出都後，于輿
> 中紬繹大作，責難陳義之高，非謀識宏遠者不能言，而非關
> 注深切者不肯言也。……執事所解詩人悄悄之義，謂彼中游
> 說多，恐為多口所動，弟則慮多口之不在彼也……至閣下有
> 南游之意，弟非敢沮止旌斾之南，而事勢有難言者。

在這種情勢之下，京師已非其施展抱負的寄望之所。定盦對京師的
絕望從〈尊隱〉一文可見：

> 山林冥冥，但有窒士，……與夢為鄰，未即於牀，丁此也以
> 有國，而君子適生之，不生王家，不生其元妃嬪牆之家，不
> 生所世拳之家，從山川來，……古先冊書聖智心肝，人功精
> 英，百工魁桀所成，如京師，京師弗受也，非但不受，裂而
> 磔之，……詐偽不材，……百寶咸怨，怨則反其野矣。
> （〈尊隱〉，《龔自珍全集》第一輯《定盦續集》，頁 87）

定盦在給摯友吳虹生的書信中提到：

> 弟因歸思鬱勃，事不如意，積痗所鼓，肺氣橫溢，遂致嘔血
> 半升，家人有咎酒者，非也。（〈與吳虹生書（一）〉，《龔自珍
> 全集》第五輯《定盦遺著》，頁 347）

所以當他四月廿三日離開北京時，大有「壯士一去兮不復還」的感嘆，定盦在京前後數十載，結識的朋友很多，可是只有吳虹生一人在京師外七里的橋頭，郖他設茶灑淚話別。

這次出都南返，龔自珍寫下了其詩文之代表作：《己亥雜詩》三百一十五首。《己亥雜詩》佔龔自珍現存詩作的半數以上，可謂定盦詩集的代表。它是一部以七絕形式寫成的大型組詩，定盦向摯友吳虹生提及這組詩的創作經過時，說到：

> 弟去年出都日，忽破詩戒，每作詩一首，以逆旅雞毛筆書于帳簿紙，投一破簏中；往返九千里，至臘月二十六日抵海西別墅，發簏數之，得紙團三百十五枚，蓋作詩三百十五首也。（〈與吳虹生書（十二）〉，《龔自珍全集》第五輯《定盦遺著》，頁353）

詩人有意把南北往返途中的社會見聞、個人心境，「乃至一坐臥、一飲食，歷歷如繪」地表現出來，由於此番南返，代表著定盦對自己滯京廿載的反省，透過詩作，定盦回憶自己的生平、著述、交遊、宦途、政治主張等，真摯的情感在詩中表露無遺。定盦卒於道光廿一年（1841），享年五十歲。對於了解定盦晚年的思想、境遇，乃至於描摹其人其學以及思想發展，定盦四十八歲時所完成的《己亥雜詩》，成了最重要的憑據之一。

本文將以龔氏《己亥雜詩》為研究對象，輔以今本《龔自珍全集》中的「未刻詩稿」，重新爬梳龔氏詩文所隱藏著的學術史議題。透過本文的考證與研究，對於龔氏的學術特質與思想面貌，當

能有更貼切的詮釋與理解。

二、龔自珍思想在學術史上的幾點爭議

何佑森先生曾明確指出：清代經學的特色是「經史合一」的「經史之學」。何先生謂「清初學者往往經史二字連用，一生中是既讀經書，而又讀史書」，往往不自覺地自稱其學為「經史之學」：

> 如果說是浙西經學和浙東史學，這表示了經史分途；如果說是「經史之學」，一個學者既能以經證史，又能以史證經，將經與史，聯繫融合，這表示了「經史」是儒學的一體二面。……顧炎武在《蔣艇·自序》中敘述讀書的經過。他說，我從三十歲後，讀「經史」就即時寫下筆記。……顧炎武留給後世影響深遠的一部著作是《日知錄》。這部書用的是箚記體裁。體例上分為三個部份：上編講「經術」；中篇言「治道」，論史學；下編「博聞」，考證經史。……黃宗義是顧炎武的同時學者，生在浙東。乾隆時章學誠寫〈浙東學術〉篇，說黃氏開創了萬斯大和萬斯同兄弟的「經史之學」，又稱「經術史裁」。邵廷采是宗義的弟子，他在〈國史提要〉中說：六經中的《尚書》、《春秋》是「經而史」……稍晚的浙東學者全祖望用問答方式寫的《經史問答》，章學誠在〈易教〉篇提出的「六經皆史」，將經與史合而為一。一般學者認為浙東之學的特色是史學，而我卻認

為是「經史之學」。❽

何先生認為：以「浙西經學」、「浙東史學」這二個術語來指稱清代學術，容易引人走入「經學」、「史學」孑然二分的陷阱，而這完全不是清代學術真正的情況。章學誠是浙東學術的代表性人物。他倡言「六經皆史」，主張：

> 善言天人性命，未有不切人事者。三代學術，知有史而不知有經，切人事也。後人貴經術，以其即三代之史耳。近人談經，似於人事之外別有所謂義理矣。……史學所以經世，固非空言著述也。且如六經出於孔子，先儒以為其功莫大於《春秋》，正以切合當時人事耳。（《文史通義·內篇二·浙東學術》）

詹海雲氏也在〈清代浙東學者的經學特色〉一文中指出：

> 一般人談到清代浙東學術時，往往只注意到它的史學思想，少有人注意它的經學思想。事實上，清代浙東學術有一個由心學→經學→史學的轉折過程。……從清代浙東學者治經的

---

❽ 何佑森先生在 1992.12 中央研究院中國文哲研究所籌備處所舉辦的「清代經學國際學術研討會」上，以「清代經學思潮」為題發表專題演講。這裡所引用的，見於該場演講的文字記錄稿：〈清代經學思潮〉頁 23－25 的部份（〈清代經學思潮〉，《清代經學國際學術研討會論文集》，臺北：中央研究院中國文哲研究所籌備處，1994.6，頁 13－29）。

特色看，它是比較符合儒學經史並重的「經世傳統」的。❾

龔自珍年少時，即獲得外祖父段玉裁的特別賞識，段氏曾觀自珍所業詩文，特別注意到「間有治經史之作，風發雲逝，有不可一世之慨」，同時，段玉裁也以先君子之誨：「（長短句）有害於治經史之性情。為之愈工，去道且愈遠」來勗勉龔自珍。既然經史之學是清代學術的特色之一，而龔自珍的經史思想，同樣是受到浙東學者章學誠「六經皆史」的影響，為何本文還要在此特別指出龔氏的思想觀點在學術史上帶有若干「爭議」呢？本文此處所言之「爭議」，是指龔氏在其「經史觀」之下，所提出的「孔子」、「群經」、「三傳」，乃至「微言」型態、《春秋》義法等一系列主張，直接衝擊到傳統公羊學家「經」、「史」之辨，如：包括「孔子《春秋》為述經亦或作經？」、「周公與孔子孰尊？」、「微言大義究竟表達於《春秋》何處？」等……經學史上涉及《春秋》今古文學爭議的核心論題。

事實上，龔自珍治《公羊春秋》，主張「孔子未生，先有六經」、「孔子述而不作」，其學術思想之經世特質，透過尊史以為鑑：「史存國存，史亡國亡」、「五經，周史之大宗」、「諸子，周史之小宗」，反映在春秋學上，使他對於春秋學的關鍵議題，有別於歷來公羊學家的持論。

---

❾ 詹海雲，〈清代浙東學者的經學特色〉，《清代經學國際學術研討會論文集》，臺北：中央研究院中國文哲研究所籌備處，1994.6，頁133。

㈠ 對於史家與六經的看法

錢穆先生在《中國近三百年學術史》就明白指出:「定盦之學雖相傳以常州今文目之,而其最先門徑,則端自章氏入」(頁536)。張壽安氏在《龔自珍學術思想研究》(頁22)亦云:

> 章氏這種「六經皆史」的主張,乃為救當時經學家以訓詁考覈求理之蔽,然這種主張,卻對龔自珍有極大的啟發。

章氏所言「史學所以經世,固非空言著述」,特別是六經中「切合當時人事」的《春秋》,「天人性命,未有不切人事」,這種經世特質深深吸引了龔自珍:

> 聖人之文,貴乎知始與卒之間也。聖人之道,本天人之際,臚幽明之序,始乎飲食,中乎制作,終乎聞性與天道。民事終,天事始。鬼神假,福禔應,聖跡備,若庖犧、堯、舜、禹、稷、契、皋陶、公劉、箕子、文王、周公是也。(〈五經大義終始論〉,《龔自珍全集》第一輯《定盦文集》卷下,頁41)

> 謹求之《書》曰:「天聰明自我民聰明」,言民之耳目本乎天也,……飲食之道也;其在雅詩,……日用飲食,是故飲食繼天地。又求諸禮曰:「夫禮之初,始諸飲食」。禮者,祭禮也,民飲食則生其情矣,情則生其文矣,……非天也,非父母也,孰使我以能飲食與,則弗之見矣,於是號其醜,取其仍,以報聖之人,……故曰觀百禮之聚,觀人情之始

也，……夫禮據亂而作，故有據亂之祭，有治升平之祭，有
太平之祭。（〈五經大義終始論〉，《龔自珍全集》第一輯《定盦文
集》，頁41－42）

龔自珍從民生飲食的「人情之始」，經由祭祀、禮文等「制作」，
將「天人之際」、「性與天道」落實於人事，「非天也，非父母
也，孰使我以能飲食與」，終而推崇至有治世之功的「庖犧、堯、
舜、禹、稷、契、皋陶、公劉、箕子、文王、周公」等聖人。在這
樣的經史觀之下，我們很輕易可以理解，有別於歷來今文學家的
「尊孔」情懷，在經世理念的支撐下，龔自珍除了「尊孔」，他還
特別「推崇周公」：

> 三尺童子，瞽儒小生，稱為儒者流則喜，稱為群流則慍，此
> 失其情也，號為治經則道尊，號為學史則道詘，此失其名
> 也；知孔氏之聖，而不知周公史佚之聖，此失其祖也。
> （〈古史鉤沈論二〉，《龔自珍全集》第一輯《定盦續集》，頁24）

> 昔在成王，襲祖考之勤勞，有周公以代制作，法宜得為太平
> 世。（〈五經大義終始論〉，《龔自珍全集》第一輯《定盦文集》，頁
> 45）

雖然經史之學是儒家經世傳統的一體二面，但是在一般人的觀念
中，「號為治經則道尊，號為學史則道詘」，龔自珍為此還發出不
平之鳴：「知孔氏之聖，而不知周公史佚之聖，此失其祖也」。在

這種「史學所以經世」的觀點之下，龔自珍大幅提振了「史」的指涉和格局：

> 史於百官，莫不有聯事，……儒者言六經，經之名，周之東有之，夫六經者，周史之宗子也：《易》也者，卜筮之史也；《書》也者，記言之史也；《春秋》也者，記動之史也；〈風〉也者，史所采於民，而編之竹帛，付之司樂者也；〈雅〉〈頌〉也者，史所采於士大夫也；《禮》也者，一代之律令，史職藏之故府，而時以詔王者也；小學也者，外史達之四方，瞽史諭之賓客之所為也。（〈古史鉤沈論二〉，《龔自珍全集》第一輯《定盦續集》，頁21）

定盦除了以經世觀點推崇周公與孔子之外，在龔自珍學術思想中，可以發現幾位龔氏所仰慕的史家，班固與劉向便是其中二位：

> 善夫，漢劉向之為《七略》也！班固仍之，造《藝文志》，序六藝為九種，有經、有傳、有記、有群書。傳則附于經，記則附于經，群書頗關經，則附于經。……漢二百祀，自六藝而傳記，而群書，而諸子畢出，既大備。微夫劉子政氏之目錄，吾其如長夜乎？何居乎？世有七經、九經、十經、十二經、十三經、十四經之喋喋也！……《周官》晚出，劉歆始立。劉向、班固灼知其出於晚周先秦之士之掇拾舊章所為，附之于《禮》，等之于《明堂》、《陰陽》而已。後世稱為經，是為述劉歆，非述孔氏。善夫劉子政氏之序六藝為

九種也！有苦心焉，斟酌曲盡善焉。（〈六經正名〉，《龔自珍
全集》第一輯《定盦文集補編》，頁36）

所謂「六經者，周史之宗子也」，背後隱含著的是周代文制、
王官之學的概念。龔自珍在如此的思想架構下，因而提出「六經在
孔子之先」、「孔子述經而不作經」的立論：

孔子之未生，天下有六經久矣。……孔子所謂《春秋》，周
室所藏百二十國寶書，是也。……六經六藝之名，由來久
遠，不可以臆曾益。（〈六經正名〉，《龔自珍全集》第一輯《定盦
文集補編》，頁36－37）

仲尼未生，已有六經，仲尼之生，不作一經。（〈六經正名答
問一〉，《龔自珍全集》第一輯《定盦文集補編》，頁38）

在龔自珍的思想體系裡，主張「孔子述經而不作經」；這個論點異
於歷來包括董、何二人在內的所有公羊學者。如果「孔子述經而不
作經」，那麼《春秋》的微言大義，是從哪兒產生的呢？此外，龔
自珍對於「群經」與「三傳」的看法又是如何？

《孝經》者，……本朝立博士，向與固因本朝所尊而尊之，
非向固尊之也，然則劉向、班固之序六藝為九種也，北斗可
疑，南山可騫，此弗可動矣，後世以傳為經，以記為經，以
群書為經，以子為經，猶以為未快意，則以經之輿儓為經，

《爾雅》是也，《爾雅》者，釋《詩》、《書》之書，所釋
又《詩》、《書》之膚末，乃使之與《詩》、《書》抗，是
尸祝輿儓之鬼，配食昊天上帝也。（〈六經正名〉，《龔自珍全
集》第一輯《定盦文集補編》，頁38）

龔自珍對於群經的看法，謹守劉向、班固（亦即〈漢志〉）的
「六藝九種」論。所謂：「六藝九種」，就是以〈漢志〉「六藝
略」所列的九類典籍為據，只有這九類典籍可以視為「六藝」。龔
自珍還特別解釋，何以《論語》、《孝經》列廁「六藝」，但卻不
能視為「經」的原因。他特別意有所指的，強調後世「以群書為
經，以子為經」的不妥：

或曰：「胡不以《老子》配《易》，以《孟子》、《郇子》
配《論語》？」應之曰：經自經，子自子，傳記可配經，子
不可配經。雖使曾子、漆雕子、子思子之書具在，亦不以配
《論語》。（〈六經正名答問五〉，《龔自珍全集》第一輯《定盦文
集補編》，頁41）

世有七經、九經、十經、十二經、十三經、十四經之喋喋
也，或以傳為經，公羊為一經，穀梁為一經，左氏為一經，
審如是，是則韓亦一經，齊亦一經，魯亦一經，毛亦一經，
可乎？歐陽一經，兩夏侯各一經，可乎？易三家，禮分慶、
戴，春秋又有鄒、夾，漢世總古今文，為經當十有八，何止
十三？如其可也，則後世名一家說經之言甚眾，經當以百

數,或以記為經,大小戴二記畢稱經,夫大小戴二記,古時篇篇單行,然則禮經外,當有百三十一經,或以群書為經,《周官》晚出,劉歆始立,劉向、班固灼知其出於晚周,先秦之士之掇拾舊章所為,附之於禮,等之於明堂陰陽而已,後世稱為經,是為述劉歆,非述孔氏。(〈六經正名〉,《龔自珍全集》第一輯《定盦文集補編》,頁37)

「六藝九種」可以說是龔自珍對於「群經」的界說,最為寬鬆的尺度了。他不贊成後世對於「經」的指稱,由七經而至十三經、十四經……,不斷地增衍。乃至於《爾雅》、《孟子》、《周官》之稱「經」,亦在他反對之列。他的理由是「經自經,子自子,傳、記可配經,子不可配經」。當然,這與他以王官視諸家之學,謂「六經,周史之宗子」、「諸子,周史之小宗」的經史觀是相維繫的。

　　既然,龔自珍習《公羊春秋》,那麼他對於「三傳」配經的看法又是如何呢?

> 《左氏春秋》,《春秋公羊傳》,《鄭語》一篇,及《太史公書》,以配《春秋》。……《春秋》之配四,……今夫穀梁氏不受《春秋》制作大義,不得為《春秋》配也,《國語》,《越絕》,《戰國策》,文章雖古麗,抑古之雜史也,亦不以配《春秋》,……竊又以焦氏《易林》、伏生《尚書大傳》(惠棟輯逸)、《世本》(洪飴孫輯),《董仲舒書》(盧文弨校本)之第二十三篇(濟襄按:〈三代改制質文〉)、《周官》五篇,此五者附于《易》、《書》、《春秋》、

> 《禮經》之尾，如附庸之臣王者，雖不得為配，得以其屬籍
> 通，已為之尊矣，盡之矣，盡之矣。（〈六經正名答問五〉，
> 《龔自珍全集》第一輯《定盦文集補編》，頁 40－41）

比較特別的是，龔自珍在「六藝九種」之外，認為可以與《春秋》匹配入經的，是「左氏春秋」、「春秋公羊傳」、「鄭語一篇」、「太史公書」這四種。龔氏逕以「春秋公羊傳」稱《公羊》，而另謂「左氏春秋」；顯然，定盦認為「左氏春秋」有獨立一書的意義，不必強名為《春秋》之「傳」。令人訝異的是，《穀梁》以「不受《春秋》制作大義」為由，被「鄭語一篇」、「太史公書」替置。此外，龔氏還提出雖不得廁列為經，但可附如驥尾的五種典籍，其中，與《春秋》附驥的是《世本》、和《董仲舒書·三代改制質文篇》，前者以人物為詳，後者張羅禮文制作，可以看出又是與龔氏以經世特質為標幟的經史觀相佐恃。

(二) 孔子與史官的分別

龔氏尊孔，亦崇周公；他反對孔子筆削六經之說，認為孔子之功，在於「存史」，而不在「作經」，不作一經，也無任何的褒貶筆削和寄寓；那麼，身為公羊學家的龔自珍，如何看待孔子的歷史地位？又是以怎樣的理由來「尊孔」呢？

> 問太平必文致何也？答：善言人者必有諍乎天，〈洛誥〉之
> 終篇，稱萬年焉，〈般〉、〈時邁〉之詩，臚群神焉，《春
> 秋》獲麟，以報端門之命焉，〈禮運〉曰：山出器車，河出
> 馬圖，鳳凰在椵，孔子述作之通例如是，是亦述周公也。

（〈五經大義終始答問六〉，《龔自珍全集》第一輯《定盦續集》，頁48）

所謂的「諗乎天」，是在人事上落實。本文前述，龔自珍以「始乎飲食，中乎制作，終乎聞性與天道」來論周公之功；此處由「文致太平」來看「孔子述作之通例如是，是亦述周公也」，孔子之所以獲得尊崇，其功在於「存史述經」，與周公等歷代聖人獲得尊榮的原因是一致的。

　　既然如此，在龔自珍的心目中，孔子與史官有何差別？孔子與周公又有何差別？

　　在龔自珍的經史思想中，有所謂「不為本朝而生」的賢智者，謂之「賓」：

> 王者正朔用三代，樂備六代，禮備四代，書體載籍備百代，夫是以賓賓。賓也者，三代共尊之而不遺也，夫五行不再當令，一姓不再產聖；興王，聖智矣，其開國同姓魁桀壽考易盡也，賓也者，異性之聖智魁傑壽考也，其言曰：臣之籍，外臣也，燕私之游不從，宮庫之藏不問，世及之恩不預，同姓之獄不鞫，北面事人主而不任，叱咄奔走，捍難禦侮，而不死私讎，是故進中禮，退中道，長子孫中「儒」，學中「史」，王者於是芳香其情以下之，玲瓏其詰令以求之，虛位以位之。（〈古史鉤沈論四〉，《龔自珍全集》第一輯《定盦續集》，頁27）

「正朔用三代，樂備六代，禮備四代，書體載籍備百代」這些禮

文、制作、史料，必有所謂的「聖智魁傑壽耇」，或存其史統，或張其史心，或以其史才，推動政治社會的禮文度制：「始乎飲食，中乎制作，終乎聞性與天道」。

> 吾聞深於《春秋》者，其論史也，曰：書契以降，世有三等，三等之世，皆觀其才；才之差，治世為一等，亂世為一等，衰世別為一等。衰世者，文類治世，名類治世，聲音笑貌類治世。黑白雜而五色可廢也，似治世之太素；宮羽淆而五聲可鑠也，似治世之希聲；道路荒而畔岸驟也，似治世之蕩蕩便便；人心混混而無口過也，似治世之不議。（〈乙丙之際箸議第九〉，《龔自珍全集》第一輯《定盦文集》，頁6）

龔氏以「才」區分三世為：「衰世、亂世、治世」，並戲謔地指陳，「衰世者，文類治世，名類治世，聲音笑貌類治世」，所差者，才也，也就是「賓」。王朝之興，有賴於聖智者，當「一姓不再產『聖』」，即代表「魁桀壽耇已盡也」，正是「五行不再當令」、改朝易姓的世運逐漸隆興，「開國同姓魁桀壽耇易盡也」、「賓也者，異性之聖智魁傑壽耇也」。

> 禮樂三而遷，文質再而復，百工之官，不待易世而修明，微夫儲而抱之者乎，則弊何以救？廢何以修？窮何以革？易曰：「窮則變，變則通，通則久。」……故夫賓也者，生乎本朝，仕乎本朝，上天有不專為其本朝而生是人者在也。
> （〈古史鉤沈論四〉，《龔自珍全集》第一輯《定盦續集》，頁28）

透過「賓」的身分，龔自珍結合了「史才」經世的觀點，借由王朝
賓「賓」的態度，透視王朝運勢的興衰。

> 三代之季，或能賓賓而尊顯之，或不能賓賓而窮而晦而行
> 遜。（〈古史鉤沈論四〉，《龔自珍全集》第一輯《定盫續集》，頁
> 28）

但是「賓」的本質，亦即其進退出處之道，並不會因為王者「王者
芳香其情以下之，玲瓏其詁令以求之，虛位以位之」的禮遇而改
變。

> 孔子曰：非天子不議禮，不制度，不考文，吾從周。從周，
> 賓法也。又曰：出則事公卿。事公卿，賓分也。……夫異姓
> 之卿，固賓籍也，故諫而不行則去。史之材，識其大掌故，
> 主其記載，不吝其情，……不自卑所聞，不自易所守，不自
> 反所學，以榮其國家，以華其祖宗，以教訓其王公大人，下
> 亦以崇高其身，真「賓」之所處矣。（〈古史鉤沈論四〉，《龔
> 自珍全集》第一輯《定盫續集》，頁 27-28）

在定盫的心目中，孔子地位的崇高，並非只是源於「存經之功」，
而是孔子「非天子不議禮，不制度，不考文，吾從周」，定盫洞視
了孔子所謂「從周，賓法也」的深意；換言之，孔子以「賓」的身
分自居，以「興後世之王」而自任。

自周而上，一代之治，即一代之學也。一代之學，皆一代王者開之也。有天下，更正朔，與天下相見，謂之「王」。佐王者謂之「宰」。天下不可以口耳喻也，載之文字，謂之「法」，即謂之「書」，謂之「禮」。……天下聽從其言語，稱為「本朝」，……士能推闡本朝之法意，以相誡語者，謂之「師儒」。……王若宰，若大夫，若民，相與以有成者，謂之「治」，謂之「道」；若士，若師儒，法則先王先大夫之書，以相講究者，謂之「學」。……乃若師儒有能兼通前代之法意，亦相誡語焉，則兼綜之能也，博聞之資也，上不必陳於其王，中不必采於其家宰、其太史大夫，下不必信於其民。陳於王，采於宰，信於民，則必以誦本朝之法，讀本朝之書為率。（〈乙丙之際箸議第六〉，《龔自珍全集》第一輯《定盦文集》，頁4）

龔自珍藉由「賓」的身分，突顯與「賓」相對的「王」、「宰」、「師儒」等一系列以「本朝」為串連的身分與行事應守的「法」、「書」、「禮」。王若宰，若大夫，若民，「相與以有成者，謂之治」，但是更重要的，龔氏是要突顯「能兼通前代之法意」，「博聞之資也，上不必陳於其王，中不必采於其家宰、其太史大夫，下不必信於其民」的「賓」的立場。龔氏的春秋學，以「賓賓」取代了歷來春秋學的「內外」、「夷夏」的議題，而更直接訴諸於經世、世運，強調「賓」的「異姓」、「史才」、居世運進化關鍵的特質。「賓」雖然為「異姓之聞人」，是「史材」，然而其進退處事，亦有「賓」之「道」：「知所以自位，則不辱矣，知所以不論

議，則不殆矣」。

> 古者開國之年，異姓未附，據亂而作，故外臣之未可以共天
> 位也，在人主則不暇，在賓則當避疑忌；……易世而升平
> 矣，又易世而太平矣，「賓」且進而與人主之骨肉齒，然而
> 祖宗之兵謀，有不盡欲賓知者矣；燕私之祿，有不盡欲與賓
> 共者矣；宿衛之武勇，有不欲受賓之節制者矣；一姓之家
> 法，有不欲受賓之論議者矣。……其異姓之聞人，則史材
> 也，且夫史聃之訓曰：「知足不辱，知止不殆」，知所以自
> 位，則不辱矣，知所以不論議，則不殆矣，不辱不殆，則不
> 顦顇悲憂矣。（〈古史鉤沈論四〉，《龔自珍全集》第一輯《定盦續
> 集》，頁 27）

基於「時」與「任」的感慨，龔氏自然觀察到「上天有不專為
本朝而生」之「人才」，「賓賓」的主張，使他對於董仲舒「《春
秋》應天作新王之事」的理解，有別於何休以降「以《春秋》當新
王」的「王魯」說，而更著重於《史記》對《春秋》的指稱：「以
繩當世貶損之義」，待「後有王者舉而開之」，因此，龔氏每每以
「《春秋》當興王」行文，並訴諸於「世運遞嬗」，「有待於後」
之深意。

龔自珍對於孔子的尊崇，其因由與歷來的公羊家有別，一方面
除了視孔子為「述而不作」的存經者之外，另方面則是由於定盦藉
史統的維護，視孔子為周之「賓」，結合了「史才」與「達聞」的
君子腳色：

> 孔子述六經，則本之史；史也，獻也，逸民也，皆於周為賓
> 也，異名而同實者也。若夫其姓賓也，其籍外臣也，其進非
> 世及也，其地非閨闥燕私也，而僕妾色以求容，而俳優狗馬
> 行以求祿，小者喪其儀，次者喪其學，大者喪其祖，徒樂廁
> 於僕妾俳優狗馬之倫。孤根之君子，必無取焉。（〈古史鉤沈
> 論四〉，《龔自珍全集》第一輯《定盦續集》，頁28－29）

居於周「賓」的地位，除了外姓之籍，「其進非世及，其地非閨闥
燕私」外，以「孤根之君子」形容「賓」，在賓主之間，同時也包
含了應不應「世運」的涵義在其中。「周公」應運，當權為
「主」，孔子不應運，「有待於來茲」故為「賓」，「賓」永遠是
「生乎本朝，仕乎本朝，上天有不專為其本朝而生是人者在也」，
當然這也意味著，「賓」的才識眼光，往往超過一個時代的拘限。
定盦尊孔，並不是從史官的功業去尊榮孔子，而是與自己「不受時
任」的生命情調相應，視孔子為周之「賓」，當然定盦也以「賓」
來作為自我的期許。孔子對世局所提出的針砭，正鼓舞著「劍氣蕭
心」的定盦，永遠保持著經世的熱誠。

㈢ 不落文字的「微言」型態

定盦透過「史才」的觀點，肯定「微言大義」就存在於「口
述」的史料中。他對於「三世」的解讀，因此不再著墨於「三世異
辭」的筆法，而是由「世運遞嬗」的體認，聚焦於社會政局的觀
察，換言之，龔自珍完全將公羊學的「三世說」擺脫文字書法，純
然成為蛻變進化的里程碑。龔自珍在〈春秋決事比自序〉中有一段
自白：

自珍既治《春秋》，總理罅薙，凡書弒、書篡、書叛、書專
命、書僭、書滅人國、火攻詐戰、書伐人喪、短喪、喪取、
喪圖婚、書望驕、書遊觀傷財、書罕、書亟、書變始之
類⋯⋯，不深論；乃獨好刺取其微者，稍稍迂迴贅詞說者，
大迂迴者，凡建五始、張三世、存三統、異內外、當興王，
及別月日時、區名字氏、存用公羊氏；求事實，間采左氏；
求雜論斷，間采穀梁氏；下采漢師，總得一百二十事，獨喜
效董氏例，張後世事以設問之。以為後世之事，出《春秋》
外萬萬，《春秋》不得而盡知之也；《春秋》所已具，則真
如是。後世決獄大師，有能神而明之，聞一知十也者，吾不
得而盡知之也，就吾所能「比」，則真如是。每一事竟，愀
然曰：假令《董仲舒書》完具，合乎？否乎？為之垂三年，
數駁之，六七紬繹之，七十子大義，何劭公所為非常異議可
怪，惻惻乎權之肺肝而皆平也。（〈春秋決事比自序〉，《龔自
珍全集》第一輯《定盦文拾遺》，頁 234）

「凡書弒、書篡、書叛、書專命、書僭⋯⋯」這般何休所重視的
「書例」，定盦自云「不深論」！龔自珍刺取《春秋》微義，「獨
喜效董氏例，張後世事以設問之」。也就是返回西漢「比況情境，
原心論義」的折獄方式，以《董仲舒書》的思維反覆推敲取義是否
適當，以董氏「設問取義，為後世法」的精神，去詮釋《春秋》，
竟可以直接而合理的解釋何劭公對於《春秋》經義無法理解的部
分。

　　那麼，在定盦的心目中，他所追求的《春秋》之義，到底存在

於東漢章句訓詁風氣下的何休「三世異辭書例」，亦或是西漢董仲
舒的「《易》無達占，《詩》無達詁，《春秋》無達例」呢？吳昌
綬的《定盦先生年譜》在記錄嘉慶廿四年二十八歲的龔自珍從學於
劉逢祿，也同樣有類似的微妙陳述：

> 嘉慶廿四年己卯二十八歲
> 春應恩科會試不售，留京師，始從武進劉禮部逢祿受公羊春
> 秋。遂大明西京微言大義之學。（頁603）

眾所皆知，劉申受追述何休之學，所謂「微言大義」者，實揚《公
羊解詁》文例為大纛。但是，此處卻無獨有偶的在「嘉慶廿四年己
卯二十八歲」年譜記事下，特別指出：龔自珍大明「西京微言大義
之學」。雖然常州公羊學家動輒言「探原董生，發揮何氏」、「董
氏之所傳，何邵公之所釋」（特別是劉逢祿），有混淆董、何二人學
術的流弊，但是，龔自珍自己怎麼看董何二人、西京東京的《春
秋》微言之學呢？從前文所引述的龔自珍〈春秋決事比自序〉，我
們可以得知：龔自珍刺取《春秋》微義，以公羊氏為主，間采左
氏、穀梁。

　兼採三傳以釋義，是董子的方法；特別是「間采左氏」，絕非
何休、劉逢祿的治經途徑。以定盦應時用世的特質，「以為後世之
事，出《春秋》外萬萬……吾不得而盡知之」，所以其自云：「獨
喜效董氏例，張後世事以設問之」。也就是返回西漢「比況情境，
原心論義」的折獄方式，以《董仲舒書》的思維反覆推敲取義是否
適當，如此一來，「何劭公所為非常異議可怪」之處，竟然都能取

義乎人情通達,而得到合理恰當的理解。由此看來,龔自珍對於董、何二人的取鏡態度,應是非常明確的。

三、《己亥雜詩》對於龔自珍學術所提供的線索

梁啟超在《清代學術概論·二十二》中,曾評述龔自珍的學術思想云:

> 段玉裁外孫龔自珍,既受訓詁學於段,而好金文,說經宗莊
> 劉;自珍性詼宕,不檢細行,頗似法之盧騷,喜為要眇之
> 思,其文辭俶詭連犿,當時之人弗善也,而自珍亦以此為自
> 熹;往往引公羊義譏切時政,詆排專制;晚歲亦耽佛學,好
> 談名理。綜自珍所學,病不在深入,所有思想,僅引其緒而
> 止,又為瑰麗之詞所掩,意不豁達,雖然,晚清思想之解
> 放,自珍確與有功焉;光緒間所謂新學家者,大率人人皆經
> 過崇拜龔氏之一時期;初讀定盫文集,若受電然,稍進而厭
> 其淺薄;然今文學脈之開拓,實自龔氏。
> 夏曾佑贈詩云:「瑨人申受出方耕,孤緒微茫接董生」。此
> 言「今文學」之淵源最分明,擬諸「正統派」,莊可比顧,
> 龔劉則閻胡也。

任公這段話特別指出:

　　1.龔自珍的真性情與才氣,致使他與時人的若干交往,帶有爭議性。

　　2.龔自珍引用公羊大義,譏切時政。既帶動晚清思想之解放,

也有功於今文學脈之開拓。

　　3.龔自珍俶詭跌宕的詩文風格，易引人投注，而將焦點移眈於文辭，忽略其內涵思想。

　　4.晚年學佛，好談名理。

　　但是，任公對定盦的批評，特別引起筆者的好奇。

　　我們從定盦的詩文，是否可以尋找出這些批評的端倪？

　　龔自珍自少時即以詩名，嘉慶十七年龔自珍年廿一，過吳中見外王父段玉裁。段氏《經韻樓集·懷人館詞序》有記曰：

> 嘉慶壬申……自珍見余吳中，年才弱冠，余索觀所業詩文甚夥，間有治經史之作，風發雲逝，有不可一世之慨，猶喜為長短句，……造意造言，幾如韓李之於文章，銀益盛雪，明月藏鷺，中有異境。此事東塗西抹者多，到此者少也。自珍以弱冠能之，則其才之絕異，與其性情之沉逸，居可知矣。余少時慕為詞，辭不逮自珍之工，先君子誨之曰：是有害於治經史之性情。為之愈工，去道且愈遠。余謹受教，輒勿為一行，作使俄引疾歸，遂銳意於經史之學。此事謝勿談者五十年，今見自珍詞，乃見獵心喜焉。……余耄矣，重援昔所聞於趨庭者，以相贈也。茂堂老人序，時年七十有八。

段玉裁難掩長者的慈愛，以「經史之學」勉勵龔自珍，但我們也可以看到，段氏對於定盦才情及性格特徵有深刻的描述，既云其造意「銀益盛雪，明月藏鷺，中有異境」，亦云其造言「如韓李之文章」。定盦詩作，哀樂過人，下筆情深不能自己，據吳昌綬《定盦

先生年譜》載，定盦年廿九秋，曾戒詩，然年卅夏，考軍機處不第，又破戒為詩，至死不倦；段氏所謂「其才之絕異，與其性情之沉逸」在定盦的詩文中，俯拾可得，定盦常以「簫心」象徵自己的哀怨情懷，並常以「劍氣」形容自己的壯志：「怨去吹簫，狂來說劍」（〈湘月〉）、「一簫一劍平生意」（〈漫感〉）、「氣寒西北何人劍，聲滿東南幾處簫」（〈秋心三首〉）。然而，除了縱肆的才情之外，我們亦可以在定盦晚年的《己亥雜詩》裡，讀出定盦對自己一生「不容於世」的自嘲與「始於訓詁經史，終而經世自任」的期許。

㈠ 《己亥雜詩》所反映的經世熱誠

本文前述，龔自珍享年僅五十歲，四十八歲時，他離開居留了廿載的京城，在出都南返的行程中，寫下其詩文之代表作：《己亥雜詩》三百一十五首。《己亥雜詩》誠然是定盦對自己滯京廿載的反省，不僅回憶了自己的生平、著述、交遊、宦途、政治主張等，同時也抒發了定盦離開京師的無奈和心情，在《己亥雜詩》的前五首，我們可以看到他的傷感以及豪氣不減的壯志：

> 著書何似觀心賢？不奈厄言夜湧泉。百卷書成南渡歲，先生續集再編年。（《己亥雜詩・一》，《龔自珍全集》第十輯，頁509）

> 我馬玄黃盼日曛，關河不窘故將軍。百年心事歸平淡，刪盡蛾眉〈惜誓〉文。（《己亥雜詩・二》，《龔自珍全集》第十輯，頁509）

　　　　罡風力大簸春魂，虎豹沈沈臥九閽。終是落花心緒好，平生
　　　　默感玉皇恩。（《己亥雜詩·三》，《龔自珍全集》第十輯，頁
　　　　509）

定盦技巧地描述了自己此番南行，背後更有不尋常的複雜因素⑩，
「著書何似觀心賢？不奈厄言夜湧泉」，自己對於朝政向來「直陳
無隱」，這種作風並不會隨著南渡而改變，除了已成書的百卷詩
文，他還要再握筆寫續集！在《己亥雜詩·四》⑪他自注：「予不
攜眷屬傔從，僱兩車，以一車自載，一車載文集百卷出都」。面對
迎面而來的阻力和困阨，雖然以「落花」自比，強調「終是落花心
緒好」、「百年心事歸平淡」，然而在《己亥雜詩·五》他卻以
「落花」作了更深刻的自白：

---

⑩　詳樊克政，《龔自珍年譜考略》，北京：商務印書館第 1 版，2004.5。另
　　外，有關道光廿一年，龔自珍暴卒之因，向有諸多揣測；例如：孫叔平在
　　《中國哲學史稿》提到道光廿一年，龔自珍暴卒是因為「得罪軍機太臣穆彰
　　阿致死」（《中國哲學史稿》下冊，上海：上海人民出版社，1981，頁
　　418）；孫文光《龔自珍》也認為龔自珍的暴卒，和穆彰阿的迫害有關。孫氏
　　認為：「這一說法連繫到龔自珍出都前後，一直與當前的投降派作抗爭，以
　　及近期將赴上海協助梁章鉅防堵外侵的情況」（孫文光，《龔自珍》，臺
　　北：萬卷樓，1993，頁 88）。雖然據樊克政《龔自珍年譜考略》援龔家訃聞
　　考證認為：自珍暴卒以疾。其說不同於孫氏。然筆者以為，無論暴卒的真正
　　原因為何，都不妨礙我們理解，自珍至暴卒之前，仍與梁章鉅行從慎密，積
　　極「議論時政」。
⑪　《己亥雜詩·四》：「此去東山又北山，鏡中強半尚紅顏。白雲出處從無
　　例，獨往人間竟獨還」。（《龔自珍全集》第十輯，頁 509）

浩蕩離愁白日斜，吟鞭東指即天涯。落紅不是無情物，化作
春泥更護花。（《己亥雜詩·五》，《龔自珍全集》第十輯，頁
509）

顯然，離開京師並不是妥協，更非自我理念的放棄，而是另一種形
式的「再出發」；這種經世的熱誠，始終貫串在定盦的生命情調當
中。廿載的京師生涯，雖然只是六品以下的微小官職，定盦卻以
「賓」的使命自視，屢進「越位」諍言，他的自信表露在《己亥雜
詩》裡：

少慕顏曾管樂非，胸中海嶽夢中飛。近來不信長安隘，城曲
深藏此布衣。（《己亥雜詩·三十三》，《龔自珍全集》第十輯，頁
511）

霜豪擲罷倚天寒，任作淋漓淡墨看。何敢自矜醫國手？藥方
只販古時丹。（《己亥雜詩·四十四》，《龔自珍全集》第十輯，頁
513）

文章合有老波瀾，莫作鄱陽夾漈看。五十年中言定驗，蒼茫
六合此微官。（《己亥雜詩·七十六》，《龔自珍全集》第十輯，頁
516）

「蒼茫六合此微官」句下，自己並加小注云：「庚辰歲，為〈西域
置行省議〉、〈東南罷番舶議〉兩篇，有謀合刊之者」。《己亥雜

詩·五十二》「齒如編貝漢東方,不學咿嗄況對揚。屋瓦自驚天自笑,丹毫圓折露華瀼」下,自注:

> 予每侍班引見,奏履歷,同官或代予悚息。丁酉春,京察一
> 等引見,蒙記名。

提到他在覲見皇帝時「不學咿嗄況對揚」,自奏履歷和回話,聲音很響亮,「同官或代予悚息」,「屋瓦自驚天自笑」寫出自己與同儕在金鑾殿上奏事的傳神面貌,實際上,他的「出位之言」,始終無聞,同時自己也很清楚,所為盡是「非職分內之事」:

> 萬事源頭必正名,非同綜核漢公卿。時流不沮狂生議,側立
> 東華佇佩聲。(《己亥雜詩·四十八》,《龔自珍全集》第十輯,頁
> 513)

他自注:「官內閣日,上書大學士,乞到閣看本」。緊接著第四十九到第五十首,他憶及往事,歷歷在目,《己亥雜詩·四十九》「東華飛辮少年時,伐鼓撞鐘海內知。牘尾但書臣向校,碩銜不稱襯其詞」下,自注:

> 在國史館日,上書總裁,論西北塞外部落原流,山川形勢,
> 訂《一統志》之疏漏,初五千言,或曰:非所職也。乃上二
> 千言。

《己亥雜詩·五十》「千言只作卑之論，敢以虛懷測上公？若問漢朝諸配享，少牢乞祔叔孫通」下，自注：

> 在禮部上書堂上官，論四司政體宜沿宜革者三千言。

梁任公說定盦「喜要眇之思」，龔氏亦自云「方讀百家，好雜家之言」，其所為乃「天地東西南北之學」：

> 在予大懼後世益不見易、書、詩、春秋，李銳、陳奐、江藩，友朋之賢者也，皆語自珍曰：「曷不寫定易、書、詩、春秋？」方讀百家，好雜家之言，未暇也。……又有事天地東西南北之學，未暇也。（〈古史鉤沉論三〉，《龔自珍全集》第一輯《定盦續集》，頁25）

但是我們卻可以從《己亥雜詩》定盦的自注裡，同情他未暇整理「易、書、詩、春秋」諸經的原因，正是導因於他的經世熱誠；《己亥雜詩·五十五》「手校斜方百葉圖，官書似此古今無。祇今絕學真成絕，冊府蒼涼六幕孤」下，他感嘆注云：

> 程大理同文修《會典》，其理藩院一門及青海、西藏各圖，屬予校理，是為天地東西南北之學之始。大理沒，予撰《蒙古圖志》竟不成。

《己亥雜詩·六十一》「軒后孤虛縱莫尋，漢官戊己兩言深。著書

不為丹鉛誤，中有風雷老將心」，定盦亦自注：

> 訂裴駰《史記集解》之誤，為〈孤虛表〉一卷，〈古今用兵
> 孤虛圖說〉一卷。

《己亥雜詩・七十七》「厚重虛懷見古風，車裀五度照門東。我焚
文字公焚疏，補紀交情為紀公」下，注云：

> 壬辰夏，大旱，上求直言。大學士蒙古富公俊五度訪之，予
> 手陳〈當世急務八條〉，公讀至汰冗濫一條，動色以為難
> 行，餘頗欣賞。予不存於集中。

從《己亥雜詩》定盦自己的注語，我們可以清楚看到，定盦之詩，
並非全然僅止於詞藻文藝，更有流露其經世情懷，同時，這樣的生
命特質也洋溢在《己亥雜詩》以外的詩作：

> 文格漸卑庸福近，不知庸福究何如？常州莊四能憐我，勸我
> 狂刪乙丙書。（〈雜詩己卯自春徂夏在京師作得十有四首之二〉，
> 《龔自珍全集》第九輯《定盦集外未刻詩》，頁441）

> 昨日相逢劉禮部，高言大句快無加；從君燒盡蟲魚學，甘作
> 東京賣餅家。（〈雜詩己卯自春徂夏在京師作得十有四首之六〉，
> 《龔自珍全集》第九輯《定盦集外未刻詩》，頁441）

自珍屢試不入翰林,莊綏甲曾勸他將〈乙丙之際箸議〉等文章中,鋒芒畢露的文句加以刪除,或許有可能得到當朝的賞識和重用。定盦對於那種迎合而能獲得寵遇的世局,頗帶調侃:「文格漸卑庸福近,不知庸福究何如」。他回憶廿八歲與劉逢祿相識,不只是「從君燒盡蟲魚學,甘作東京賣餅家」的入世豪情,更有「高言大句快無加」,此等生命情調相應的酣暢。任公批評自珍「喜要眇之思」、「瑰麗之詞,意不豁達」,由此可見並非全然與定盦其人其學的特質相符合。

（二）《己亥雜詩》所反映的經史觀

　　龔自珍對於史家史學的重視,有甚於歷來的公羊學家。從他對史遷《太史公書》、劉向《七略》、班固《漢書》的稱許可見一斑:

> 吾祖平生好孟堅,丹黃鄭重萬珠圓,不材竊比劉公是,請肆班香再十年。（《龔自珍全集》第十輯《己亥雜詩》,頁515）

在這首詩之下,龔自珍另附有小札:「為《漢書補注》不成,讀《漢書》隨筆,得四百事。先祖瓠伯公批校《漢書》,家藏凡六七通,又有手抄本」。定盦不只是自己喜讀《漢書》,原來,其家學亦有治《漢書》之淵源;他提到自己的祖父平生嗜讀《漢書》,而自己亦以北宋劉公是自期,願意再用十年的功夫好好研讀《漢書》。⓬

⓬　劉公是,指北宋劉敞。劉敞,字原父,學問淵博,著有《公是集》,世稱公是先生。葉孟得《石林燕語》:「劉原父兄弟,兩《漢》皆有勘誤。」可知

　　除了前文所引《己亥雜詩·六十一》自注提到，定盦曾手訂裴駰《史記集解》之誤外，對於史家的重視和稱許，時可見於定盦的詩文之中：

> 出乎史，入乎道，欲知「道」者，必先為史。此非我所聞，乃劉向、班固之所聞。（〈尊史〉，《龔自珍全集》第一輯《定盦續集》，頁81）

> 不以文家廢質家，不用質家廢文家，長弟其序，臚以聽命，謂之存三統之律令。江先生布衣，非其任矣。曰：江先生之為書，與其甄綜之才，何如？曰：能進之，能退之。……古之學聖人者，著書中律令，吾子所謂：代不數人，數代一人。敢問誰氏也？曰：司馬子長氏、劉子政氏。（〈江子屏所箸書序〉，《龔定盦全集·第三輯·定盦續集》，頁194）

他對江藩的書寫〈序〉，明白稱讚司馬遷與劉向的功績是「代不數人，數代一人」；定盦對於劉向的稱許，還包括了他對於劉向校定古籍、撮舉大旨寫定《別錄》的肯定：

> 善夫，漢劉向之為《七略》也！班固仍之，造《藝文志》，序六藝為九種，有經、有傳、有記、有群書。……微夫劉子

劉歆對於《漢書》很有研究。（參見萬尊彝，《龔自珍己亥雜詩注》，香港：中華書局，1978，頁107）

政氏之目錄，吾其如長夜乎？……善夫劉子政氏之序六藝為九種也！有苦心焉，斟酌曲盡善焉。（〈六經正名〉，《龔自珍全集》第一輯《定盦文集補編》，頁36）

定盦稱許顧千里父子，亦以「劉向而後此大宗」來讚美他們：

故人有子尚饘粥，抱君等身大著作。劉向而後此大宗，豈同陳晁競目錄？（《己亥雜詩·一百卅七》，《龔自珍全集》第十輯，頁522）

詩下注云：「千里著《思適齋筆記》，校定六籍、百家，諟其文字，且生陳、晁後七百載，目錄方駕陳、晁，亦足豪矣」。定盦對於史學的重視，流露在其詩作中，除了手訂裴駰《史記集解》之誤，《己亥雜詩·六十四》也提到自己曾考證《漢官儀》，詩下並自注「年十四，始考古今官制，近成〈漢官損益〉上下二篇，〈百王易從論〉一篇，以竟髫年之志」：

熙朝仕版快茹征，五倍金元十倍明。揚扢千秋儒者事，《漢官儀》後一書成。（《龔自珍全集》第十輯《己亥雜詩》，頁515）

龔自珍從劉逢祿習《公羊春秋》，本文前述曾寫到，對於董何二人、西京東京的《春秋》微言之學，定盦「獨喜效董氏例」，較傾向於董氏，返回西漢「比況情境，原心論義」的解經路線。對此，我們在《己亥雜詩》中更可以找到直接的證據：

> 麟經斷爛炎劉始，幸有蘭台聚祕文，解道何休遜班固，眼前
> 同志只朱雲。（《己亥雜詩·七十》，《龔自珍全集》第十輯，頁
> 516）

這首詩之下，龔自珍的小標題是：「癸巳歲成〈西漢君臣稱《春
秋》之義考〉一卷，助予整齊之者，同縣朱孝廉以升」。值得我們
玩味的是，定盦稱呼「解道何休遜班固」的朱以升為「同志」，同
年，定盦完成的〈西漢君臣稱《春秋》之義考〉，也是這位朱孝廉
協助整理。顯然，東漢何休之學，在二人眼裡是同樣被視為不及班
孟堅的。

　　龔氏不只透露出他已看出董、何二人治《春秋》的理念與分
法，大大不同，同時，我們也可以在定盦的詩作中窺得其治經態度
之一端：

> 經有家法夙所重，詩無達詁獨不用；我心即是四始心，沈寥
> 再發姬公夢。（《己亥雜詩·六十三》，《龔自珍全集》第十輯，頁
> 515）

雖然東漢以降，經師向有「家法」的規矩，然而西漢董子解經，主
張「權變從義」，追究人情之良善本然，卻非如東漢章句「家
法」、「師法」儼然的作風；「詩無達詁」是西漢董仲舒的主張，
《春秋繁露·精華》云：「《詩》無達詁，《易》無達占，《春
秋》無達辭，從變從義，而一以奉人」。董子「比況情境，原心論
義」的治經方法，為定盦所奉行。「我心即是四始心」， 定盦深

信，詩歌本來就沒有一成不變的解釋，解釋《詩經》的內容，是不必也不能守家法。「比況情境」需要有史料的保存與還原，「原心論義」則需要訴諸於文字之外的「史識」。那麼，我們能更貼切理解定盦《己亥雜詩》「麟經斷爛炎劉始，幸有蘭台聚祕文，解道何休遜班固，眼前同志只朱雲」中的深意。

㈢ 《己亥雜詩》所反映的治學方法

定盦由於外祖家學淵源之故，其自述「平生以經說字，以字說經」：

> 張杜西京說外家，斯文吾述段金沙。導河積石歸東海，一字
> 源流莫萬譁。（《己亥雜詩·五十八》，《龔自珍全集》第十輯，頁
> 514）

詩下自注：「年十有二，外王父金壇段先生授以許氏部目，是平生以經說字，以字說經之始」。定盦這方面的努力，在詩文中時有反應：

> 古人製字鬼夜泣，後人識字百憂集。我不畏鬼復不憂，靈文
> 夜補秋燈碧。（《己亥雜詩·六十二》，《龔自珍全集》第十輯，頁
> 515）

自注：「嘗恨許叔重見古文少，據商周彝器祕文，說其形義，補《說文》一百四十七字，戊戌四月書成」。又如自注「嘉慶壬申歲（筆者按：時定盦年僅廿一歲），校書武英殿，是平生為校讐之學之始」的《己亥雜詩》第四十七首云：

終貫華年氣不平，官書許讀興縱橫。荷衣便識西華路，至竟
蟲魚了一生。

定盦在四十八歲寫就《己亥雜詩》，回憶自己「荷衣便識西華
路」，廿一歲即校書武英殿，孰料「至竟蟲魚了一生」。定盦對於
字書功夫極深，《己亥雜詩·七十九》「手捫千軸古琅玕，篤信男
兒識字難。悔向侯王作賓客，廿篇《鴻烈》贈劉安」自注云：

> 某布政欲撰吉金款識，屬予為之。予為聚拓本穿穴群經，極
> 談古籀形義，為書十二卷，俄布政書來請絕交，書藏何子貞
> 家。（《龔自珍全集》第十輯，頁 517）

《己亥雜詩·九十一》定盦也談到自己在這方面的心得：

> 北俊南嬤氣不同，少能炙轂老能聰。可知銷盡勞生骨？即在
> 《方言》兩卷中。（《龔自珍全集》第十輯，頁 518）

詩下自注：「凡騶卒謂予燕人也，凡舟子謂予吳人也，其有聚而轇
轕者，則兩為之舌人以通之」。他特別以兩地的方言為例，展示唯
有「兩為之舌人」，方能通經致用。即便是廿八歲於京師從遊劉逢
祿，已自願「從君燒盡蟲魚學，甘作東京賣餅家」❸，根據他己卯

---

❸ 〈雜詩，己卯自春徂夏，在京師作，得十有四首〉，《龔自珍全集·第九
輯·己卯》，頁 441。

年（即廿八歲那年）在京師所作的十四首雜詩，我們仍可知道他那一年的心境：「情多處處有悲歡，何必滄桑始浩歎！昨過城西曬書地，蠹魚無數訊平安」。（過門樓胡同宅。）（《龔自珍全集·第九輯·己卯》，頁441）

龔自珍的治學態度，在廿八歲之後的確逐漸有了轉變；這個轉變並非他不再著力文字訓詁的考據，而是他治學的態度和目的，更明確地往經世實學的方向加以調整。我們可以在《己亥雜詩》中看出，自珍對於登科而無所作為的士子隱含著同情和不滿：

> 荒村有客抱蠹魚，萬一談經引到渠。終勝秋燐亡姓氏，沙渦門外五尚書。（自注：逆旅夜聞讀書聲，戲贈。沙渦門即廣渠門，門外五里許，有地名五尚書墳。五尚書，不知皆何許人也？）（《己亥雜詩·廿三》，《龔自珍全集》第十輯，頁510）

認為荒村外「抱蠹魚談經論學」的書生，猶勝過「出仕無功」的翰林過客。《己亥雜詩》二百八十二首「少為賤士抱弗宣，壯為祠曹默益堅。議則不敢腰膝在，廡下一揖中夷然」，定盦自注：

> 兩廡從祀儒者，有拜有弗拜，亦有強予一揖不可者。（《龔自珍全集》第十輯，頁535）

可見他對於「何為儒者百年功業？」的確有自己的看法。但是，他對於與外祖父世交的高郵王氏一門家學，定盦真心讚美其「一脈靈長」，譽為「談經門祚」：

一脈靈長四葉貂，談經門祚鬱岑巖。儒林幾見傳苗裔？此福高郵冠本朝。（自注：訪嘉興太守王子仁。子仁，文肅公曾孫，石臞孫，吾師文簡公❶子。）（《己亥雜詩·一百四十八》，《龔自珍全集》第十輯，頁 523）

「儒林幾見傳苗裔？此福高郵冠本朝」，由高郵王氏家學門風的推崇，回顧自己的家門：

龐眉名與段公齊，一脈東原高第題。回首外家書帙散，大儒門祚古難躋。自注：「謁高郵王先生❶，座主伯申侍郎之父也，八旬健在，夙與外王父段先生❶著述齊名」。（〈雜詩，己卯自春徂夏，在京師作，得十有四首〉，《龔自珍全集·第九輯·己卯》，頁 441）

定盦不無感慨，但也可益見其後來治學方向的改易。《己亥雜詩》第三〇三、三〇四首：

儉腹高談我用憂，肯肩樸學勝封侯，五經爛熟家常飯，莫似而翁啜九流。（《己亥雜詩·三〇三》，《龔自珍全集》第十輯，頁 537）

---

❶　文肅公，即王念孫。文簡公，即王引之，詳〈工部尚書高郵王文簡公墓表銘〉。

❶　王念孫，詳〈工部尚書高郵王文簡公墓表銘〉。

❶　段玉裁，詳〈明良論〉註。

圖籍移從肺腑家，而翁學本段金沙。丹黃字字皆珍重，為裡青氈載一車。（《己亥雜詩·三〇四》，《龔自珍全集》第十輯，頁537）

他反省自己的治學歷程「圖籍移從肺腑家，而翁學本段金沙」，「丹黃字字皆珍重」、「肯肩樸學勝封侯」，並告誡子孫「五經爛熟家常飯，莫似而翁啜九流」：

子雲壯歲雕蟲感，擲向洪流付太虛。從此不揮閒翰墨，男兒當注壁中書。（《己亥雜詩·二八七》，《龔自珍全集》第十輯，頁535）

今本《龔自珍全集》共分一至十二輯，其中，第十輯是《己亥雜詩》，第九輯是《己亥雜詩》以外的詩作，第十一輯則為詞選。其著作仍以文章為主，定盦幾次戒詩，從他指示兒孫為學之道，可以看出定盦治經，以探求經義，通經致用為上，並未拘執今、古文經的界線：《己亥雜詩·六十三》「經有家法夙所重，詩無達詁獨不用。我心即是四始心，沈寥再發姬公夢」下，他自注道：

為《詩非序》、《非毛》、《非鄭》各一卷。予說詩以涵泳經文為主，於古文、毛、今文三家，無所尊，無所廢。

《己亥雜詩·五十六》書寫他回憶戊子歲（卅七歲）那年，完成《尚書序大義》一卷，《太誓答問》一卷，《尚書馬氏家法》一卷：

> 孔壁微茫墜緒窮，笙歌絳帳啟宗風。至今守定東京本，兩廡
> 如何關馬融？（《龔自珍全集》第十輯，頁 514）

於今、古文，「無所尊，無所廢」的態度是值得注意的，尤其是講
究「微言大義」的公羊學脈，定盦如何能並取今、古文經，而撮取
大義呢？

> 曩向真州訂古文，《飛龍滂熹》折紛紜。經生家法從來異，拓
> 本模糊且餉君。自注：「在京師，阮芸臺師屬為齊侯中二壺釋
> 文。茲吾師覓六舟僧手拓精本分寄徐問蘧，屬別釋一通，因東
> 問蘧。」（《己亥雜詩·一百六十七》，《龔自珍全集》第十輯，頁 525）

> 端門受命有雲礽，一脈微言我敬承。宿草敢祧劉禮部，東南
> 絕學在毘陵。自注：「年二十有八，始從武進劉申受受《公
> 羊春秋》，近歲成《春秋決事比》六卷，劉先生卒十年
> 矣。」（《己亥雜詩·五十九》，《龔自珍全集》第十輯，頁 514）

晚清劉逢祿之學祖述何休「文例解經」，定盦對於「經生家法從來
異」是有所體認的，所以他雖然從劉氏受公羊學，卻在公羊學建立
起屬於自己的理論架構❶，龔自珍刺取《春秋》微義，以公羊氏為

---

❶ 詳見楊濟襄，〈龔自珍《春秋》學的經世特質及理論架構〉，中央研究院中
　國文哲研究所「晚清時期浙江學者的經學研究」第一次學術研討會論文，
　2005.6.23－24。

主，間采左氏、穀梁。對於董何二人、西京東京的《春秋》微言之學，定盦雖然較取向於董氏，「獨喜效董氏例」返回西漢「比況情境，原心論義」的折獄方式，以《董仲舒書》的思維「張後世事以設問」推敲取義是否適當。但這並不代表龔自珍對於《春秋》經傳文字的態度，與董仲舒相同。特別是董仲舒尊崇孔子筆削魯史為《春秋》，他的基本立場是西漢經學家對於孔子的看法，與立足於清代經史學的龔自珍完全不同。

> 《春秋》之文，求王道之端，得之於正。正次王，王次春。春者，天之所為也；正者，王之所為也。其意曰：上承天之所為，而下以正其所為，正王道之端云爾。（董仲舒〈賢良對策一〉）

> 《春秋》無通辭，從變而移。今晉變而為夷狄，楚變而為君子，故移其辭以從其事。（《春秋繁露·竹林》）

> 《詩》無達詁，《易》無達占，《春秋》無達辭，從變從義，而一以奉人。（《春秋繁露·精華》）

清代公羊學家孔廣森曾明白闡述董仲舒的「《春秋》無達辭」曰：

> 董生不云乎：「《易》無達占，《詩》無達詁，《春秋》無達例」。夫唯有例，而又有不同於例者，乃足起「事同辭異」之端，以互發其蘊。記曰：「屬辭比事，《春秋》之教

也」此之謂也。（頁3）

所謂「《詩》無達詁」、「《易》無達占」，並非指「詩之詁」與「易之占」無所通達。而是說：《詩》與《易》的釋義，在不同的人、事、物對象上，其取義結果將有不同，因此，其釋義無法予以「規則化」。《春秋》「一以奉人」，情況亦然。《春秋》之所以「無達辭」，就在於其記事既「從義」於「常經」，亦「從義」於「權變」，「或達於經，或達於變」，這也就是《春秋繁露·竹林》所言之「移其辭以從其事」。無論是「無通辭，從變從義」、「屬辭比事」或是、「移其辭以從其事」、「事同辭異」，董仲舒所論之「微言」，還是藉由孔子筆削，透過《春秋》記事文辭的細密觀察，而探得大義。

但是，主張「六經先於孔子」、「孔子述經而不作經」的龔自珍，他對於「微言」的看法，顛覆了歷來所有的公羊學家：

> 欲從太史窺春秋，勿向有字句處求，抱微言者太史氏，大義顯顯則予休。（《龔自珍全集》第十輯《己亥雜詩》，頁537）

在這首詩之下，龔自珍另附有小標題：「兒子昌瓠書來問公羊及史記疑義，答以二十八字。」所謂的「微言」，存在哪裡呢？定盦認為：「勿向有字句處求」。換言之，「微言」就存在於兼具「存史」任務的太史的「才識」裡。

龔自珍的詩文，並非空言負負，其詩作往往與其學術觀點相應和。對龔自珍春秋學的重要議論若未能深究，在《己亥雜詩》若干

典故的詮釋上,將產生錯誤的解讀。例如劉逸生《龔自珍己亥雜詩注》(北京:中華,1980.8 一版 2003.12 四刷)將「欲從太史窺春秋,勿向有字句處求,抱微言者太史氏,大義顯顯則予休」的最後一句,解釋成:「能夠顯揚《春秋》大義,我卻許予何休」。將「休」當作是「何休」,顯然違背定盦的治經精神。何休釋《春秋》大義,獨重「書例」,致使許多「非常異議可怪之處」無法解釋,對此,定盦已在〈春秋決事比自序〉明確批判。更何況,本詩前二句言「欲從太史窺春秋,勿向有字句處求」,若將下二句解釋成讚揚何休,豈非自相矛盾?

值得一提的是,劉逸生以「萬尊巖」為筆名⓲,在《龔自珍己亥雜詩注》(詳前注,頁 390-391)對於本首詩「大義顯顯則予休」一句的解釋,竟與北京中華書局 1980 年出版的【劉逸生本】《己亥雜詩注》的解釋明顯不同,【萬氏本】能由本詩副題:「兒子昌瓠書來問公羊及史記疑義,答以二十八字」,考慮到此詩乃定盦對其子提契治學方法的重要關鍵,並引用《詩·小雅·菁菁》「既見君子,我心則休」,釋「休」為「安慰」之意,因此,整首詩的後二句「抱微言者太史氏,大義顯顯則予休」,釋之為「司馬遷撰寫《史記》,不單是紀錄歷史事件,而且含有褒善貶惡的用意;你能把其中的微言大義顯揚出來,我就覺得安慰了」。經過筆者實地考察《己亥雜詩》凡三百一十五首詩,所有的「予」字皆作「余」解釋,再加上從定盦的學術思想深入來看,尚且提到「解道何休遜班

⓲　見劉逸生《龔自珍己亥雜詩注·凡例》第八條:「本詩注於一九七六年在報刊上發表時,曾用『萬尊巖』筆名,附此說明」。

固，眼前同志只朱雲」，又怎會自揭瘡疤去讚與何休呢？本文認為，【萬氏本】所云當為正解。不知【劉逸生本】何以更作新論而誤謬？

《己亥雜詩》指出龔定盦「從君燒盡蟲魚學，甘作東京賣餅家」、「我心即是四始心，泬寥再發姬公夢」，這裡更牽涉到理解龔氏公羊學的一個關鍵：

既然孔子並非作經，既然「微言」是「勿向有字句處求」；那麼，「抱微言者太史氏，大義顯顯則予休」，太史如何才能在「無字句處」求得「大義」呢？

> 史之尊，非其職語言司謗譽之謂，尊其心也。（〈尊史〉，《龔自珍全集》第一輯《定盦續集》，頁80）

> 心如何而尊？能入。何謂「入」？天下山川形勢，人心風氣，士所宜，姓所繫，國之祖宗之令，下逮吏胥之所守。其於言禮，言兵，言獄，言政，言掌故，言文章，言人賢否，皆如其言家事，可謂能入矣。又如何而尊？曰能出。何謂「出」？……皆有聯事焉，皆非其所專官，其於言禮，言兵，言獄，言政，言掌故，言文章，言人賢否，辟優人在堂下，號咷舞歌，哀樂萬千，堂上觀者，肅然踞坐，盼睞而指點焉，可謂能出矣。不入者，非實錄。……不能出者，必無高情至論。（〈尊史〉，《龔自珍全集》第一輯《定盦續集》，頁81）

是故欲為史，若為史之別子也者，……務尊其心，心尊，則
其言亦尊矣；心尊，則其官亦尊矣；心尊，則其人亦尊
矣。……出乎史，入乎道，欲知「道」者，必先為史。此非
我所聞，乃劉向班固之所聞。（〈尊史〉，《龔自珍全集》第一輯
《定盦續集》，頁81）

定盦認為：「智者受三千年史氏之書，則能以良史之憂憂天下」
（〈乙丙之際箸議第九〉，《龔自珍全集》第一輯《定盦文集》，頁7）。所謂
「史之尊，非其職語言司謗譽之謂，尊其心」，「心尊，則其人亦
尊矣。……出乎史，入乎道，欲知『道』者，必先為史」。尊「史
之心」，被視為是探得「大義」的不二法門；具體說來，即是對於
「史」能出、能入。「不入者，非實錄。……不能出者，必無高情
至論」，微言大義的領略，純然訴諸於史家的「才識」。透過「史
才」的觀點，存史之功若不憑藉於文字，那麼「微言大義」的存在
就必須透過世代承延的「口述」之中。

　　本文前述已經舉證說明，龔自珍完全將公羊學的「三世說」擺
脫文字書法，純然成為蛻變進化的里程碑。龔自珍對於「三世」的
解讀，不再著墨於「三世異辭」的筆法，而是由「世運遞嬗」的體
認，聚焦於「始－中－卒」三階段歷程的觀察。

此是《春秋》據亂作，昇平太平視松竹。何以功成文致之？
攜簫飛上羽琌閣。自注：「又祈墅」。（《己亥雜詩·二○
一》，《龔自珍全集》第十輯，頁528）

連「三世」都可以入詩，龔自珍將《春秋》「據亂、昇平太平、功成文致」寫入《己亥雜詩》，用來指稱羽琌山房的興建步驟和過程。定盦由「三世」而延伸出來的「不落文字」的解讀方式，於此可見一斑。

四、結　論

　　歷來有關龔自珍之研究，概可分為其人「生平活動」、「學術思想」、「文學評論和作品研究」三方面[19]，龔自珍的經世眼光，以及對於晚清變法、政局陵替的影響，尤為人所注目，被尊為「龔學」；有關龔自珍學術所受到的熱切關注，基本上仍是圍繞著龔氏的愛國思想——洞察時弊，破除封建的社會主義觀點，以及其詩文成就、文藝情懷而打轉。從〈龔自珍研究論著資料索引〉（參見注[19]）即可看出：「文學評論和作品研究」、「生平活動」，仍然是龔學研究之大宗，「學術思想」中，從經世思想、公羊學等角度論述龔自珍學術者，仍屬吉光片羽。

　　龔自珍在《己亥雜詩》中的三百一十五首作品，不盡然皆與他在學術思想史上所引起的爭議論題有關，更有自己一生長居布衣、不得應世的惆悵，如：

　　　　登乙科則亡姓氏，官七品則亡姓氏，夜莫三十九布衣，秋鐙
　　　　忽吐蒼虹氣。（《己亥雜詩・七十四》，《龔自珍全集》第十輯，頁

---

[19]　周明初，〈龔自珍研究論著資料索引〉，詳見龔自珍紀念館所編之《龔自珍研究文集》，杭州：古籍出版社，1994.10，頁274－300。

516）

少年無福過閭里，中年著書復求仕；仕幸不成書幸成，乃敢齋祓告孔子。（《己亥雜詩·二八一》，《龔自珍全集》第十輯，頁535）

「登乙科」、「官七品」，何以終而「亡姓氏」？何以奠祭布衣，竟能在秋鐙之下「忽吐蒼虹氣」？所謂「仕幸不成書幸成」，自嘲兼自期，意有雙關，「乃敢齋祓告孔子」，更可以追究出公羊學家齋祓孔子的宗脈。

定盦之詩，亦有披書其浪漫情懷者，如與青樓女子靈簫、小雲等人的遊冶放縱；由於定盦晚年禮佛，《己亥雜詩》中也書寫了大量研習佛經、參禪體悟的作品。龔自珍的暴卒，令人惋惜，其死因竟成了一團迷霧（詳參本文注❿），尤以《己亥雜詩·二〇九》❷被捕風捉影地影射為，定盦與滿洲宗室奕繪的側室顧太清的畸戀，曾樸將之寫入《孽海花》，致使龔氏的死因，又平添一樁「丁香花公案」。這些存於《己亥雜詩》的文藝題材，由於和本文所關心的學術思想無關，故不在本文中綴論。

本文雖以龔氏《己亥雜詩》為研究對象，然實質輔以龔自珍學術思想的特徵與架構著手，重新爬梳龔氏詩文所隱藏著的，關乎學

---

❷ 《己亥雜詩·二〇九》：「空山徙倚倦游身，夢見城西閬苑春。一騎傳牋朱邸晚，臨風遞與縞衣人」。自注：「憶宣武門內太平湖之丁香花一首」。（《龔自珍全集》第十輯，頁529）

術史議題的若干線索。透過《己亥雜詩》與龔氏學術的相應對照，本文冀望透過二者的比對與參證，對於龔氏的學術特質與思想面貌，能有更貼切的詮釋與理解。

漢代郊祀歌〈日出入〉章考釋

殷善培*

【摘　要】　〈日出入〉章是漢代郊祀歌十九章的第九章，此章風格與其他篇章迥異，歷來評價不一，賞之者譽為屈騷之後罕有其匹，貶之者斥為衰世之音；而在章句讀解上幾幾句句有歧解；至於章旨或以為是祀日，或以為是求仙，也難有共識；本文之作試圖回應這些問題；首先從句式上說明此章與郊祀歌其他篇章迥異，用詞亦多口語，是以倍受選家青睞；接著逐句考釋此章的句義，歸納各家說法，並對歷來的詮釋多所辯駁；再則從郊祀禮制來說明此章絕非祀日之作，也並非旨在求仙，而應視為向太一神的祈願，這才能與上下篇章的語境相協；最後指出漢代以後的郊祀歌雖多本十九章，但〈日出入〉章卻無嗣響，真正發揮本章精神的其實是李白的〈日出入行〉。

【關鍵詞】　郊祀歌　日出入　太一　禮制

---

*　　本文作者，現為淡江大學中文系副教授。

一、郊祀歌中的異響

郊祀歌十九章是漢武帝郊祀天地時的頌歌❶，〈日出入〉是其中的第九章，篇幅不長，不過十三句六十三字而已，據《漢書·禮樂志》所載原詩如下❷：

> 日出入安窮？時世不與人同。故春非我春，夏非我夏，秋非我秋，冬非我冬。泊如四海之池，徧觀是邪謂何？吾知所樂，獨樂六龍。六龍之調，使我心若，訾黃其何不徠下？❸

此詩頗受學者重視，如清代陳本禮的《漢詩統箋》譽為「高唱入雲，筆隨意轉，官止神行，屈騷而外，鮮有其匹。」❹對此詩簡直推崇到了極致；精研漢魏六朝樂府的蕭滌非認為：「揭響入雲，如此歷落參差，亦前所未有，匪惟郊祀歌中之傑作，亦詩歌史上之傑作也。」❺致力於漢代詩歌研究的趙敏俐分別從形式、內容說明此

---

❶ 漢武帝與郊祀禮樂相關問題，請參見殷善培，〈漢武帝的郊祀改制與郊祀歌〉，《第五屆漢代文學與思想學術研討會論文集》（臺北：政治大學中文系編印，民國94年）。

❷ 漢代人對詩與歌的概念當然有所區別，不過本文不擬於此細究，詩、歌混用不予分別。

❸ 《新校本漢書集注》（臺北：鼎文書局，民國75年），第二冊，頁1059。以下引此書隨文附註頁碼。

❹ 陳本禮《漢詩統箋》（叢書集成三編，第34冊，臺北：新文豐出版公司，民國86年），頁315。

❺ 蕭滌非，《漢魏六朝樂府文學史》（臺北：長安出版社，民國70年），頁43。

詩的獨特，「口語入詩，文同白話，又參差錯落，不同凡響」❻。
不過評價並非都是如此正面，明代徐獻忠《樂府原》就斥為「此篇
長短作句，不類樂府，且詞義疏鄙，不相貫浹，要之衰落不振之
音，似六朝之人語，漢人之詞殊復遠矣。」❼熊任望也批評此詩
「思想貧困，影響消極，絕對配不上『詩歌史上之傑作』的稱
號。」❽至於梁啟超就只說郊祀歌十九章中「〈練時日〉、〈天門
開〉二章，想像力豐富……，〈景星〉章七言句，遒麗渾健……，
〈天馬〉二章亦有逸氣，其餘諸章便稍差了。」言下之意〈日出
入〉章只不過爾爾了❾。

　　從句式上看，這是一首雜言詩歌。郊祀歌十九章的句式有三：
一是四言句，共八章（〈帝臨〉、〈青陽〉、〈朱明〉、〈西顥〉、〈玄
明〉、〈惟泰元〉、〈齊房〉、〈后皇〉），二是三言句，共七章（〈練時
日〉、〈天馬〉、〈華爗爗〉、〈五神〉、〈朝隴首〉、〈象載瑜〉、〈赤
蛟〉）以及四章雜言句（〈天地〉、〈日出入〉、〈天門〉、〈景星〉）。
四言句是取效《詩經》，三言句學者多以為是省略了「兮」字，其
實是楚歌體❿；至於四篇雜言中〈景星〉前半為四言，後半為七

---

❻　趙敏俐，《周漢詩歌綜論》（北京：學苑出版社，2003 年），頁 416。
❼　《樂府原》，（四庫全書存目叢書，集部，第 303 冊，臺南：莊嚴文化事業
　　公司，民國 86 年），頁 735－736。
❽　熊任望，〈《郊祀歌·日出入》與《九歌·東君》風馬牛〉（中州學刊，
　　1990，第 5 期）。
❾　梁啟超〈中國之美文及其歷史〉（北京：東方出版社，1996 年），引文中
　　〈天門開〉是〈天門〉之誤。
❿　陸侃如、馮沅君，《中國詩史》（北京：作家出岁社，1957 年，第一版），
　　頁 178－181。

言，近於詩騷句式的組合；〈天地〉有三言、四言和七言，但三言只「神奄留，臨須搖」兩句，王先謙以為「留」下本應有「兮」字❶，所以也是詩騷句式的組合。〈天門〉有三、四、五、六、七言，鄭文認為本章「是把《楚辭》的句型加以變化，而增添了詩歌中的句型的樣式，對於後世駢文的句式結構，起了導先路的作用。」❷要之，這三章雜言仍不外是楚歌體的演變，唯有〈日出入〉這章，非詩非騷，別具一格，連用韻方式也與其他篇章或四句或八句一轉韻不相同。清代費錫璜、徐獻忠都曾指出這一章逼似鐃歌❸，在在都可見這一章的確有些特別。

然而不只此也，〈日出入〉章的詮釋與主題都存在不少爭議，值得進一步討論。

二、〈日出入〉章釋義

〈日出入〉頗受選家青睞，若不選郊祀歌則已，一旦選錄，就算只選一章，所選的也必是〈日出入〉章。只是短短的十三句六十三字，古今各家解釋卻出入極大，茲依序句解如下：

1. 日出入安窮，時世不與人同

---

❶ 王先謙《漢書補注》（北京：書目文獻出版社，1995 年），頁 468，以下徵引此書隨文附注頁碼。

❷ 鄭文，《漢詩研究》（甘肅：甘肅民族出版社，1994），頁 52。

❸ 清·費錫璜《漢詩說》指出「十九章皆嚴練，獨〈日出入〉稍覺放縱，似鐃歌。」（四庫全書存目叢書，集部·第 409 冊，臺南：莊嚴文化事業公司，民國 86 年），頁 15；清·顧孝友《樂府英華》也說「此篇絕與鐃歌相類，又與郊祀體殊，故非一人手作。」（四庫全書存目叢書，集部，補編，第 33 冊，臺南：莊嚴文化事業公司，民國 86 年），頁 523。

「日出入安窮」句，古今注釋都訓「安」為「焉」，「窮」為「盡」，意即太陽的東升西落哪裏有窮盡的時候？「時世不與人同」句，顏師古《漢書》注引晉灼的說法是「日月無窮，而人命有終，世長而壽短」（頁 1059），這是就言外之意講而不是句解，因此「時世」一詞如何解釋就未著力。至於今注諸家解「時世」就很不一致：鄭文釋為「時間」❹，鄭竹青、陳友冰解為「時間空間」❺，王運熙說是「時代」或「自然界之時序變化」❻。時間、時空、時代、時序意思雖接近但還是有差別的，時、世都是時間概念，沒有空間義，解為「時間空間」並不恰當，只單云「時間」也失之空泛。若參照下文的「故春非我春」等句，這裏的「時」指的是春夏秋冬四時，「世」就是時的累積，「時世」應釋為「時代」，意謂太陽的起起落落，它所經歷的「時代」和人間是不同的。

2.故春非我春，夏非我夏，秋非我秋，冬非我冬。

這幾句句法古直，陳友冰以為這種笨拙句法是一種大巧之拙❼，按理說其間意蘊應該是再清楚不過了，但各家解讀卻很不同，且舉數家如下：

---

❹ 鄭文《漢詩選箋》（上海：上海古籍，1986 年），頁 80。

❺ 鄭竹青，周雙利主編，《歷代詩歌通典》（北京：解放軍出版社，1999 年），頁 601；陳友冰《漢魏六朝樂府賞析》（安徽：安徽文藝，1999 年），頁 59。

❻ 王運熙、王國安《漢魏六朝樂府詩評注》（山東：齊魯書社，2000 年），頁 2。

❼ 同註❺所引陳友冰書。

　　⑴陳本禮《漢詩統箋》解為「世長壽短，石火電光，豈可漫漫謂為我之歲月耶？不若還之太空，聽其自春自夏自秋自冬而已耳。」❸

　　⑵王先謙云：「言日所歷四時無紀極，而人壽不過百年，無以齊之。」（頁468）

　　⑶張永鑫、劉桂秋：「意謂自然界的時序變化純出天然，與人事之出於人為者不同，春夏秋冬實與太陽無關。」❹

　　⑷熊任望：「所以，無窮無盡的春夏秋冬不都屬於我所有，我只占有其中極少的一部份。」❺

　　王先謙說的是引申義，陳本禮釋義頗曲折，可視為別解；張永鑫、劉桂秋及熊任望的讀法和句中「我」字的理解有關。郊祀歌中第一人稱的用詞除「我」之外，還有本章的「吾」與〈天地〉、〈天馬〉的「予」，郊祀的主事者是武帝，這些第一人稱的用詞都應是主祭者武帝的代稱，張永鑫、劉桂秋將「我」解為太陽並不正確，因為這一章敘述視角是人而不是太陽，解為太陽就與上下語脈不相協了。熊任望將「我」解為「我所擁有」，則和上一句「時世不與人同」所形成的對比也不相符。

　　這裏何以要春夏秋冬一一徧舉？解者大都將這裏的「故」字輕輕放過了，「故」是因上句「時世不與人同」而來的，得將「時世」與「故」字以下的幾句連繫在一起理解。春夏秋冬四季也稱四

------

❸　同註❹所引書。

❹　張永鑫、劉秋桂《漢詩選譯》（四川：巴蜀書社，1990）。

❺　同註❽所引文。

時，郊祀歌第三到六章分別是〈青陽〉、〈朱明〉、西顥）、〈玄冥〉這四章寫四時，〈惟泰元〉也有「經緯天地，作成四時。精建日月，星辰度理。陰陽五行，周而復始。」所以這幾句應該是指四時成歲，循環無窮，與人壽的有限迥不相侔。

3. **泊如四海之池，徧觀是邪謂何**

〈日出入〉章詮解最分歧的就是「泊如四海之池」這一句了，「徧觀是邪謂何」也沒有一致的看法，歸納起來，至少有下列幾種不同的解讀：

(1)人的壽命甚為短促，不能如四海般之安固，該當如何？

顏師古《漢書》注引晉灼：「言人壽不能安固如四海，遍觀是乃知命甚促。謂何，當如之何也。」顏師古「泊，水貌也，音步各反，又音魄。」（頁 1059）晉灼似將「泊如」釋為「固如」，但顏師古解為「水貌」，兩者已有差別，至於何謂「四海之池」並未解釋。

陳友冰解為「人生短促，不能像四海那樣安固，看到太陽神超越時空走向永恆更倍覺傷感，可是又能怎麼辦呢？」❷基本上就是順著晉灼注來解讀的。

(2)人的壽命與日相比較，日好比四海而人好比池，還能說什麼呢？

清·張照云「案言人之壽命較之於日，日如四海，人如池也。日行於天，出東入西，徧觀居此世者，其謂之何？作問之辭，以啟下文欲仙之意也，晉灼注未明。」（王先謙《漢書補注》，頁 468）這是

---

❷　同註❺所引陳友冰書。

將「四海之池」解為「四海之於池」，且「謂何」釋為說什麼，與晉、顏之注明顯有別。

鄭文的解釋和張照接近，他說：「泊者水貌，池讀為『沱』與『何』相叶，『四海之池』。猶言四海與池。」也就是將「之」解為「與」❷❷。

(3)日出入四荒之海，徧觀此世，還能說什麼？

王先謙《漢書補注》：「《史記·日者傳》『地不足東南，以海為池。』《漢書·枚乘傳》『朝夕之池』，謂海中潮夕往來，與此『四海之池』同義。言日出入四海徧觀此世，諸說皆非。『謂何』當如張說。」（頁 468）未解「泊如」，想來是同於顏師古的「水貌」。

(4)若能如日一樣出入四荒之海，君以為如何？

聞一多是這樣解讀的：「海之言晦冥，荒之言荒忽，皆遠極之謂也……四海之池猶言四荒之積水耳。泊如，猶泊然。《老子》二十章『澹兮其若海』，澹泊義同，靜寂貌也……若能遍觀此四海，君以為如何乎？」❷❸

(5)四海之水，鼓蕩不已，豈不就像人之壽命不斷消逝，觀此豈不益增無奈之情？

王運熙主此說❷❹。

---

❷❷ 同註❷所引書，頁 53。

❷❸ 聞一多，《聞一多全集·第五卷》（湖北：湖北人民出版社，1993 年），頁714－715。

❷❹ 但王運熙在注釋中則是將「泊如」釋為「泊然」，說是「飄泊無所依附的樣子。」

(6)釋「泊如四海之池」為人生無歸著處。

費軒記如此解讀❷，鄭竹青、張雙利釋為「飄飄泊泊人如在四海中的大池」與接近此意❷。

(7)人命不如日壽，好比湖泊不如大海，縱觀古今，莫不如此，有什麼辦法可以解脫？

熊任望如此釋義，即解「泊」為「湖泊」，「如」為「不如」。❷

(8)時光流逝，連平靜的大海，也永無乾枯之時，遍觀人世間，普天下的眾生不是世長壽短，面對此情景，當如何呢？

鄭竹青、張雙利另解如此❷。

這些分歧的解釋集中在「泊如」、「四海之池」、「徧觀」、「謂何」上。「泊如」就有「水貌」、「淡泊寂靜」、「飄泊無依」、「湖泊不如」四解；「四海之池」也有「四海」、「以海為池」、「四海之於池」、「湖泊不如大海」四解；「徧觀」的主詞或以為人或以為日；「謂何」也有「如何」、「說什麼」的差別，這些解釋就窮盡了這幾句的底蘊嗎？恐怕還大有討論空間。

「四海之池」解為四海與池、池不如四海都嫌勉強，「四海之池」應如王先謙、聞一多所指的日出入以四海為池；不過「泊如」並非顏師古認為的水貌，也不是聞氏所以為的澹泊寧靜，「泊」、「薄」古音通，「如」訓為「往」，這一句的意思就是日出入浴於

---

❷ 同註❸所引費錫璜書。

❷ 同註❺所引鄭竹青書。

❷ 同註❷所引文。

❷ 同註❺所引鄭竹青書。

四海，以四海為池。這樣解釋是有根據的，《淮南子·天文》有「日出入暘谷，浴於咸池……日入於虞淵之汜，曙於蒙谷之浦。行九州七舍，有五億萬七千三百九里。禹以為朝晝昏夜。」❷這是漢代人所接受的日出入現象，聞一多曾指出自鄒衍九州瀛海環之的說法出現後，說者以為日所出入度必在水中❸，換言之，「泊如四海之池」應該就是指日出入於谷中的想像。

接下來「徧觀是耶謂何」句，是誰「徧觀」？按之文義，能「徧觀」四時的是日而不是人，「徧觀」一詞兩見於郊祀歌，另一是〈練時日〉的「徧觀此，眺瑤堂」，這兩處的「徧觀」都是指神靈。「是」即「此」，「邪」即「耶」，今之語氣詞「啊」。舊解「謂何」的「該當如何」或「還要說什麼」恐怕也不正確，這句應是「謂：何徧觀是耶？」即問：太陽何以能全覽蒼穹，閱歷春秋呢？由此引領出下文的日御六龍了。這樣解釋方可將這幾句連貫解釋，不致出現文意的斷裂。

4.吾知所樂，獨樂六龍。六龍之調，使我心若

這幾句的關鍵詞是「六龍」、「調」及「若」。《周易·繫辭傳》有「時乘六龍以御天」，但是誰乘六龍以御天呢？〈離騷〉「吾令羲和弭節」句，王逸注云「羲和，日御也。」洪興祖補注「……虞世南引《淮南子》云：『爰止羲和，爰息六螭，是謂懸

---

❷ 張雙棣，《淮南子校釋》（北京：北京大學，1997年），頁318。

❸ 聞一多，〈天問釋天〉，收在《古典新義》（臺北：育民出版社，民國70年），頁327。蕭兵、葉舒憲等合著的《山海經的文化尋蹤：「想象理學」與東西文化碰撞》（湖北：湖北人民出版社，2004年），上冊，考釋部份崑崙篇第四章，對日出入的問題有深入討論。

車』。注云：日乘車，駕以六龍，羲和御之，日至此而薄於虞淵，羲和至此而迴。」❸這裏的「六龍」用的就是一典故，「六龍」就是日御。「六龍之調」的「調」訓「和」，指六龍運行協調；「使我之若」的「若」訓為「順、善」，意即令我嚮往。（〈朱明〉章有「神若宥之」，顏師古注「若，善也」。）

這幾句的故實字訓雖不難解，但合在一起的也有三種不同的解釋：

(1)願乘六龍而登仙，若能協調地駕御六龍，令我嚮往。

應劭云：「易曰『時乘六龍以御天』。武帝願乘六龍，仙而升天，曰：『吾所樂獨乘六龍然，御六龍得其調，使我心若。』」（頁 1060）

(2)武帝見日御羲和駕龍，運行快速，車駕協調，心油然而嚮往之。

王先謙：「謂日御以六龍行速為樂也……見日御之調良，使我心善之也」（頁 468）

(3)言吾私心所好者，獨乘六龍以遍觀四海

聞一多：「『知』疑當為『私』之誤也。言吾私心所好者，獨乘六龍以遍觀四海也……審應之意，正文及注兩『若』字並當作『苦』。此言乘龍升天，六龍既調，將往而不返，思念故舊，行當永訣，又不覺為之心苦也。下文『訾黃何其不徠下』，訾黃即六龍……以乘龍御天為苦，故呼之使下也。且古韻魚部入聲字，多不

---

❸　今本《淮南子·天文》作「爰止其女，爰息其馬，是謂縣車」（張雙棣：《淮南子校釋》，頁 318）。

與平上去相叶，此本以「苦」「下」為韻，今作「若」，則失其韻矣！」㉜

乘六龍御天的是義和不是武帝，應劭注顯然不確；聞一多的解讀得易「知」為「私」，易「若」為「苦」，雖然鄭文《漢詩選箋》極力呼應聞一多的說法，但改易過大，實不可取。

這四句中的「吾」、「我」都指武帝，其意即武帝云：我知道日之所以能出入無窮，徧觀蒼穹，歷閱春秋，乃因有六龍為車駕，六龍運行協調，四時不失其序，著實令我嚮往。

5.訾黃其何不徠下

這一句的釋義較單純，應劭云：「訾黃一名乘黃，龍翼而馬身，黃帝乘之而仙。武帝意欲得之，曰：『何不來邪？』」這樣解釋已很清楚，語譯即為：神馬啊，為何還不降臨。不過顏師古卻以為「訾，嗟歎之辭也。黃，乘黃也。歎乘黃不來下也。訾音咨。」這顯然是錯的，因為「訾黃」即天馬，古書中又作紫黃、渠黃、乘黃、飛黃、吉黃、翠黃、吉光、吉黃，蕭兵論之已詳㉝。至於「徠」字，意為「來」，但「徠」應是祭祀的專用字，指神靈來降，不可只以一般意義的來字視之。㉞

不過，聞一多對此句別作一解，以為「此云訾黃，即上之六龍。徠來同。既以乘龍御天為樂私，及六龍已調，反以為苦，而趨之使下，語近詼諧，而意存諷諫，舊解未瞭。」但這樣的解讀畢竟

㉜　同註㉓。

㉝　參見註㉚所引蕭兵書，下冊，頁2072－2082。

㉞　請參見殷善培，〈漢代郊祀歌天馬章考釋〉（輔仁大學先秦兩漢學術·第四期）。

太迂曲了，只要將「訾黃其何不徠下」與下章〈天馬〉的首二句的「太一況，天馬下」連讀，就可知聞氏的說法不正確。

三、〈日出入〉章的主題

除了句義的理解有出入外，本章的主題是什麼也有爭議。

郊祀歌既然是詠贊天地，因而論者多以為此章是頌日之作，但若是頌日，何以字裏行間流露的卻是人生苦短羨日之無窮，居然有凌雲之志呢？若以此頌日，不免如清代朱乾《樂府正義》所說的「以此頌日則荒矣」❸❺；欣賞者固可說「與《九歌》中〈東君〉，可說是異曲同工」❸❻，但譏者不免就要質疑與〈東君〉「風馬牛」了。❸❼

主張此章乃祀日、頌日者，多舉禮書及十九章的排列順序為證，說得最詳細的大概要屬清代朱嘉徵的《樂府廣序》了：

> 〈日出入〉，郊之祭日也。記云：「迎長至之日，大報天而主日。」又曰：「日月星辰，民之所瞻仰也。則祭之。」〈封禪書〉：「天神貴者太一。」〈惟泰元〉是也，曰「經天緯地，作成四時，精建日月，周而復始。」以是為泰元之德。故歌天地，次之；歌日月，又次之。漢郊儀，太乙壇居

---

❸❺　清·朱乾，《樂府正義》（京都大學漢籍善本叢書第七卷，日本：同朋舍出版，昭和 55 年），頁 141。
❸❻　陸侃如、馮沅君，《中國詩史》（北京：作家出版社，1957 年，第 1 版），頁 180－181。
❸❼　同註❺。

中，五帝各如其方，其下四望六宗之神，薦特，為醲食四
望，日為之長，故曰：郊之祭日也。㊳

「迎長至之日」應是「迎長日之至」，語出《禮記・郊特牲》
的「郊之祭也，迎長至之日也，大報天而主日。」此外，《禮記・
祭義》也有「郊之祭，大報天而主日，配以月」的說法。「日月星
辰，民之所瞻仰也」語出《禮記・祭法》（唯〈祭法〉無「之」字）。
引這幾則禮制看似言之有據，但其實大有問題，禮書中何以云「大
報天而主日」這是因為「『懸象著明，莫大乎日月』，故祭天之禮
以日為主，而月配焉。」㊴是以祭天以日為主，也就是將日視為天
的代表。但漢武郊祀的主神已是泰一神，日月諸神的位階遠居於泰
一之下，又豈能「大報天而主日」呢？用這點來說明本章的祀日主
題是很成問題的。引禮書為證者，也會另舉「春分朝日」的禮制來
說明〈日出入〉章是祀日，如陳本禮《漢詩統箋》就說：「《禮》
曰：王宮祭日，夜明祭月。即春分朝日，秋分夕月之事也」㊵。
「王宮祭日，夜明祭月」之說出自《禮記・祭法》，這是祭日月的
常祀，分別春秋二分舉行，但郊祀甘泉是在冬至，時間上根本不
同，「春分朝日」一如「大報天以主日」一樣，在這裏是說不通。
然則，甘泉郊祀就不祀日？這也不然，曲瀅生《漢代樂府箋

㊳ 清・朱嘉徵，《樂府廣序》（四庫全書存目叢書・集部，第 385 冊，臺南：
莊嚴文化事業公司，民國 86 年），頁 82。

㊴ 孫希旦，《禮記集解》（北京：中華書局，1989 年），頁 689，「懸象著
明」語出《周易》。

㊵ 同註❹所引書。

注》於〈日出入〉章題下注云「〈郊祀志〉：『朝朝日，夕夕
月。』此其祀神歌。」❹這是直接就武帝郊祀禮來立論的，《漢
書・武帝紀》提到「十一月辛巳朔旦，冬至。立泰畤于甘泉。天子
親郊見，朝日夕月。」（頁 185）〈郊祀志〉也載「天子始郊，拜泰
一，朝朝日，夕夕月，則揖而見。」（頁 1231）對武帝的朝朝日、
夕夕月，《晉書・禮樂志》有這樣一段話：

> 禮，春分朝日於東，秋分夕月於西。漢武帝郊泰畤，平旦出
> 竹宮，東向揖日，其夕西向揖月。即用郊日，又不在東西郊
> 也。後遂旦夕常拜。故魏文帝詔曰：「漢氏不拜日於東郊，
> 而旦夕常於殿下東西拜日月，煩褻似家人之事，非事天交神
> 之道也。」❷

「且夕常於殿下東西拜日月」是漢武甘泉郊祀後才出現的禮制，緣
起於郊祀時出竹宮揖拜日月，姚生民以為竹宮是供皇帝祭祀天神的
專用宮殿❸，不過竹宮的位置，據《漢書・禮樂志》顏師古注引
《漢舊儀》說是「竹宮去壇三里」（頁 1046），漢之一里約當 415.8
公尺❹，三里就超過了一公里以上，看來應該是供皇帝郊祀時休憩
的居所才是。且夕拜日月與郊祀禮的「昏祠至明」（《漢書・禮樂
志》，頁 1045）在時間雖可銜接，但並不是郊祀的主體，《漢書・郊

---

❹　曲瀅生，《漢代樂府箋注》，（臺北：文海書局，民國 88 年），頁 16。
❷　新校本《晉書》（臺北：鼎文書局，民國 79 年），頁 586。
❸　姚生民，《甘泉宮志》（陝西：三秦出版社，2003），頁 57。
❹　楊生民，〈中國里的長度演變考〉，中國經濟史研究，2005 年第 1 期。

祀志・上》的這則記載值得注意：

> 令祠官寬舒等具泰一祠壇，祠壇放亳忌泰一壇，三陔。五帝
> 壇環居其下，各如其方。黃帝西南，除八通鬼道。泰一所
> 用，如雍一時物，而加醴棗脯之屬，殺一氂牛以為俎豆牢
> 具。而五帝獨有俎豆醴進。其下四方地，為腏，食群神從者
> 及北斗云。已祠，胙餘皆燎之。其牛色白，白鹿居其中，彘
> 在鹿中，鹿中水而酒之。祭日以牛，祭月以羊彘特。泰一祝
> 宰則衣紫及繡。五帝各如其色，日赤，月白。（頁1230）

李零依這段文字製成了泰一壇復原圖（如下圖），「上層小八邊形
為『紫壇』，其上的 Y 字形物為『太一』之象；中層大八邊形為
『五帝壇』，其上的五個圓圈，從東至北依次為青、赤、黃、白、
黑『五帝』之位；下層正方形為『四方地』；上中兩層的『米』字
形階道為『鬼道』。」❹

---

❹　李零，《中國方術續考》（北京：東方出版社，2000 年），頁 211。

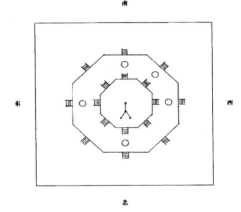

從這一復原圖中，泰一壇裏並沒有日、月壇的位置，祭祀「群神從
者及北斗」的位置是四方地，看來「祭日以牛，祭月以羊彘特……
日赤，月白」應該指的是朝日夕月時的禮制，不在壇內舉行。歷代
禮制雖常有變化，但誠如秦蕙田指出的：「圜丘祭天，誠敬專一，
既無兼祭百神之禮，而他神亦皆有致祭之兆，亦無庸雜然並附於郊
壇，況壇與坎，幽明上下，判然迥別，豈有於郊壇之上，復為日
壇、月坎乎？理不可通。」❹此外，《續漢書·祭祀志·上》記載
東漢光武帝建武二年仿平帝元始年間所的祀壇建制，也可提供我們
參考：

> 采元始中故事。為圓壇八陛，中又為重壇，天地位其上，皆
> 南鄉，西上。其外壇上為五帝位。青帝位在甲寅之地，赤帝

---

❹　秦蕙田，《五禮通考》（臺北：聖環圖書公司，1994 年），卷 33。

> 位在丙巳之地，黃帝位在丁未之地，白帝位在庚申之地，黑
> 帝位在壬亥之地。其外為壝，重營皆紫，以像紫宮；有四通
> 道以為門。日月在中營內南道，日在東，月在西，北斗在北
> 道之西，皆別位，不在群神列中。❹

也就是日、月、北斗的地位在天地、五帝之下，而高於從祀的群
神，別位以居，不與群神混同，據《漢書·郊祀志》所載王莽元始
改制拜日月是「其旦，東鄉再拜朝日；其夕，西鄉再拜，夕月」
（頁 1266），其作法是一仍武帝規制的。

除禮制外，朱嘉徵又從十九章的次第來說明〈日出入〉章是祀
日，其說以為〈惟泰元〉章是歌詠泰一神的，〈惟泰元〉裏有「經
天緯地，作成四時；精建日月，周而復始」四句，這就是〈惟泰
元〉之後接〈天地〉、〈日出入〉兩章的原因了，是用來歌贊泰一
之德的。若真如此，不就與「大報天而主日」相牴牾嗎？因為祭天
若主日，又何以有天地？

有趣的是，為證成〈日出入〉是祀日之作，朱嘉徵對文本做了
一番「義疏」，深文羅織，甚是奇特：

> 按「春非我春」至「所樂六龍」，以上歸德於太一之辭。
> 「六龍之調」以下，勉王者法日也。歸德於太一者何？陰
> 陽，太一之動靜也。日月為之御，而四時行焉，時世積焉。
> 然日月不與為功，故曰：徧觀是耶謂何？夫登崑崙之上，而

---

❹　《新校本後漢書》（臺北：鼎文書局，民國 76 年），頁 3159。

後知日月相避隱為光明；遊四海之外，而後知日月以四海為
池，六龍為御。彼亦一無窮，豈同人間世以千秋萬歲為春秋
哉！世人則拘目見，幾忘太乙之德，而獨樂六龍。六龍者，
日出入是也。勉王者法日云何？若，順也。法日之行焉。於
〈泰元〉曰：「順皇之德」，於〈日出入〉曰：「使我心
若」，其義一也。乘黃疑從六龍之調，轉下天馬歌耳。故下
章亦承太一見來。

堂堂皇皇，其說甚辯，解釋「四海之池」、「徧觀是耶謂何」都有
可取處，但「勉王法日」云云，似乎忘了最根本的問題，即郊祀歌
代表武帝對至上神的禮讚，而不是臣子微言勸誡之作。

綜言之，〈日出入〉章無論從禮制或篇章排序實在看不出是祀
日之作，就算認為此篇是祀日之作的陳本禮也不得不指出：

武帝創立樂府，佳製斯篇，惟惜其出入無窮，光陰迅速，與
朝日之義全無關涉，似另成一體。然其英武越邁之氣，一往
磅礡，有若前無古人，後無來者之概。（《漢詩統箋》）

說是「與朝日之義全無關涉」、「似另成一體」，即是承認以之祀
日實在不妥，但又不得不曲護之，倒不如費軒記的「此武帝望仙之
詞」來得直接❹。

只是逕謂之求仙之詞恐也未妥，這章其實應該為武帝對泰一神

---

❹　同註❸所引費錫璜書。

的祈願，所以下一章〈天馬〉一開頭就說「太一況，天馬下……天
馬徠，開遠門。竦予身，逝昆崙。」意味泰一神聽見了武帝的祈
願，於是降賜了天馬。從這兩章的連繫我們也可推知從結構上兩章
相連，創作時間雖不可詳考，但〈日出入〉章的創作年代應該在
〈天馬〉章之後了。

四、嗣　響

　　自漢武帝創立郊祀歌後，後代郊祀歌多以十九章之歌為範本，
所謂「迎送神歌，依漢郊祀，三言四句一轉韻」[49]，郭茂倩《樂府
詩集》已系統收錄唐前相關作品，從中可知漢代以後郊祀作品因襲
現象極為顯明，還不只是迎送神曲而已[50]。

　　只是就算歷來將〈日出入〉章視為祀日之作，但現存的隋代日
夕月歌、唐代朝的朝日夕月樂章，或四言或五言，規矩從容，絕無
〈日出入〉的影子。〈日出入〉章真正的嗣響其實是李白的〈日出
入行〉：

　　　日出東方隈，似從地底來。歷天又入海，六龍所舍安在哉。
　　　其始與終古不息，人非元氣，安得與之久徘徊。草不謝榮于
　　　春風，木不怨落於秋天。誰揮鞭策驅四運，萬物興歇皆自
　　　然。羲和羲和，汝奚汨沒於荒淫之波？魯陽何德，駐景揮

---

[49]　《新校本宋書》（臺北：鼎文書局，民國 76 年），頁 569。

[50]　漢以後郊祀歌與漢郊祀的沿襲現象，請參見：孫尚勇，《樂府史研究》（揚
　　　州大學中國古代文學博士論文，2002 年），第七章。

戈。逆道違天，矯誣實多。吾將囊括大塊，浩然與溟涬同科。51

李白擬漢郊祀歌之作尚有擬〈天馬〉章的〈天馬歌〉。郭茂倩收《天馬歌〉於卷一郊廟歌辭「漢郊祀歌」下，但卻收〈日出入行〉於卷廿八相和歌的「日出行」下，卷廿八共收的蕭搗、李白、李賀三首〈日出行〉，蕭搗及李賀所作都是〈日出東南隅行〉即〈陌上桑〉的擬作，唯有李白所作無涉；且〈日出入行〉較之〈天馬歌〉更接近於原作精神，何以不列〈日出入行〉於卷一郊廟歌辭下，卻而轉列卷廿八的相和歌？難道只因李白的〈日出入行〉多一「行」字轉而視為相和歌嗎？

這首〈日出入行〉可以分成兩部份，從「日出東方隈」到「萬物興歇皆自然」大致表現出李白對原詩的理解。「似從地底來」「歷天又入海」是對「泊如四海之池」的認識，「其始與終古不息」當然是指「日出入安窮」；「草不謝榮于春風，木不怨落於秋天。誰揮鞭策驅四運，萬物興歇皆自然」則是回應了「徧觀是耶謂何」的疑問。從「羲和羲和」到「浩然與溟涬同科」是李白提出了自己的見解。「魯陽何德，駐景揮戈」用的是《淮南子·覽冥》的典故，「魯陽公與韓搆難，戰酣日暮，援戈而撝之，日為之反三舍」，淮南本義是指魯陽公精誠動天，故日為退返三舍；但李白卻認為這是「逆道違天，矯誣實多」，而主張應與自然同科，這也可

51 李白詩異文頗多，這裏是依據王琦《李白集校注》（臺北：洪氏出版社，民國 70 年），頁 267。

視為對原詩後半祈願乘龍御天的回應。

　　這種出入原詩的寫法，頗似宋代奪胎換骨手法，只是這其中是否有如陳沆所說的「蓋以『羲和』喻君德之荒淫，『魯陽』閔諸臣之再造。葚弘匡周，左氏斥為違天；變雅詩人，亦歎天之方虐。皆憤激之反詞也。漢以來樂府皆以抒情志達諷諭，從無空譚道德，宗尚玄虛之什。豈太白而不知體格如諸家云云哉？」❷那就不是本文所要揣意的了。

---

❷　陳沆，《詩比興箋》（臺北：廣文書局，民國 59 年），頁 364。

國家圖書館出版品預行編目資料

古典文獻的考證與詮釋：社會與文化國際學術研討
會論文集.第11屆
周德良主編 – 初版. – 臺北市：臺灣學生，
2006[民95]
面；公分
ISBN 978-957-15-1313-3(精裝)
ISBN 978-957-15-1314-0(平裝)

1. 中國文學 – 論文，講詞等

820.7   95013014

古典文獻的考證與詮釋
—第11屆社會與文化國際學術研討會論文集

主　　　編：周　　　　　德　　　　　良
出　版　者：臺 灣 學 生 書 局 有 限 公 司
發　行　人：盧　　　　　保　　　　　宏
發　行　所：臺 灣 學 生 書 局 有 限 公 司
　　　　　　臺 北 市 和 平 東 路 一 段 一 九 八 號
　　　　　　郵 政 劃 撥 帳 號：0 0 0 2 4 6 6 8
　　　　　　電　話：(0 2) 2 3 6 3 4 1 5 6
　　　　　　傳　眞：(0 2) 2 3 6 3 6 3 3 4
　　　　　　E-mail：student.book@msa.hinet.net
　　　　　　http：//www.studentbooks.com.tw

本書局登
記證字號 ：行政院新聞局局版北市業字第玖捌壹號

印　刷　所：長 欣 彩 色 印 刷 公 司
　　　　　　中 和 市 永 和 路 三 六 三 巷 四 二 號
　　　　　　電　話：(0 2) 2 2 2 6 8 8 5 3

定價：精裝新臺幣五四〇元
　　　平裝新臺幣四四〇元

西 元 二 〇 〇 六 年 八 月 初 版

臺灣 學生書局 出版
文獻學研究叢刊